Louisa Leaman

Die bezaubernden Kleider der Miss Delaney

GOLDMANN
Lesen erleben

Louisa Leaman

Die bezaubernden Kleider der Miss Delaney

Roman

Aus dem Englischen
von Regina Schneider

GOLDMANN

Die Originalausgabe erschien 2019 unter dem Titel »The Perfect Dress«
bei Transworld Digital, an imprint of Transworld Publishers.
Corgi edition published 2020

Dieses Buch ist auch als E-Book erhältlich.

MIX
Papier aus verantwortungsvollen Quellen
FSC® C014496

Verlagsgruppe Random House FSC® N001967

1. Auflage
Deutsche Erstveröffentlichung März 2020

Neumarkter Str. 28, 81673 München
Umschlaggestaltung: UNO Werbeagentur, München,
Umschlagillustration: FinePic®, München
Getty Images/TheresaTibbetts
Redaktion: Eva Wagner
AB • Herstellung: kw
Satz: KompetenzCenter, Mönchengladbach
Druck und Einband: GGP Media GmbH, Pößneck
Printed in Germany
ISBN 978-3-442-49001-1
www.goldmann-verlag.de

Besuchen Sie den Goldmann Verlag im Netz

Für Mike und Sheila

Kapitel 1

Das *Whispering Dress* ist kein gewöhnlicher Brautmodenladen. Es gibt hier keine überdimensional großen Schilder mit der Aufschrift »PAY HERE«. Keine Sammelumkleiden, in denen sich halbnackte Bräute drängen, die alle auf das gleiche weiße Satinkleid in Schwalbenschwanz-Optik spechten, während sie verstohlen auf die Vorzüge und Problemzonen anderer Kundinnen schielen. Keine aufdringliche Verkäuferin, die einen beschwatzt, mehr auszugeben, als das Budget hergibt, oder was auch immer zu kaufen, bevor es vielleicht weg ist. Und erst recht gibt es keine seelenlose Kleiderschiene mit schier endlosen Metern wallendem Weiß, übervoll mit dicht hintereinandergequetschten Kleidern, die von den Bügeln rutschen, jedes anders und doch alle gleich – eine eintönige Reihe für die heiratswütige Masse.

Nein. In diesem Laden hängt jedes Kleid für sich. Jedes Kleid ist anders. Jedes Kleid hat seine Geschichte. Schließlich sollte das wichtigste Kleid im Leben einer Frau immer ein ganz besonderes Wort mitzureden haben.

Draußen bleibt eine neue Kundin stehen. Sie späht durch das Schaufenster des prächtigen viktorianischen Hauses, und fasziniert bleibt ihr Blick an der Auslage hängen –

antike Spitze, Satinschuhe und uralte Lederkoffer, die von Hochzeitsreisen anno dazumal erzählen: von einer Spazierfahrt entlang der Amalfiküste in einem Aston Martin in den Fünfzigerjahren oder einer Doppelsuite auf einem Ozeandampfer in den Zwanzigern. Sie gerät ins Träumen, schöpft neue Hoffnung, endlich doch noch ein Kleid mit Charakter zu finden – eines, das eine individuelle Note hat und perfekt zu ihr passt. Das Traumkleid schlechthin.

Das Interieur des Ladens überzeugt sie. Wo sie auch hinsieht, sie kommt aus dem Staunen nicht heraus – wie ein Märchen aus Tausendundeiner Nacht, eine wahre Schatzhöhle voll wunderschöner Hochzeitssachen: Schleier, Brautkrönchen, Seidenschuhe, Schmuck … hängen an Wänden, wogen von Regalen oder funkeln auf Kommoden. Jedes einzelne Stück ist wohlüberlegt arrangiert, um es in all seiner glanzvollen Pracht in Szene zu setzen. Auf dem Holzfußboden liegt ein ausgeblichener Orientteppich, der Bohemian-Flair verströmt. Von der hohen Holzdecke schaukeln lange Girlanden aus getrockneten weißen Rosen und Orangenblüten, während ein gewaltiger Art-Déco-Lüster den zentralen Raum erhellt und mit seinen kunstvoll geschliffenen Glaselementen ein bewegtes Lichtspiel zaubert, das unwillkürlich Bilder von Palmengärten und Jazz-Quartetten heraufbeschwört. Etliche bodenlange Wandspiegel, jeder einzelne behangen mit Perlen, Bändern und Schleifen, reflektieren das Licht von Wand zu Wand.

Die größten Stars aber sind die Kleider selbst. Sie nehmen ihren Raum mit einer solch starken Präsenz und Strahlkraft ein, dass es scheint, als würden sie jeden Moment zum Leben erwachen und über das Parkett tanzen.

Die Kundin ist keine Expertin, aber sie erkennt sofort

ein paar verführerische Stücke aus der Modewelt des zwanzigsten Jahrhunderts. Ein Ballerinakleid im Stil der Fünfzigerjahre, mit seiner schmalen Taille und dem ausladenden Tüllrock ein vielversprechender Mädchentraum; dahinter eines in einer schmalen, verführerischen Form – aus elfenbeinweißer Seide wohl –, das den Glamour der Leinwandstars aus der Zeit des *Golden Age* versprüht, deren Namen allesamt auf »a« enden: Rita, Ava, Mara, Maria. Ihr Blick wandert weiter, fällt auf ein extravagantes Prinzessinnenkleid aus den Achtzigern, ein altmodisches Miederkleid mit weit angekrausten Rüschenstufen, und dann auf ein Federkleid in Rot (das für ihren Geschmack kaum als Hochzeitskleid durchgehen kann). Und schließlich, im Schein einer Lavalampe, entdeckt sie eines, das unverkennbar aus den Sechzigern stammt, ein winziges Minikleid mit einem silbernen Kunststoffkragen ... für eine Hochzeit? Ihre Gedanken schlagen Purzelbäume, werden wild durcheinandergewirbelt beim Anblick all dieser Brautkleider im Wandel der Zeiten, die im schnelllebigen bodenlang-schulterfrei-Galamodenwahn irgendwie vergessen scheinen.

»Herzlich willkommen«, sagt eine Stimme, »im *Whispering Dress.*«

Die Inhaberin des Ladens, Francesca Delaney – das rote Haar kunstvoll zu einem tadellosen Knoten gesteckt, elfenbeinfarbene Haut, geblümtes Retro-Midikleid, pflaumenrote Lippen, ein gewisses Funkeln in den meergrünen Augen –, tritt mit einem freundlichen Lächeln hinter einer Vitrine mit Brautkrönchen hervor.

»Ich mag mich täuschen, aber ich denke mal, Sie suchen nach einem Brautkleid?«

Die Neukundin seufzt, vor Erleichterung fast. »Oh ja«, sagt sie. »Sie wissen ja gar nicht, was ich schon alles hinter mir habe. Eine Straße nach der anderen. Ein Laden nach dem anderen. Ein süßes Stückchen nach dem anderen. Ich dachte, ich würde nie … oh, das hier ist ja wunderschön …«

Sie geht durch den Raum, ist wie gebannt, streicht im Vorbeigehen zart über jedes Kleid.

Fran schaut ihr nach und lächelt.

»Eine Odyssee durch das Gruselkabinett von Tüll und Spitze aus der Massenproduktion?«, fragt sie mitleidig.

Die Kundin nickt. »Verstehen Sie mich nicht falsch. Einige dieser Kleider waren entzückend, aber nichts für meine Figur … oder mein Budget. Die wirklich schönen waren sündhaft teuer. Die mittelpreisigen, naja, so mittelprächtig eben. Und die Größen schienen nie zu stimmen. Dazu die musternden Blicke der Verkäuferinnen mit ihren manikürten Händen, die jeder Kundin gleich klarmachen, dass es ein Glas Gratis-Sekt nur gibt, wenn man sich auf ihrer Website registriert. In einem anderen Laden bestand die Verkäuferin darauf, dass ich irgend so ein unförmiges Teil mit einer steif ausgearbeiteten Büste anprobiere, für das ich gar nicht die Maße habe, geschweige denn den Busen, um es auszufüllen, und versuchte mir dann auch noch einzureden, dass es perfekt sitzen würde. Sie war nur auf ihre Provision aus und wurde prompt ausfällig, als ich ihr sagte, dass dieses Kleid nicht mein Stil sei. Ich würde nie mein Wunschkleid finden, meinte sie, weil ich viel zu wählerisch sei.« Sie seufzt resigniert. »Ich hatte es satt … hatte diese ganze Chose so satt. Dann hat mir eine Freundin von Ihrem Laden erzählt, und irgendwie war ich gleich neugierig. Das *Whispering Dress: Vintage-Brautkleider nach*

Maß von Francesca Delaney. Die Idee, dass Sie eine so ganz andere Art haben, an die Sache heranzugehen, dass Sie das Kleid auswählen und ich mich einfach nur darauf einlassen muss, gefiel mir von vornherein. Ich habe das starke Gefühl, dass Sie sehr viel besser wissen als ich, was ich brauche, denn genau das ist ja Ihr Metier.«

»Klar«, sagt Fran erfreut. »Genau das ist mein Metier!«

Die Kundin lächelt. »Um ehrlich zu sein, ich habe noch nie etwas aus zweiter Hand gekauft. Ich kaufe meine Kleider wie jeder normale Mensch zu Billigpreisen in den üblichen Läden auf der Hauptstraße. Die halten zwar nicht lange, ist aber auch egal, wenn ein T-Shirt fast nichts kostet, stimmt's?«

Fran runzelt pikiert die Stirn, kaschiert ihren Unmut mit einem stummen Nicken.

»Ich war ein bisschen unsicher, ob Sie mir überhaupt weiterhelfen würden. Bei Ihrem Ruf… ich denke, ich bin wohl keine Ihrer typischen Kundinnen.«

»Mein Laden steht jeder Frau offen«, sagt Fran mit einem Augenzwinkern. »Ich bin übrigens Fran. Und Sie heißen …?«

»Ella.«

»Okay, Ella, dann schießen Sie mal los, erzählen Sie mir von sich. Alles, was ich Ihrer Meinung nach wissen muss, um das richtige Kleid für Sie zu finden.«

Ella schaut an sich herunter.

»Na ja«, sagt sie etwas verlegen. »Konfektionsgröße 38, flachbrüstig, Schuhgröße 37.«

»Nein, nein. Ich meine *Sie*, erzählen Sie mir über *sich* … was Sie gerne machen, warum Sie heiraten, was Sie sich erhoffen, was Ihnen Angst macht …«

»Hm ...«

Fran merkt Ella an, dass sie unsicher ist, sie sieht es in ihrer Miene, ihrer Körpersprache. Eine Schüchterne. Schüchtern, mit einem gewissen Etwas.

»Ihr Verlobter«, fährt Fran fort, um das Gespräch am Laufen zu halten, »wo haben Sie beide sich denn kennengelernt?«

»Im Job ... wie langweilig, ich weiß. Appleby Electronics. Wir arbeiten in verschiedenen Abteilungen. Ich Finanzen. Er Qualitätskontrolle.«

»Eine Büroromanze also? Ein neckisches Augenzwinkern am Kaffeeautomat? Ein heimlicher Kuss bei der Weihnachtsfeier?«

»Es war auf einem Teambuilding-Seminar. Ich hatte mir auf dem Hindernisparcours den Fuß verdreht, er hat mir Erste Hilfe geleistet. Und jetzt, zwei Jahre später, heiraten wir! Es ist nur so ...«, Ella zuckt mit den Schultern und schaut wieder an sich hinunter, »... mir graut davor, im Mittelpunkt zu stehen. Meine Kolleginnen sind extrem gehässig. Allein die Vorstellung, wie ich zum Traualtar schreite, während alle mich anstarren, erweckt in mir das kalte Grausen.«

»Auweia«, sagt Fran. »Das geht gar nicht.«

Sie nimmt Ella am Arm und führt sie durch den Laden. »Was genau stört Sie, wenn alle Blicke auf Sie gerichtet sind?«

»Dass keine von denen findet, dass ich gut genug für *ihren* Alex bin. Dass ich langweilig bin. Dass ich eine graue Maus bin.«

»Stellt sich die Frage, warum sie dann alle eingeladen sind?«

»Weil Alex gut Freund ist mit allen. Er ist supernett. Er möchte, dass alle aus dem Büro mit uns feiern. Die haben kein Problem mit ihm. Nur mit mir.«

»Und was die alle über Sie denken, wollen Sie einfach so auf sich sitzen lassen? *Sind* Sie denn langweilig?«

»Nun ... nein, ich denke nicht. Ich mag vielleicht etwas schüchtern wirken, weil ich mich nicht am Büroklatsch beteilige oder an all dem nervigen Gerede über TV-Soaps und durchfeierte Partynächte.«

»Weil Sie andere Interessen haben?«

»Genau«, sagt Ella dankbar. »Ich tanze wahnsinnig gern. Latein und Standard. Genau genommen haben Alex und ich beim Tanzen zusammengefunden. Als ich mir damals den Fuß verdrehte, fing ich an zu weinen, und Alex dachte, ich weine, weil ich Schmerzen habe, dabei weinte ich, weil ich wusste, dass ich beim Tanzwettbewerb am Wochenende nicht würde mitmachen können. Wenige Wochen später tauchte er in einem meiner Kurse auf. Seitdem sind wir zusammen. Das Tanzen liebt er inzwischen genauso sehr wie ich. Er kennt mein wahres Ich.«

»Und der Rest der Welt sollte es auch kennenlernen«, sagt Fran mit einem Strahlen. »Was kann es Besseres geben als Ihren eigenen Hochzeitstag, um aller Welt Ihr inneres Strahlen zu zeigen? *Ich* kann lediglich das Kleid beisteuern ...«

»Das hier gefällt mir«, sagt Ella und greift nach einem nüchternen Siebzigerjahre-Maxikleid aus Borkenkrepp mit angesetzten langen Keulenärmeln.

»Ja, das ist schön«, sagt Fran, »aber viel zu still für Sie. Für Sie habe ich etwas ... ganz Außergewöhnliches.« Ihre Augen blitzen vor Begeisterung. »Ich warte schon lange auf eine Braut mit der richtigen Persönlichkeit und Ausstrahlung, die in diesem hübschen kleinen Schmuckstück ihren ganz großen Auftritt haben wird.«

Ella nickt, lächelt nervös.

»Wenn es Ihnen nicht gefällt – aber das kann ich mir nicht vorstellen, wenn Sie es erst einmal anhaben –, können wir gerne auch Alternativen erwägen, aber ich persönlich finde, dass es genau das Richtige für Sie ist, genau das Kleid, das Sie brauchen.«

Sie macht einen Schritt auf Ella zu, voller Überschwang in ihrer gesammelten Verkaufserfahrung, nimmt sie an die Hand, führt sie zu einer puderrosa Récamiere und bittet sie, Platz zu nehmen, während sie besagtes Kleid holen geht.

»Dauert nur einen kleinen Moment«, sagt sie und verschwindet hinter einem Damastvorhang. »Ich habe die kleinen Ausbesserungen erst gestern fertig gemacht. Musste nur ein paar Perlen ein bisschen nachfädeln. Es ist fast neunzig Jahre alt und in erstaunlich gutem Zustand …«

»Neunzig Jahre alt!«, sagt Ella.

»Bereit?«

»Ja, bin ich.«

Fran schlägt den Vorhang auf, und es erscheint ein elfenbeinweißes Kleid im Flapper-Stil der Zwanzigerjahre, knielang, mit einem rundgezackten Saum und tiefer Taille, das Oberteil besetzt mit schillernden Glasperlen und Pailletten und reich durchzogen mit Silberfäden. Schon auf der Schneiderpuppe lässt es kleine Lichtpunkte tanzen, als würden die einzelnen Glitzerelemente nur darauf warten, von flotten Bein-Flicks, Hüft-Twists oder Handbewegungen zum Leben erweckt zu werden, zu flimmern, zu blitzen und miteinander um die Wette zu strahlen. Ein Kleid mit Glamour für den ganz großen Auftritt. Ein Kleid mit Pepp. Ella ringt nach Luft und schlägt sich die Hände vor den Mund, das Funkeln der Pailletten blendet ihre Augen.

»Sie … Sie glauben wirklich, dass ich *das* tragen könnte?«

»Ich glaube, Sie sind wie gemacht dafür. In meiner Welt«, sagt Fran, »kann ein Brautkleid, das einer Braut in den Zwanzigern Freude machte, seinen Reiz sehr wohl auf eine Braut von heute übertragen, und vielleicht – nur vielleicht – kann es Ihnen auch etwas von seiner Weisheit weiterschenken. Ein *flüsterndes Kleid* ist nicht nur ein Meter irgendwie zugeschnittener und zusammengenähter Stoff, wissen Sie? Es erzählt eine Geschichte, ist ein Vermächtnis, ein historisches Zeugnis. Man könnte auch sagen, es ist ein Glücksbringer. Die Frau, die dieses unglaubliche Kleid zuerst getragen hat, war eine Tänzerin, genau wie Sie. Hier …«

Fran geht zu einer Pinnwand und kommt mit einem Foto in verblichenen Sepiatönen zurück. Es zeigt eine Frau und einen Mann, beide mit einem Lächeln im Gesicht, ihre Körper in einer innigen Tanzumarmung einander zugeneigt.

»Sieht nach Foxtrott aus«, sagt Ella neugierig.

»Darf ich bekannt machen: Phyllis Noble und ihr Mann Harry …«

»Sie meinen …«

»Ja, die Erstbesitzerin dieses Brautkleids. Sie und Harry haben 1926 geheiratet. Eine recht lebhafte Veranstaltung, wie ich glaube, mit mehr als drei Conga-Lines und jeder Menge Charleston. Neben Getränken wie Juleps und Manhattans gehörten zum Festessen Steinbutt und Pfirsiche, und jeder bekam ein Stück der fünfstöckigen Hochzeitstorte. Die Flitterwochen verbrachten die beiden auf Mallorca, in einer neu erbauten Villa mit Blick über das Meer. Phyllis und Harry waren Tanzpartner, und ziemlich bekannt, wie ich erfahren habe. Nach ihrer Heirat tourten sie durch ganz Europa.«

Ella zittert vor Aufregung, sie ist sichtlich beeindruckt. »Leben die beiden noch?«

»Nein. Aber das Wichtigste ist, dass sie ein langes, erfülltes und glückliches Leben miteinander hatten und das taten, was sie liebten. Phyllis' Enkelin hat mir das Kleid überlassen. Sie wusste, wie viel Glück es ihrer Großmutter gebracht hatte, und dieses Glück, so meinte sie, soll es nun auch einer anderen Braut bescheren.«

»Kann … kann ich es mal anprobieren?«

»Natürlich.«

Ella, die gar nicht schnell genug aus ihren Kleidern kommen kann und keine Sekunde daran denkt, dass noch andere Kundinnen im Laden sein könnten, zieht sich bis auf die Unterwäsche aus und steigt mit Frans Hilfe in das Kleid. Das Gewicht des Kleides erschreckt sie, doch sobald Fran es am Rücken geschnürt und die Träger angepasst hat, fühlt es sich für sie an wie eine zweite Haut. Fran dreht Ella vor einen großen, goldgerahmten Spiegel, in dem sie sich zum ersten Mal als Braut an ihrem Hochzeitstag erkennt. Und ihre spontane Reaktion sind Tränen, durchsetzt mit kleinen, glückerfüllten Lachern.

»Du meine Güte! Ich kann es gar nicht glauben! Nach all diesen schrecklichen, unförmigen, enttäuschenden Schaumrollen kann ich es kaum glauben – DAS ist es! Und es war hier, die ganze Zeit …«

»… und hat auf Sie gewartet«, sagt Fran, während sie Ella einen Schleier reicht, eine breite Stoffbahn aus Tüll an einem einfachen Haarreif im Glockenhut-Stil der Zwanzigerjahre.

»Damit wird es perfekt zur Geltung kommen. In den Zwanzigerjahren kam der Brauch auf, dass die Braut am Ende der Zeremonie ihren Schleier zurückschlägt, um dann unverschleiert hinauszuschreiten, als eine stolze, verheiratete Frau, wussten Sie das?«

Versonnen fasst Ella den Schleier am Saum und schlägt ihn zurück.

»Sie werden es allen zeigen«, sagt Fran. »Zeigen Sie allen, wer Sie wirklich sind.«

»Hey, sind Sie verheiratet?«, fragt Ella und schaut sie an. »Ich wette, Ihr Hochzeitskleid war atemberaubend …«

Fran blockt ab.

»Nein«, sagt sie hastig und lächelt, um ihre innere Panik zu verbergen. »Nein, bin ich nicht. Ich habe noch nicht den Richtigen getroffen.«

Bitte, denkt sie, *wechsle das Thema,* während ihre Gedanken an Orte wandern, die sie lieber meiden möchte. Sie schaut durch das Erkerfenster hinaus, verspürt den plötzlichen Drang, die Flucht zu ergreifen, in die Luft zu springen, abzuheben und davonzufliegen … blinzelt kurz mit einem leisen Seufzer und ist wieder ganz bei Ella.

»Lassen Sie das Kleid einfach für sich sprechen«, sagt sie, flüsternd fast, »und ich verspreche Ihnen, Sie werden Ihre eigene wunderbare, tanzerfüllte Hochzeit haben.«

»Das werde ich«, sagt Ella.

Ganz bestimmt, denkt Fran. *Phyllis Noble wird dafür sorgen.*

***

Bräute sind nicht schwer zu finden. Man werfe nur einen Brautstrauß in die versammelte Menge, und sie finden sich, alle fixiert auf das eine oder andere Idealbild der Ehe. Sehr viel schwieriger allerdings ist es, das richtige Kleid zu finden, ein spektakuläres Kleid, ein *flüsterndes* Kleid – ja, das ist die große Herausforderung. Kleider finden sich überall, wenn man weiß, wo man suchen muss – im Internet, auf Tauschbörsen, in Secondhand- und Sozialläden, auf Flohmärkten. Fran bekommt sie manchmal geschenkt oder von Gebrauchtwarenhändlern, doch es kommt immer darauf an, sie mit besonderer Sorgfalt auszuwählen. Ein großartiges Kleid, mühsam errungen, ist besser als zehn durchschnittliche. Ihre Arbeit ist den Kundinnenwünschen angepasst, und ihr Ziel ist es, den Bräuten von heute die schwierige Suche nach dem für sie passenden Kleid schöner und angenehmer zu machen. Sie sieht es als ihre Pflicht, sich Zeit zu nehmen, um beide kennenzulernen, Braut und Bräutigam, und dann ein unvergessliches Kleid zu finden – eines, das perfekt zur Braut passt und das Feuer der romantischen Liebe des Paares nährt.

Jedes einzelne ihrer Kleider hat Fran minutiös recherchiert, seine Vorgeschichte aus dem Schatten der Vergangenheit gehoben. »Feldstudien« nennt sie das. Und genau dies, davon ist sie überzeugt, macht ihren Service so einzigartig: die Spurensuche hinter nostalgischer Vintage-Kleidung. Manche Kleider kommen schon mit Geschichten zu ihr, weil die Spenderinnen nur allzu gerne ihre Erinnerungen weitergeben oder Fotos, Videos und andere Andenken teilen. Andere wiederum sind geheimnisvoller, aber solange Fran den Namen der ursprünglichen Braut kennt, gelingt es ihr normalerweise immer, mit ein wenig Recherche die Wahrheiten dahinter ans Licht zu bringen.

Kleider fallen tendenziell in vier Kategorien: Erstens das »Familienkleid«, das von Generation zu Generation weitergereicht und ihr normalerweise dann angeboten wird, wenn die jüngste Tochter einer Familie es nicht haben möchte, weil ihr etwas Flotteres oder Moderneres vorschwebt. Zweitens das »Wonnekleid«, das von Frauen kommt, die Freude haben an der Idee, dass ihr geliebtes Hochzeitskleid einer anderen Glück bescheren und nicht in einem Koffer verstauben soll; drittens das »Basic-Dress«, das von Frauen kommt, die ganz unsentimental ausmisten wollen; und viertens das »Exitus-Kleid«, das, wenn man so will, »in den Tod geschickt wird«, weil es nichts als Unheil, Enttäuschung oder Scheidung gebracht hat. Letztere sucht Fran sorgsam zu meiden, denn die Energie dieser Kleider ist dem ersprießlichen Eheglück wohl selten zuträglich. Schließlich ist sie in diesem Geschäft, um das Leben der Bräute schöner zu machen, und nicht, sie mit dem Echo vergangener Katastrophen zu belasten.

Fran hat drei einfache Regeln:

Erstens: Begehre niemals ein Kleid aus deinem eigenen Bestand.

Zweitens: Verkaufe niemals ein Exitus-Kleid.

Drittens: Sag niemals Nein zu einer Hochzeitseinladung.

Das Flapper-Kleid von Phyllis Noble ist eines der exklusivsten, das sie je in ihrem Sortiment hatte – die perfekte Kombination aus Stil, Zustand und Geschichte. Schon in dem Moment, da es bei ihr ankam, wusste sie, dass es etwas ganz Besonderes ist. Es war eingewickelt in braunes Packpapier samt einem kleinen Bündel Fotos und einem reizenden Brief von Phyllis' Enkelin, die vom *Whispering Dress* erfuhr, nachdem ihre beste Freundin hier ihr Traumkleid gefunden hatte – ein wunderschönes zweiteiliges Norman-Hartnell-Brokatkleid, das Fran aus einem Ramschladen in Muswell Hill gerettet hatte.

Hin und wieder stößt Fran auf ein Kleid mit einer ganz besonderen Geschichte. Da gab es zum Beispiel das Kaftan-Kleid aus den Siebzigern, das einmal einer bekannten Folk-Sängerin gehört hatte; oder den Traum von einem französischen Haute-Couture-Brautkleid, das drei Generationen von Bräuten aus derselben Familie getragen hatten; das Etuikleid von Lacroix, das Fran in mühsamer Kleinarbeit von sämtlichen Rotweinflecken befreit und das danach jede Menge Interessentinnen gefunden hatte, das sie am Ende aber weit unter ihren sonst üblichen Preisen an eine bedürftige schwangere Modestudentin verkauft hatte. Aber sie konnte nicht anders: Die ursprüngliche Braut dieses Kleides war ebenfalls schwanger gewesen und hatte übereilt geheiratet, um sich nicht der öffentlichen Schande preiszugeben. Doch durch unermüdlichen Einsatz, Geduld und die wertvolle Kunst, Kompromisse zu schließen, wurde ihre Ehe zu einer glücklichen und beständigen Liaison, aus der vier Kinder und ein florierendes Raumausstattungsgeschäft hervorgingen. Gute Energien also, um das Kleid weiterzugeben. Integrität ist alles. Fran hat keine Skrupel, ein Geschäft auch mal sausen zu lassen, wenn sie das richtige Kleid für eine Braut nicht finden kann. Es bringt nichts, eine Frau in einem Billigfummel zum Traualtar zu schicken, ohne dass ihr das Herz im Leibe lacht – dafür gibt es die Läden in den Einkaufsstraßen.

Doch Fran fühlt sich heute zunehmend unter Erfolgsdruck, immer mehr abgelenkt von ihrer eigentlichen Leidenschaft, alte Stoffe in Ehren zu halten und als Liebesengel Amors Pfeile zu befeuern. Der Erfolg hat sie überwältigt. Alle ihre Prachtstücke sind für den Verkauf vorgemerkt, und sie hat schon länger keine Zeit mehr gefunden, sich auf die Suche nach neuen Schätzen zu begeben. Flüsternde Kleider brauchen Zeit, um ihre Magie zu entfalten. Sie kommen nicht wie vom Fließband. Es gibt ein paar flotte Modelle aus den Achtzigern, die nur darauf warten, noch einmal groß rauszukommen, doch kunstseidener Taft tut der Seele nicht gut, und für ein Revival dieser puffärmeligen Stücke, so fürchtet sie, ist die Zeit noch nicht reif. Und so kommt es ihr gerade recht, dass ihr Assistent und langjähriger Freund Mick Haigh sie zu einer Haushaltsauflösung mitnehmen will.

»Schau mal hier, da heißt es: *Dryad's Hall, sieben Zimmer, Landsitz in Epping Forest, sofortige und diskrete Auflösung erwünscht. Keine Wertsachen vorhanden. Matratzen, Kleinmöbel, allgemeine Altwaren und Kleidung. Kontakt: Rafael Colt, 079 724 726 78.* Da hat wohl eine reiche alte Dame das Zeitliche gesegnet, und die Kinder wollen das Ganze fix loswerden, das Geld kassieren, sich eine neue Yacht kaufen samt ein paar Navigationskursen an der renommierten Farquharson-Segelschule, und was weiß ich noch alles. Also, was ist? Versuchen wir unser Glück. Epping Forest ist nicht weit. Mit dem Transporter sind wir in einer halben Stunde da, und wenn nichts halbwegs Bräutliches für dich dabei ist, finde wenigstens ich ein paar neue Sachen, die ich aufmöbeln und auf eBay einstellen kann. Und außerdem ist's ein kleiner Ausflug ins Grüne ...«

Mick, einstmals Standinhaber am Camden Market, mit einem guten Auge für restaurierbaren Trödel, einer Obsession für viktorianische Herrenschneiderei und einer handgezeichneten Kalligraphie von seinem Namen, wedelt Fran mit der Zeitungsannonce vor der Nase herum. Fran reagiert verhalten, denn deprimierende Nachlassräumungen kennt sie zur Genüge: Doppelhaushälften der Dreißigerjahre mit rauchvergilbten Wänden, gammligen Lebensmitteln in lauwarmen Kühlschränken, muffigen Teppichen, melierten Netzvorhängen und Müllsäcken mit ungewaschenen Kleidungsstücken.

»Ach, ich weiß nicht, Mick. Diese Räumungen haben sich schon so oft als Zeitverschwendung erwiesen. Auf die Sahnestückchen haben ja meist schon Auktionatoren Ansprüche angemeldet.«

Mick zwirbelt an den Enden seines sorgfältig gepflegten Schnauzbarts (inspiriert von einem Lieblingsporträt von Lord Frederic Leighton). Als Frans langjähriger Gefährte kennt er sie gut. Er weiß, auch wenn sie Protest anmeldet, dass ihre Neugier leise flackert. Dem Kick, im Krempel anderer Leute ein ausrangiertes Kleid zu finden, und wenn nur die kleinste Chance darauf besteht, kann sie unmöglich widerstehen.

»Ich schätze mal, wenn es sich um eine Sieben-Zimmer-Villa handelt«, sagt sie sinnierend, während ihr Blick durch den Laden wandert, »könnten sogar die Reste noch interessant sein.«

»Ausgezeichnet«, sagt Mick. »Ich spendier' dir unterwegs auch ein englisches Frühstück.«

Kapitel 2

Epping Forest, ein schmaler, aber imposanter Streifen ländliches Idyll am nordöstlichen Stadtrand von London, bietet viel Grün, friedliche Ruhe und Vogelgesang für all jene, die der städtischen Umgebung entfliehen wollen. Das Waldland ist uralt und dicht bestanden mit knorrig verwachsenen Buchen, Hainbuchen, Hängebirken und Eichen. Fran ist überrascht, wie schnell sie sich darin versunken fühlt, im Kokon der Natur, der jede Spur von Schmutz, Verkehr und Stadtlärm vergessen macht. Sie mag dieses Gefühl, dieses Fluchtgefühl. Mick hat viele Geschichten auf Lager, über heimliche Feten an Teichufern oder über Bäume, auf die er gestiegen ist, um oben in den Wipfeln zu rauchen. Er erzählt sogar, dass er auf der gleichen Strecke, auf der sie gerade unterwegs sind, einmal die unliebsame Bekanntschaft mit einem Hirsch gemacht hat.

»Majestätisch war der. Genau dort. Dort hat er gestanden, mich angeglotzt, und dann ist er weitergelaufen.«

Fran hört ihm gar nicht richtig zu. Sie schwelgt in Gedanken auf einer unkonventionellen Hochzeit im Waldidyll, mit Moos auf den Tischen, Teelichtern in Marmeladengläsern, einem Hochzeitsbogen aus geflochtenen Zweigen und einem traumhaft schönen, bodenlangen

Brautkleid im Empirestil aus weicher grauer Spitze, kombiniert mit nackten Füßen und einem duftenden Strauß aus Hasenglöckchen. Jäh wird sie aus ihrer Tagträumerei gerissen und erschrickt, als Mick an der Zufahrt zu *Dryad's Hall* plötzlich eine Vollbremsung macht. Das Schild ist vom wuchernden Grün ziemlich zugewachsen. Er legt den Rückwärtsgang ein, rangiert den Kleintransporter zwischen zwei efeubewachsenen Torpfosten hindurch und fährt durch einen gewundenen Hohlweg unter Weiden die Einfahrt hinauf. Dann, auf einer Lichtung vor ihnen, erscheint das Haus: ein wahres Meisterwerk englischer Baukunst, ragt es mit seinen Türmchen, Erkern und Innenwinkeln stattlich in die Höhe, umgeben von Rhododendren in voller Blüte. Ein Anblick wie aus dem Bilderbuch – ein kitschig-schönes Stück England aus alter Zeit, mit einem rotbraunen Dach, drei hohen Kaminen, bleiverglasten Fenstern und Holzgebälk.

»Ich bin hin und weg.« Fran ist mehr als begeistert. »Herz, Historie und dieser verlockende Hauch unerzählter Geschichten.«

»Hab' ich doch gleich gesagt«, sagt Mick. »Jede Haushaltsauflösung ist anders.«

»Aber es liegt so versteckt«, sagt Fran mit staunendem Blick auf die hoch emporragenden Schornsteine. »Von der Straße aus würde man es hier nie vermuten.«

In der Zufahrt steht bereits ein weiterer Kleintransporter, ein sauberer, in burgunderrotem Metallic-Lack mit goldfarbenem Schriftzug: *Luckmore's*. Mick zieht ein mürrisches Gesicht, als er den Namen liest: eins der etablierten Londoner Auktionshäuser. Er hatte sich dort einmal auf eine Ausbildungsstelle zum Wertgutachter beworben, patzte aber im Vorstellungsgespräch, weil er zu »aufgeregt« war. *Egal*, denkt er. Jetzt hat er Fran, das *Whispering Dress* und exzellent geschneiderte Gehröcke im Schrank.

Sie schauen zu, wie zwei Männer in burgunderroten Jacken, farblich passend zum Auto, eine Barockkommode einladen.

»Vorsicht, Jungs«, sagt Mick, der das Geschehen durch sein Seitenfenster verfolgt. »Jetzt nicht fallen lassen.«

»Sie nehmen also alles mit?«, sagt Fran. »Wobei: Sind Sie sicher, dass die hier authentisch ist?«

»Zu einhundert Prozent. Ich habe vorhin mit dem Herrn des Hauses gesprochen. Rafael. Eleganter Bursche. Sagt, er will das ganze Haus bis Mittag leer haben. Nicht bummeln, also.«

»Na, dann mal los.«

In der Ferne sieht sie ihn, mit dem Rücken zu ihnen, vor dem staubverhangenen Fenster, durch das die Sonne fällt. Seinem geschmackvollen Anzug und dem adretten hellen Hemd nach zu schließen, liegt seine Welt meilenweit entfernt von dem geheimnisvollen Zauber dieser langsam verfallenden Residenz im waldigen Idyll. Groß und schlank, von eleganter Gestalt, die Schultern leicht nach vorn gezogen. Sein Hals scheint unbequem nach vorn zum Telefon in seiner Hand gebogen, auf dem er mit flinken Fingern geschäftig herumtippt.

Mick räuspert sich. »Sie müssen Rafael sein.« Er macht einen leichten Diener, um ihm die Hand zu reichen. »Mick D. Haigh, Restaurator für Antikmöbel, Gentleman von Berufs wegen und Teilzeitmitarbeiter im *Whispering Dress*, zu Ihren Diensten. An meiner Seite die reizende

Expertin für Vintage-Kleidung und ein feiner Mensch rundum, Ms Francesca Delaney.« Er setzt ein breites Grinsen auf, sichtlich erfreut über den schwülstigen Stil seiner Bekanntmachung.

Der Mann, Rafael, mustert Mick mit seinem Homburger Hut und seiner Weste, hebt kaum sichtbar eine Braue und wendet seine Aufmerksamkeit dann Fran zu. Einen Moment lang verweilt sein Blick auf ihr, dann blinzelt er kurz, seufzt und nickt beiläufig.

»Nehmen Sie alles mit«, sagt er. »Seitlich am Haus steht ein Container für alles, was Sie nicht haben wollen.«

Kein Gruß. Kein Willkommen. Und schon gar kein Handschlag.

»Gibt es irgendetwas, das wir …«

»Ich möchte gerne, dass Sie bis Mittag wieder weg sind.«

»Wie Sie meinen«, sagt Mick und zieht sich zurück.

Er und Fran schicken sich an, das Haus zu erkunden, gehen durch holzgetäfelte Flure und Durchgangs-Empfangsräume, vorbei an Kaminecken, kunstvoll gedrechselten Türstöcken, Messingklinken, -handläufen und -geländern – handgearbeitetes Kunstwerk aus längst vergangenen Zeiten. In einer solchen Schatzhöhle würde Frans Jagdinstinkt nach Vintage-Sachen normalerweise wie auf Knopfdruck anspringen, doch sie ist nicht bei der Sache, hängt gedanklich ihrem Ärger über Rafaels schlechte Manieren nach.

»›Nehmen Sie alles mit‹«, brummelt sie in sich hinein. »Also gut. Ganz offenbar sind wir hier nicht erwünscht und nicht einmal der banalsten Höflichkeiten würdig, wie Hallo oder Dankeschön.«

»Ach, hab dich nicht so«, sagt Mick. »Wir sind nicht hier, um Freunde zu finden. Ich verzeihe ihm seine ungehobelten Umgangsformen gerne, wenn ich dafür aus dem Kehricht seiner Familie was rausschlagen kann. Apropos, was haben wir denn hier …?«

Sie stehen inzwischen in einer großen Küche mit hoher Decke. Abgesehen von den Grundinstallationen – Spülbecken und Kochbereich des Dienstpersonals – ist hier schon alles leergeräumt. Ein paar Tellerscherben liegen verstreut auf dem Terracotta-Boden. Fran bückt sich, um eine davon aufzuheben.

»Delfter Blau. Ziemlich alt, wie es scheint.«

»Na, dann ist es hoffentlich der einzige Teller, den Luckmores Pappnasen zerdeppert haben«, murrt Mick. »Schau mal in die Schränke rein.«

Sie fangen an, die Schranktüren zu öffnen. Luckmores Männer haben bereits gründliche Arbeit geleistet. Die meisten Schränke sind leer, abgesehen von ein paar wenigen Überbleibseln hier und da: Geschirrtücher, Marmeladengläser, Holzlöffel, Geleeförmchen und ein verstaubter Tassenbaum. Nichts Wertvolles, doch Fran fühlt sich unangenehm berührt angesichts dieser zurückgelassenen Gebrauchsstücke und all des Herzbluts, das darin lebte. *Alltagsgegenstände*, denkt sie, während sie die Schachtel eines Mixers aus den Achtzigerjahren in den Händen wendet, *sagen so viel mehr über eine Person aus als all ihre pompösen Vorzeigeobjekte, ihre Konzertflügel, antiken Sofas und prachtvollen Kunstwerke. Im Weltlichen liegt Ehrlichkeit.* Sie hält viel auf Ehrlichkeit. Und auf gute Manieren. Ja, gute Manieren sind ihr sehr wichtig. Und so sieht sie sich genötigt, ihrem Ärger über den ruppigen und kurzangebundenen

Rafael Colt weiterhin Luft zu machen, während sie mit Mick dabei ist, die letzten Reste zu verpacken.

»Ich meine, ein paar einfache Grundregeln einzuhalten, macht doch keine Mühe, Mick. Und dann auch noch kaum den Blick vom Telefon heben? Tut doch keinem weh, den Leuten kurz in die Augen zu schauen.« Sie öffnet eine Tragetasche mit gefalteten Baumwolltischdecken. »Wie auch immer, man sagt ja, wir stammen vom Neandertaler ab, aber wenn du mich fragst, entwickeln wir uns wieder dorthin. David Passemore wäre niemals so ungehobelt gewesen. Oder Harry Noble. Oder James Andrew Percy. Tatsächlich hätte Percy sich vor Charme und Freundlichkeit regelrecht überschlagen. Laut Meryls Tagebuch überraschte er sie an ihrem zehnten Hochzeitstag mit einem Heißluftballonflug über die Serengeti und nahm die ganze Familie mit …«

»Na, deine Sammlung toter Bräutigame ist nicht wirklich ein fairer Vergleich, Fran.«

»Mag sein, aber ich bleibe bei meinen Toten Bräutigamen, wenn die Kinderstube des modernen Mannes derart zu wünschen übrig lässt. Wenigstens kleben tote Bräutigame nicht ständig an ihren Handys. Für wen hält der sich eigentlich? ›Nehmen Sie alles mit … und bis Mittag bitte wieder weg sein‹. Dieser eingebildete Schnösel …«

»Ähämm.«

Fran blickt auf. Das Objekt ihres Spotts steht in der Tür.

»Äh, hii«, stammelt sie peinlich berührt. »Ähm … wir sind eben dabei … mmh … ja, mmh, Sie sehen es … zu sortieren …«

Er hat sie gehört, ohne jeden Zweifel, aber seine Miene lässt keine Reaktion erkennen. Er steht reglos da und schaut ihr zu, wie sie gerade betreten versucht, ein Paar schmutzige rote Gartenhandschuhe in einen glibberigen Müllsack zu stopfen.

»Sie hat die Gartenarbeit geliebt«, sagt er wehmütig.

»Oh, dann sollten Sie die hier aufheben.« Fran hält ihm die Handschuhe hin.

»Nein.«

»Als Andenken?«

»Nein«, sagt er mit Nachdruck und fügt dann, wie zum Beweis seiner guten Manieren, hinzu: »Nein, *vielen Dank!*«

Sie zieht die Handschuhe wieder zurück, hält sie sich vor die Brust, damit sie wenigstens etwas liebevolle Zuwendung von irgendwem bekommen.

»Wenn ich fragen darf«, fragt sie vorsichtig, »wer war sie?«

»Meine Mutter Alessandra. Die Frau, in deren irdischen Hinterlassenschaften Sie gerade stöbern«, antwortet er, während ihm Frans schiefes Lächeln nicht entgeht. »Kein toter Bräutigam … aber immerhin war sie einmal eine Braut.«

»Ja, ähm, Entschuldigung, tut mir leid«, sagt Fran. »Ich wollte nicht …«

Ihre Worte sind vergebens. Er ist bereits aus der Tür.

Mit schamroten Wangen geht Fran aus der Küche, überlässt Mick den Rest, und beginnt die Räume im Obergeschoss zu durchforsten. Sie hat es jetzt erst recht eilig, zügig fertig zu werden, um hier rasch wieder wegzukommen, und sei es nur, um ihren Fauxpas schleunigst wieder vergessen zu können. Die wenigen Stapel mit Kisten und Kartons bieten nichts großartig Aufregendes, nur braune

Strickjacken und Schottenkaro-Blazer, für die sich zweifelsohne noch geneigte Abnehmer finden lassen, die für ihre jungen Bräute aber gewiss nicht infrage kommen. Bleibt noch ein letzter Raum. Die Tür lockt einladend vom Ende eines langen, holzgetäfelten Flures.

»Komm schon«, flüstert sie, während sie den Türknauf dreht. »Schenk mir nur einen Schleier, einen Schuh, *irgendetwas …*«

Die Tür knarzt. Der Raum dahinter ist herrlich groß mit zweiflügeligen Fenstern und Blick über den Wald, doch seine kahle Leere hat ihm alles Leben genommen, und übrig ist eine triste Hülle aus rissigen Wandverkleidungen und kaputten Holzdielen, nackt und schmucklos. Die Baumwipfel draußen ziehen Fran ans nächste Fenster. Unter ihr liegt ein Garten, umsäumt von einem Sichtschirm aus dichtem Wald, im Garten selbst eine Terrasse, ein See sowie ein dekorativer Wasserfall. Es zeigen sich Spuren von Verwahrlosung – ungezügeltes Wachstum und ungebändigtes Geäst –, doch der Garten ist in einem besseren Zustand als das Haus, reich bepflanzt mit Miniaturbäumen und Sträuchern, das Werk eines leidenschaftlichen und kundigen Gärtners. Ein kurzer Schauer der Faszination ergreift Fran, dann wendet sie sich wieder dem Raum zu, malt in Gedanken ein Bild von Alessandra, sieht vor ihrem geistigen Auge eine junge, strahlende Frau, die sich vor dem Spiegel einer Frisierkommode die Haare hochsteckt und sich für einen Tanz oder ein Abendessen zurechtmacht. War sie lebenslustig? Glamourös? Ruhig? Stolz? So viele Fragen, aber die nackten Wände sprechen nicht. Fran lächelt in sich hinein und bewegt sich vom Fenster weg, geht dann in den kleineren Ankleideraum nebenan, der sie prompt laut nach Mick rufen lässt.

»Schnell! Komm rauf, schau dir das hier an!«

Ihr lautes Rufen hallt durch die leeren Zimmer, aber Mick taucht nicht auf. Ungeduldig tritt sie ein paar Schritte vor, um ihren Fund zu bestaunen: einen Damenkleiderschrank, frühe Dreißigerjahre vielleicht. Er ist in einem desolaten Zustand, doch Fran weiß, dass Mick den Tropenholz-Korpus und die Messingbeschläge zu schätzen wissen wird.

»Französisch, würde ich mal sagen«, wispert sie vor sich hin, während sie mit dem Finger über das Ebenholz und die Perlmuttintarsien streicht, die die Türverkleidungen zieren. Sie kann sie nicht auf die gleiche Weise *fühlen*, wie sie die Energie eines Kleides fühlen kann, aber dank ihrer Grundkenntnisse in Designgeschichte kann sie auf seine Herkunft schließen. »Frühes Art déco, Handarbeit. Dass diese sogenannten Luckmore-Experten dich nicht mitgenommen haben, wundert mich!«

Der Grund dafür wird ihr schnell klar in dem Moment, da sie versucht, den Schrank zu öffnen. Die Türen fallen heraus wie Dominosteine. Während sie sich müht, die Balance zu halten, stürzt der Schrank komplett in sich zusammen – die endgültige Kapitulation. Unterdessen hat Fran nur noch Augen für eine große beigefarbene Reisetasche. Sie taucht aus dem Holzbretterberg auf wie ein verborgenes Relikt. Still und stumm vor Staunen fixiert sie die Tasche, zieht sie dann hoch, gerät dabei ins Straucheln und fällt unter dem Gewicht der Tasche hin.

»Ein geheimes Gelddepot?«, flüstert sie. »Wie Münzgeld fühlt es sich nicht gerade an …«

Sie schiebt sich die Reisetasche von der Brust, rappelt sich auf die Knie, tastet nach dem Reißverschluss und wischt den Staub ab. Geschichten über Schatzfunde bei Hausentrümpelungen hat sie schon viele gehört – tausende Scheine unter Bodendielen, zehnkarätige Diamantringe, eingeklemmt zwischen Sesselkissen. Die Leute kommen auf absurdeste Ideen, wenn es ums Scheffeln und Bunkern geht. Die Häuser im Land müssten unter dem Gewicht ihrer längst vergessenen Schätze geradezu ächzen.

Doch als die Reisetasche aufklappt, nimmt ihre Neugierde eine ganz andere Wendung. Kein Geld. Stattdessen ist irgendetwas Schwammartiges in dicke Lagen matten Seidenpapiers gewickelt. Fran gibt dem Papier einen leichten Stups. Es dauert ein bisschen, bis ihr Gehirn begreift, was ihre Augen da sehen, aber dann ist sie wie in Bann geschlagen. Papier wie dieses hat sie schon oft gesehen. Farblos, geruchlos, säurefrei – die Sorte, die man zur Aufbewahrung und Erhaltung kostbarer Stoffe und Kleider verwendet. Tatsächlich gibt es Firmen im Internet, die sich nur auf solches Papier spezialisiert haben. Sie hatte sogar selbst schon einmal überlegt, ob es nicht eine gewinnbringende Geschäftsidee sein könnte, Kurse darüber zu geben, wie man edle Gewänder und Brautkleider richtig verpackt und lagert.

Fran wird ganz still, die Vorfreude überwältigt sie. Sie weiß es, bevor sie es sieht. Der Moment scheint endlos, scheint den ganzen Raum zu füllen, ihm die Luft zu stehlen. Sie hebt eine Ecke des Papiers an und wirft vor Freude den Kopf in den Nacken. Das Gesicht himmelwärts gerichtet, bläst sie sich eine Strähne aus der Stirn, strahlt verklärt und dankt dem Universum.

Ein breiter Streifen feinster weißer Seide, überdeckt von transparenter Spitze, gleitet Meter für Meter durch ihre Finger – bis sich die ganze Pracht offenbart: ein bodenlanges Kleid mit schmaler Taille, Herzausschnitt, eleganten Spitzenärmeln, einem spektakulären, weit ausgestellten Tellerrock und einer über vier Meter langen Schleppe.

Eine Minute lang sitzt Fran reglos da, das Kleid über ihre Arme gebreitet, und ist kaum in der Lage, geradeaus zu sehen, kaum in der Lage zu denken. Die Spitzenauflage ist makellos. Französisch, ganz sicher, oder nicht? Das dichte, fein ausgearbeitete Blumenmuster fesselt den Blick. Sowohl das Mieder als auch die Schleppe sind exquisit verziert mit schmuckvollen Applikationen – Perlen, Glaskügelchen, Stiftperlen, Silberpailletten, Goldfäden. Sie schillern und funkeln um die Wette, kreieren rhythmisch bewegte Szenen mit Kolibris und Lilien. Jeder Vogel ist anders, flattert mit seinem individuellen Charakter förmlich aus der Seide heraus und macht die Oberfläche lebendig. So viel Liebe zum Detail, so viel handgestickte Sorgfalt – es ist eins *jener* Brautkleider! Und es ist mehr als das. Dieses hier ist einzigartig, einmalig! Frans Augen füllen sich mit Tränen. Sie hält sich das Kleid an, fährt mit den Händen an den Falten hinunter, spürt das Gewicht der Stickerei. Ihr Blick fällt auf das kleine handvernähte Etikett im Nacken, und ein wunderbarer Schauer fährt ihr durch alle Glieder.

»Garrett-Alexia! Es ist von Garrett-Alexia!«

Ein Sonnenstrahl fällt ins Zimmer, erhellt die perlenbesetzten Flügelspitzen der Kolibris. Zwei echte Tauben flattern vor dem Fenster vorbei. Fran springt auf und hebt das Kleid bis hoch an ihre Schultern. Es ist fantastisch erhalten, obwohl es so viele Jahre in einer staubigen Reisetasche verstaut war. Die Seide ist stellenweise leicht vergilbt, und in der Spitze finden sich ein paar lose Fäden, ein paar fehlende Perlen und Zierkügelchen, ansonsten aber ist es eine wahre Pracht. Das Mieder an die Brust gedrückt, schreitet sie durch den Raum, stellt sich ein Meer beschwingt tanzender Paare in einem großen, feierlichen Ballsaal vor, mit Palmen in Bronze-Kübeln, auf Hochglanz polierten Speisetischen, Marmorsäulen und Goldblattschnörkeln, einem kompletten Orchester auf der Bühne, das Gershwin spielt, und einer Liga von Butlern der alten Schule im typisch schwarz-weißen Pinguin-Aufzug, Tabletts mit Champagner in Kristallschalen in der Hand. Im Mittelpunkt des Geschehens steht sie, Alessandra, die mutmaßliche ursprüngliche Trägerin dieses Kleides, daneben ihr stattlicher Bräutigam, ein Pendant sicherlich zu ihrer beider Sohn – schräge Schultern, leicht gebeugte Körperhaltung, dunkle Augen. *Ein weiterer Bräutigam*, sinniert sie, *der eines schönen Tages seinen Platz in der Riege der Toten Bräutigame an meiner Pinnwand finden könnte.* Vielleicht könnte er sogar den süßen James Andrew Percy ersetzen, der bislang ihr Liebling unter den Toten Bräutigamen ist?

»Und vielleicht«, nuschelt sie trocken in sich hinein, während sie den Rock schwungvoll hochrafft, um ihn zwischen den Händen wieder hinabgleiten zu lassen, »finde ich eines Tages ja auch einen *lebenden* Bräutigam für mich.«

Ihre Neugier erreicht den Höhepunkt. Sie probiert ihre Hochzeitskleider niemals an. Man mag es Aberglaube nennen, ein Grundprinzip, aber dieses eine … sie kann nicht widerstehen. Es drängt sie förmlich hinein, zehrt sie auf.

Im sanften Licht, das tanzende Schatten an die Wände wirft, streift sie Jeans und Bluse ab und steigt in diesen üppig wallenden Traum in Weiß. Sie hält einen Moment inne, fühlt um sich herum die Masse femininer Sinnlichkeit, hebt sie über ihre Hüften, greift hinter sich und zieht die Bänder am Mieder gerade so weit straff, dass sie seine Form spürt, wie es sich bewegt, wie es stützt, wie es nachgibt. Der Schnitt ist grandios. Der tiefe V-förmige Rückenausschnitt lässt ihre Haut strahlen und bringt ihre Figur optimal zur Geltung. Die Ausformung um das Dekolleté lässt selbst ihre kleine Brust sinnlich und weiblich erscheinen. Das taillierte Mieder und die ausladende Schleppe formen eine bildschöne Silhouette, die eine geradezu zauberhafte Wirkung entfalten. Sie ist in ferne Brautsphären entrückt. Hätte sie das tun dürfen? Würde sie jemals wieder dorthin zurückkehren können? Eine Drehung nach links, ein Schwingen nach rechts, den Rücken durchgebogen, den Arm ins weiße Stoffmeer getaucht, ein Blick über die Schulter …

Ein Schatten flackert.

Jemand hat sie gesehen.

»Mick?«

Doch anstatt auf Micks wohlvertraute Gestalt, treffen ihre Augen auf Rafael. Quer durch den Raum verfangen sich ihre Blicke ineinander – wie versteinert stehen sie sich gegenüber. Doch irgendwie fühlt es sich für sie an wie eine *Vereinigung*. Sie schnappt nach Luft, ergriffen von der Intensität des Moments, von Gefühlen, die sie nicht begreift. Zögerlich steht er in der Tür, sein Gesicht halb im Schatten. Er scheint ebenso erschrocken wie sie, seine sonst so gefasste Miene zerbröckelt.

»Ich … ich habe jemanden rufen hören«, sagt er schließlich, und seine Worte wogen leise durch die Stille.

Fran spürt die Hitze in ihren glühenden Wangen, und ihr Atem geht schwer, während sich ihr Brustkorb im steifen Mieder des Kleides hebt und senkt.

»Das war ich«, flüstert sie. »Ich … ich habe nach meinem Freund gerufen, aber … ich wurde abgelenkt.«

»Ja, das sehe ich«, sagt Rafael.

Fran kann nicht sagen, was in seinem Kopf vorgeht. Seine Mundwinkel sind nach unten gezogen, seine Augen aber scheinen zu leuchten. Sie presst die Hände an das Kleid.

»Ich habe das hier im Kleiderschrank gefunden. Es ist sehr, sehr schön.«

»Und es passt Ihnen … wie angegossen.«

Ihr Herz klopft. Soll sie noch etwas sagen? Soll sie sich erklären? Ist er schockiert? Sauer? Fasziniert?

»Ich denke mal, es gehörte Ihrer Mutter …?«

»Jawohl.«

Sie geht auf ihn zu, mit ausgestreckten Händen, in einer versöhnlichen Geste.

»Tut mir leid«, sagt sie leise, wohlwissend, wie emotionsbeladen so ein Familienstück sein kann, das eine geliebte Person getragen hat – das Erinnerungen und Geschichten in sich verwoben hat, deren Echo darin widerhallt. »Ich wollte nicht, dass Sie …«

»Schon gut«, murmelt er, strafft die Schultern und wendet sich ab, als wolle er weiteren Diskussionen aus dem Weg gehen. »Wenn Sie meinen, eine Verwendung dafür zu haben, bitte sehr … nehmen Sie's mit.«

Dann dreht er sich um und geht, und Fran bleibt allein

zurück, allein mit sich und dem Kleid, mit sich und ihrer Verwirrung.

Mick ist noch immer in der Küche zugange, sortiert altes Besteck. Er hat die Angewohnheit, sich mit unnötigen Kleinigkeiten aufzuhalten. So arbeitet er zwar sorgsam und gründlich, aber auch ungemein langsam. Fran baut sich in dem Kleid vor ihm auf.

»Du wirst es nicht glauben … es ist aus dem Hause Garrett-Alexia.«

Sie erntet nur ein halbwegs beifälliges Nicken.

»Die waren in den Fünfzigern legendär! Der Spezialist für prachtvolle Braut- und Festmoden. Sie gehörten zu den heißbegehrtesten Modeschöpfern ihrer Zeit. Sie kleideten Mitglieder des Königshauses ein, von Film-, Theater- und Musikstars gar nicht zu reden. Doch dann, auf dem Gipfel ihres Erfolgs, brach alles zusammen. Ein Firmenkrach, irgendwelche Querelen. Plötzlich stellten sie ihre Arbeit ein, und das war das Ende. Es wurden keine Kleider mehr gefertigt. Qualitätsdesign in Kombination mit extremer Seltenheit, Mick – das bedeutet, dass alles, was ein Garrett-Alexia-Label trägt, überaus hohen Sammlerwert hat. Ich habe erlebt, wie auf Auktionen der helle Wahnsinn losbrach, wenn mal eine Abendrobe dieser Marke aufgerufen wurde, weil sie so dermaßen selten sind – aber ein Brautkleid?« Sie rafft den Schleier mit den Händen zusammen, um seine Energie zu absorbieren. »Ganz ehrlich, ich weiß nicht, ob es irgendetwas dergleichen ein zweites Mal gibt.«

Fran starrt auf das Kleid und denkt: *Was mache ich nur damit?*

»Nimm es halt mit«, sagt Mick lakonisch. »Bring es auf Vordermann, lass es schätzen und verkauf es an die passende Braut!«

Tausende Wenns und Abers stürmen ihre Gedanken.

»Aber ich kann doch nicht einfach damit rausspazieren …«

Mick widerspricht.

»Warum sind wir dann hier? Ich meine, wir sind gekommen, um ein Brautkleid zu suchen. Wir haben ein Brautkleid gefunden. Volltreffer. Und nicht zu vergessen, was unser lieber, charmanter Freund sagte – ich zitiere: ›Nehmen Sie alles mit.‹ Damit ist die Sache doch klar.«

Fran zaudert. Das Kleid ist eine Versuchung für sie, eine sehr große sogar, aber Brautkleider stellen immer auch ihre eigene Moral auf die Probe – so wie die Liebe selbst –, sie sind zu kostbar, zu bedeutsam, um sich schamlos an ihnen zu bereichern. Sie strafft sich, schüttelt den Kopf.

»Ich kann nicht. Es fühlt sich falsch an. Ein Kleid wie dieses, ist … ist doch Familiengeschichte. Von Modegeschichte mal ganz abgesehen.«

»Aber du denkst nicht wirklich, dass dem Herrn des Hauses groß was daran liegt? Er macht mir nicht den Eindruck, als wäre er ein Mode-Fex oder einer, der sich groß um die Vergangenheit seiner alten Frau Mama schert.«

»Nein, aber …«

Fran hat sein Gesicht vor Augen, seinen durchdringenden Blick, der auf ihr ruhte. Es war die Art, wie er sie ansah – als wären seine Gedanken in diesem Moment energiegeladener, kraftvoller, als er sich zugestehen wollte.

»Tu, was du für richtig hältst«, sagt Mick. »Ich belade derweil den Transporter mit meiner Ausbeute, dann hast du noch etwas Zeit. Wir sehen uns gleich draußen, mit Kleid oder ohne.«

Allein mit sich und ihren Gedanken, geht Fran im Zimmer herum, presst sich das Kleid eng an den Körper und zieht die Schleppe hinter sich her. Damit sich die ursprüngliche Trägerin überhaupt mit Anmut und Grazie darin bewegen konnte, hatte es gewiss der Hilfe mehrerer Brautjungfern und Pagen bedurft – ein Aufzug der Extravaganz, der prunkt mit Glamour und sozialem Stand. *Hinter Alessandra steckt eindeutig mehr als die Liebe zur Gartenarbeit und einem Tassenbaum.* Jedes Detail dieser Robe ist exquisit, von den schimmernden Perlen über die feinen Spitzenärmel bis hin zur eingefassten Taille. Eine mehrwöchige, wenn nicht gar mehrmonatige Arbeit, alles handgenäht, alles perfekt. Genau das, wovon Fran immer geträumt hat. Wie könnte sie sich dieses Kleid entgehen lassen?

Hastig packt sie es zurück in die Reisetasche, stopft, drückt und quetscht die ausladende Masse fest hinein. Mit einem entschlossenen Schwung nimmt sie die Tasche über eine Schulter und schleicht in den Flur hinaus, geht an einer Reihe von leeren, stillen Räumen vorbei, mit hallenden Decken und staubigen Fenstern. Fast hat sie die Eingangshalle erreicht, da fällt ihr Blick erneut auf Rafael. Er steht da, allein, die Arme verschränkt, und starrt in einen kalten Kamin in der Zimmerecke. Ein Hauch von Melancholie umgibt ihn, so dass sie ihn nicht anzusprechen wagt. Eine knarrende Bodendiele lässt ihn aufmerken. Er schaut sie an, seine Pupillen fangen das Licht ein, und sein Blick geht zur Reisetasche.

»Ich denke«, sagt sie, »Sie sollten sich das mit dem Kleid hier noch einmal gut überlegen.«

Sie macht direkt vor ihm die Tasche auf, zieht das seidene Gewand heraus, versucht zu lächeln, doch ihre wohlwollende Geste stößt auf prompte Missachtung. Er reagiert kaum, fast so, als wolle er das, was sich seinen Augen darbietet, keines Blickes würdigen.

»Von mir aus können Sie es gerne mitnehmen«, sagt er brüsk.

»Aber …«

»Nun, *ich* werde es bestimmt nicht tragen, richtig?«

»Ja, aber ich fühle mich genötigt, Ihnen zu sagen, dass …« Fran kann nicht anders, sie brodelt innerlich vor Aufregung – so sehr, dass ihre Hände anfangen zu zittern. Sie kramt in der Reisetasche, zieht noch mehr Stoff hervor, präsentiert perlenbesetzte Kolibris und kunstvoll bestickte Lilien. »Dies ist ein sehr außergewöhnliches Kleid.«

Keine Reaktion. *Wenn Handwerkskunst und sentimentale Gefühle ihn schon nicht bewegen, dann vielleicht Geld.*

»Und ich glaube, es könnte sehr wertvoll sein. Ich betreibe Recherchen und verkaufe Vintage-Brautkleider …«

Rafael seufzt und schnaubt, schaut ungeduldig an die Decke, und vor lauter Anspannung treten seine Kiefersehnen hervor. Doch Fran lässt nicht locker.

»Glauben Sie mir, dieses Kleid ist etwas ganz Besonders. Es ist aus dem Hause Garrett-Alexia, was für sehr seltene Couture steht, falls Sie nicht … Nun … gut … Was ich sagen will, überall auf der Welt gibt es Bräute, die sich nach einem Kleid wie diesem die Finger lecken würden. Ich könnte es verkaufen, gar kein Problem, aber meine Arbeitsmethode ist … speziell.«

Endlich beehrt er sie mit einem flüchtigen Seitenblick.

»Ich entdecke immer wieder prächtige Kleider«, erklärt

sie, »und dann suche ich die passenden Bräute dafür. Eine Marktnische, und ich bin darin sehr erfolgreich. Aber die Sache ist die: Damit ich gute Kombinationen finden kann, muss ich meine Kleider ebenso gut verstehen lernen wie meine Kundinnen, die Bräute. Sehen Sie, die besten Kleider – und ich glaube, dass dieses hier so eines sein könnte – bringen am Tag der Tage nicht nur ihre Schönheit mit. Sie bringen auch ihre ganze Energie mit, ihre *wahre Geschichte*. Und ich denke, dieses hier«, sagt sie mit leuchtenden Augen und neigt sich mit flammender Begeisterung nach vorn, »ist fast schon so etwas wie Magie. Das ultimative Kleid, das ein unvergessliches Statement setzt, eine große, lebensverändernde Sache ist. Es braucht Leben. Es braucht Liebe.«

»Dann nur zu«, sagt Rafael und dreht sich wieder zum Kamin.

Gut. Okay. Sie sollte sich freuen. Das Kleid ist jetzt ihres, ganz legal, ganz ohne Wenn und Aber – doch so, wie Rafael redet, kommt von einem warmen Gefühl der Großzügigkeit nichts bei ihr an. Eher fühlt sie sich beleidigt durch seine gönnerhaft-herablassende Art und die Tatsache, dass ihm etwas so Großartiges offenbar so gleichgültig ist …

Sie kann nicht an sich halten. »Sie wissen seine Bedeutung überhaupt nicht zu schätzen, oder?«, blafft sie ihn an.

»Verzeihen Sie«, sagt er. »Habe ganz vergessen, dass wir angestaubte und mottenzerfressene eheliche Insignien ja immer schön in Ehren halten müssen … denn sonst bliebe nur noch …«, und er greift spontan nach der Tasche, der Stoff quillt heraus, wallt über den Boden, »… sie in den Container zu werfen.«

»Was?«

Und während Rafael sich das Bündel schnappt, durch die Haustür hinaus ins helle Sonnenlicht eilt, schnurstracks auf einen schmutzig-gelben Container zu, vollgestopft mit Müllsäcken, folgt Fran ihm auf dem Fuße, lodernde Wut in den Augen. Trotz ihrer flehentlichen Proteste lupft er die Reisetasche samt Kleid hoch und wirft sie in den Container.

Fran bleibt die Spucke weg. Sie ist fassungslos, tief verletzt angesichts eines so launenhaften Akts der Grausamkeit. Ohne eine Regung streicht sich Rafael kurz die Hände ab, macht kehrt und geht zurück ins Haus. Als er außer Sichtweite ist, taucht sie dem Kleid hinterher, um es zu retten. Brauchte es noch mehr, um ihr klarzumachen, dass dieses Kleid nun ein für allemal ihr gehören soll?

Kurz darauf wird sie von laut quietschenden Bremsen aufgeschreckt. Eine verbeulte blaue Corvette schwenkt in die Einfahrt und hält abrupt vor dem Aufgang zum Haus. Eine junge Frau stürzt aus der Beifahrertür, die Haare am Oberkopf zu einem der Schwerkraft trotzenden Dreadlock-Turm gebunden, und an Augenbrauen und Ohren ein ganzes Arsenal von Piercings.

»Hi«, sagt sie beschwingt, während sie Fran interessiert mustert, die mit einem Bein noch im Müllcontainer steckt. »Sie sind zum Entrümpeln hier?«

Sie streckt ihr freundlich die Hand entgegen. Nur widerwillig lässt Fran das Brautkleid los und schlägt ein.

»Hübsches Teil«, sagt die Frau mit einem nickenden Blick auf Frans Kimonobluse aus den Siebzigern, die sie zu einer alten Levi's trägt. »Wo steckt denn der verlorene Sohn des Hauses?«

»Sie meinen Rafael?«

»Genau den. Ist er drinnen? Ah, da kommt er ja.«

Rafael erscheint in der Tür, marschiert im Stechschritt und mit starrer Miene auf sie zu. Fran lässt er links liegen.

»Was machst du hier?«, blafft er sie an.

»Nichts«, schreit sie. »Ich unterhalte mich nur, okay? Bin nur höflich. Jetzt komm mal runter.«

Die beiden fangen an, sich direkt vor Fran zu streiten. Aus dem Container funkelt ihr das Kleid entgegen, doch die beiden, gepackt von hellem Zorn aufeinander, die Körper angespannt, die Stimmen laut, stehen ihr im Weg. Sie hat keine Lust, zwischen irgendwelche Familienfronten zu geraten. Da ertönt ein Hupen. Mick. Er erscheint in ihrem peripheren Blickfeld, winkt sie aus dem Transporter zu sich. Ihr Blick geht hin und her, vom Kleid zu den beiden Streithähnen und wieder zurück zu Mick.

»Komm, wir fahren«, ruft er ihr zu und lässt den Motor an.

Fran juckt es in den Fingern, sich das Kleid zu schnappen, doch just als sie sich anschickt, es herauszufischen, eskaliert der Streit, und ein Mordsgeschrei bricht los.

»Krieg verdammt noch mal dein Leben auf die Reihe!«, brüllt Rafael.

Die Wut in seinem verzerrten Gesicht ist fast greifbar. Die Adern an seinen Schläfen treten pochend hervor, Wangen und Kieferpartie sind verkrampft und die Augen zu schmalen Schlitzen verengt. Er sieht unberechenbar und gefährlich aus, wie ein in die Enge getriebener Wolf.

»Du kannst mich mal!«, schreit die Frau zurück, speit Gift und Galle. »Hör auf, mir vorzuschreiben, wie ich mein Leben zu leben habe! Weißt du, was du bist? Ein widerlicher, selbstsüchtiger, starrsinniger Frauenheld, den kein Mensch leiden kann!«

Fran wird es zu viel. Sie hat keine Wahl. Sie lässt die ganze Sache bleiben, geht hinüber zum Transporter, klettert auf den sicheren Beifahrersitz.

»Sollten wir einschreiten?«, fragt sie leise.

Mick zuckt mit den Schultern.

Er konnte es noch nie gut aushalten, Leute streiten zu sehen. »He«, ruft er den beiden zu, »kein Grund, so herumzuschreien, Sir!«

Rafael ignoriert ihn und bugsiert die Frau in Richtung Haus. Sie zetert und flucht. Keiner der beiden schenkt ihnen Beachtung.

»Oje«, sagt Mick, »sollen sie sich die Köpfe einschlagen. Altes Geld. Alte Probleme.«

»Wem sagst du das«, sagt Fran. »Schau es dir doch an, das ist ein kaltes, gefühlloses Beispiel der menschlichen Natur. Ganz ehrlich, Mick, ist es denn ein Wunder, dass ich die Chance auf die große Liebe im einundzwanzigsten Jahrhundert aufgegeben habe? Die Männer von heute sind doch alles Pfeifen.«

»Ähm-hm.«

»Sie taugen alle nichts. Gut, du spielst in einer ganz anderen Liga. Außerdem hältst du dich die meiste Zeit im Jahr 1892 auf.«

»Wohl wahr.«

Sie lachen kurz, froh und erleichtert, der Szenerie zu entfliehen. Doch während sie durch die waldige Landschaft brettern, unter einem Baldachin von Buchen, wird Fran von einem plötzlichen Gefühl der Verzweiflung überwältigt. Die flammende Begeisterung für dieses Kleid, die schiere Masse quasi schwerelos in ihrer Pracht … sie hatte es in ihren Armen gehalten, dieses Kleid, diesen Schatz der Liebe, die Antwort auf alle Probleme dieser Welt.

Und jetzt liegt es als weißer Haufen in einem Müllcontainer.

Kapitel 3

Rafael Colt atmet ruhig, als er in das Samtsakko seines Smokings schlüpft und die Manschettenknöpfe zurechtrückt. Er sehnt sich nach einem Moment der Ruhe, den er seit sechs Uhr früh nicht mehr hatte. Nur wenige Minuten noch, dann steht er auf der Bühne und hält seine wichtigste Rede des Jahres. Der Veranstaltungsort, das große Glas-Atrium des *Royal Opera House*, ist bis auf den letzten Platz besetzt. Alles, was in London Rang und Namen hat, ist zu dieser festlichen Veranstaltung zusammengekommen, um sich zu vernetzen, zu zeigen und sich der eigenen erlesenen Verbindung zum angesehenen Namen der Familie Colt zu rühmen. Der alljährlich stattfindende »Black Tie Ball« der Colt Foundation hat sich im gesellschaftlichen Kalender der britischen Hauptstadt als eine der exklusivsten Veranstaltungen etabliert. Seinen Auftritt vor diesem Publikum – schwerreicher Geldadel, intelligent, kultiviert und unglaublich steif – scheut Rafael jedes Jahr aufs Neue. Doch als Vorsitzender der Stiftung ist ihm durchaus klar, dass er den privaten Rafael hintanstellen und den Helden spielen muss. Er weiß, es geht um viel, und er weiß, welch großen Unterschied sein Geld für all diejenigen macht, die es so nötig brauchen.

Die versammelten Gäste – eine bunte Mischung aus Vorständen karitativer Organisationen, Firmenmagnaten und Superreichen – warten alle nur auf ihn, schmalstielige Champagnerflöten in den Fingern wiegend, begierig darauf, ihr kunstweißes Lächeln zu zeigen und Lobhudeleien über ihm auszuschütten. *Hatte die Stiftung nicht ein glänzendes Jahr? Fabelhaft. Phänomenal.* Er weiß, man wird ihn lieben, ihn bejubeln, ihn umgarnen und über ihn reden, ihn fast schon heiligsprechen. Es ist immer das Gleiche, Jahr für Jahr. Dieses Mal allerdings hat er sich ein kleines Spiel überlegt, hat in Gedanken eine kleine Prognose aufgestellt, eine Checkliste der Unvermeidbarkeiten: General Marvin, der alte Golfkumpel seines verstorbenen Vaters, der ihn sich schnappen und in eine endlose Diskussion über den Zustand der Verbindungen nach Edinburgh verwickeln wird. Lady Felicity Pollinger, in einem scheußlichen Pelz, wird ihn zu einem Tanz nötigen und ihm schlüpfrige Dinge ins Ohr flüstern. Drei Tabletts mit Canapés werden herumgereicht werden. Zwei Wirtschaftsprüfer werden während der Tombola heftig debattieren, und Hannah Atherton-Rhys wird weinen. Ein Punkt für jeden Treffer, und wenn er alle Punkte macht, dann, nun ja, was auch immer … wie es eben ist im Leben, es wird keine Belohnung geben, nur ein bisschen Spaß an der eigenen Freude, hin und wieder.

»Noch eine Minute, Mr Colt«, sagt Mimi, seine treue Assistentin, und reicht ihm seine Redeblätter.

Er sieht sie gar nicht erst durch. Den Text hat er fest im Kopf. Doch jedes Mal, wenn er versucht, sich zu konzentrieren, drängen sich Bilder in seine Gedanken und übernehmen die Regie: jene leeren Räume, der Kamin, die

Gartenhandschuhe seiner Mutter, das Kleid … das Hochzeitskleid, das ihm eine Fremde, Francesca Delaney, in einem Bündel hinterhergetragen hatte. Er sieht sie noch genau vor sich, schwanengleich, im Hochzeitskleid seiner Mutter, ihre makellose, helle Haut, das Leuchten in ihren Augen, den kleinen Höcker in ihrer Nase, den Bogen ihrer Lippen, jene Lippen, die so viel über das verdammte Heiraten zu sagen haben. Überschwänglich. Hochzeitsfanatisch. Zwei Eigenschaften, die er nicht ausstehen kann. Warum, *warum* drängt sie sich so sehr in seine Gedanken?

»Fünf Sekunden noch«, sagt Mimi routiniert, die Hand zum Countdown ausgestreckt.

Von allen Assistentinnen, die er je hatte, ist Mimi die Beste, weshalb er ihr Gehalt gerade verdoppelt hat, damit sie ein weiteres Jahr bleibt – was sie von ihrem Studium abhält, ihr dafür aber ein gutes Auskommen sichert. Sie stammt aus Kanada, aus einer wohlhabenden Familie, und kam vor zwei Jahren als Auslandsstudentin nach London. Sie studiert – oder studierte – Europäische Kulturwissenschaften. Sie liebt Oper und Tee. Sie ist klug, strukturiert, eiskalt, vielleicht gar etwas skrupellos und eine Verbalminimalistin: Ihre Wörter und Sätze sind nie länger als nötig. Das gefällt ihm. Kein unnötiges Geplapper. Sie geben nicht vor, Freunde zu sein, jedoch verstehen sie beide es sehr gut, das professionelle Schweigen während ihrer gemeinsamen Arbeit in angenehmer Weise zu nutzen.

»Noch drei Sekunden, zwei, eins – los!«

Rafael holt noch einmal tief Luft und verdrängt das Geflüster in seinem Kopf.

Im Saal schlagen ihm ein Blitzlichtgewitter und donnernder Applaus entgegen. Der weißhaarige Zeremonienmeister nimmt ihn am Arm und geleitet ihn durch die blendende Helle galant zum Mikrofon am Rednerpult. Dann legt sich plötzlich eine erwartungsvolle Stille über den Saal. *Sag einfach deinen Text*, denkt er, *spiel einfach deine Rolle. Gib dich formal und würdevoll. Gib allen ein gutes Gefühl. Sag einfach deinen Text und fertig.*

»Guten Abend. Es ist mir eine große Freude, Ihnen mitteilen zu können, dass die Colt Foundation ihr bisher erfolgreichstes Geschäftsjahr seit ihrem Bestehen hatte.«

Ein Beifallssturm, den seine sonst so leise, aber jetzt extrem verstärkte Stimme entfacht, lässt die ehernen Säulen und das mächtige Glas-Gewölbedach erzittern. Er schwenkt in die nächste Zeile.

»Wir konnten eine Rekordsumme für eine Rekordzahl Projekte bereitstellen, und das bedeutet: Mehr Hilfe dort, wo sie am nötigsten gebraucht wird.«

Erneut anhaltender Beifall.

»Mit unserem Stipendiatenprogramm konnten wir tausenden benachteiligten Kindern und Jugendlichen Bildungschancen eröffnen und unsere Colt-Community-Förderprojekte im Norden, Südosten und jetzt auch im Südwesten Englands anschieben. Wir haben ein ehrgeiziges Bauprogramm finanziert, hochmoderne Schulen in den ärmsten Gemeinden des Landes eingerichtet und tausende von Fördergeldern für Belange der öffentlichen Gesundheit bereitgestellt.«

Tosender Applaus bricht los. Er spürt ihn über sich niedergehen wie einen herrlich warmen Regen, spürt, wie er ihn durchdringt, durchnässt – und dann abläuft wie Wasser in die Rinne. Rafael hat viele Eigenschaften, und nicht alle sind positiv, aber realitätsfremd ist er wirklich nicht.

Wenn sie die Wahrheit kennen würden, denkt er, *wüssten sie ihre Verehrung zu zügeln.* Durch den blendenden Schein der Bühnenbeleuchtung spürt er sie, die verdunkelten Gesichter, die in Seide und Satin gewandeten, mit Diamanten und Gold geschmückten Körper, die Blicke, die an seinen Lippen kleben und auf die nächste furiose Aussage warten. Er stößt seine Redeblätter auf dem Pult zurecht.

»1955«, sagt er und presst die Worte förmlich heraus, »fasste mein Großvater, Lord Samuel Anders Colt, den Entschluss, seinen ererbten Reichtum zu nutzen, um das Leben anderer Menschen zu verbessern. In den vergangenen sechs Jahrzehnten waren mein verstorbener Vater und ich stets bestrebt, den Keim seiner Vision wachsen zu lassen und die Stiftung zu dem zu machen, was sie heute ist. Aber das haben wir nicht alleine geschafft. Sie alle, unsere Mitarbeiter und Unterstützer, haben durch Ihren unermüdlichen Einsatz dazu beigetragen, und insofern gebührt der allergrößte Applaus allein Ihnen.«

Früher sprach er etwas länger und ausführlicher – die versammelte Menge liebt es nämlich, Einzelheiten über die Familiengeschichte der Colts zu erfahren, über Glanz und Glorie des alten Geldes –, doch seit dem Tod seines Vaters fasst er sich eher kurz. Ihm gefällt der Gedanke, dass die Stiftung eines Tages ihren angestammten Ursprüngen entwachsen sein und eigenständig bestehen wird, geschätzt für all das Gute, das sie tut, und nicht für den *großen Namen,* den sie trägt.

»Großartig, Rafael, wie immer. Sie haben definitiv die Gabe Ihres Vaters, ein begeisternder Redner zu sein.«

Ein rotgesichtiger Mann schüttelt ihm kräftig die Hand.

Rafael erkennt ihn nicht, lächelt aber und lässt sich nichts anmerken.

»Meine Tochter ist Single, wissen Sie«, sagt der Mann mit einem jovialen Augenzwinkern, »und ich denke, es ist höchste Zeit, dass sie sich häuslich niederlässt. Sie stehen nicht zufällig auf dem Heiratsmarkt zur Verfügung?«

»Ich fürchte, nein.«

»Dann haben Sie schon jemanden gefunden?«

»Ich bin nicht einmal auf der Suche.«

»Sind Sie schwul?«

»Nein. Ich habe einfach … eine Beziehung nach der anderen.«

»Recht so. Kann nicht sagen, dass ich nicht neidisch wäre. Wieso sich binden, wenn man auch so jede Menge Spaß haben kann?«

»Absolut.«

Rafael bauchpinselt den Mann mit ein bisschen trockenem Altherrenhumor, während seine Blicke durch den Saal schweifen und nach Mimi suchen, die sofort zur Stelle ist, um ihn sich zu schnappen und einem anderen Grüppchen zuzuführen, für weitere heitere Plaudereien und Komplimente. *Noch eine Runde durch den Saal*, denkt er, *dann habe ich diesen Affenzirkus hoffentlich hinter mir und kann mich still und leise verdrücken.*

Nach der sechsten der nach Priorität sortierten Begrüßungsrunden ist Rafael ganz matt vor Hunger. Er hält sich dicht hinter den Bedienungen in Kellnerwesten, die durch den Saal schweben und ihre hocherhobenen Tabletts mit rosa gebratenen, meerrettichgarnierten Roastbeef-Röllchen, Kaviar-Blinis und Mini-Baisers balancieren, wenngleich ihn diese distinguierten Spatzenportionen doch sehr unbefriedigt lassen. Sein Körper und seine Seele lechzen nach einer Pizza – einer stinknormalen, schlabbrigen Takeaway-Pizza mit extra viel Salami von der richtig scharfen Sorte, die einem den puren Schweiß aus den Poren treibt. An einem anderen Abend vielleicht. In einem anderen Leben.

In einem unbeobachteten Moment steuert er auf den Ausgang zu.

»Raf! Wehe, du machst dich aus dem Staub, ohne deiner besten Freundin Hallo zu sagen.«

Kate Michaels. Endlich jemand, mit dem er sich wirklich gerne unterhält. Kate ist die Lebensgefährtin eines seiner ältesten Freunde, eine gute LZF (Langzeitfreundin), trotz der Tatsache, dass sie ihm den letzten seiner Single-Freunde weggenommen hat. Er neigt sich zu ihr, küsst sie auf beide Wangen.

»Schön, dich zu sehen, Kate. Bitte sag, dass du hier bist, um mich aus den Klauen der gesellschaftlichen Zwänge zu retten!«

»Schöne Rede, Raf. Rick und ich sind absolut beeindruckt von allem, was du mit der Stiftung erreicht hast. Du hast so hart gearbeitet.«

»Danke.«

»Wirklich schade, dass Rick nicht kommen konnte. Er ist auf einem feuchtfröhlichen Segeltörn nach Calais, Vorräte besorgen für den neunzehnten.«

»Den neunzehnten?«

»Haha, Raf.«

»Nein, im Ernst. Was ist am neunzehnten?«

»Äh … ich glaube, die Trauzeugentruppe hat dich eingespannt. Belanglose Angelegenheit, eine kleine Hochzeit in Schottland. Rick und ich schließen den Bund fürs Leben am Loch Lomond …«

»Oh – oh ja. Ich habe es nicht vergessen. Ich hatte es nur …«

»Verdrängt?«

Rafael windet sich.

»Du kommst doch, oder?«

»Natürlich. Ehrlich, ich … ich freue mich riesig, mit euch zwei Turteltauben … euren großen Tag zu feiern. Kann es kaum erwarten.«

»Quatsch!«

»Gibt's auch Whisky?«

»Klar. Und Ceilidh …«

»Ach du liebe Güte!«

»Oh, nur keine Panik, Raf. Wer weiß, vielleicht wird eine von Kerzen erhellte Kapelle dein kaltes Herz erwärmen.«

»Darauf würde ich mich nicht verlassen.«

Auf der Taxifahrt nach Hause fällt der Druck von ihm ab. Als Rafael in den Sitz sinkt und die Lichter vom Embankment durch das Fenster funkeln, muss er wieder an sie denken – wie sie so dreist sein konnte, ihm dieses Kleid aufzudrängen, als ob er es behalten wollen und sich darum scheren müsste. Gut, es in den Container zu werfen war vielleicht ein bisschen hart, aber was hätte er anderes tun können? Sie hatte ihn ja förmlich dazu getrieben. Francesca Delaney. Was sagte sie gleich noch mal, was sie ist? Expertin für Vintage-Hochzeitskleider. *Bitte, ist das überhaupt ein Beruf?* Und was das Kleid anbelangt: Er hatte überhaupt keine Ahnung, dass seine Mutter es aufgehoben hatte. Dass sie offenbar nie erwogen hatte, es auszumisten, nach allem, was sie durchgemacht hatte. Er seufzt. *Das Haus loszulassen wird heilsam sein*, denkt er. *Nostalgie kann nichts Gutes bringen. Ein sauberer Abschluss, ein Neustart, frisch und unbeschwert.* Er ist müde, und seine Lider werden schwer, als er sich tiefer in den wohligen Kokon des Rücksitzes sinken lässt. Er will Pizza. Er weist den Taxifahrer an, am nächstbesten Pizza-Imbiss anzuhalten, was in dieser exklusiven Gegend von London gar nicht so einfach ist.

»Wir sind fast am Ziel, Kumpel – sind Sie sicher?«

Rafael kann seine Wohnblockzeile bereits sehen, die glatten weißen Marmorfassaden, die schicken verchromten Balkongeländer und die schwarz glänzende Themse direkt davor. Er denkt an sein behagliches Bett und verspürt einen innerlichen Schmerz – es geht nicht um eine Pizza. Es geht darum, dass er leben will, frei sein will, dass er *fühlen* will … irgendwas … irgendetwas …

Alle um ihn herum sind verliebt. Alle heiraten. Alle haben sie jemanden.

»Eigentlich könnte ich noch einen Drink vertragen. Kennen Sie das *Seekers*?«

»Ja, kenne ich.«

Nach zwanzig Minuten hält der Fahrer vor einem Club in der Old Street – »Seekers« steht da auf einem Schild in dezenter Leuchtschrift. Rafael drückt ihm ein Bündel 20-Pfund-Scheine in die Hand, trägt ihm auf zu warten, legt Jacke und Krawatte ab, steigt aus dem Taxi und nickt dem Türsteher zu.

Die schwarzen Wände und die niedrige Decke machen es schwierig, etwas zu erkennen, aber der Club scheint gut besucht. Rafael geht geradewegs zur Bar, wo der Barkeeper ihm grüßend entgegenblickt.

»Einen Old-Fashioned?« Er weiß schon, was Rafael meist nimmt.

In einem Stout-Glas mixt er Bourbon, Zucker und Soda, während Rafael sich zurücklehnt und seinen Scannerblick rundherumwandern lässt. Er weiß aus Erfahrung, dass er nur ein paar Drinks spendieren und seinen Charme spielen lassen muss, dann ist ihm eine Eroberung für die Nacht sicher.

Er kippt den Old-Fashioned hinunter, der ihm warm und süß in der Kehle brennt, und fixiert einen Tisch in der Ecke, wo drei Frauen lachend vor einer leeren Cocktail-Karaffe sitzen, jede auf ihre Weise attraktiv, stilsicher gekleidet, dem Anschein nach berufstätig. Anwältinnen oder städtische Angestellte vielleicht. Er bestellt eine Karaffe vom wie auch immer zusammengemixten Special-Cocktail des Tages und bringt ihn den Damen an den Tisch.

»Ihr könnt doch nicht vor leeren Gläsern sitzen«, sagt er weich lächelnd.

Die Frauen schauen verdutzt und etwas skeptisch.

»Ich würde gern mitlachen«, sagt er. »Hatte einen langen Tag, und ihr scheint euch prächtig zu amüsieren. Ist schön zu sehen. Bitte … die Runde geht auf mich.«

Die Blicke der Frauen gehen hin und her, dann wieder zurück zu Rafael.

»Mhm, danke«, sagt die erste unmittelbar neben ihm.

»Ja, setz dich gerne zu uns«, sagt die zweite.

»Einer mehr hat immer Platz«, sagt die dritte, die ihn von oben bis unten mustert. »Hol dir einen Stuhl.«

»Klar.«

Kaum eine Stunde später ist die dritte in seinem Bett, genauer gesagt, im Bett von Zimmer 206 im Hilton an der Park Lane. Der Sex ist mittelprächtig. Eine nette Nummer zwischendurch, aber nichts, was ihn auf einer tieferen Ebene berührt.

Mitten in der Nacht – das Mondlicht scheint durch das Fenster – wird Rafael wach. Sie geht ihm nicht aus dem Kopf: Francesca Delaney. Und beim Anblick einer weiteren namenlosen Frau aus dem *Seekers*, die selig schnarchend neben ihm liegt, fühlt er sich einsamer und leerer denn je.

Kapitel 4

Die Schwestern und Cousinen der angehenden Braut Melissa West, alle in Jeansoveralls ähnlicher Qualität, haben sich im *Whispering Dress* versammelt, um Melissa auf der Suche nach ihrem Brautkleid zu unterstützen. Sie kichern heimlich über Penis-Strohhalme, während sie aufgekratzt in ihren Einkaufstaschen kramen, um allerlei Krimskrams für den Bauchladen zum Junggesellinnenabschied zu präsentieren: aufblasbare Sonnenbrillen, Federschals, Mini-Schokoladendildos sowie das obligatorische Plakat. Und natürlich, wie könnte es anders sein, zaubert eine von ihnen vier Flaschen Prosecco und eine Riesentüte Nachos hervor. Die Einweg-Sektflöten hat sie allerdings vergessen.

»Es gab nur die zum Zusammenschrauben – jetzt lacht nicht – die zweiteiligen zum Zusammenschrauben, mit Kelch und Stiel.«

»Macht nichts. Wir trinken einfach aus der Flasche. Da kennen wir nichts.«

Lautes Gegacker bricht los. Melissa selbst steht indes in einem gesonderten Bereich am anderen Ende des Ladens vor einem Spiegel, der kunstvoll drapiert ist mit Perlen, Kugeln, Blumengirlanden und Stücken feinster englischer Klöppelspitze – ein Schrein zu Ehren der Göttin für Hochzeits-Accessoires. Die Braut in spe, ganz das Gegenstück zu ihrer ungehobelten Entourage, gluckst verzückt.

Wo kommen die bloß her, fragt sich Fran, *diese Frauen, die mit ihrem Gejohle und Krakeele Melissas heiligen Moment zuschanden machen?* Sie sind ganz offensichtlich hier aus Spaß an der eigenen Freude, um eine gute Ausrede zum Saufen und Tratschen zu haben, unter dem Vorwand, mit ihren unverblümten Kommentaren der Hauptperson des Tages zum Brautkleid ihrer Träume zu verhelfen. Fran jedoch versucht, nicht allzu streng über sie zu urteilen. Ihr vulgäres Benehmen kann dem Kleid ohnehin nichts anhaben, und außerdem mag sie es, wenn ihre Arbeit von beschwingter, fröhlicher Energie begleitet ist.

Das Kleid selbst hängt hinter einem Damastvorhang bereit. Seine neue Braut hat es noch nicht zu Gesicht bekommen, was ihre Nervosität erklären dürfte. Fran bittet Melissa, Platz zu nehmen. Sie setzt sich auf den Samthocker neben den übergroßen marokkanischen Bodenkissen und dem dekorativen Winchesterstuhl im Shabby-Chic, die Hände im Schoß, die Knie steif. *Armes Ding*, denkt Fran und spürt genau, dass Melissa gerade nicht so sehr an ihr eigenes künftiges Glück denkt als daran, was ihre Entourage wohl gleich sagen wird.

»Bereit?«

Der Moment, die Magie, das einmalige Erlebnis, wenn ein *flüsterndes Kleid* in all seiner Pracht und Herrlichkeit das allererste Mal auf seine neue Braut trifft – dann, ja dann hat sich all die mühsame Kleinarbeit ausgezahlt und findet ihren Widerhall. Das Kleid fängt an zu atmen, Form anzunehmen und seinen Sinn im Leben zu erfüllen.

»Dieses Kleid«, sagt Fran mit eindringlicher Stimme und strahlenden Augen, »wird Ihr Leben verändern. Darauf haben Sie mein Wort.«

Doch Melissa, mit vor Schüchternheit zugeschnürter Kehle, zuckt bloß mit den Schultern.

»Ich hoffe nur, es gefällt allen«, sagt sie. »Wenn ich zum Traualtar schreite, möchte ich, dass alle sich nach mir umdrehen und denken … nun, ich möchte einfach, dass sie denken: ›So übel sieht sie gar nicht aus.‹«

Fran hält kurz inne. Derart starke Selbstzweifel verlangen ihre Aufmerksamkeit.

»Oder aber«, sagt sie ermutigend, »sie denken: ›Donnerwetter, wie strahlend schön sie ist.‹«

Melissa zuckt erneut mit den Schultern.

»Sie wissen ja, wie das ist.« Sie beugt sich vor, starrt auf ihr Spiegelbild. »Ich sollte wohl nicht so streng mit mir selbst sein, aber manchmal schaue ich in den Spiegel und … fühle mich potthässlich. Ich müsste etwas Speck um die Taille verlieren, meinen Bauch trainieren, meine Nase machen lassen, und meine Zähne … ich tu ja, was ich kann. Sie glauben gar nicht, wie viele Kniebeugen ich gestern gemacht habe, aber nie ist es genug.«

Fran nickt. Sie hat ihn oft genug erlebt, den Monolog der Bräute vor dem hübsch drapierten Spiegel, den letzten vorehelichen Rundumblick auf die vermeintlichen Problemzonen. Hier, auf dem »Stuhl des Wartens«, bis sie ihr Kleid endlich sehen, werden die meisten ihrer Bräute richtig gesprächig, als wenn die Vorfreude all ihre Hoffnungen und Ängste verstärken würde. *Das ist gut*, denkt sie, *eine psychische Reinigung*.

»Nur damit Sie es wissen«, gesteht Melissa, »letzte

Woche hatte ich vier Takeaways. Wenn sich das nicht auf Hüften und Hintern schlägt …«

Stopp … nicht noch mehr, bitte. Fran verschwindet hinter den Damastvorhang, zieht ihn zurück und offenbart ihr die ganze Magie.

Melissa blinzelt, rutscht unruhig auf dem Hocker herum und blinzelt erneut. Ihr Mund klappt auf, formt sich zu einem staunenden O.

»Und …?«, fragt Fran.

»Es ist … es ist …«

»Perfekt?«

»*Rot.* Es ist sehr rot. Ich meine, ähm, es ist roter, als ein Brautkleid normalerweise ist.«

»Aber es gefällt Ihnen?«

»Ich … mag das Rockteil, aber was ist das hier?« Sie zeigt auf eine flaumige Borte aus Marabufedern.

»Straußenfedern. Sind sie nicht fantastisch?«

»Sie sind ein bisschen …«

»Fein?«

»Gruselig.«

Unbeirrt hebt Fran das Kleid vom Bügel und hält es ihrer Braut an.

»Fühlen Sie einfach mal«, sagt sie, »fühlen Sie mal, wie sie schwingen, die Federn.«

»Sind sie schmutzig?«

»Sie wurden von Fachleuten für Federtextilien bedampft, eingefärbt und getrimmt. Sie könnten nicht sauberer sein. Sie sind über siebzig Jahre alt, aber in einwandfreiem Zustand. Auf eBay werden Sie nichts Gleichwertiges finden.«

»Ich habe auf eBay auch noch nie nach Federn gesucht.«

»Bloß nicht. Ich habe das mal gemacht. Scheußliches Zeug findet man da.«

»Was ist das für ein Rot?«

»Scarlet, würde ich sagen.«

»Wie die Filmfigur?«

»Wie die Farbe. Scharlachrot.«

»Gibt es das auch in Weiß?«

Fran seufzt. Das ist selbst ihr ein bisschen zu viel. »Wer sagt denn, dass es immer Weiß sein muss? In anderen Ländern und anderen Epochen leuchten Brautkleider in den buntesten Farben«, sagt sie spitz.

»Aber bei mir in Streatham ist Weiß die Norm. Alle werden eine Braut in Weiß erwarten.«

»Aber warum der Norm entsprechen, wenn Sie … herausstechen und etwas ganz Besonderes sein können? Betrachten Sie dieses Kleid als ein Statement, als ein farbiges Ausrufezeichen, das ungezwungene Freude verheißt, nichts am Hut hat mit verzopften Vorstellungen von Reinheit und Jungfräulichkeit, die so alt sind wie Königin Victoria. Und *die* wählte auch nur deshalb ein weißes Kleid, weil es optimal zu einem besonderen Stück feinster Spitze passte, das sie unbedingt zur Schau stellen wollte. Genau genommen war es eine wirtschaftliche Entscheidung, ihr heimlicher Plan, die einbrechende spitzenverarbeitende Branche ihres Landes anzukurbeln. Doch irgendwie scheint sich die Vorstellung gehalten zu haben, dass es ein voluminöses weißes Ballkleid braucht, um sich wirklich als Braut zu fühlen. Ganz ehrlich, Melissa, ein weißes Kleid kann traumhaft schön sein, aber ein Muss ist es keineswegs. Und außerdem schmeichelt Weiß nicht jedem Hautton. Dieses Kleid hingegen, ob rot oder scharlachrot, ist ein maßgeschneidertes Vintage-Kleid, ein Einzelstück, individuell für Sie ausgesucht und gefertigt …«

Im Laufe der Jahre ist Fran klar geworden, dass alle ihre Bräute, so unterschiedlich sie sein mögen, letztlich alle dieselben Themen haben, und die gehen querbeet. Sie hat sogar schon einmal überlegt, ihre Kleider nach den entsprechenden Kategorien zu sortieren: ›Es muss den Leuten gefallen‹ – ›Er spricht nie über seine Gefühle‹ – ›Andernfalls sterbe ich einsam und allein‹ und der ewige Klassiker ›Wenn wir erst einmal verheiratet sind, werde ich ihn ändern‹. Doch sie ist stets sorgsam darauf bedacht, sich ihre eigenen urteilenden Gedanken nicht anmerken zu lassen. Jede Braut muss das Gefühl haben, dass ihre Hochzeit etwas ganz Besonderes ist, dass sie die Erste ist, die Einzige, die Eine überhaupt. Die Menschheit aber, so fürchtet Fran, ist schlichtweg unfähig, die Kunst des Liebens zu erlernen und sich zu eigen zu machen. Zum Glück ist sie dann zur Stelle, um ihren Bräuten beizuspringen, denn die richtigen Antworten auf brauttechnische Unsicherheiten finden sich immer erst mit der Zeit – Braut für Braut, Kleid für Kleid.

»Die Frau, die dieses Kleid ursprünglich trug«, fährt sie fort, »war strahlend schön und leidenschaftlich, und trotzdem von Selbstzweifeln geplagt: Sind meine Zähne auch schön weiß, ist mein Bauch auch nicht zu schwabbelig? Sie hat 1942 geheiratet, ihre Hochzeitsnacht in einem Luftschutzbunker verbracht, wo sie lachte, tanzte und trank, als wäre sie im Ritz. Zwei Wochen später lernte sie einen Tanklaster zu fahren und half mit, hunderte ausgebombter Häuser wieder an die Stromversorgung anzuschließen. Ich könnte Ihnen noch viel mehr über sie erzählen, aber das Einzige, was Sie wirklich wissen müssen, ist, dass sie einen anderen Menschen zu lieben wusste, weil – und das ist das Allerwichtigste – sie sich selbst zu lieben wusste.«

Melissa lehnt sich zurück. »Lebt sie noch?«

»Sie starb zwei Jahre nach ihrem Ehemann, 1977, aber ich mag den Gedanken, dass sie durch dieses Kleid, ihr Hochzeitskleid, weiterlebt.«

»Gruselig.«

»Nein, so dürfen Sie es nicht sehen. Sehen Sie es als ein Geschenk. Ihr Kleid – das jetzt Ihres ist – hatte bereits ein Leben, ein Leben, das es in seinen Fasern trägt, das so wie ein Echo weiterwandert, von einer Trägerin zur anderen. Probieren Sie es an. Sie werden es spüren.«

Melissa steht schließlich auf, macht ein paar zögerliche Schritte auf das Kleid zu und beginnt, das Gewebe eingehend zu untersuchen.

»Ist es sehr eng? Es sieht eng aus.«

»Finden Sie es heraus. Und denken Sie daran: Es gibt ein positives Eng, und es gibt ein negatives Eng. Dieses Eng wird perfekt sitzen und Sie perfekt umschmeicheln.«

Sie hebt die Robe vom satinierten Bügel im Ankleidezimmer und hält sie Melissa an.

Melissa blüht augenblicklich auf. »Die Farbe steht mir ausgezeichnet! Ich hätte nie gedacht, dass Rosa … Scharlachrot, meine ich, so toll an mir aussieht.«

»Und es gibt noch viel mehr herauszufinden«, flüstert Fran ihr zu.

Melissa verschwindet hinter den Vorhang, und ihre Verwandlung beginnt. Während Fran ein paar antike Braut-Accessoires zusammensucht, die sie stets parat hat, um die

Bräute in ihrer Vision von ihrem Hochzeitstag kreativ zu unterstützen – Satinschuhe, Brautkrönchen, Broschen, Perlen, Spitzen, getrocknete Blütenzweige, Bänder und Strass-Haarspangen –, ergreift sie ein Gefühl der Zufriedenheit, denn sie weiß, sie *weiß*, dass sie Melissas Traumkleid gefunden hat.

Der Vorhang wird zurückgeschoben. Schon jetzt wirkt Melissa größer, aufrechter, heiterer. Fran führt sie nach vorne, ermuntert sie, sich zu drehen – ein Spatz, der sich in einen Phönix verwandelt hat, so ausdrucksstark und auffällig wie das scharlachrote Kleid selbst.

Die Schnittform ist schlicht: schmale, geradlinige Eleganz im Column-Stil, wadenlang, roter Chiffon, mit einem hübschen Gürtel und einer Stola aus Marabufedern – ein bisschen verspielte Fröhlichkeit in der Kriegsstimmung der Vierzigerjahre. Seine ursprüngliche Besitzerin hatte von Anfang an eine klare Vorstellung vom Design: nichts Vorhersehbares, kein Weiß, kein Schleier, keine Schleppe, kein Orangenblütenzweig – ein kühnes, selbstbewusstes Kleid für eine langsam erwachende kühne, selbstbewusste Frau.

»Wie fühlen Sie sich?«, fragt Fran, denn es geht nie darum, wie eine Braut aussieht, sondern wie sie sich fühlt.

»Großartig«, sagt Melissa mit einem Lächeln auf den Lippen und feuchten Augen, völlig bezaubert von der Art und Weise, wie die Federbordüre im Rhythmus ihrer Bewegungen flattert und schwingt. »Das ist es! Sie haben es auf den Punkt getroffen! Ich kann es nicht glauben! Ich weiß es einfach … Das hier ist genau das Richtige!«

Sie fängt an, im Walzertakt – oder in einer Variation davon –, durch den Raum zu wiegen, die Arme zu schlängeln, den Kopf zu neigen und die Schönheit ihres üppigen Dekolletés zu betrachten. Fran hat das Gefühl, dass Melissa sich nicht sehr häufig im Spiegel betrachtet, zumindest nicht in positiver Weise. Sie ist eindeutig eine Beckmesserin, eine Fehlersucherin, ihre eigene schlimmste Kritikerin. Für Fran aber ist die Sache klar: Wenn du nach etwas Hässlichem suchst, findest du auch etwas Hässliches. Such daher immer nach Schönheit!

»Ich schwöre, es macht mich schlanker!«

»Es macht Sie zu der, die Sie sind.«

Mit flinken Fingern passt Fran die Ärmel an, zieht sie zurecht und steckt sie ab. Unterdessen gibt sie ein bisschen mehr von der Geschichte des Kleides preis. Nur ein bisschen. Es muss sich so anfühlen, als ob es Melissas Kleid wäre.

»Der Chiffon kam aus Frankreich. Der Designer selbst hat ihn eingefärbt. Scharlachrot, auf Wunsch der Braut, denn das war ihre Lieblingsfarbe. Damit sorgte sie auf dem Empfang für einiges Stirnrunzeln, aber das war ihr egal. Sie war eine sehr selbstbewusste Frau – eigenwillig, wie manche sagen würden …«

»Wie hieß sie denn?«

»Meryl Percy.«

»Was hat sie beruflich gemacht?«

»Sie liebte Autos, wurde Ingenieurin, bekam einen internationalen Preis für hervorragende Leistungen in ihrer Branche. Ich habe Fotos von einer Preisverleihung entdeckt, auf denen auch ihr Mann zu sehen ist …«

Fran blickt hinauf zu ihrer Pinnwand der Toten Bräutigame. Dort ist er: Meryls Ehemann, James Andrew Percy, der seiner Frau applaudiert, als sie den Preis entgegennimmt. Das Foto ist von schlechter Qualität, der Stolz darin aber ist unverkennbar. *Wie er sie liebte*, denkt Fran, *wie er sie mit solch tiefer und offener Bewunderung ansieht, sich an ihren wunderbaren Anblick an ihrem Hochzeitstag erinnert, an die scharlachrote Schönheit, die zum Traualtar schritt. Wo sind sie heute,* fragt sie sich, *diese edlen, großherzigen Bräutigame, wie Mr Percy einer war?*

»Mel! *Mel!* Lass dich anschauen, Schätzchen!«

Am anderen Ende des Ladens werden die Schwestern und Cousinen langsam ungeduldig. Sie wollen endlich etwas sehen. Eine von ihnen eilt quer über den Orientteppich mit einer offenen Flasche Prosecco herbei.

»Warte!«, sagt Melissa, die den gefühlvollen Moment zwischen ihr, Fran und dem scharlachroten Kleid verzweifelt noch etwas festhalten will.

Fran nimmt Melissas Hand und drückt sie sanft. »Gehen Sie, zeigen Sie sich«, spricht sie ihr zu. »Machen Sie es zu Ihrem!«

Hand in Hand paradieren sie unter dem angeschickerten Krakeele des Begleitchors durch den Raum nach vorne – sechs laute Stimmen, die alle in einem anderen Tempo, Takt und Ton trillern und das hässlichste Brautkonzert veranstalten, das Fran je gehört hat (und sie hat schon viele gehört).

»Augen zu«, ruft sie über den Lärm hinweg, um ihren Auftritt anzukündigen.

Zu ihrer Überraschung tun die Frauen wie geheißen.

Melissa tritt vor. »Ta-daa!«

Sechs Kiefer klappen nach unten.

»Es ist rot!«

»Bist du sicher, dass es überhaupt ein Brautkleid ist?«

Fran beobachtet Melissas Reaktion, die Ungewissheit in ihren Augen, die Sorgenfalten, das Zittern. Was wird sie sagen? Wie wird sie mit der Kritik umgehen?

»Es gefällt mir, weil es anders ist«, sagt Melissa nach einer kurzen Pause.

»Es ist anders, ganz recht«, spöttelt die Cousine, die den Prosecco-Fusel mitgebracht hat. »Und eng.«

»Was gibt es noch zur Auswahl?«, fragt eine andere Cousine.

Fran nimmt sich zurück. Diese Frage muss Melissa beantworten.

»Es gibt nichts zur Auswahl. Das hier ist es. Es ist genau das Richtige. Schaut doch her, ich weiß, es ist kein traditionelles Kleid, aber … es ist *mein* Kleid, ich weiß es einfach.«

Die Schwestern, die sich aneinander festklammern, sind den Tränen nahe.

»Du kannst nicht in Rot daherkommen, Melissa. Wenn Mum heute hier wäre, sie würde Zustände kriegen. Und das weißt du! Ihr Wunsch war es immer, ihre Mädchen in Weiß heiraten zu sehen. Das habe ich so gemacht. Das hat Jackie so gemacht. Und nun kommst du und willst die Tradition über den Haufen werfen, mit *diesem Ding!* Ich fasse es nicht.«

»Aber … du und Jackie, ihr lasst euch beide gerade scheiden«, sagt Melissa mit einem Schulterzucken.

»Lass uns da gefälligst raus, Mel!«, sagt Jackie und wirft wutentbrannt die Arme hoch. »Es ist das falsche Kleid, und das weißt du! Punkt. Aus.«

»Kommen Sie«, sagt Fran und führt Melissa von der aufgebrachten Meute weg.

Hinter ihnen baut sich die alkoholschwangere Empörung weiter auf, angeführt von den Schwestern, denen partout nicht in den Kopf will, warum die kleine Melissa mit einem Mal die Unverfrorenheit besitzt, sich auf ein »blutrotes Kleid« einzuschießen, das definitiv allen, einschließlich ihrer toten Mutter und dem Herrgott höchstselbst, ein absoluter Gräuel ist. Doch trotz aller buhenden Proteste steht Melissa noch immer ein Lächeln im Gesicht – ein Lächeln, das aus ihrem tiefsten Inneren strahlt. Ein Lächeln, das Meryl Percy sehr gefallen hätte.

Kapitel 5

Über Walthamstow geht die Sonne unter, hüllt die Dächer der Moscheen, Kirchen, Synagogen und Tempel in einen goldenen Schimmer. Sie wirft ihren warmen Schein über die heimeligen viktorianischen Häuserreihen mit ihren Glasanbauten und den zinkverbrämten Dachausbauten, über das sanierte georgianische Herrenhaus, Wohnsitz einst von William Morris, über das Achtzigerjahre-Einkaufszentrum neben dem Busbahnhof, über die asphaltierten Straßen und den kilometerlangen Markt auf der Hauptstraße mit dem üblichen Müll am Ende des Tages und dem scheppernden Gestänge der Marktbuden – wie jeden Tag jahraus, jahrein.

Zu dieser späten Stunde sitzt Fran noch im Laden über Näharbeiten und seufzt. Sie ist ganz sicher, dass Melissa in dem Kleid von Meryl Percy Selbstvertrauen sowie innere und äußere Stärke gewinnen kann. Und auch für sie selbst, Fran, ist es immer wieder eine große Freude und Befriedigung, die Freude anderer mitzuerleben. Doch dann wiederum … Angespitzt durch einen Schluck zu viel vom übrig gebliebenen Prosecco starrt Fran auf den Jugendstilschrank, einen Flohmarktfund, im hinteren Teil des Ladens. Die Schranktüren mit ihren bronzenen Griffen aus fein ausgearbeiteten Akanthusblättern fordern ihre Aufmerksamkeit. Seit Jahren sind diese Türen zu. Sie kann sich nicht durchringen, das Kleid darin anzusehen, auch wenn ihr wohlbewusst ist, dass es sich dort drinnen befindet, schlaff an seinem Bügel herunterhängt wie ein trauriges Gespenst, der Geist eines gebrochenen Herzens.

Sie muss sich von unguten und zerstörerischen Gedanken dringend ablenken und klappt ihren Laptop auf. Der einzige Gedanke, der sich wirklich lohnt, so sagt sie sich, ist der, irgendwo schöne Kleider herzubekommen und dafür zu sorgen, dass wahre Liebe durch sie lebendig bleibt. Die Jagd muss weitergehen. Sie durchkämmt ihre Lieblings-Websites für Vintage-Kleidung, doch als sie nicht fündig wird, macht sie der Gedanke an das außergewöhnliche Kleid aus dem Hause Garrett-Alexia, das nun einsam und verlassen in einem Container liegt, erneut fix und fertig.

Wie kann man solch eine atemberaubende und wertvolle Kreation einfach wegwerfen?

Auf der Suche nach Antworten greift sie nach ihrem Laptop und gibt den Namen »Rafael Colt« ein. Irgendwie hat der Name Klang, klingt nach Ansehen und Status. Die Website der Colt Foundation erscheint. Da ist er, auf einem Foto – hellgraues Hemd, makellos geglättetes Haar, aristokratische Nase und Kinnlinie, tiefliegende braune Augen –, als Vorsitzender der Stiftung klar herausgestellt. Und langsam sickert ihr die Erkenntnis ein, dass er nicht nur ein aufbrausender, arroganter und hochnäsiger Schnösel ist, sondern zufällig auch der Leiter einer der größten und bekanntesten privaten Stiftungen des Landes. Eine ererbte Rolle, gar keine Frage, aber das Räderwerk ihrer Neugierde rattert bereits. Irgendetwas in seinem Gesicht erinnert sie an ein Reh – ja: der majestätische und sogleich so seltsam verletzliche Blick. Fran schaut zu ihrer Pinnwand der Toten Bräutigame. Wie wundervoll sie doch waren, feine und vornehme Herren allesamt. Doch keiner von ihnen hatte je seine eigene Wohltätigkeitsstiftung.

Aber was hat es mit der Besitzerin des Kleids auf sich, Rafaels Mutter? Mit wachsendem Interesse sucht Fran nach »Alessandra Colt«. Es scheint, als hätte sie 1978 Lyle Colt, Rafaels Vater vermutlich, geheiratet. Ihr Mädchenname war Agnelli. Italienerin vielleicht? Auf dem Bildschirm erscheint ein Gesicht, ein körniges Porträtfoto, das sie mit zwanzig oder dreißig Jahren zeigt. Obwohl nicht schön im klassischen Sinne, ist sie doch eine auffallende Erscheinung: ovale Gesichtsform, dunkle Augen, hohe Wangenknochen, olivfarbener Teint, pechschwarzes Haar – definitiv mediterraner Abstammung. Es ist immer aufregend, zum allerersten Mal das Bild einer ursprünglichen Braut zu sehen. Irgendwie entfacht es immer eine Begeisterung für das imaginierte Leben eines Kleides und verankert in Fran die Vision. Sie betrachtet intensiv das Foto, versucht die unergründlichen Linien um Alessandras Augen, dieses fast unerkennbare Lächeln, zu lesen. In ihrem Blick liegt ein geheimnisvoller Schmerz, der in ihrem Sohn nachzuhallen scheint.

»Wer bist du?«, wispert sie und fürchtet, dass sie es wohl niemals herausfinden wird.

Dann sucht sie nach »Haus Garrett-Alexia«, findet aber keinerlei Einträge von Couturiers, die eine Brautkleiderkollektion des Hauses besitzen. Es gibt Abendkleider in jedem Stil und jeder Farbe, die von privaten Sammlern angepriesen werden oder in Museen ausgestellt sind und zwischen 1951 und 1954 datieren, als es mit dem Unternehmen bergab ging. Es gibt Boleros, Stolen und Umhänge – Accessoires des Niedergangs. Es gibt sogar eine Schachtel mit Garrett-Alexia-Etiketten. Aber kein Brautkleid. Die Seltenheit steigert den Wert des Kleides umso mehr – und erhöht den Druck auf Fran, jetzt die richtige Entscheidung zu treffen. Einer Eingebung folgend und außerstande, ihre Aufregung zu zügeln, nimmt sie ihr Handy und wählt die Nummer aus der Anzeige der Haushaltsauflösung.

»Dies ist der Anrufbeantworter von Rafael Colt. Bitte hinterlassen Sie eine Nachricht.«

Sie holt tief Luft, wartet auf den Piepton und stottert dann irgendwelche halben und unüberlegten Sätze zusammen:

»Ähm, hi … ich bin's noch mal … Fran … Fran Delaney … Die, die das Kleid gefunden hat … das große weiße, ausgefallene? … Sie erinnern sich bestimmt, nicht, dass Sie sonderlich erfreut darüber gewesen wären … ja, nun … lange Rede, kurzer Sinn, ich würde sehr gerne noch einmal mit Ihnen darüber sprechen. Sie können mich unter dieser Nummer anrufen … oder ich melde mich wieder bei Ihnen … oder nein, halt … vielleicht auch nicht … ich möchte Sie nicht behelligen, aber … okay, gut, tschüss … Ich bin übrigens keine Stalkerin … nur eine neugierige Modebesessene …«

Der Anrufbeantworter klickt, und Fran rauft sich verzweifelt die Haare, verflucht sich selbst für ihr fahriges Geschwafel. So wird er sich nie melden, niemals. Sie lässt den

Kopf sinken und könnte sich für ihre dämliche Spontanaktion selbst ohrfeigen.

Da summt ihr Handy, kündigt den Rückruf ihres Anrufs an. In ihrem Eifer fällt es ihr aus der Hand und zwischen ihre Rockfalten.

»Hallo?«, stößt sie hervor, während sie hektisch danach fingert.

»Sie haben gerade diese Nummer angerufen«, tönt unerwartet eine abgehackte Frauenstimme durch die Leitung.

»Ich ... ich versuche, Rafael Colt zu erreichen, aber Sie sind nicht ...«

»Mein Name ist Mimi Mischler. Ich bin die Assistentin von Mr Colt. Alle unbekannten Nummern gehen während der Arbeitszeit an mich.

Arbeitszeit? Es ist doch spätabends.

»Kann ich Ihnen weiterhelfen?«

Fran öffnet den Mund, überrascht, enttäuscht. »Ich ... ich habe eine Frage an ihn, es geht um das Hochzeitskleid seiner Mutter.«

»Dann wenden Sie sich am besten schriftlich oder per E-Mail an ihn.«

»Schriftlich? Ich möchte ihn nur kurz sprechen.«

»Mr Colt ist nicht kurz zu sprechen.«

»Oh, okay. Gut, na dann ...«

»Sie finden die Kontaktdaten auf der Webseite der Colt Foundation. Das hier ist ein privater Anschluss. Sollten Sie ihn weiterhin mit Anrufen belästigen, wird Ihre Nummer blockiert. Auf Wiederhören.«

Fran lässt sich auf die Ellbogen plumpsen.

»Und wer genau bist *du*, Mimi Mischler?«, grummelt

sie in ihr Telefon, als sie sicher ist, dass am anderen Ende aufgelegt wurde. »Sein Wachhund? Die oberste Verteidigungsinstanz? Nun, so schnell gebe ich nicht auf.«

Es gibt nur eine Lösung. Dieses Kleid verdient ein zweites Leben, mit einer Braut, die es zu würdigen weiß, die es nicht in eine Reisetasche in einem Kleiderschrank stopft oder, weit schlimmer noch, in einen Container. Sie schaut auf die Uhr an der Wand – aus den Fünfzigerjahren, gerettet vom Filmset einer TV-Pilotserie über Rockabilly. Draußen zeigt sich der Himmel abendlich blau. So richtig dunkel ist es noch nicht.

Fran nimmt ein Taxi nach Epping Forest und bittet den Fahrer, sie an der Straße vor der Einfahrt nach *Dryad's Hall* rauszulassen. Sie möchte nicht, dass der Wagen in der Einfahrt steht, sollte das Anwesen doch nicht ganz verlassen sein. Sie hat Bammel, erwischt zu werden, obwohl ihr Eindringen nach ihrem Dafürhalten kein widerrechtliches Betreten ist, sondern lediglich eine ehrbare Befreiungsaktion. In ihrem bestickten Seidenkimono, der hinter ihr her weht, macht sie sich auf den Weg durch den Tunnel aus dem geschlossenen Blätterdach der Weiden, deren lichtgrüne Zweige ihr um den Kopf streichen. Ihr kühnes Erscheinen wird vom rhythmischen Quaken der Frösche im Teich lautstark untermalt. Eine warme Brise fächelt die Blüten der Rhododendren, deren sattes Violett gegen die mattglänzend dunkelgrünen Blätter flammend leuchtet. In der Natur fühlt sie sich sicher und geborgen, egal wo sie sich gerade befindet.

Das Haus wirkt kleiner, als sie es in Erinnerung hat, aber im frühen Abendlicht umso geheimnisvoller. Während sie über den unkrautüberwucherten Kies zur Veranda schleicht, kann sie durch die Fenster sehen, mitten durch das ganze Haus, von einer Seite zur anderen, bis zum orangeroten Himmelsstreif und den waldigen Hügeln dahinter. Sie hält kurz inne, lehnt sich gegen die Hauswand und atmet tief durch, spürt die in den Mauersteinen gespeicherte Sonnenwärme durch die Jeans, während ihre Gedanken fieberhaft nur um eines kreisen: um Alessandra Colts Brautkleid. Was, wenn es nicht mehr da ist? Wenn der Container bereits geleert wurde? Sie ist angespannt und drückt sich selbst die Daumen.

Dankbar für die Strapazierfähigkeit moderner Jeansstoffe, hastet Fran seitlich am Haus vorbei, klettert über die Hecke und spurtet hinüber zum rostgelben Container. Sie zieht sich hoch und späht hinein, kann aber nichts weiter erkennen als stapelweise alte Teppiche und Müllsäcke. Sie schaufelt durch den Unrat, fürchtet, zu spät gekommen zu sein, bis sie unter einem Haufen Pappe den Griff der Reisetasche entdeckt. Ihr Herz pocht vor Freude. Sie zerrt die Tasche hervor, zieht den Reißverschluss auf und drückt die weiße Spitze an ihre Wange. Überglücklich streift sie den groben Dreck ab, rafft das Stoffbündel zusammen, hält es an ihren Körper und schnauft tief durch. Mit jedem Heben und Senken ihrer Brust geht die Energie, die einst in die fein applizierten Lilien und Kolibris hineinverwoben wurde, in sie ein. Jetzt gehört es ihr. Das Kleid der Kleider. Jetzt ist es ihres. *Ihres*? Nein, sie meint, es ist *ihres, um es zu verkaufen*. Regel Nummer eins: *Begehre niemals ein Kleid aus deinem eigenen Bestand.*

Ach, was soll's!

Sie kann nicht widerstehen, schüttelt das Kleid aus,

steigt hinein und drapiert es lose um ihre zierliche Statur. Ein bisschen »Feldforschung« kann sicherlich nicht schaden. Angeheizt von einem geradezu seltsamen, gespenstischen Drang, ein bisschen Glanz in die Hütte zu bringen, wandert ihr Blick hinüber zum Haus. In ihrer Fantasie hört sie fröhliches Lachen durch die Abendluft hallen, das Klirren der Cocktailgläser mit Singapore Sling und fröhliche Partystimmung: Der perfekte Vorabend, eine letzte Feier in Freiheit, liebevoll ausgerichtet für ein reizendes Brautpaar, das zu einer der ehrwürdigsten Familien Großbritanniens zählt.

Die Schleppe in den Armen wiegend, flitzt sie hinüber auf die geflieste Veranda, die den hinteren Teil des Hauses umläuft. Sie stellt sich vor, wie dieses verlassene Areal ausgefüllt ist mit Sonnenliegen und Blumenkübeln, mit Beeten voller Hortensien, Lupinen und Dahlien. Dann malt sie sich zwei Dienstmädchen aus, die an einem großen, vergoldeten Getränkewagen stehen – vor sich Eiskühler und Zangen, Schalen mit Nüsschen, gefüllten Oliven und feinen Gebäckstückchen – und bunte Cocktails in Longdrink- und Martini-Gläsern servieren. Im Geiste öffnet sie die Verandatüren, um die frühsommerlichen Düfte von Flieder und Rose, das aufsteigende Mondlicht, das Lied der Nachtigall sowie all die schönen Dinge im Leben, vor allem aber die Liebe, willkommen zu heißen. Wie gerne hätte sie noch ein Weilchen in diesen Träumereien geschwelgt, doch das letzte Licht des Tages schwindet rasch dahin, und sie hat noch einiges vor. Sie zieht ihre Hutnadel aus den Haaren, eine treue und glückbringende Begleiterin, und hebelt das Schloss an der Verandatür auf. Ein leichtes Knacken, schon springen die Türflügel auf, und sie huscht hinein ins Haus – wie ein Geist aus der Zukunft.

Sie findet sich in einem Salon wieder, mit hohen Decken, ohne Möbel, ohne Bodenbelag. Sogar die Lampen samt Fassungen wurden entfernt. Aber mit etwas Vorstellungskraft wird es für sie zu einer vornehmen Bibliothek: deckenhohe Regale, vollgepackt mit Werken von Shakespeare, Dryden und Milton in ledergebundenen Bänden, ein riesiges Sofa und ein Konzertflügel in der Ecke, wo ein Pianist im feinen Anzug in die Tasten greift. Swingmusik schwebt leise durch die Luft, erfüllt den Salon und die Räume dahinter. Im ganzen Haus klingt die Melodie der Freude nach.

Im Hauptfoyer mit seinen Bleiglas-Sprossenfenstern und der schweren Eichentreppe, wo sie Rafael Colt zum ersten Mal sah, stellt Fran sich zwei kleine Jungs in Matrosenanzügen vor, die auf den unteren Stufen rauf und runter Fangen spielen und sich gegen das dicke gedrechselte Geländer drücken. Fenster mit Seidenvorhängen, Familienporträts und Miniaturpalmen lockern die massive Holzvertäfelung im Korridor der oberen Etage freundlich auf. Hinter den vielen Türen verbergen sich Schlafzimmer, Ankleidezimmer und Privatgemächer. Tatsächlich finden sich an einigen dieser Türen noch Namensschilder aus Messing, doch erst als Fran am Ende des Korridors steht, vor dem Raum, in dem sie das Kleid gefunden hat, liest sie den Namen, nach dem sie sucht: Alessandra.

Sie dreht den Türknauf. Der Riegel hebt sich, ein kleiner Stups, und die Tür schwingt auf. Drinnen herrscht Stille, eine geheimnisvolle, friedliche Ruhe, die den Lärm und das Lachen im Untergeschoss sogleich ruhiger macht.

Ein orangeroter Himmel leuchtet durch das Fenster. Mitsamt Kleid durch den Raum wogend, platziert Fran in Gedanken Teakholzkommoden, einen Schaukelstuhl aus Bambusrohr und Weidengeflecht, einen Schminktisch und natürlich ein Bett – ein altes Himmelbett, ein Familienerbstück, mit floral gemusterten Behängen in Orangerot und Braun im Stil der Siebziger. Und sie malt sich ein bombastisches Braut-Verwöhnprogramm aus, mit Gesichtsmasken, Nagelpflege … und noch einem letzten stillen Blick in ihren Spiegel, als Braut in spe, am Vorabend ihrer Hochzeit. Auf Zehenspitzen nähert sie sich dem zusammengebrochenen Schrank und dreht die kaputte Tür so, dass der Innenspiegel, der quer hindurch gesprungen ist, nach außen zeigt. Mit einem Schauer der Vorfreude starrt sie auf ihr Spiegelbild. Wie fühlt sie sich dabei? Aufgeregt? Nervös? Seltsam? Durch sich selbst in diesem Kleid sieht sie Alessandra, sieht, wie ihr Gesicht sich ausformt, die dunklen Augen, das unbestimmte Lächeln, während ihre Hand ganz zart über die feine Spitze des Rocks streicht, es wagt, sie zu kosen, sie zu vergöttern, sie zu *besitzen*. Fran schließt die Augen und … sie fühlt ihn … sie erlebt ihn, diesen einen Moment, diese ultimative Verschmelzung einer Frau mit ihrem Kleid, den Moment, da sie selbst zur Braut wird. Die Heirat, die Ehe, die Liebe: Es liegt alles vor ihr, eine Zukunft in Glück und tiefempfundener, starker Liebe …

Und dennoch …

Irgendetwas stimmt nicht.

Die Stimmung kippt …

… kippt wie der ganze Schrank, mitsamt der freudenreichen Energie des Kleides.

Plötzlich taucht sie auf, Alessandra, eine halluzinierte Figur, die ihr aus dem Spiegel entgegenblickt, samt dem Kleid, das sie umhüllt, das sie beide umhüllt. Fran starrt stumm in den Spiegel hinein, und sie spürt, ja, sie *fürchtet* Alessandras Erbitterung beim Anblick ihrer weißen Brautgestalt. Beide verharren einen Moment lang, dann verselbständigt sich das Spiegelbild – Wogen der Qual schlagen hoch, brechen aus Alessandra heraus. Mit einem Schrei stößt sie vor und zerschlägt den Spiegel mit geballter Faust. Rotes Blut rinnt über ihren Arm, tropft auf das Kleid.

Fran taumelt vor Schreck zurück, schließt die Augen und blinzelt die Bilder weg.

Ihre Halluzinationen sind nie mehr als Tagträume, blühende Reste einer überhitzten Fantasie, ein Weg, die losen Enden ihrer Recherchen – Heiratsurkunden, alte Fotos, Dokumente – zusammenzuführen. Doch jetzt wird sie von der Intensität der Bilder geradezu überwältigt. Sie tastet herum, um das Kleid aufzubinden, und steigt dann so schnell heraus, wie sie hineingestiegen ist. Und so liegt es da, nurmehr ein verknüllter Haufen, aus dem dunkle Energie pulsiert. Kein Exitus-Kleid – nein, es ist etwas anderes, etwas, was sie noch nicht versteht.

Ein dumpfes Geräusch durchbricht ihre Trance. Unten ist jemand. Das Schlagen einer Tür, gefolgt von Schritten – die Angst katapultiert Fran zurück in den Moment, in die reale Zeit. Als sie eben das Haus betrat, war niemand da – zumindest schien es so. Sie rafft das Kleid zusammen, mit klopfendem Herzen und schwitzenden Händen, und schickt sich an, sich aus dem Staub zu machen. Doch das plumpe Trittgeräusch von unten, ein rhythmisches Getrampel, ein schweres Stapfen auf nacktem Boden, hört sich eher nach schwankenden Schritten auf unsicheren Beinen an, nicht nach einem festen, aufrechten Gang. Sie geht auf den Korridor hinaus, späht durch das Geländer nach unten und erkennt eine dunkle Silhouette, die sich auf die Treppenstufen zubewegt. Kurz darauf hallt ein unüberhörbares *Plopp-plopp-plopp* durch die Flure. Wer oder was auch immer da die Treppe heraufgestiegen ist, ist jetzt hinuntergefallen.

Sie lauscht erneut. Stille. Angespannte Erleichterung.

Was jetzt? Soll sie unerkannt die Flucht ergreifen oder nachsehen, was los ist? Oh, was hat sie bloß geritten, hier herumzuwühlen! Neugierige Katzen verbrennen sich die Tatzen – oder: die Neugier der Brautkleid-Jägerin ist größer als ihr Verstand.

»Das kann auch nur mir passieren«, flüstert sie in sich hinein, »auf einen Einbrecher zu stoßen, während ich selbst gerade einbreche.«

Sie nimmt allen Mut zusammen, löst sich aus Alessandras Schattenwelt ihrer vorehelichen Qualen heraus und schleicht auf leisen Sohlen die Treppen hinunter. Im trüben Licht sieht sie einen gekrümmten Körper auf dem kalten Boden des Korridors liegen. Als sie merkt, dass es sich bei der Gestalt um eine zierliche Frau handelt, ist ihre Angst dahin, und der Instinkt, ihr zu helfen, gewinnt Oberhand. Sie rennt die letzten paar Stufen hinab, versucht, sie wachzurütteln, und als sie ihr eine Strähne ihrer Dreadlocks aus dem Gesicht streicht, dämmert es ihr: Rafael Colts unerwünschte Besucherin, die an ihrer linken Schläfe jetzt einen schlimme, klaffende Wunde und wahrscheinlich auch ein blaues Auge hat. Fran fühlt ihren Puls, spürt voller Erleichterung noch Leben im spindeldünnen Handgelenk, während ihr starker Alkoholgeruch in die Nase steigt. Sachte durchsucht sie den großen Rucksack, der noch über der schlaffen Schulter der Frau hängt: eine halbleere Schachtel Zigaretten, ein ramponiertes Telefon, Rizla-Zigarettenpapierchen, ein Korkenzieher, eine Sonnenbrille, Haarbänder, eine kleine Zange und Babyfeuchttücher.

Die Frau regt sich, ihre Lider flackern, sie kommt langsam zu sich.

»Raf…«, murmelt sie benommen. »Wo ist Raf?«

»Ich fürchte, Sie sind die Treppe hinuntergestürzt«, erklärt Fran, wohlwissend, dass sie nicht einfach abhauen und die Frau so liegen lassen kann, obwohl es das Einfachste wäre. »Sie haben sich den Kopf aufgeschlagen.«

»Du bist gar nicht Raf«, stöhnt die Frau. »Wo ist Raf?«

»Ich … ich weiß es nicht. Soll ich ihn für Sie anrufen? Wissen Sie seine Nummer?«

Die Frau stöhnt, schließt die Augen, während Fran einfällt, dass seine Nummer ja noch im Verlaufsprotokoll ihres Handys stehen muss. Mit triumphaler Geste ruft sie ihn an, doch während sie auf Antwort wartet, fragt sie sich – *ist Rafael hier wirklich der richtige Ansprechpartner, so wie sie die beiden hat streiten sehen?* Und wird er überhaupt selbst ans Telefon gehen, oder wird sie wieder diese eiskalte »Assistentin« an der Strippe haben?

»Hallo?«

»Ist … spreche ich mit Rafael?«

»Ja.«

Was sagt sie jetzt bloß? Fran schnauft tief durch …

»Entschuldigen Sie die späte Störung, aber ich bin gerade im Haus Ihrer verstorbenen Mutter, in *Dryad's Hall* –

was ich Ihnen absolut erklären kann, nur damit Sie nicht denken, ich sei verrückt oder so etwas – aber Sie müssen unbedingt wissen, dass Ihre Freundin, Ihre Frau oder wer auch immer sie ist, jedenfalls, die, mit der Sie gestern so heftig gestritten haben, ebenfalls hier ist. Und es sieht ganz so aus, als sei sie die Treppe hinuntergestürzt und bewusstlos geworden. Sie hat sich dabei ziemlich verletzt, und, nun ja, sie fragt nach Ihnen.«

Fran hat bereits beschlossen, dass sie auf Plan B schwenken würde, sollte er nicht reagieren – womit angesichts seiner generellen Feindseligkeit durchaus zu rechnen ist. Sie würde dann irgendwie versuchen, die Frau in ein Taxi zu setzen und nach Hause fahren zu lassen, oder wohin auch immer sie möchte. Doch zu ihrer Überraschung reagiert Rafael prompt und besorgt.

»Wo ist sie? Blutet sie? Ist sie bei Bewusstsein?«

»Ich bin bei ihr. Keine Panik ...«

»Oh, Gott sei Dank.«

»Sie ist wieder bei sich, aber ... hören Sie, ich will nicht naseweis sein, aber ist sie ... auf irgendwelchen Drogen? Sie wirkt ziemlich verpeilt, sehr betrunken oder so, und ...«

»Wer spricht denn überhaupt?«, fragt er in bestimmtem Ton.

»Ähm ... Francesca. Francesca Delaney. Ich war gestern bei der Hausentrümpelung mit dabei. Das Hochzeitskleid ... das Sie in den Container geworfen haben ...«

»*Sie* sind das?«

»Mit einem Wort, ja ... ich bin's.«

»Warten Sie an Ort und Stelle«, sagt er. »Bleiben Sie bei ihr, bitte. Lassen Sie sie nicht aus den Augen, hören Sie?

Sie dürfen Sie *keinesfalls* aus den Augen lassen. Ich bin gleich da.«

Damit legt er auf, und Fran starrt hinunter auf ihr bizarres Dreadlock-Mündel.

»Ach, du grüne Neune«, flüstert sie und staunt mal wieder über ihr Talent, sich an den unmöglichsten Orten in den Schlamassel zu reiten.

Als Rafael in der Tür erscheint, will er von Frans Erklärungsversuchen gar nichts hören. Er eilt direkt auf die Frau zu, kniet sich neben sie, wiegt ihren Kopf in seinem Arm – so zärtlich, so liebevoll, so ganz anders, als er sie zuvor behandelt hat. Fran sagt kein Wort. Sie schaut einfach zu, lässt die beiden für sich sein.

Die Frau regt sich. »Wa… was…? Wo bin ich?«

»Janey, ich bin da.«

»Raf. Oh, Raf…«

Er hält ihr Gesicht, lächelt fast, streicht ihr über die Stirn… dann verfinstert sich seine Miene. Er fängt an, ihre Tasche zu durchwühlen.

»Was hast du genommen?«, fragt er harsch.

»Nichts.«

»Lüg nicht.«

»Wodka.«

»Und?«

»Codein.«

Rafael wirft den Kopf in den Nacken und schaut zur Decke. Fran fühlt sich unwohl in ihrer Haut – die Unterhaltung ist wohl kaum für fremde Ohren bestimmt. Sie überlegt, sich einfach davonzustehlen, aber er bemerkt sie aus dem Augenwinkel und sieht sie unverwandt an.

»Danke«, sagt er. »Danke, dass Sie mich angerufen haben. Äh … haben Sie ein Taschentuch oder so was einstecken, irgendwas, mit dem ich ihr das Gesicht abwischen kann?«

»Geht es damit?«, fragt Fran und fischt einen Secondhandschal im Liberty-Print aus ihrer Tasche – einer ihrer hochheiligen Besitztümer, aber es scheint ihr in diesem Moment das Richtige.

Rafael tupft das Blut um Janeys Auge ab und ermuntert sie, sich aufzusetzen. Ihr Kopf kippt und baumelt schlaff nach vorn, während sie in ihrem alkoholvernebelten Zustand ein schiefes Grinsen zieht. Er versucht, sie auf die Füße zu stellen, was ihm aber beim unkontrollierten Schlackern ihrer Glieder sichtlich Mühe bereitet.

»Kommen Sie, lassen Sie mich helfen«, sagt Fran, die trotz ihrer zarten Gestalt richtig zupacken kann, dank ihrer Mutter, die sie in den Kostümabteilungen der Londoner Theater großgezogen hat, wo extrem lange Arbeitszeiten mit extrem außergewöhnlichen Menschen üblich waren. Sie tritt vor, greift Janey unter den anderen Arm und hilft mit, sie in die Senkrechte zu ziehen. Mit vereinten Kräften, sie halb schiebend, halb ziehend, schaffen sie es durch die Haustür zu einem silbern glänzenden Jaguar.

»Gute Fahrt«, flüstert Fran mitleidig.

Sie packen Janey auf den Rücksitz, wo sie mit einem Plumps niedersinkt, die Arme verschränkt, die Unterlippe vorgeschoben wie ein trotziger Teenager.

»Wird sie wieder ins Lot kommen?«

»Wird sie jemals ins Lot kommen?« Rafael seufzt.

Sie stehen einander gegenüber, rühren mit den Fußspitzen im Kies.

»Hoffentlich geht es ihr morgen früh wieder besser«, sagt Fran in die Stille hinein, unsicher, was sie als Nächstes tun oder sagen soll. »Ist sie … Ihre Frau?«

Rafael lacht. »Sie ist meine Schwester.«

»Oh, ich …«

»Sie heißt Janey. Schon gut. Wir sehen uns nicht sonderlich ähnlich … und benehmen uns auch nicht ähnlich.«

Sie hat plötzlich Mitleid mit ihm – sie hatte die Situation völlig falsch verstanden, war überhaupt nicht darauf gekommen, dass er vielleicht gar nichts kann für seine harte Schale, auf der die Bürde seiner missratenen Schwester lastet, die ihm trotz aller geschwisterlichen Querelen ganz offenbar nicht egal ist.

»Ein Glück, dass Sie hier waren«, sagt er, »sonst wäre sie vielleicht tagelang nicht gefunden worden. Aber …« – und er schaut sie verwirrt an – »… warum *waren* Sie denn hier?«

»Gute Frage.«

»Das Haus ist leer geräumt. Sie hatten keinerlei Grund, noch einmal herzukommen. Das hier ist Privatgelände, und das wissen Sie.«

Fran senkt den Blick und windet sich.

»Ich … ich … es ist wegen des Hochzeitskleids«, gesteht sie. »Ich hatte den Eindruck, dass Sie es wirklich nicht haben wollen, also bin ich noch einmal hergekommen und habe es aus dem Container gefischt. Ich müsste eigentlich noch einmal zurück ins Haus, um es zu holen. Ich habe es mir schon einmal entgehen lassen. Das wird mir jetzt kein zweites Mal passieren. Es ist noch im Haus.«

Rafael starrt sie schweigend an, während das Mondlicht in seinen Augen funkelt. Ist er wütend? Schwer zu sagen.

Aber sein Verhalten überhaupt scheint mehr oder weniger von innerer Unruhe beherrscht.

»Glauben Sie mir«, sagt Fran, »normalerweise reiße ich mir nicht unbedingt ein Bein aus für ein altes Kleid. Aber dieses hier ist etwas ganz Besonderes. Ich … ich kriege es einfach nicht aus dem Kopf. Ich bin fest überzeugt, dass es irgendwo dort draußen eine Braut gibt, die … die mit diesem Kleid ihre große *Verwandlung* erleben wird. Ihre Mutter und ihre Geschichte …« Sie stockt, aufgeschreckt vom Gedanken an Alessandras qualvolles Spiegelbild, das ihr plötzlich durch den Kopf geistert. »Mein Gefühl sagt mir, dass in diesen Fasern ganz viel Geschichte liegt, ganz viel, das erzählt werden muss. Und ehrlich gesagt, ein Kleid wie dieses ist richtig viel wert …«

»Das Brautkleid meiner Mutter ist für niemanden etwas wert«, sagt Rafael kühl. Er mustert Fran, als würde er versuchen, sie zu begreifen, ihre Absichten zu entschlüsseln. »Wir sind eine sehr private Familie«, sagt er ernst. »Ich trage Verantwortung für eine große gemeinnützige Stiftung, deren Ruf ich unter allen Umständen schützen werde.«

Ich weiß, denkt Fran und erkennt, dass dies wohl nicht der richtige Zeitpunkt ist, um ihm zu erzählen, dass sie bereits Recherchen über ihn angestellt hat.

»Ich kann nicht zulassen, dass Fremde in meiner Familiengeschichte herumstochern. Haben Sie das verstanden?«

Fran nickt, getroffen von seinem bevormundenden Ton.

»Der Arbeit unserer Stiftung ist es zu verdanken, dass zwei Millionen Kinder eine anständige Schulbildung erhalten. Jede schlechte Presse kann dies gefährden.«

»Ja, schon verstanden«, sagt Fran. »Da kann ich wohl nicht mithalten, was? Im Vergleich dazu sind Brautkleider ja nur Firlefanz. Verdammt, dann behalten Sie das Kleid eben!«, sagt sie, plötzlich kochend vor Wut.

Dann stapft sie davon.

»Warten Sie!«, ruft Rafael ihr nach. »Sie können nicht einfach in die Nacht hineinspazieren.« Er zögert, seufzt und schüttelt den Kopf. »Wenn Sie das Kleid so unbedingt haben wollen, los, gehen Sie es holen. Ich nehme Sie dann mit. Ich muss sowieso über die North Circular, um Janey im Krankenhaus abzuliefern, aber danach fahre ich Sie, wohin Sie wollen.«

»Wirklich?«

»Beeilen Sie sich. Bevor ich es mir anders überlege.«

»Danke«, sagt sie. »Sie werden es nicht bereuen.«

Kapitel 6

Der helle Mond wirft blättergefranste Schatten über das Armaturenbrett, während sie, schweigend zumeist, durch die waldige Landschaft fahren. Janey sitzt zusammengesackt auf dem Rücksitz, flucht ab und zu vor sich hin, ist viel zu kaputt, um groß Randale zu machen. Wie Francesca Delaney nun genau in die unendliche Geschichte seiner chaotischen Schwester hineingeraten ist, begreift er noch immer nicht so richtig, aber nun ist sie da, sitzt neben ihm auf dem Beifahrersitz, mitsamt ihrem perlenbestickten Traum aus Seide, dem Brautkleid, das sich im Fußraum vor ihr bauscht. Gut, sie ist in den Container getaucht, ins Haus eingebrochen und eingedrungen, und noch dazu dieser ganze fast schon verklärte Unsinn über Brautmode – als wären Hochzeiten das, was die Welt am meisten braucht. Vielleicht ist sie auch nicht ganz dicht. Er kramt in seiner Tasche nach dem Handy, fragt sich, ob er nicht vorsichtshalber seine Sicherheitsleute verständigen soll. Er kennt sich schließlich aus mit durchgeknallten Menschen, und ein paar Anzeichen davon lässt sie durchaus erkennen. Und doch hat sie etwas an sich, irgendetwas … diese strahlend grünen Augen, dieses betörende, anmutige Lächeln. Sie verströmt Grazie und Leichtigkeit. Ihre kesse

Energie wirkt anziehend. Er blinzelt, fasst sich ein Herz und spricht sie an.

»Sie verkaufen also Brautkleider?«, sagt er in einem wohlmeinend interessierten Versuch, klingt dabei aber nur noch herablassender.

»Nicht nur Brautkleider«, sagt sie entschieden, »*flüsternde* Brautkleider.«

»Ah-h-ha. Sie lieben also Mode?«

»Tut das nicht jeder?«

»Darüber habe ich nie groß nachgedacht.«

Er spürt ihr Urteil schon kommen, während sie ihn von oben bis unten mustert, sein gediegenes Hemd und die fade Hose – eben das, was er so gut wie jeden Tag trägt. Grau und Schwarz sind seine bevorzugten Farben. Hemden der Marke Selfridges findet er recht überzeugend, seine Anzüge aber lässt er von einem Schneider in der Savile Row maßanfertigen, wo schon sein Vater und sein Großvater Kunden waren. Fran rutscht etwas nach vorn, um seine Aufmerksamkeit einzufordern, obwohl er sich auf das Fahren und den Verkehr konzentrieren muss.

»Sie meinen vielleicht, nie groß darüber nachgedacht zu haben«, redet sie auf ihn ein, »aber Ihre Hemden, der individuelle Zuschnitt, die Seidensocken … das ist geschmackvoll ausgesucht. Sie haben mehr darüber nachgedacht, als Sie denken.«

»Ist meine Berufskleidung. Das, was von mir erwartet wird.«

»Und wenn Sie in vergammelten Jeans und Sportschuhen erscheinen würden …«

»… wäre das nicht angemessen.«

»Nein. Weil Kleidung eine wichtige Rolle spielt. Die

Leute denken vielleicht, dass es egal ist, was man anhat, aber das stimmt nicht. Kleidung sagt mehr über unser Leben aus als alles andere. Im Laufe der Geschichte war Mode immer auch Ausdruck der Zeit und des Wandels um uns herum, der Verschiebungen von sozialen Klassen, von Status, Arbeit und Lebensstil … von Gesinnungen. Was auch immer man trägt, ob schlabbriger Bademantel oder bestes Stück im Schrank, durch die Auswahl der Kleidung unterstreicht man seine Persönlichkeit, zeigt seinen seelischen Zustand, seine Hoffnungen, Zweifel, Unsicherheiten, Ambitionen.«

»Okay«, sagt Rafael fasziniert. »Aber damit eins klar ist: Ich habe noch nie so etwas wie einen schlabbrigen Bademantel besessen oder getragen.«

Fran muss herzlich lachen, was ihn völlig überrascht. Lachen kommt in seinem Leben nicht allzu häufig vor. Er hatte nicht beabsichtigt, lustig zu sein, aber offenbar hat sie Freude an seiner manierlichen Vornehmtuerei. Und er freut sich zu sehen, dass sie sich freut.

»Ich meine, besitzt denn irgendeiner überhaupt so ein Ding?«, fügt er mit gespielter Empörung hinzu und lacht mit.

Sie schaut ihn an. »Sind Sie immer so arrogant?«

»Nein, ich …«

»Doch-ch«, lallt Janey von hinten, bevor sie wieder einnickt.

»Gestern Vormittag nämlich«, fährt Fran vorsichtig fort, »als wir, Mick und ich, das Haus entrümpelt haben, waren Sie uns gegenüber ziemlich ruppig. Vom überaus schroffen Umgang mit Ihrer Schwester ganz zu schweigen. Wir dachten …«

»Dass ich eine schlechte Figur abgegeben habe, ist mir durchaus klar, aber glauben Sie mir, ich mache das jetzt schon zehn Jahre lang mit. Zehn Jahre schon versuche ich, sie vor sich selbst zu retten. Ich liebe sie über alles, aber sie ist auf einer selbstzerstörerischen Einbahnstraße unterwegs. Meine Geduld ist längst erschöpft, aber aufgeben werde ich niemals.« Er seufzt. »Sie ist alles, was ich habe.«

Eine Weile sitzen sie schweigend da, dann hört sie wieder seine Stimme aus der Dunkelheit des Wagens.

»So etwas wie das hier ist nichts Neues«, sagt er. »Besoffenes Geseiere und Wuttiraden. Etliche Male war sie schon in der Entzugsklinik, hatte auch mal einen Platz in einem *Sober house*. Sie hatte auch schon Jahre, in denen es ihr richtig gut ging, doch dann rutschte sie wieder ab, und alles ging von vorne los. Was kann ich noch tun? Einmal bin ich mit ihr nach Barbados geflogen, saß mit ihr einen Monat lang in einem Hotelzimmer mit Meerblick. Mein erster Urlaub seit sechs Jahren, und ich tat nichts anderes, als ihr beim Kotzen zuzuschauen und den Entzug gemeinsam mit ihr durchzustehen. Naiverweise hatte ich gehofft, dass sie inmitten von Palmen und tropischer Blütenpracht erkennen würde, dass die Welt voller Schönheit ist, für jeden, ungeachtet aller ...« Er seufzt erneut.

Fran ist nachdenklich. Da ist mehr unter der Oberfläche, denkt sie, mehr, als sie ihm zugesprochen hätte. Sie legt die Falten des Brautkleids zurecht und wartet darauf, dass er weiterredet.

»Sie hat ein paar Kilo zugenommen und ihr Strahlen zurückgewonnen«, erklärt er, »doch kaum waren wir in Heathrow gelandet, hat sie ihr Gepäck fallen lassen und drei Tage lang durchgesoffen.«

»Das tut mir leid.«

»Muss es nicht. Es ist nicht Ihr Problem.«

Sie halten schließlich vor einem kleinen, unscheinbaren Gebäude in St John's Wood, das sich als Krankenhaus mit einem privaten Unfall- und Notfalldienst herausstellt. Fran beäugt die todschicke Eingangsfront, die eher an ein Hotel erinnert als an eine Notaufnahme.

»Kein Schlangestehen, keine Wartezeiten, und vor allem … Diskretion«, sagt Rafael. »Ich gehe davon aus, dass sie genäht werden muss. Sie können hier warten, bis ich sie eingecheckt habe, oder …«

»Ich kann auch mitkommen«, sagt Fran und hebt das Bündel mit den verzierten Kolibris beiseite. »Ihnen Gesellschaft leisten?«

Rafael überlegt kurz.

»Ja«, sagt er zu seiner eigenen Verwunderung. »Ja … wäre schön.«

Eilends, und sich ihres Interesses aneinander durchaus bewusst, steigen sie aus dem Auto. Rafael wendet sich an Janey auf dem Rücksitz und drängt sie, ebenfalls auszusteigen. Er begutachtet ihre Wunde, legt seine Jacke um ihren zerbrechlichen Körper und weist sie an, einen Fuß vor den anderen zu setzen. Aus seiner routinierten Vorgehensweise schließt Fran, dass er dies bereits öfter durchexerziert hat – nicht einmal, nicht zweimal, eher dutzende Male schon. Als Janey dämmert, was da gerade passiert, fängt sie an, zu schlagen und zu kratzen, um sich von Rafael loszueisen. Doch der, völlig unbeirrt, nimmt sie mit einem Schwung hoch und über die Schulter und marschiert auf den Eingang zu.

Die Lobby riecht nach Pfingstrosen.

»Keine Kassenleistung, nehme ich an«, sagt Fran.

Rafael lächelt amüsiert und merkt plötzlich, dass er ihren trockenen Humor mag. Seiner Vorstellung von einem netten Abend entspricht dies sicherlich nicht, und von einem Date kann auch keine Rede sein, aber irgendwie ist er froh, dass sich dieser seltsame Abend mit Fran noch etwas hinziehen könnte.

In einem sauberen, hellen Wartebereich nehmen sie Platz, Janey fest eingezwängt zwischen sich. Eine unangenehme Stille entsteht, als hätten die kalten Lichter und desinfizierten Fußböden die Abwegigkeit ihrer Situation bloßgelegt – wie ein Spiegel in einem schlecht beleuchteten Umkleideraum. Schweigend sitzen sie da und schauen ständig auf die Uhr. Fran blättert durch ein paar Lifestyle-Magazine. Rafael nimmt sein Tablet heraus und fängt an, darauf herumzutippen.

»Also«, hebt Fran an, um die angespannte Atmosphäre zu lockern, während sie den Blick auf Rafael lenkt, der allem Anschein nach gerade durch geschäftliche E-Mails scrollt, »wie hätten Sie den heutigen Abend verbracht, wenn Sie jetzt nicht hier wären?«

Rafael schaut auf.

»Mit Arbeit«, sagt er bestimmt. »Furchtbar aufregend, nicht wahr?«

»Oje.«

»Die Colt-Stiftung ist mein Leben. Meine Familie hat ihr Geld damit verdient, brachliegendes Ackerland aufzukaufen und es gewinnbringend an Bauunternehmer und Betreiber von Caravan-Parks weiterzuverkaufen. Mitte der Fünfzigerjahre saßen sie auf einem Vermögen. Weil ihn sein Gewissen drückte, entdeckte mein Großvater, Samuel, seine philanthropische Ader und beschloss, eine Familienstiftung zu gründen, um Initiativen in den Bereichen Bildung und Gesundheitswesen zu unterstützen. Die Verantwortung für die Stiftung ging dann auf meinen Vater über, und heute …«, er seufzt, »… gehört sie mir. Ich möchte mit dem Geld größtmögliche Veränderungen bewirken. Neben Spenden an verschiedene gemeinnützige Organisationen haben wir unlängst eigene Schulbaupläne entwickelt.«

»Wow«, sagt Fran. »Damit kann ich nun wirklich nicht mithalten.«

»Nun, ich sorge für kluge Köpfe, Sie für Herzen voller Liebe.«

»Ich würde sagen, beides hängt zusammen, meinen Sie nicht?«

»Kann sein«, sagt er und schaut sie eindringlich an.

»Und wie schwierig ist es, eigene Schulen zu bauen?«

»Es bereitet mir mehr Kopfzerbrechen, als mir lieb ist, aber …«, sein Blick schweift zurück zu seinen E-Mails, »es hält mich auch auf Trab.«

»Oh, kommen Sie«, sagt Fran. »Spielen Sie es bloß nicht herunter. Es klingt unglaublich. Müssen Sie sich immer so zugeknöpft geben?«

»Meistens. Und müssen Sie immer das Herz auf der Zunge tragen?«

»Ja«, sagt Fran. »Meistens.«

»Und wo hätten *Sie* den heutigen Abend verbracht, Francesca? Wenn Sie jetzt nicht hier in diesem pfingstrosenbedufteten, sterilen Wartezimmer säßen?«

Fran überlegt kurz.

»In Haworth«, antwortet sie aus heiterem Himmel. »Ich hätte gute Lust, in einem Baumwollkleidchen durch die umliegenden Moore dort zu springen, ganz im Stil der Brontë-Schwestern, mich in der unberührten Natur zu verlieren, dem umherirrenden Geist von Heathcliff begegnen. Wie es der Zufall will, habe ich neulich erst ein exzellentes viktorianisches Brautkleid aus dem ländlichen Yorkshire angekauft. Nicht jedermanns Vorstellung von einem ›großartigen‹ Brautkleid, zumal der Schnitt auch völlig aus der Mode ist – doch wenn man bedenkt, dass es aus einer Zeit vor Instagram stammt, wo sich die neuesten Modetrends der Stadt nur langsam bis aufs Land verbreiteten – ach, es ist zum Sterben schön. Irgendwer wird es anhimmeln. Viele Bräute kommen völlig verunsichert und ratlos in meinen Laden, Kaufhausflüchtlinge, meist von der Haupteinkaufsstraße. Bei mir hingegen, im *Whispering Dress*, bekommen sie ein Kleid, wie es kein zweites gibt, ein Kleid mit einem schlagenden Herzen.«

»Und wo finden Sie diese ›flüsternden‹ Kleider? Außer bei Container-Tauchgängen, natürlich.«

Fran wirft ihm einen tadelnden Blick zu. Sie ist immer noch sauer, dass er ein Garrett-Alexia-Brautkleid weggeworfen hat. Er weicht ihrem Blick aus.

»Ich bin immer auf der Jagd«, erklärt sie, »aber um ehrlich zu sein, beginnt der schwierigste Teil der Arbeit dann, wenn ich ein Kleid gefunden habe. Dann dreht sich alles um die Recherche. Um die Magie dieses Kleides. Ich verbringe Monate damit, seine Geschichte zu ergründen, sie aus einzelnen Teilen zusammenzusetzen – aus Fotografien, Tagebucheinträgen, Zeitungsschnipseln, Kirchenbüchern, Gemeindearchiven … aus allem, was ich finden kann. Manchmal gelingt es mir sogar, Leute aufzutun, die mit dem Kleid in irgendeiner Weise eine Verbindung hatten, oder mit Leuten zu sprechen, die Braut und Bräutigam kannten …«

Sie muss an Meryl Percys Kleid denken, daran, wie sie mit etlichen ihrer alten Freundinnen sprach, die sie überglücklich empfingen, sie mit Gebäck und Tee verwöhnten und ihre Erinnerungen an ihre liebe Verstorbene, deren berühmt-berüchtigtes rotes Brautkleid einst überall Stadtgespräch war, nur allzu gerne mit ihr teilten. Sie hatte sogar den Laden besucht, in dem das Kleid angepasst und bestickt worden war, war in der kleinen Kapelle oben auf dem Hügel, in der das Paar geheiratet hatte, zum Altar geschritten – es war, als wären Meryl und James dabei gewesen, tatsächlich anwesend gewesen. Jedes Detail, vom Parfümfleck am Kragen bis zum winzigen Riss am Saum (dem beschwipsten Missgeschick von Lindy Hop sei Dank) konnte sie alles nachfühlen.

»Mein Ziel ist es, jeder Braut Freude zu bescheren …«, sagt sie mit einem kleinen Seufzer, »… damit sie sich großartig, rundum wohl und glücklich fühlen kann, und so wiederum trage ich dazu bei, dass sie in eine glückliche, dauerhafte Ehe gehen kann.«

»Goldig«, sagt Rafael zynisch. »Und nur so aus Neugierde: Haben Sie auch noch andere Interessen außer Brautkleider?«

»Nun, Abendkleider finde ich ebenfalls faszinierend.«

Rafael lächelt und verdreht die Augen. In seinem Inneren aber hat sie längst eine Flamme entfacht. *Hinter der ganzen Fassade*, denkt er, *hinter dem ganzen nervigen Vintage-Brautmoden-Quatsch, zeigt er sich: der seltene, vergängliche Glanz, das helle Funkeln, das, was märchenhafte Heldinnen und erste Lieben ausmacht. Francesca Delaney.*

Plötzlich wird Janey munter.

»Sie kenn' ich doch«, lallt sie und knufft Fran in die Rippen. »Sie waren im Haus. Aber ich sag's Ihnen gleich: Sie sind überhaupt nicht der Typ, auf den er sonst so steht.«

Rafael ist es sichtlich unangenehm, und er versucht, sie zum Schweigen zu bringen.

»Jaja, stell die böse kleine Schwester nur ruhig. Bring sie fort, schaff sie mir aus den Augen. Und pass bloß auf, dass sie nichts unterm Teppich hervorkehrt …«

»Janey! Schsch!«

Aber Janey wird lauter, als würde sie eine Rede vor Publikum halten.

»Ach ja! Die illustre Familie Colt, die großen Almosenspender der Menschheit, wir lieben unser Geld. Weil wir hinter der ganzen Nächstenliebe alle Trinker, Diebe, Aufreißer und Drecksäcke sind …«

»Janey! Es reicht!«

Der Arzt ruft sie auf. Die Erleichterung ist Rafael anzusehen, als er seine Schwester ins Sprechzimmer begleitet.

Zwanzig Minuten später kommt er zurück, mit Kaffee für sich und Fran, und deutlich erschöpfter Miene.

»Sie werden sie verarzten und über Nacht dabehalten«, erklärt er müde. »Ich hole sie morgen früh wieder ab. Gehen wir.«

Auf dem Weg zu Rafaels Auto ist die Stimmung zwischen ihnen plötzlich anders. Sie fühlen sich wohl miteinander. Mehr als wohl. Sie sind heiß aufeinander. Als wäre eine intensive Stunde in einem Krankenhauswartezimmer so viel wie drei Kennenlernabende. Als Fran auf den Beifahrersitz klettert, spürt sie, wie die Aufregung Schmetterlinge in ihrem Bauch flattern lässt. Als sie das letzte Mal so ein ähnliches Gefühl hatte, war sie … sehr jung. Sie betrachtet Rafaels Gesicht etwas genauer – die dunklen Augen mit dem grüblerischen Blick, der dezente, leichte Bogen um seinen Mundwinkel, der nur hervorkommt, wenn er lächelt. Lächelnd schiebt sie das Brautkleid auf ihrem Schoß zusammen. Das Auto fährt an, und irgendwie wünscht sie sich, es wäre ihre erste gemeinsame Fahrt des Tages und nicht die letzte.

Während ringsum die Lichter der Stadt glitzern, plaudern sie unverfänglich miteinander.

»Woher kommen Sie ursprünglich, Francesca?«

»Drury Lane.«

Rafael schielt kurz zu ihr hinüber.

»Aus der Gegend dort. Meine Mutter war Kostümschneiderin. Mein Vater ein unbekannter Chef-Beleuchter, oder so was in der Art. Sie hat mich alleine großgezogen, und so verbrachte ich meine Kindheit backstage in etlichen Theatern, habe Rosinenschnecken gefuttert und Kleider für meine Puppen genäht, während meine Mutter gearbeitet hat.«

»Klingt … exzentrisch.«

»Oh, es hat Spaß gemacht. Früher liebte ich das Theater.«

»Früher?«

Fran verspannt sich, senkt den Blick. »Der Zauber ist verflogen«, sagt sie leise. »Zu viele Egomanen.«

»Und wo gehen Sie in London gerne aus?«

»Zurzeit bin ich gerne im East End unterwegs. Ich liebe die Märkte und die Kirchen dort, auch das *Queen's House* in Greenwich … das ist mein Lieblingsgebäude. Kennen Sie es?«

»Natürlich.«

»Inigo Jones«, sagen sie wie aus einem Mund.

»Der Inbegriff der neoklassizistischen Klarheit«, fügt Rafael hinzu.

»Sie kennen sich aus mit Architektur?« Fran strahlt.

»Ich weiß ganz gut Bescheid«, sagt er. »Ich teile vielleicht nicht Ihre Liebe für Brautkleider, Fran, aber mir gefällt es, mich mit Ihnen über Kunst, Kultur und Geschichte zu unterhalten. Ich bin gar nicht so miesepetrig, wie Sie vielleicht meinen.«

»Oh, ich finde nicht, dass Sie miesepetrig sind, ich finde nur, dass Sie … Ach, egal … was sind denn *Ihre* Lieblingsecken in London?«

»St. Pancras Station und die Flussufer im Stadtteil Richmond, ganz klar.«

»Aha, es zieht Sie also eher raus aus der Stadt.«

»Wahrscheinlich, weil ich tief im Herzen ein Junge vom Lande bin. Ich hatte, genau wie Sie, eine recht unkonventionelle Kindheit, doch die tollste Zeit hatte ich in den Wäldern rings um *Dryad's Hall.*«

»Mit Janey?«

»Ja. Wir waren als Kinder unzertrennlich, ob Sie's glauben oder nicht.«

»Warum, meinen Sie, trinkt sie so viel?«, fragt Fran und seufzt, als sie an die arme Janey denkt.

»Weil sie suchtkrank ist.«

»Ja, aber … wie kommt es dazu? Das passiert ja nicht einfach so. Sie sind ihr Bruder. Ich nehme an, Sie beide sind im gleichen Umfeld aufgewachsen, und doch scheinen Sie so …«

»… verschieden zu sein?«

»Warum sind *Sie* nicht auch suchtkrank?«, fragt sie ihn geradeheraus.

Rafael zuckt zurück, schockiert von der Direktheit ihrer Frage. Es fühlt sich an, als würde sie direkt in ihn hineinsehen.

»Das … das geht Sie nichts an«, sagt er.

»Entschuldigen Sie. Ich wollte Sie nicht ausfragen.«

Stille. Doch zu Rafaels eigener Überraschung kriecht er aus seinem Panzer, er möchte, ja, er *will* die Stille mit einer Antwort durchbrechen, will sich mitteilen.

»Janey und ich, wir hatten es beide nicht leicht. Sie fing an zu trinken, ich habe mich in die Arbeit gestürzt. Und wenn Sie es genau wissen wollen … man hat mir anerzogen, Verantwortung zu übernehmen. Und als hart arbeitender Stiftungsleiter bleibt keine Zeit für tagelanges Komasaufen. Außerdem bringe ich viel zu viel Zeit meines Lebens damit zu, meine missratene jüngere Schwester aus den Klatschspalten der Zeitungen rauszuhalten – ich hätte schlichtweg gar keine Zeit für irgendeine Sucht.«

»Was schreibt man denn so über Janey?«

»Dass sie ein weiteres privilegiertes Prinzesschen auf Abwegen ist. Ich würde darüber hinweglachen, nur ist das ihrer Genesung nicht wirklich förderlich. Und dem Image der Stiftung schon gar nicht.«

»Ich lese keine Klatschspalten«, sagt Fran. »Tatsächlich versuche ich generell, die Nachrichten nicht zu verfolgen. Viel zu deprimierend.«

Rafael verdreht die Augen. »Warum wundert mich das nicht? Wo soll ich Sie absetzen, im Märchenland?«

»In Walthamstow.«

»Im East End also. Trendiges Viertel. Wo all die guten Experten für Vintage-Brautmoden wohnen, nehme ich an.«

»Apropos«, sagt Fran, »ich würde mit Ihnen gerne noch ein wenig über das Brautkleid Ihrer Mutter plaudern.«

Sie nimmt den Saum hoch und hält die Seide fest in der Hand. Rafael versteift sich. *Was hat sie bloß für einen Fimmel mit diesem Kleid?*

»Haben Sie die geringste Ahnung, wie wertvoll es ist?«, fragt sie. »Ich könnte es für zehntausende Pfund an einen privaten Sammler verkaufen.«

»Dann tun Sie das. Ist bares Geld.«

»Aber es ist das Kleid Ihrer Mutter, die Geschichte Ihrer Familie. Kümmert Sie das denn gar nicht? Sein monetärer Wert ist nichts, im Vergleich mit seinem romantischen Wert.«

Themawechsel, denkt Rafael und schaut stur geradeaus auf die Straße.

»Nun, wenn Sie wirklich kein Interesse daran haben«, schnaubt Fran, »dann mache ich eben mein eigenes Ding. Ich werde eine würdige Braut finden und es weiterverkaufen. Nur leider …« – sie stockt, schaut auf seine Körpersprache –, »hat es etwas an sich, das mich stört. Ich meine, es ist strahlend schön in jeder Hinsicht, und doch, als ich es heute Abend im Haus anprobiert habe …«

»Sie haben es noch einmal anprobiert?«

»Ja, klar. Um seine Energie zu spüren.«

Rafael schnauft hörbar aus.

»Die Sache ist die, es hatte eine wirklich schlechte Energie … wirklich, die schlechteste …«

Ihre Stimme bricht ab, als sie überlegt, was sie als

Nächstes sagen soll – sie muss sorgsame Worte finden, um ihn nicht zu verstören oder auf die Palme zu bringen.

»Ich bin in ihr Schlafzimmer gegangen und stand vor diesem alten Schrank.« Fran wandert in Gedanken noch einmal dorthin. »Der Moment, als ich vor dem Spiegel stand, war so intensiv, so real, als könnte ich sie spüren, als wäre sie wirklich da. Normalerweise ist das für jede Frau der Höhepunkt – der Moment der ›Brautwerdung‹: Wenn sie sich zum ersten Mal in ihrem Kleid im Spiegel sieht, als das Traumbild einer Braut. Für manche ist das nervenzerreißend, unheimlich gar – es ist eine so gewaltige Veränderung. Aber es ist immer ein freudiges Ereignis, es sei denn …« Sie senkt den Blick und seufzt. »Es ist so, dass ich sofort gespürt habe, dass sie nicht glücklich war, ganz und gar nicht glücklich – verzeihen Sie meine indiskrete Frage –, aber gab es Probleme in der Ehe?«

»Jetzt reicht's!«, sagt Rafael fassungslos. »Ich habe genug von diesem Unsinn.«

Der Motor dreht runter, als er vom Gas geht. Er will der ganzen Sache ein Ende setzen, muss ihr ein Ende setzen, die Autotür öffnen und diesem latenten Affront entfliehen.

»Ich weiß, es klingt völlig bekloppt«, sagt Fran und versucht verzweifelt, den Faden wieder aufzunehmen, »aber so war es nun mal. Es war alles in diesem Kleid. Es kam aus diesem Kleid. Meine Mutter und ich – wir machten früher gerne kleine Ratespiele, backstage, im Theater. Sie kam dann immer mit irgendwelchen Sachen an – Bloomers, Samtkorsetts, Tudor-Gewänder, transparente Feenflügel … was immer sie in den Garderoben finden konnte. Ich bin hineingeschlüpft und habe mir überlegt, wer die

Sachen wohl mal getragen hat und wie sie sich auf der Bühne wohl angefühlt haben. Laut meiner Mutter habe ich immer richtig gelegen. Es war wie Magie.«

Das Auto wird langsamer, Rafael rangiert in einen Parkplatz ein.

»Raus. Dort vorne ist eine Tankstelle. Da können Sie sich ein Taxi rufen.«

»Ich bin nicht verrückt. Ganz bestimmt nicht, ehrlich. Aber Sie müssen etwas wissen … etwas Wichtiges …«

»Ich muss überhaupt nichts … außer Sie auffordern, mich und meine Familie gefälligst in Ruhe zu lassen.«

»Sie hat einen Spiegel zerschlagen.«

»Was?«

»Am Vorabend ihrer Hochzeit hat sie einen Spiegel zerschlagen und sich in die Hand geschnitten.«

Rafaels Fingerknöchel treten weiß hervor, so fest hält er das Lenkrad umklammert. Er fühlt die Wut in seinen Schläfen pochen.

»Habe ich recht?«

»Gehen Sie einfach!«, zischt er. »Nehmen Sie das verdammte Kleid, und lassen Sie mich in Ruhe!«

Kapitel 7

Mick hört geduldig zu, als Fran sich bei ihm ausheult. Es macht ihm nichts aus. Über die Jahre hat sie unzählige Hemdknöpfe für ihn angenäht, ihm das Säumen beigebracht und sich stundenlang seine in Jugendtagen durchlebten Ängste und Komplexe angehört, da er der »einzige junge Mann im Dorf mit einem Faible für alles Viktorianische« war. Drei gescheiterte Beziehungen haben ihn immer wieder in ein tiefes schwarzes Gefühlsloch gestürzt, und sie war jedes Mal für ihn da, hat die Scherben aufgelesen und ihn wieder auf die Beine gestellt. Sie ist sein Stern. Er kapiert nicht ganz, wieso sie so scharf darauf ist, diese undurchschaubare Dynamik der erbitterten kleinen Familienfehde, die sie bei der Hausentrümpelung leider Gottes miterleben mussten, weiter zu verfolgen – aber so ist Fran nun mal: stets den Geschichten ihrer Brautkleider auf der Spur. Auch hätte er gerne gewusst, wieso sie sich in einer Tour über diesen ungehobelten Menschen aufregt, den sie jetzt nur noch »Mr Colt« nennt, aber hey, auch das ist Fran – ihre Gefühle, was Männer anbelangt, sind launenhafter als das Wetter.

»Er hält mit irgendetwas hinterm Berg«, behauptet sie beharrlich, während sie gemeinsam das Minikleid mit dem silbernen Plastikkragen aus den Sechzigern für die letzte Anprobe herrichten. »Und ich werde herausfinden, was es ist. Er hat mich rausgeschmissen, am Straßenrand stehenlassen, einfach so, das ist doch die Höhe!« Ihr Blick wandert zu ihrer Pinnwand der Toten Bräutigame. »James Andrew Percy würde so etwas niemals tun. Und wenn ich bloß daran denke, dass ich gerade angefangen habe, mich in seiner Gesellschaft wohlzufühlen. Nur um im nächsten Moment daran erinnert zu werden, was für ein hassenswerter Mann er ist.«

»Hass ist ein starkes Wort«, sagt Mick weise. »Für jemanden, dem du nur ein einziges Mal begegnet bist.«

»Zweimal«, korrigiert ihn Fran.

»Und hast du dir vielleicht auch mal überlegt, dass mehr als Hass dahinterstecken könnte?«

»Was denn?«

»Anziehung.«

»Oh, ich bitte dich!«

»Im Ernst, ich habe in einem dieser Psychologie-Zeitschriften darüber gelesen. Hass und Liebe liegen sehr eng beieinander. Alles nur Hirnchemie.«

»Ich weiß, worauf du hinauswillst«, sagt Fran, »aber ehrlich gesagt, bin ich an ihm nicht interessiert. Ich brauche und will keinen festen Freund, und Rafael Colt, so gutaussehend und beeindruckend er ist …«

»Und reich …«

»… ist *nicht* mein Zukünftiger. Keine Chance.«

»Obwohl du den ganzen Morgen über von nichts anderem gesprochen hast?«

Fran seufzt, zieht das Kleid in Form und sieht ihre Kundin von draußen auf den Laden zusteuern – Kate Michaels.

»So, Schluss jetzt«, flüstert sie. »Hier kommt die Braut.«

Sie geht zur Tür und nimmt sie lächelnd in Empfang. »Kate!«

Kate spaziert schwungvoll herein, stilvoll gekleidet im beigefarbenen Regenmantel und mit großer Jackie-O-Sonnenbrille.

»Hallo, Fran. Hallo, Mick. Schön, Sie zu sehen.«

»Sie müssen furchtbar aufgeregt sein«, sagt Fran und legt angesichts der bevorstehenden Hochzeit eine strahlende Miene auf. »Nur noch wenige Tage!«

Kate lächelt. »Ich habe von diesem Tag geträumt, seit ich ein kleines Mädchen war und mit meinen Schwestern Hochzeit spielte – die Nachbarskatze war der Bräutigam auf unserer nachgespielten Feier, die nur eine halbe Minute ging und auf der wir reichlich Gänseblümchen streuten. Sechsunddreißig Jahre später, und nach zehn Jahren Beziehung, in der die Idee leise keimte und gedieh, wird sich mein Wunsch nun endlich erfüllen.«

»Wie geht es Rick?«

»Er ist nervös, denke ich mal.«

»Und wie geht es seinem Kilt?«, fragt Mick. »Die Idee mit dem Kilt gefällt mir wirklich gut.«

»Ist ihm eigentlich zu kratzig«, sagt Kate. »Aber ohne ein bisschen Schottenkaro geht es in Schottland nicht, habe ich ihm gesagt.«

Ihr Blick schweift durch den Laden, bis sie ihr gutes Stück entdeckt: das Sechzigerjahre-Kleid, kunstvoll zur Schau gestellt vor einem deckenhohen Spiegel. Sie eilt darauf zu und klatscht vor Freude in die Hände.

»Oh, Wahnsinn! Das tollste, firlefanzloseste Brautkleid aller Zeiten!«

»Für die tollste Braut«, sagt Mick. »Ich meine, toller geht es wohl kaum, als eine Rock'n'Roll-Hochzeit in einem richtigen schottischen Schloss, in einem Kleid mit einer Rocklänge hoch bis zum Himmel.«

Kate grinst.

Fran indes freut sich, dass das Minikleid von Sandy Dorit mit seinem ausgefallenen, aufregenden Vermächtnis nun eine neue Chance bekommen hat, seinen Glanz zu entfalten. Sandy, so fand sie dank vieler Gespräche mit den Dorit-Töchtern heraus, war so etwas wie eine Spätzünderin. Nachdem sie vier Heiratsanträge ausgeschlagen hatte, machte sie einem exzentrischen Schmuckdesigner namens Lars schließlich selbst einen Antrag. Die Trauung fand am 18. März 1966 in der Oratorianerkirche in Brompton statt. Trotz elterlicher Bedenken angesichts so vieler demonstrativer Brüche mit der Konvention – Sandys Mutter hatte auf ein *sehr* traditionelles Kleid gehofft –, schlossen Sandy und Lars einen glücklichen Bund fürs Leben, reisten um die ganze Welt und fotografierten Rockstars. Und als dann Kate Michaels zum ersten Mal in Frans Laden kam, kess und adrett, und dennoch besorgt, dass sie mit zweiundvierzig aussehen könnte wie die älteste Braut in der ganzen Stadt, wusste Fran, dass ein Knistern in der Luft lag, dass sich Kleid und Braut perfekt ergänzen würden.

»Ich habe es um die Taille ein winziges Stück enger gefasst, wie wir es besprochen hatten, um die perfekte Silhouette zu bekommen. Probieren Sie es an, dürfte passgenau sitzen.«

Kate verschwindet mit Sandys Kleid in den Armen hinter dem Damastvorhang und tritt wenige Minuten später wieder heraus: eine tolle Braut im Stil der Sechziger in all ihrer Pracht.

»Fast«, sagt Fran. »Eine winzige Kleinigkeit fehlt noch. Ich habe da neulich auf einer Auktion etwas erstanden und sofort an Sie gedacht.«

Sie zieht die Schublade einer Kommode auf und holt einen kurzen, perlenbesetzten Schleier hervor.

»Original von 1965«, sagt sie, »und er gehörte einer berühmten Schauspielerin.«

Kate macht vor Freude große Augen. »Er ist umwerfend! Schnell, legen Sie ihn mir an!«

Das tut Fran gerne und wünscht sich dabei, alle Bräute wären so euphorisch und unkompliziert wie Kate. Der Schleier sitzt perfekt auf Kates dichten kastanienbraunen Locken, verleiht ihr eine jugendliche Frische und zaubert ihr eine leicht verspielte Note ins Haar. Sie wirft einen flüchtigen Blick in den Spiegel und bläst einen kessen Luftkuss à la Brigitte Bardot.

»Ich liebe es!«, sagt Kate. »Nun, ich weiß, Sie sagten, es ist schwer, sich mal freizunehmen – aber möchten Sie nicht auf unsere Hochzeit kommen? Sie haben einen so wichtigen Teil dazu beigetragen und mir so viel Freude bereitet. Ein voluminöses, albernes Ballkleid war nie mein Fall, also habe ich nicht viel Auswahl, dachte ich … bis ich Sie traf. Bitte sagen Sie zu.«

Mick wirft Fran ein aufmunterndes Nicken zu. Sie zuckt zusammen, spürt leichte Panik in sich aufsteigen.

»Sie wird kommen«, sagt Mick, der das Wort für sie ergreift. »Fran nimmt Hochzeitseinladungen immer an.«

»Das tue ich tatsächlich«, sagt Fran.

Mick geht achselzuckend darüber hinweg und wendet

sich Kate zu. »Schon komisch, da ist sie verliebt in die Liebe, liebt es, Bräute einzukleiden, liebt alles rund um das Heiraten, kriegt aber jedes Mal Muffensausen, wenn sie zu einer Hochzeit eingeladen ist!«

»Ich will mich schließlich nirgends hineindrängen«, protestiert Fran. »Wenn eine Braut ein Kleid für sich gefunden hat, ist meine Arbeit getan. Und außerdem hasse ich es, alleine zu gehen … und ich kann nicht tanzen … und ich habe nichts anzuziehen.«

»Nun, das ist ja wohl die dämlichste Ausrede, die ich ausgerechnet von dir höre«, sagt Mick.

»Kommen Sie schon«, sagt Kate und drückt Frans Hand. »Seien Sie mein Gast. Sie werden sich amüsieren, das verspreche ich Ihnen. Das Schloss ist fantastisch, sogar mit eigenem Zugang zum See. Meine Freunde sind alle großartig und bestimmt ganz heiß darauf, die geniale Frau kennenzulernen, der ich das coolste Brautkleid auf diesem Planeten zu verdanken habe.«

Fran seufzt. Sie würde tatsächlich zu gerne miterleben, wie das Kleid von Sandy Dorit in der traditionellen Kapelle eines schottischen Schlosses seinen großen Auftritt hat – welch verruchter, verspielter Kontrast!

»Gut, ich komme«, sagt sie mit einem schweren Seufzer.

»Ausgezeichnet«, sagt Kate und schlüpft wieder in ihre Alltagskleidung. »Ich muss los. Habe noch einen Friseurtermin in der Stadt, die grauen Ansätze nachfärben. Die Einzelheiten schicke ich Ihnen noch, okay? Also, bis zum neunzehnten!«

Kate ist schon fast aus der Tür, da fällt ihr Blick auf das Kleid von Alessandra Colt, das mit seiner gewaltigen Masse den ganzen Schneidertisch einnimmt, auf dem es liegt.

»Das ist ja mal ein schönes Kleid«, bemerkt sie, während sie Fran zum Abschied auf die Wange küsst. »Wen haben Sie denn dafür vorgesehen?«

Doch bevor Fran antworten kann, geht die Tür auf, und die nächste Kundin, das platinblonde Haar tadellos frisiert, platzt herein.

»Ich brauche ein Kleid«, sagt sie forsch.

»Dann sind Sie hier genau richtig«, entgegnet Mick.

Während Kate Michaels fröhlich von dannen zieht, nimmt Fran die neue Kundin herzlich in Empfang.

»Wie ist Ihr Name?«

»Rachel. Rachel Pointer.«

»Erzählen Sie mir ein bisschen von sich … wer Sie sind, was Sie machen, über Ihre Hochzeitspläne, dann finden wir gemeinsam heraus, welches Kleid zu Ihnen passen könnte.«

Und die Braut, wie es sich gehört, darf erst einmal erzählen:

»Man könnte wohl sagen, ich habe den Antrag bekommen, den ich mir immer gewünscht habe – Kniefall, großer Diamantring, Champagner auf Eis, Silvester-Bootsparty, just als das Feuerwerk losging. Zum Glück hat Elijah meine versteckten Hinweise beachtet, andernfalls …« – Rachel lächelt frostig – »… hätte ich vielleicht nicht Ja gesagt.«

Fran und Mick wechseln ein paar stumme Blicke. Ab und an kommt eine von dieser Sorte durch die Tür: eine Bridezilla, ein echtes Heiratsmonster.

»Und jetzt geht es um den perfekten Hochzeitstag«, fährt sie fort, während sie sich in einem fort die Haarseiten glattstreicht. »Im *Cedars*. Kennen Sie das? Ein Herrenhaus in der Nähe von Windsor. Wir haben es komplett gemietet. Wir haben einen Harfenisten, ein Jazz-Trio, eine Funk-Band, zwei Schwäne, eine fünfstufige Torte von *Fortnum & Mason*, ein Dutzend klassischer Blumenarrangements, einen Londoner Doppeldeckerbus, um die Gäste zu befördern, und garantierten Sonnenschein den ganzen Tag. Das Dumme ist nur …« – ihre Miene verfinstert sich – »… dass mich meine Schneiderin versetzt hat.« Sie wird rot vor Zorn. »Die *blöde Ziege*!«

Fran greift ein. »Macht nichts«, legt sie los. »Haken dran. Das *Whispering Dress* ist gerne für Sie da. Wie sind Sie auf uns gekommen?«

»Eine Arbeitskollegin hat Sie empfohlen. Sie sagte, Ihre Herangehensweise sei zwar unkonventionell, aber Sie fänden für jede Braut immer etwas Besonderes. Und mein Kleid muss etwas ganz Besonders sein. Ich will nicht wie jede aussehen. Ich will ein Kleid, bei dem allen die Kinnlade herunterklappt. Ich will eine Prinzessin sein. Aber nicht irgendeine olle Prinzessin. *Die* Prinzessin!«

Fran nickt. Sie hat ein passendes Kleid im Sinn.

»Mick«, sagt sie, »sei doch bitte so nett und geh das Sarah-Anne-Bootle-Kleid holen. Ich denke, es könnte seine perfekte Braut gefunden haben.«

»Aber mir gefällt *das hier*«, meint Rachel und zeigt auf das Kleid von Alessandra Colt, das kaum zu übersehen ist, da es den halben Laden einnimmt.

Fran weicht zurück, stellt sich davor, verspürt das eigenartige Gefühl, es beschützen zu müssen.

»Dieses Kleid ist nicht für Sie bestimmt«, sagt sie.

»Nun, welches ist denn für *mich* bestimmt? Ich bin mir nicht sicher, ob mir Ihre Herangehensweise wirklich behagt. Wie war das? Sie sind gerne für mich da? Dann erwarte ich auch, dass Sie mir sagen, was ich am wichtigsten Tag meines Lebens in exakt drei Wochen anziehen soll. Ich setze großes Vertrauen in Sie. Und ich erwarte etwas Brillantes. Andernfalls, müssen Sie wissen, habe ich auf eBay ein Vera-Wang-Kleid im Auge.«

Fran unterdrückt einen Seufzer. Bridezillas können anstrengend sein.

»Kommen Sie mit«, sagt sie.

Sie führt Rachel vor den Damastvorhang, hinter dem Mick in aller Eile das vorgeschlagene Kleid drapiert, und bittet sie, Platz zu nehmen. Doch Rachel bleibt demonstrativ stehen, was nicht gerade das beste Zeichen ist. Normalerweise ist eine Braut an diesem Punkt, egal wie anspruchsvoll und schwierig sie ist, vor lauter Hochzeitsfieber aufgekratzt und hibbelig, aber nicht patzig und pampig.

»Bereit?«

»Klar doch. Schließlich plane ich diese Hochzeit seit Monaten.«

»Sie müssen wissen, ich bin durch ganz Großbritannien gereist, um dieses Juwel zu finden. Auf den ersten Blick sind Sie vielleicht frappiert, aber Sie sagten ja, Sie wollen etwas Besonderes, etwas Einmaliges. Es ist schließlich Ihr großer Tag. Klar, dass Sie da herausstechen wollen. Wie gesagt, Sie sind vielleicht nicht sofort hin und weg, aber Sie werden sehen, sobald Sie es anhaben, wird es mit Ihnen verschmelzen und seine ganze Strahlkraft entfalten, vertrauen Sie mir ...«

»Zeigen Sie es mir einfach.«

Fran zieht den Vorhang zurück, und Mick präsentiert ein schlichtes viktorianisches Baumwoll-Blusenkleid mit

Blockprint-Muster. Die ursprüngliche Besitzerin, Sarah-Anne Bootle, war eine Arbeitertochter aus dem ländlichen Yorkshire – ein fröhliches Mädchen, das Pferde liebte, ihrer Mutter beim Brotbacken half und sonntags in der örtlichen Kirche Blockflöte spielte. Im Mai 1849 heiratete sie ihren Freund aus Kindertagen, in dem Dorf, in dem sie aufgewachsen war. Bunte Wimpel und Girlanden säumten die Straßen, die Maikönigin gab ihren Segen, es gab selbstgekelterten Cider vom Fass und ein feuchtfröhliches Fest bei Musik und Tanz bis in die frühen Morgenstunden. Von allen Hochzeiten, die Fran sich so ausgemalt hat, wäre sie am allerliebsten bei dieser dabei gewesen.

Das Kleid umschmiegt die Schneiderpuppe – lange Ärmel, hochgezogene Taille, blütengleich schwingender Rock – und ist eine Augenweide. Ein Kleid wie gemalt. Von Vera Wang, Norman Hartnell oder Christian Lacroix ist es nicht, aber es ist von unschuldiger Zartheit und sinnlicher Anmut. Fran kann das Heu im Sonnenlicht fast riechen, während sie Sarah-Anne Bootle und ihren Angetrauten durch die Felder spazieren sieht – ein friedvoller Traum, kein Ort von albernem Protz und schönem Schein, keine übertrieben aufgeblasenen Social-Media-Profile, die uns zum Mithalten-Müssen zwingen. Sarah-Anne, so stellt sie sich vor, war glücklich mit dem, was sie umgab, freute sich über die kleinen Dinge im Leben. Und unabhängig davon, ob es das Kleid ist, für das Rachel Pointer sich begeistert oder nicht, es ist genau das Richtige für sie – zumindest wird ihr zukünftiger Ehemann es so sehen, wenn er daran erinnert wird, dass seine Braut viel mehr ist als die Bridezilla, zu der sie im Vorfeld der Hochzeit mutiert ist, und dass ein Schlossgraben mit vergoldeten Schwänen auch von einem Biergarten, einem Krug Cider und einem saftigen Stück Schweinefleisch übertrumpft werden kann.

»Soll das ein Witz sein?«

»Gefällt es Ihnen?«

»Ich hasse es!« Schock und Entsetzen stehen Rachel ins Gesicht geschrieben. »Es ist scheußlich. Es sieht aus wie vom Bauernhof. Auf gar keinen Fall ziehe ich das an. Himmelherrgott! Ich hätte niemals herkommen sollen. Das ist lächerlich, totale Zeitverschwendung.«

Fran beißt die Zähne zusammen. Sie befürchtet, diesmal den Bogen etwas überspannt zu haben. Sie schüttelt den Rock auf, will unbedingt, dass er seinen besonderen Zauber entfaltet.

»Wieso kann ich nicht dieses bezaubernde Kleid dort drüben haben?« Rachel deutet erneut auf das Kleid von Alessandra Colt. »Das ist ein Prinzessinnenkleid, aber das hier … das ist ein Bauernkittel!«

»Probieren Sie es doch wenigstens mal an! Wenn Sie es an Ihrem eigenen Körper sehen, kommen Sie möglicherweise zu einem anderen Schluss!«

Widerwillig, hörbar schnaubend und keuchend, lässt sie Fran gewähren, die ihr das Kleid über die Schultern streift, und auch die Tatsache, dass es jahrhundertealt ist, scheint sie nicht zu scheren. Doch in dem Moment, da sie sich im Spiegel sieht, wird sie ganz still.

»Es ist … es ist figurumschmeichelnd, würde ich sagen. Wusste gar nicht, dass ich so hübsche Schultern habe. Sehr schön, und auch meine Kinnpartie wirkt sehr harmonisch und …«

Ihre Wut legt sich langsam, während sie versonnen über den Stoff streicht, ihn an sich drückt, lächelt, die Augen schließt und ihn dann, wie aus dem heitersten aller Himmel, erlebt – *ihren Moment*!

»Lassen Sie sich ruhig Zeit«, flüstert Fran ihr leise zu. »Lassen Sie es wirken. Ich weiß, dass es nicht das ist, was Sie sich vorgestellt haben, aber ganz ehrlich, es bringt Sie ganz wundervoll zur Geltung. Es betont Ihre weibliche Figur. Tatsächlich würde ich sagen, dass Sie in diesem Kleid die pure Essenz der Weiblichkeit sind, zauberhaft und wunderschön.«

»Glauben Sie wirklich?«, sagt Rachel, und nicht nur ihre Augen beginnen zu lächeln – sondern auch ihre Seele.

Als Rachel Pointer den Laden schließlich verlässt, das Kleid von Sarah-Anne Bootle in einer bebänderten Schachtel unterm Arm, gönnen Fran und Mick sich inmitten der ganzen Vintage-Herrlichkeit erst mal eine kleine Pause und stoßen zur Belohnung für ihre Mühen mit einem Glas Champagner an.

»Das war ein harter Brocken.«

»Und kein seltener: eine Braut, die sich viel zu sehr mit der Hochzeit beschäftigt anstatt mit der Heirat an sich.«

Fran nickt kläglich. Sie weiß nur zu gut, was es bedeutet, wenn die Stimme der Vernunft nicht mehr ankommt gegen die aufgedrehte Hysterie der Bräute kurz vor der Hochzeit. Sie weiß, wie schwierig es ist, im Trubel des bevorstehenden Hochzeitstages einen kühlen Kopf zu bewahren – insbesondere, wenn es die Märchenhochzeit werden soll, von der frau schon seit Kindertagen träumt. Es mag alles stimmen, der Bräutigam mag der Richtige sein, er mag lieb und nett sein, aber der große Tag im Leben sollte vor allem eins sein: *Unvergesslich* … der Rest ergibt sich dann von selbst … nicht wahr …?

Kapitel 8

Die Sonne lacht am Himmel über dem Regent's Park. Bei der Präsentation im Vorstandssaal lacht niemand. Rafael schaut zur Seite, starrt durch das Fenster und sehnt sich nach frischer Luft und Grün. Mimi schiebt ihm immer wieder unauffällig seinen Kaffee hin – als kleiner Wink, sich aufmerksamer, interessierter und engagierter zu zeigen.

»Wir schenken älteren Menschen seit über sieben Jahren Gehör«, sagt die Frau im grellen kirschroten Strick und zeigt auf ihre *Glynda's-Listening-Ear-*Verdienstnadel. »Die Nutzer unserer Dienstleistungen berichten, dass sie um 73 Prozent glücklicher, lebhafter und weniger einsam sind.«

Wie will man denn das so genau messen?, fragt er sich. Mit einer Maschine? Einem Algorithmus? Einer App – und was soll das für eine App sein? Eine, die menschliche Emotionen erfasst und sie in eine Tabelle umwandelt, innere Turbulenzen zu einem Haufen bunter Tortendiagramme zusammenschiebt und aus Wut und Verzweiflung messbare Größen macht …?

»Wir finden, dass unser Service besonders hilfreich ist für Menschen, die zum Beispiel verwitwet oder von ihrer Familie getrennt sind.«

Rafael nickt, atmet tief in die Brust hinein. Jedes Mal,

wenn Glynda anhebt, um weiterzusprechen, wackeln und klimpern ihre riesigen Kugelohrringe. *Sie lenken schrecklich ab vom Eigentlichen*, denkt er. *Glaubt sie denn wirklich, dass ihr Antrag auf Stiftungsgelder mehr Chancen hat, wenn sie so hochgestylt, so locker-flockig hier auftritt?* Er braucht keine Modenschau. Er will keinen Honig um den Bart geschmiert bekommen mit ein bisschen Schmuck. Wenn er ein Projekt gut findet und Potenzial darin sieht, fördert er es. Ganz einfach. Er braucht keinen Angriff auf seine Augen so früh am Morgen. Eine schlichte Bluse hätte es auch getan. Er muss an Francesca Delaney denken. Irgendwie hat sie seinen Blick auf Kleider verändert. Er kann seine Angestellten nicht mehr ansehen, ohne ihre Kleiderwahl zu hinterfragen. So auch bei Mimi – steifes, hautenges schwarzes Etuikleid, stilvoll dezenter Luxus, der laut schreit: »Mit mir ist nicht zu spaßen!«

»Mr Colt …«

»Was? Wie bitte?«

Mimi funkelt ihn wütend an. »Glynda fragt gerade, ob Sie eines der Begegnungswochenenden besuchen möchten. Ich sagte, Sie hätten einen sehr vollen Terminkalender, würden es aber in Betracht ziehen.«

»Ja, ich bin sehr beschäftigt, aber danke, Glynda, für das interessante Angebot. Und für Ihre Präsentation heute Morgen. Wir werden uns die Zahlen ansehen und … uns dann melden.«

»Nein, ich habe Ihnen zu danken, Mr Colt. Vielen, vielen, vielen herzlichen Dank!«, sprudelt sie überschwänglich hervor, während ihre Ohrringe wie wild kreiseln. »Sie wissen gar nicht, was mir das bedeutet. Hier zu stehen, vor Ihnen … das ist … überwältigend.«

Als sie aus der Tür ist, wirft Mimi ihm erneut einen bösen Blick zu. »Was ist los, Rafael? Sie sind nicht bei der Sache, irgendwie anders als sonst.«

Müde, erschöpft und niedergeschlagen, keine Hochs, keine Tiefs, nur ein leeres Grau, das am fernen Horizont verblasst.

»Ich brauche Urlaub«, sagt er und geht ans Fenster. Draußen sieht er ein paar Kinder durch den Park tollen, lachen, sich jagen.

»Dann machen Sie das«, sagt Mimi. »Ich verschiebe Ihre Termine und buche Ihnen heute noch einen Flug, wohin Sie wollen.«

Rafael seufzt. Nein, das ist es nicht. Er schaut den spielenden Kindern zu, die fröhlich hin und her und rings umeinanderrennen, zusammenstoßen und übereinanderpurzeln. Ein Urlaub allein wäre nur ein weiterer Zeitraum … irgendwie zugebracht … allein. Er sieht Mimi an, versucht ein Lächeln.

»Würden Sie mit mir mitkommen? Wo würden Sie denn gerne hinreisen?«

Mimi runzelt die Stirn. »Nein.«

»Oh, ich meine das nicht so, wie Sie vielleicht denken.«

»Ich weiß, aber ich möchte keinen Urlaub mit Ihnen machen. Den mache ich mit meinem Verlobten.«

Rafael blinzelt. »Sie sind verlobt?«

»Klar.«

»Wer? Wo? Warum weiß ich davon nichts?«

»Weil ich es Ihnen nicht erzählt habe. Weil ich davon ausging, dass es Sie nicht interessieren würde.«

»Aber …«

Mimi wendet sich einem Stapel Post zu.

»Dann erzählen Sie mal«, sagt er vorsichtig und versucht, sich aufgeschlossen zu zeigen. »Wer ist der Glückliche?«

»Er heißt Anton. Er ist Chirurg im *King's*. Wir heiraten im September.«

»Ah, schön. Sehr schön. Schön für Sie.«

»Das hoffe ich. Ich brauche nämlich eine Aufenthaltserlaubnis.«

Rafael fühlt sich regelrecht erleichtert. Zugleich wirkt der Gedanke, dass es im Leben seines stets so kalten Fisches namens Mimi noch einen anderen wichtigen Menschen gibt, auch irgendwie verstörend auf ihn. Sie gehört doch ihm. Sie soll immer ihm gehören. Sie, ausgerechnet sie, kann doch nicht einfach so in die Ehefalle tappen. Nichtsdestotrotz ist er völlig durch den Wind durch diesen plötzlichen und klaren Blick in den gähnenden Abgrund seiner Einsamkeit, die für ihn alltäglich geworden ist. Dass seine engste Vertraute ein Leben hat, sich mit Heiratsgedanken trägt, dass sie überhaupt nicht auf die Idee kam, dass er gerne davon erfahren hätte … Ist er wirklich so gefühlskalt?

Seine Konzentration lässt nach. Er schließt die Augen, und da ist sie wieder: Francesca Delaney, ihr Gesicht, ihr Strahlen, ihr romantischer Optimismus, das Brautkleid seiner Mutter in ihren Armen, ungewöhnlicher und lebendiger als jede andere, die ihm je begegnet ist.

Er war barsch zu ihr, unerhört barsch – nur weil sie unter der Oberfläche gekratzt hat.

Er muss Wiedergutmachung leisten.

***

Später am Abend macht Fran sich inmitten von Bergen bauschend weißer Seide daran, das Kleid von Alessandra

Colt auszubessern. Es gibt noch andere Kleider, die ebenfalls repariert werden müssten, und zwar dringend, aber Alessandras Kleid lenkt mit seiner beeindruckenden Präsenz viel zu sehr ab. Sie fühlt sich förmlich genötigt, es herzurichten, obwohl sie noch keine Idee hat, zu welcher Art von Braut es passen würde – oder könnte. Sie starrt es an, wie es daliegt, drapiert über ihren Schneidertisch, mit seinen Geheimnissen, die sich in jeder Faser seines Gewebes drehen und winden. Es ist jetzt eine Woche her, dass sie es hierher in ihren Laden gebracht hat. Seitdem liegt sie jede Nacht wach im Dunkeln, denkt an dieses Kleid, sinniert über die mondhellen Falten, ist wie hypnotisiert, von Ehrfurcht ergriffen – und auch leicht verschüchtert. Ein Teil in ihr möchte es gerne noch einmal probieren, ein anderer Teil aber, ein stärkerer, hat viel zu viel Angst vor dem Gefühl des Grauens und Schreckens, das es in ihr ausgelöst hat – vor all den vertrackten Komplikationen in der Familie Colt. Ihr Gewissen pocht darauf, dass sie es nicht verkaufen kann, wie es ist, nicht, ohne die ganze Geschichte zu kennen – das wäre viel zu riskant. *Regel Nummer zwei: Verkauf niemals ein Exitus-Kleid.*

Im Internet findet sie endlose Seiten über die guten Werke der Colt Foundation, ein paar geschmacklose Klatschartikel über Rafaels notorisches Junggesellendasein und Janeys ständige Entziehungskuren, ansonsten aber ist die Familiensaga vorbildhaft. Selbst das kleine Wörtchen »Skandal« kann die weiße Weste nicht beschmutzen. So wie es aussieht, war die Vorgängergeneration der Colts eine Bastion der guten Tugenden, ein Vorbild für alle anderen. Ihre Stiftung gilt als eine der Lieblingsorganisationen der Königin. Im Palast gingen sie ein und aus.

Nicht der leiseste Deut auf Probleme oder eheliche Zwistigkeiten.

Mit einem Haufen Fotos, die sie im Netz gefunden und ausgedruckt hat, stückelt sie einen Familienstammbaum zusammen und heftet ihn an die Wand. Unter den vielen Schwestern, Brüdern, Cousins und Cousinen scheint Samuel Anders Colt, der die Stiftung gründete, mit Janice Eloise Tricklebank verheiratet gewesen zu sein. Die beiden bekamen einen Sohn, Lyle, der 1978 Alessandra heiratete, und so gibt es heute Rafael und Janey – und alle waren reich, wichtig und glücklich. Zumindest nach außen. Doch irgendetwas liegt hinter diesem schönen Schein aus Geld, Glamour und tadellosem karitativem Image begraben – Fran spürt es.

Das Kleid neben ihr, dessen Herkunft gerade ans Licht tritt, scheint plötzlich zu leuchten – ein trendiges »It-Piece« seiner Zeit, das Prunkstück einer Society-Hochzeit, eine Erklärung vielleicht für seine Extravaganz, vom Garrett-Alexia-Label gar nicht zu reden. Und ein »It-Piece« mit einem Geheimnis. 1978 allerdings, als Lyle und Alessandra heirateten, Maxikleider angesagt waren, Schlaghosen und Jerseystoffe. Und so wundert sich Fran, dass dieses Brautkleid unverkennbar im Stil der 1950er Jahre gefertigt ist. Brautkleider hatten immer schon ihre zeitlose, märchenhafte Ästhetik, doch von gerade aktuellen Modetrends bleibt keine Braut gänzlich unberührt.

Es kribbelt in ihren Fingern, die das Kleid unbedingt berühren wollen, es verstehen wollen. Fran streicht mit der Hand über das Mieder, spürt das Auf und Ab der bauschigen Wogen, während Perlen und Stiftkügelchen im honigsüßen Licht schimmern. Bewusst nimmt sie wahr, wie das Gewicht der Rocklagen schwer durch ihre Hände gleitet, und bemerkt mit einem Mal einige ungewöhnliche Absteppungen an den Innennähten. Sie sieht sich den Fadenlauf genauer an, inspiziert das ganze Machwerk. Ein paar saubere Steppnähte und ein paar weniger fein ausgeführte Versäuberungsnähte, alle mit einem anderen Garn, legen nahe, dass Änderungen vorgenommen wurden. Fran prüft Abschnitt für Abschnitt. Dass Brautkleider in letzter Minute noch einmal angepasst werden müssen, ist nicht ungewöhnlich. Doch hier scheinen größere Änderungen vorgenommen worden zu sein, um einem deutlich breiteren Taillenumfang Raum zu geben. War die Braut vielleicht schwanger? Oder wurde das Kleid für eine andere Braut weiter gemacht?

Das Kleid fest an sich gepresst, als wolle sie es sich buchstäblich zur Brust nehmen, steht Fran kerzengerade da. Sie holt tief Luft, die Augen halb geschlossen, und versucht, sich noch einmal zurückzuversetzen, noch einmal zu durchleben, was sie in *Dryad's Hall* erspürt hatte – Alessandras qualvollen Schrei, den zerschmetterten Spiegel, das Blut – doch nichts passiert. Sie spürt nichts. Keinen Kummer, keinen Schmerz, nur bergeweise Stoff. Das Kleid schweigt. Und Fran kann sich nur wundern. Hat sie sich vielleicht alles nur ausgedacht? Hat ihr ihre durchaus blühende Fantasie mal wieder einen Streich gespielt? Oder legt sie vielleicht eine Spur ihrer eigenen Angst in die Geschichte hinein, verwebt die Fäden von Fakten und Fiktion kreuz und quer?

Ein Anruf bei Mick ist die rettende Idee. Mick hat einen Freund, der bei einem Nachrichtenarchiv arbeitet und Mick stets gerne einen Gefallen tut, um sich zu revanchieren. Die beiden nämlich haben ein Faible für alte Radios, die Mick ihm liebend gerne beschafft.

Binnen weniger Stunden hat der Freund einen alten Kinofilm aufgetan mit dem Titel »Die Society-Hochzeit von Mr und Mrs Lyle Colt, Marylebone, 7. Juli 1978«, den er Fran als Anhang per E-Mail schickt. Mit der Nase dicht vor dem Bildschirm schaut sie sich die grießigen, bunt flimmernden Bilder an: Menschenmassen, die eine Londoner Straße säumen, junge Männer und Frauen mit Zottelmähnen und Föhnwellen, überall fröhliches Lachen und Winken. Der Film ist ohne Ton, aber ihre Fantasie webt einen Geräuschteppich hinein – Jubelrufe und Straßenlärm. Die Kamera schwenkt und fokussiert auf einen neoklassizistischen Säulenvorbau mit zwei riesigen Toren dahinter. Sie kennt das Gebäude gut: die St Marylebone Parish Church, wo Charles Dickens seinen Sohn taufen ließ und Judy Garland Mickey Deans heiratete. Es ist einer ihrer Lieblingshochzeitsorte in London. Die Türen öffnen sich. Braut und Bräutigam schreiten heraus. Alessandra und Lyle, vor ihr auf dem Bildschirm – animiert, bewegt, *lebendig.*

Sie zoomt so nah wie möglich heran, bewegt den Cursor über Alessandras Gesicht. Durch verpixelte Farbtöne hindurch studiert sie die Linien und Falten ihres schüchternen, befangenen Lächelns, die tief liegenden Augen, den Blick, der hin und her wandert. Sie wirkt nervös, angstvoll fast, aber wer wäre das nicht? Als Braut im Mittelpunkt eines öffentlichen Spektakels, immer eine topaktuelle Meldung wert und Futter für die Klatschspalten, das muss für sie ein geradezu erdrückendes Gefühl gewesen sein. Lyle hingegen scheint sich in diesem Trubel weitaus wohler zu fühlen. Schneidig sieht er aus in seinem eleganten, dreiteiligen Cutaway. Er lächelt, winkt und legt dann einen Arm um die Schultern seiner Frischvermählten, während sie unter einem weißen Konfettiregen die steinernen Stufen hinabschreiten.

Als sie unten ankommen und auf dem Gehsteig stehen, scheint Alessandra sich langsam zu fassen. Ihre Schultern sinken, und ihr Kinn hebt sich. Ihr Blick geht nun ebenfalls hinaus auf die Menge, sie lächelt und winkt. Das Kleid, denkt Fran, entfaltet seine Magie. Vier Meter kunstvoll bestickte Schleppe kommt hinter ihr her, getragen von einer Truppe fröhlicher Brautjungfern in taubenblauen, langen Kleidern aus fließendem Kreppstoff – dem modischen Wahrzeichen der Siebzigerjahre und gleichwohl ein unförmiger Kontrast zur märchenhaft femininen Silhouette, die ein Garrett-Alexia-Kleid zaubert. Ein Brautkleid aus den Fünfzigerjahren, katapultiert in eine Hochzeit im Jahre 1978? Das scheint nicht zu passen. Fran kommt ins Grübeln und fragt sich, ob Alessandra Colt möglicherweise nicht die erste Braut ist, die dieses Kleid trägt, was es umso faszinierender macht – vielleicht ist es ein Familienerbstück, ein Brautkleid mit Tradition, das von Generation zu Generation weitergereicht wurde, von der Mutter an die Tochter oder Schwiegertochter. Ein Familienkleid »flüstert« besonders geheimnisvoll, ist durchtränkt von den Ionen und Atomen einer jeden Braut, die es getragen hat, kennt Geschichte für Geschichte. Selten zu finden und für gewöhnlich gut behütet, sind solche Kleider wertvolle Familienerbstücke, viel zu kostbar mit all den Erinnerungen, die darin schwingen und klingen, als dass man es ihr, einer liebesverrückten Brautkleidernärrin, einfach so überlassen könnte, als Gebrauchsgut quasi – es sei denn, das fragliche Kleid hat zufällig Eingang in die Erbmasse eines männlichen Erben gefunden, der alles andere als vornehm kultiviert ist. Dann geht es in Ordnung.

Fran klebt am Bildschirm, saugt den Pomp und Prunk des Festzugs auf. Die Brautjungfern in geordneten Reihen hinter dem Paar, die Menschenmengen begeistert von diesem imposanten, prachtvollen Schauspiel. Mit jedem Schritt scheint Alessandra sicherer, strahlender, das Inbild der Gemahlin, die sie fortan sein wird … und just in diesem Moment sieht Fran es – ein kleines Stück Wahrheit. Sie hält den Film an, spult zurück und schaut sich die Szene noch einmal an. Ein kleines Mädchen in der Menge reicht Alessandra einen ganzen Packen Blumensträuße. Als Alessandra sie entgegennimmt, rutscht ihr Spitzenärmel am linken Arm zurück und enthüllt eine dicke Bandage um die Hand, ihre Ring-Hand … die Hand, die den Spiegel zerschmettert hat.

Fran weicht zurück, mit flatterndem Atem und pochendem Herzen, völlig überwältigt davon, ihre Ahnung bewahrheitet zu sehen.

Sie hatte gehofft, dass das, was sie an jenem Abend in *Dryad's Hall* imaginiert hatte, nichts weiter als Fantasiegespinste wären. Aber diese Bilder hier erzählen etwas anderes. Sie schaut sich die Szene noch einmal an, lässt den Film dann weiterlaufen, während dem Brautpaar noch mehr Blütenblätter auf den Weg gestreut werden, bis der Bildschirm schwarz wird und der Rest des Tages sich in den Erinnerungen derer abspielt, die dabei waren.

Das ist noch nicht vorbei. Auf gar keinen Fall! Fran starrt auf das Kleid, und ihr wird klar, dass sie jetzt erst recht angestachelt ist, die Wahrheit zu erkennen, sie zu *fühlen*. Doch sie fürchtet, dass ihr die Suche danach nicht guttun könnte, zumal Rafael seine schlechten Manieren nur allzu offenkundig gezeigt hat. Sie schaut auf ihre Pinnwand der Toten Bräutigame. Siebzehn sind es jetzt, Abzüge in verschiedenen Schwarz-, Grau- und Sepiatönungen sowie ein paar farbige Polaroids – alles Ehemänner der Bräute, die die Kleider, die sie schon verkauft hat, als Erste trugen. Nicht alle schaffen es auf ihre Pinnwand, nur die besten. Für Fran sind sie die großen Romantiker der Geschichte – echte Männer mit wahrem Charme, wahrem Herzen und wahrer Würde.

»Ihr seid alles, was ich brauche«, flüstert sie. »Die einzig achtbaren Verehrer!«

Sie nimmt das Foto von James Andrew Percy von der Wand und hält es gegen das Licht.

»Jammerschade, dass so welche wie du heute ein Auslaufmodell sind. Stattdessen haben wir es zu tun mit der Unhöflichkeit des ›aufgeklärten‹ Metrosexuellen, der mehr an sich selbst, seinen Haarstrich und seinen Geldbeutel denkt als an alles andere.«

Sie drückt James Andrew Percy einen Kuss auf die sepiabraune Wange und heftet ihn wieder an die Pinnwand.

Ein dumpfes Pochen an der Ladentür reißt sie aus ihren Gedanken. Obwohl sie das »Geschlossen«-Schild vorgehängt hat, donnert das Klopfen durch die Wände, dass der Putz vom Mauerwerk bröselt. Kinder, die durch die Gegend tollen, ist ihr erster Gedanke. Tumult und Lärm sind um diese Uhrzeit nicht ungewöhnlich. Rishis Schnellimbiss die Straße runter hat lärmende Laufkundschaft zuhauf. Vor allem an Wochenenden geht es dort hoch her.

Doch irgendetwas an diesem Geklopfe lässt Fran instinktiv aufhorchen. Es klingt entschlossen. Jemand will etwas von ihr. Sie wirft sich ihren Zwanzigerjahre-Seidenhausmantel über, schlüpft in ihre Marabufeder-Pantoffeln, die sie aus einem aufgegebenen Friseursalon gerettet hat, schleicht sich hinter eine ihrer Ankleidepuppen und linst vorsichtig durch das Ladenfenster hinaus. Sie sieht einen silbernen Jaguar am Bordstein parken. Ein Auto, das sie kennt. Sie erinnert sich sehr gut – wie es im Mondlicht schimmerte, davonbrauste und sie einfach stehen ließ.

Wieder hämmert es an der Ladentür.

Ihre Lider flattern, sie ist durcheinander. Warum ist er hier? Was will er? Will er noch mehr Dampf ablassen? Hastig nimmt sie ihren Colt-Stammbaum von der Wand und schiebt ihn unter eine Kommode. Er sieht ihren Schatten huschen und winkt sie ans Fenster. Es fängt an zu regnen. Sie überlegt, ihn zu ignorieren, ihn stehen zu lassen, damit er klatschnass wird, aber ihre Neugierde siegt.

Als sie die Tür öffnet, ringt er sich zu ihrer Überraschung ein Lächeln ab, die Haare zerzaust von Wind und Wetter. »Danke«, sagt er, »dass Sie mich reinlassen.«

»Sie sind noch nicht drin«, sagt Fran misstrauisch. »Das hier ist nur das Vordach.«

»Stimmt.« Rafael senkt den Kopf, fühlt sich verlegen. »Ich … ich bin nur gekommen, um zu sagen, dass es mir leidtut, das ist alles. Tut mir leid, dass ich Sie neulich nachts einfach so aus dem Auto geworfen habe. Kein schöner Zug von mir. Ich stehe gerade unter ziemlich viel Druck, aber … nein, keine Ausreden.« Er seufzt, erleichtert, die Worte herausgebracht zu haben. »Und als Entschuldigung möchte ich Ihnen gerne das hier geben.«

Er reicht ihr eine Geschenkschachtel aus dunkelroter Pappe mit einem aufgeprägten Logo »Liberty of London«. Sie nimmt die Schachtel entgegen und schaut ihn verdutzt an. Mit einem Nicken ermuntert er sie zum Auspacken, und so zieht sie langsam an einer der Schleifen, während sie ihn immer noch ansieht, und nimmt den Deckel ab.

»Als Ersatz für den, den Janey mit ihrer blutenden Wunde ruiniert hat«, sagt er. »Es ist ein altes Design, recht selten, glaube ich. Egal … ein Geschenk für Sie. Ich hoffe, er gefällt Ihnen.«

In der Schachtel liegt ein smaragdgrüner Seidenschal, bedruckt mit Paisley-Mustern in Kornblumenblau und Terrakotta. Er glänzt wie ein Schatz und kräuselt sich unter ihrer leichten Berührung seidig-fein. Ein klassisches Design der Siebziger. Sie hätte ihn nicht besser aussuchen können. Sie öffnet den Mund, will etwas sagen, aber ihr fehlen die Worte. Er wirkt ehrlich und klingt aufrichtig, aber …

»Machen Sie damit, was Sie wollen. Ich wollte nur zeigen, dass ich nicht ganz so ein mieses Schwein bin, und dass ich Ihre Hilfe, was meine Schwester anbelangt, wirklich sehr zu schätzen weiß.«

»Dankeschön«, sagt Fran schließlich. »Wie geht es ihr denn?«

»Ganz gut. Im Moment jedenfalls.«

»Schön zu hören.«

Für einen Augenblick stehen sie schweigend da, während um sie herum der Wind pfeift, bis Fran schließlich einlenkt.

»Bitte, kommen Sie herein, wenn Sie möchten, wenn Sie Zeit haben.«

»Sind Sie sicher?«

»Nur um Ihnen zu zeigen, dass mein Laden nicht ganz so schrecklich ist, wie Sie vielleicht meinen.«

»Warum sollte ich denken, dass er schrecklich ist?«

»Weil er voll mit Brautkleidern ist.«

Er folgt Fran hinein. Sie spürt jeden seiner Schritte hinter sich und ist sich auf erschreckende Weise bewusst, dass er gerade ihr Hoheitsgebiet betritt. Überraschend gutwillig, den Vintage-Schal unterm Arm, tritt er über die Schwelle. Und was für eine! Er muss dreimal blinzeln, bis seine Augen überhaupt klarkommen mit dieser Kakophonie in Weiß, mit all den Formen, Farben und Stoffen, mit all dem Gefunkel. Wo er auch hinsieht, überall Schleier, Krönchen, Perlen. Vor lauter Eindrücken schwirrt ihm der Kopf. Und dort, in der Mitte des Ladens, liegt es – das Hochzeitskleid seiner Mutter, nicht ordentlich aufgefaltet, sondern als gebauschter Haufen. Er reagiert gereizt, überrascht von einem plötzlichen Impuls, es beschützen zu wollen.

»Ich weiß, ich habe es in den Müllcontainer geworfen«, sagt er, »aber es nun einfach so auf den Boden zu legen? Ich dachte, es sei so ungemein kostbar und wertvoll?«

»Tatsächlich liegt es auf meinem Nähtisch«, sagt Fran. »Aber es ist so voluminös, dass es den Tisch unter sich begräbt. Ein Kleid dieser Größe einzulagern ist ein Albtraum. Für einen normalen Kleiderbügel ist es viel zu schwer.«

Rafael traut sich weiter hinein, mit großen Augen und noch größerem Staunen.

»Woher bekommen Sie all diese Sachen?«

»Von hier und da«, sagt Fran. »Ich verbringe viel Zeit

auf Vintage-Märkten. Hier, sehen Sie …« – sie reicht ihm ein Paar helle Seidenhandschuhe – »sind die nicht wunderschön? Sie sind edwardisch. So fein und zierlich. Dass Frauenhände früher so klein waren, kaum zu glauben!«

»Ja, erstaunlich«, sagt Rafael höflich und verhehlt geschickt, dass er nichts anderes sieht als ein Paar schmutzige, ausgefranste Handschuhe, die in die Kostümkiste von Kindern passen könnten.

»Und den hier«, sagt Fran stolz und greift nach einem ringförmigen Fascinator, »hat die Braut, die ihn trug, Mrs Angela Symmons, selbst gefertigt. Er ist dem nachempfunden, den Wallis Simpson trug, als sie König Edward heiratete. Schauen Sie sich diese Details an! Leider war keine der beiden Heiraten im erweiterten Familienkreis wohlgelitten …«

»Vielleicht hätte Mrs Angela Symmons eine weniger umstrittene Person zu ihrer Muse auswählen sollen?«

»Jetzt denken Sie wie ein Kleiderflüsterer«, sagt Fran.

»Machen Sie mal langsam«, sagt Rafael und fängt ihren Blick auf, ihr Lächeln.

Er geht durch den Ladenraum und zeigt sich von dieser sorgfältig zusammengetragenen Sammlung ehelicher Freuden halbwegs beeindruckt.

»Und Sie glauben wirklich, dass diese Stücke aus der Vergangenheit die Gegenwart beeinflussen können?«, fragt er, während er die Spitze eines viktorianischen Schleiers sacht berührt.

»Es sind doch gar keine Stücke aus der Vergangenheit. Sie *haben* bloß zufällig eine Vergangenheit. Das ist ein Unterschied …« Sie stockt, beobachtet seine Reaktion, wartet auf die Abfuhr, doch zu ihrer Überraschung lächelt er nur, scheint empfänglich für ihre Ansichten. »Und um Ihre Frage zu beantworten«, fährt sie fort, »ja, natürlich glaube ich das. Ich habe das seltene Talent, die Energie in Kleidungsstücken erfühlen zu können, was anderen Menschen nicht unbedingt gegeben ist. Aber nur weil andere diese Energie nicht zu erspüren vermögen, heißt das nicht, dass sie nicht davon beeinflusst werden. Ich habe es immer wieder erlebt. Landauf, landab, wenn ein Mauerblümchen zum Beispiel hin und weg ist von einem extravaganten Kleid im Zwanzigerjahre-Flapper-Stil, oder wenn ein dezentes Tea Dress auf eine exzentrische Diva trifft, oder wenn ein schillerndes Tüllkleid eine graue Maus begeistert. Und jede Frau war danach, auf die eine oder andere subtile Weise, verändert. Ich gebe mir alle Mühe, Kleid und Braut stets optimal zusammenzubringen, denn es ist nicht bloß ein Kleid, das ich verkaufe, sondern mit ihm auch die Weisheiten und Erfahrungen, die es ›flüstert‹.«

Fran geht zwischen ihren Schneiderpuppen umher, zieht wie bei einer Defiliercour paradierend durch ihren weißen Brautsaal, mit Rafael im Gefolge. Es ist ein Spiel.

»Und mit was für einer Braut würden Sie dieses Modell hier kombinieren?«, fragt er frotzelnd und deutet auf ein pompöses, ärmelloses Achtzigerjahre-Modell, pfirsichfarben, mit einem dramatisch ausladenden Trompetenrock.

»Mit einer Braut, die daran erinnert werden muss, dass nichts Schlechtes daran ist, an Märchen zu glauben.«

»Bis sie merkt, dass Märchen patriarchaler Quatsch sind, pervertiert für die Vermarktungsmaschinerie Hollywoods.«

»Sie sind der geborene Zyniker, nicht wahr?«

»Ich ziehe vor zu sagen: Realist. Hier, was ist damit?«

Er wendet sich einem hochgeschlossenen Siebzigerjahre-Kleid mit langen Ärmeln und einem leicht schwindlig machenden Blumenmuster zu.

»Das ist für Bräute, die meinen, dass explosive Auseinandersetzungen etwas mit Leidenschaft zu tun haben, die lernen müssen, weniger zu streiten und mehr zuzuhören, um die Art von Verbundenheit und Nähe zu genießen, die aus Empathie erwachsen kann.«

»Na gut«, sagt Rafael. »Wie vielen Bräuten haben Sie schon zu ihrem Glück verholfen?«

»Hunderten«, antwortet sie.

»Und womit können Sie Ihre Erfolge belegen? Ich meine, bitten Sie Ihre Kundinnen um ein Feedback? Lassen Sie Fragebögen ausfüllen?«

»Ich muss meinem Bauchgefühl vertrauen.«

Er lächelt. Sein Blick schweift auf die Pinnwand der Toten Bräutigame.

»Scheint, Sie haben eine Menge Einblicke in die Wünsche und Bedürfnisse heiratswilliger Menschen, Fran, aber irgendetwas sagt mir, dass Sie selbst noch immer Single sind.«

»Ich habe eben hohe Ansprüche«, sagt Fran defensiv und tritt vor ihre Pinnwand. »Ich mag den Charme der alten Schule. Als Männer noch Kavaliere waren.«

»Weil das Leben damals so viel schöner und besser war als heute, hm?«

»Die Männer waren galant. Zeigten mehr Respekt. Klar, war auch vieles weniger schön …«

»Wie zum Beispiel kein Frauenwahlrecht, weniger Berufs- und Karrierechancen für Frauen, Homosexualität war gesetzlich verboten und stand unter Strafe, es gab

Kolonialismus und Sklaverei … aber wir pflegten einen höflichen Umgang miteinander, und damit ist ja alles gut.«

Fran seufzt. »Ich sage ja nicht, dass ich die alten Zeiten zurückhaben will, nur einiges davon.«

»Die Vergangenheit ist Totenland, Fran. All das hier …« – er deutet rundherum – »das ist hübsch, ja, aber es ist ein Schrein zu Ehren einer Welt, die vergangen ist. Wie kann ein Mensch in seinem Leben vorankommen, wenn er sich in spleenige kleine Fantasiewelten der Brautmodengeschichte verkriecht?«

»Sprechen Sie ruhig offen«, sagt Fran, von der Schärfe seiner Worte tödlich beleidigt.

Sie fixieren einander.

»Ich beschreibe lediglich, was ich sehe: Auf mich wirkt das Ganze hier wie das Reich einer Frau, die vor der Realität flüchtet. Wenn Sie mein Urteil als zu hart empfinden, ist das Ihr Problem.«

»Ich habe Sie nicht um ein Urteil gebeten. Und nur zu Ihrer Information …« – ganz unwillkürlich stemmt sie die Hände in die Hüften, wie um zu zeigen, wer hier der Boss ist – »ich liebe meine *spleenige kleine Fantasiewelt der Brautmodengeschichte.* Es ist mein Leben, meine Welt. Ich habe sie erschaffen. Sie birgt Schönheit, Freude und vibriert vor Energie – und Herz. Meine Welt hat *Herz.* Sie mag spleenig sein, gut, sei's drum. Aber besser als alles, was *Sie* sind. Sie sind ein Fisch. Ein ganz kalter Fisch.«

»Ein Mensch, eigentlich.«

»Der seine menschlichen Gefühle erst noch entdecken muss …«

»Während Sie gut daran täten, ein paar davon abzustellen.«

Sie stehen einander gegenüber, wie in Kampfstellung, und beäugen sich, bis Rafael seufzt und einen Schritt zurückgeht.

»Schauen Sie, ich bin nicht hergekommen, um mich mit Ihnen zu streiten. Ich wollte mich lediglich entschuldigen …« Er schüttelt den Kopf, schließt die Augen. »Es funktioniert nicht«, brummt er in sich hinein. »Viel Glück. Viel Glück mit dem Kleid, mit Ihrem Geschäft und … mit Ihrem Leben. Also. Machen Sie's gut. Leben Sie wohl.«

Er geht zur Tür, reißt sie auf und marschiert hinaus in den Regen. Von kalter Wut gepackt, schnappt Fran nach der Tür, bevor sie zufällt.

»Gleichfalls«, schreit sie hinter ihm her, um unbedingt das letzte Wort zu haben. »Und zu Ihrer Information, Sie liegen völlig falsch. Völlig falsch! Ich flüchte nicht vor der Realität! Ich flüchte vor gar nichts!«

Kapitel 9

»Online-Check-in erledigt?«, fragt Mick.

»Ja, hab ich.«

»Und um wieviel Uhr musst du am Flughafen sein?«, hakt er nach, wohlwissend, dass Fran immer alles auf den letzten Drücker macht.

»Das Taxi habe ich für zwölf Uhr bestellt. Schottland, ich komme, aber vorher kommen noch … Petra Zatakis und ihre Mutter zur letzten Anprobe«, sagt Fran.

»Ah, das Vicky-Pinder-Kleid«, sagt Mick und streicht sich über den Schnauzbart. »Nichts für schwache Nerven.«

Fran geht zum Damastvorhang, wo eine riesige Fülle aus pfirsichfarbenem, spitzenverziertem Taft bereithängt – ein trägerloses Brautkleid mit aufgebauschtem Trompetenrock, kunstvoll skulptierten Seidenrosen und einem bodenlangen Schleier. Allein es so zu sehen, fertig und bereit zum Start in sein neues Leben, macht Fran ganz hibbelig.

Und wie aufs Stichwort kommt Petra Zatakis herein, einen Becher Caffè Latte in der Hand. Hinter ihr, voll beladen mit Einkaufstüten, folgt ihre Mutter Margot. Die beiden waren bereits zweimal bei ihr, einmal zur individuellen Erstberatung (in der Petra ihren Verlobten als »nett«

beschrieb) und dann noch einmal zur ersten Anprobe (die dominiert war von Petras geschäftlichem E-Mail-Verkehr). Danach wusste Fran, dass das Kleid von Vicky Pinder seine neue Braut gefunden hatte. Gewiss, einigen mag eine so opulente Robe prahlerisch erscheinen, doch Fran hat die leise Ahnung, dass diese märchenhafte Kreation höchster Schneiderkunst das Herz einer eher biederen Hausärztin gleich im Sturm erobern wird. Nicht, dass etwas verkehrt daran wäre, den Zukünftigen als »nett« zu beschreiben, aber wenn dies die einzige positive Eigenschaft ist, die Petra auf diese Frage einfällt, sind die eigenen Ansprüche vielleicht doch etwas arg heruntergeschraubt. Fran befürchtet fast einen Anflug von Resignation nach dem Motto »Andernfalls sterbe ich einsam und allein«. Aber sie weiß dies zu beheben. Oder besser gesagt, Vicky Pinders extravagantes Kleid wird es beheben.

»Petra! Margot! Schön, Sie wiederzusehen. Es ist alles fertig und bereit …«

»Ah!«, sagt Margot. »Wir haben uns so auf diesen Moment gefreut, nicht wahr, Petra … Petra?«

Petra nickt nur halbherzig. Obwohl sich die beiden sehr ähnlich sehen, sind sie vom Wesen her völlig verschieden. Fran fragt sich, wie eine so quirlige Frau eine so in sich gekehrte Tochter haben kann. Sie fragt sich auch, ob diese Heirat tatsächlich zur Freude von Petra oder doch eher ihrer Mutter ist. Ein Nicken in Richtung Mick, dann führt Fran die angehende Braut vor den Damastvorhang. Ihr feines Gespür sagt ihr, dass es dieser letzten Anprobe am dienlichsten ist, wenn zwischen Mutter und Tochter etwas räumlicher Abstand herrscht. Mick nimmt Margot indes zur Seite und zeigt ihr ein Tablett mit antiken Anecksträußchen. Sie schwatzen und tratschen wie zwei alte Freunde.

»Als ich zum dritten Mal geheiratet habe …«

»Zum dritten Mal! Du meine Güte, Mrs Zatakis, Sie sind aber gierig …«

»Oder ein Glückskind. Ich sag' Ihnen was, Mick, ich habe alle meine Ehemänner abgöttisch geliebt – oder zumindest, als ich sie geheiratet habe. Und alle meine Brautkleider waren fantastisch. Ich werde sie eines Tages herbringen und Ihnen zeigen. Das dritte Kleid aber, ich schwöre, war eine Pracht. Einige Frauen finden es unziemlich und ordinär, jedes Mal aufs Neue in vollem Festtagsstaat zu heiraten, aber ich konnte nicht anders. Im Gegenteil, die Roben wurden immer größer. Vielleicht, weil ich gelernt habe, immer bessere auszuwählen …«

»Die Kleider oder die Männer?«, sagt Mick mit einem Augenzwinkern.

»Beides.«

Sie gackern und schnattern zusammen, sehr zu Petras Verärgerung.

»Bitte, Mutter«, blafft sie, während sie vor dem Damastvorhang Platz nimmt. »Es können nicht alle so leichtfertig sein wie du und sich in den nächstbesten Feuerwehrmann verlieben, der daherspaziert. Andere haben andere Prioritäten.«

»Oh, Petra, jetzt sei nicht so verstockt«, sagt Margot, bevor sie sich dann die hohle Hand vor den Mund hält, sich Mick zuneigt und flüstert: »Ich dachte schon langsam, sie würde keinen mehr abkriegen, aber … auf einem Ärztekongress hat es dann gefunkt. Er ist nett, wirklich nett. Erinnert mich ein bisschen an meinen ersten Mann.

Dabei macht Petra kein bisschen den Eindruck, als ob sie sich für sich selbst freuen würde. Ich weiß nicht, ist vielleicht auch eine Generationssache … dass die Leute heute meinen, sie müssten immer alles herunterspielen.«

Fran durchbricht die angespannte Atmosphäre, indem sie den Vorhang zurückzieht.

»Ta-daa!«

Margot wirft nur einen kurzen Blick auf das Kleid und beginnt, keuchend vor Freude, sich die Tränen aus den Augen zu fächeln. »Genau so muss ein Brautkleid sein!«

Petra hingegen ist weniger überschwänglich. »Oh. Ich habe ganz vergessen, wie ›bräutlich‹ es ist«, sagt sie und runzelt die Stirn.

»Ich habe den Saum etwas hochgenommen«, erklärt Fran, »womit er jetzt genau auf Bodenlänge kommen sollte und Ihnen den perfekten Prinzessinnenschwung verleiht, ohne zur Stolperfalle zu werden.«

»Aber jetzt, wo ich es noch einmal sehe … bin ich mir gar nicht sicher … ob ich überhaupt den Mut habe und mich traue, es auch zu tragen …«

»Doch, ich denke, Sie haben den Mut«, sagt Fran bedacht. »Aber vielleicht fehlt es Ihnen an Begeisterung. Darf ich Sie an Vicky Pinder erinnern?«

»Die Braut, die es zuerst getragen hat?«

»Ganz genau. Vicky hat es eigens anfertigen lassen, hat jeden Penny, den sie übrig hatte, in dieses Kleid gesteckt. Und das mit gutem Grund. Fünf Jahre lang hatte sie gekämpft, bis sie ihre Familie überzeugen konnte, ihr und ihrem Verlobten den Segen zu geben. Alles sprach gegen eine Heirat von Vicky, der jüngsten Tochter eines wohlhabenden Autohändlers aus Newcastle, und ihrem Verlobten, einem achtunddreißig Jahre alten Fischer aus einem winzigen Dorf in Kerala: Altersunterschied, geographische Entfernung, Kultur, sozialer Status, Religion. Sie mussten so sehr kämpfen, um ihre Liebe unter Beweis zu stellen und als Paar akzeptiert zu werden, doch trotz aller Hindernisse, ihre Liebe füreinander zogen sie nie in Zweifel. Als die Familie schließlich zusammenkam, war Vicky Pinder klar, dass sie in diesem Kleid ganz besonders strahlen musste.«

Petra steht auf, geht auf das Kleid zu und streicht über eine der Seidenrosen.

»Manchmal«, fährt Fran fort, »sehen wir ein Paar zum Traualtar schreiten und denken: ›Was für ein schönes Paar, und so glücklich zusammen.‹ Dabei machen wir uns gar keine Vorstellung davon, welche Mühen dahinterstecken, bis es so weit ist. Heiraten ist keine selbstverständliche Sache und geht auch nicht mal eben so nebenbei, nur weil alle anderen es tun. Ein Brautkleid zu tragen ist kein gesetztes Recht.« Sie schaut Petra eindringlich an. »Es ist ein Privileg.«

Petra nickt, und Fran merkt, dass sie gerade Vickys Misere mit ihrer eigenen verknüpft.

»Soll ich es anprobieren?«

»Unbedingt.«

Sie hilft Petra aus ihrem Hosenanzug und hinein in das Mieder. Sie legen es um ihre Brust, und Fran beginnt, die Bänder zu schnüren, während sie mit Petra weiterplaudert.

»Sie sagten, er ist nett, und Ihre Mutter findet das offensichtlich auch. Und das zählt mehr, als Sie glauben. So richtig das Knistern der ganz großen Liebe mag es vielleicht nicht sein, aber geben Sie sich Zeit. Menschen entwickeln sich. Und er könnte Sie noch überraschen. Viele der glücklichsten Ehen wachsen langsam und mit den Jahren. Ich kann Ihnen nur raten, voll und ganz hinter Ihrer Entscheidung zu stehen. Tragen Sie dieses Kleid mit Ihrem ganzem Stolz, um zu sagen: ›Jawohl, das bin ich.‹ Spielen Sie es nicht herunter.«

Petra streicht über den gerüschten Rock, schaut in den Spiegel und lächelt – aufrichtig. Ihr Gesicht entspannt sich.

»Es wird bestimmt eine Freude«, sagt sie, während sie an den Röcken raschelt und ihre Silhouette bestaunt. »Ich kann nicht leugnen, dass ich als kleines Mädchen von so einem Kleid geträumt habe.«

»Und wenn schon einmal im Leben heiraten«, meint Fran, »dann ruhig richtig.«

»Sagen Sie das mal meiner Mutter«, erwidert Petra mit einem schiefen Lächeln.

Die beiden fahren fort, sprechen einige Möglichkeiten für Schuhe und Accessoires durch. Petra ist begeistert von der Idee einer funkelnden Tiara und stellt sich sogar vor, dass wohl auch ihr zukünftiger Ehemann mächtig davon beeindruckt wäre.

»Es wird ihn umhauen. Er hat sich schon daran gewöhnt, dass mir alles so ziemlich gleichgültig ist. Er wird sehen, dass es mir wirklich viel bedeutet, seine Frau zu werden – denn das tut es, aus tiefstem Herzen.«

»Ich weiß«, sagt Fran.

Plötzlich schreckt sie auf. Ein lautes Hupen. Sie schaut auf die Uhr.

»Mein Taxi! Schon so spät? Bitte entschuldigen Sie, aber ich muss auf eine Hochzeit.«

»Oha! Die Hochzeitswelt scheint Ihr Leben zu sein. Bekommen Sie es nie satt?«

»Niemals«, sagt Fran.

Im Wirbel der Aufregung gibt sie Mick letzte Anweisungen, überlässt ihm Margot und Petra, greift mit einem Schwenk nach ihrem Gepäck (Vintage-Lederkoffer mit passender Attaché-Tasche), eilt hinaus und ruft im Gehen: »Schätzen Sie das Kleid hoch, Petra! Sie sehen strahlend darin aus!«

***

Crowley Castle ist ein Märchen von einem Schloss. Mit seinen mächtigen steinernen Türmen und den bröckelnden Zinnen dominiert es die Landschaft weithin, kündet von Belagerungen, Eroberungen und mittelalterlichen Festen. Umgeben von kiefernbewachsenen Hügeln, den herrlichen Loch Lomond zu Füßen, wird das Schloss heute von einem charmanten Hausherrn mit viel Liebe zum Detail geführt – das perfekte Idyll in den Highlands für eine unkonventionelle Hochzeitsfeier der Londoner Gesellschaft. Drinnen glimmen die riesigen offenen Kamine, und die Balkendecken vibrieren zur Musik des schlosseigenen Dudelsackspielers, während die letzten Gäste eintreffen und in der kerzenerleuchteten Kapelle ihre Sitze einnehmen.

Fran erfreut sich am regen Kommen und Gehen. Von ihrem Platz in einer der hinteren Reihen aus, in ihrer orientalisch anmutenden, von Paul Poiret inspirierten Lieblingsrobe von 1916, genießt sie es, als Liebesgöttin in Sachen Vintage-Couture eine anonyme stille Beobachterin zu sein: alte Freunde, die sich nach Jahren wiedersehen, sich über die Kirchenbänke hinweg zuwinken, ein paar Worte wechseln, sich kurz über die letzten fünf oder sechs Jahre austauschen – über Berufslaufbahnen, Umzüge, ihre Kinder. Nachdem sie seit Studienzeiten in getrennten Welten leben, freuen sie sich nun ganz offensichtlich, ein ganzes gemeinsames Wochenende vor sich zu haben und alte Erinnerungen aufleben zu lassen, alte Trinkspiele zu spielen und vielleicht auch der einen oder anderen verflossenen Liebe nachzuhängen.

Während Fran auf den Beginn der Zeremonie wartet, blickt sie hinauf zur Gewölbekuppel und den wenigen noch erhaltenen Buntglasfenstern. Kirchen hat sie schon immer geliebt. Obwohl sie selbst nie Trost im Glauben gefunden hat, hat sie gelernt, kirchliche Trauungen als Hochzeitsbrauch zu respektieren – wie auch all die Bräute, die daran glauben, dass sie sich am Tag ihrer Hochzeit nicht nur zu sich bekennen, sondern auch zu ihrem Glauben. Jede Hochzeit braucht einen Funken Magie, einen göttlichen oder einen anderen.

Als der große Moment dann endlich da ist, erzittert der Raum in feierlicher Ehrfurcht. Der Bräutigam, Richard Fugle (oder Rick, wie er lieber genannt werden will), wiegt sich nervös auf den Zehen. Auch Fran spürt ein Kribbeln. *Was geht ihm gerade durch den Kopf?*, fragt sie sich. *Wie sicher ist er sich seiner Sache? Wie bereit ist er?* Sie schließt die Augen, kann nicht wirklich hinsehen.

Die Musik hebt an, der Pachelbel-Kanon, gespielt von einer Harfenistin, während sich die Kirchentüren knarrend öffnen. Kate Michaels-zukünftige-Fugle geht ihre ersten Schritte durch den Mittelgang. Ein Raunen geht durch die Kapelle beim Anblick ihres Sechzigerjahre-Minikleids, das in eine solch traditionelle Umgebung nicht so recht passen will und augenblicklich Wirkung zeigt. Die Braut schreitet nach vorn, und durch den sanften Hauch ihres perlenverzierten Schleiers fällt ihr Blick auf Fran. Fran lächelt. Allein hierfür, für diesen Moment, ihre Braut zu sehen, ihr selbstbewusstes Strahlen in diesem wundervollen Kleid, das mit ihr wieder zu neuem Leben erwacht, hat sich der ganze Aufwand gelohnt – und ein neues Kapitel, ein neues Glück beginnt. Die Freude dieses Glücks vor Augen erzeugt ihr einen Kloß im Hals und tränenfeuchte Augen. Bittersüß.

Der große Festsaal bietet eine wahre Explosion aus rot-grün karierten Schottenstoffen, Silberbestecken, glitzerndem Kristall, glänzenden Tellern und weißen Rosen. Fran ist am Tisch »Sonstige« platziert, wo die Gäste aus dem weiteren Umfeld der Brautleute sitzen. Während sie sich ein Stück Brot mit Butter bestreicht, führt sie ein paar nette Gespräche mit einem Kieferorthopäden, einem Milchbauern und einem Paar mit vier Kindern, deren einziges Vorhaben an ihrem »kinderfreien Tag« darin besteht, zu trinken und zu tanzen bis in die Puppen. Junge Kellner servieren Edelkrebse und Garnelen, anschließend Roastbeef mit Steckrüben und Kartoffeln, gefolgt von Cranachan, einem traditionellen schottischen Himbeerdessert, in hohen Dessertgläsern. Das Essen ist reichhaltig und üppig, der Wein fließt in Strömen. Bis die Reden angekündigt werden, ist die Stimmung im Saal beschwingt und heiter.

Als die Gäste um Ruhe gebeten werden, dreht Fran ihren Stuhl zurecht und neigt sich leicht nach vorn, um eine bessere Sicht auf den Haupttisch zu haben. Auf Kate in ihrem Kleid, die sich an ihren frisch angetrauten Ehemann schmiegt. Zuerst spricht der Brautvater, ein schlanker Mann mit feinsinnigem Humor, genau wie seine Tochter. Mit liebevollem Vaterstolz erzählt er von Kates wilden Schultagen, ihrem ersten Auto, ihren chaotischen Studentenbuden, ihrem dreckigen Lachen und ihrer Liebe zum Punkrock. Dann übergibt er das Wort an die Trauzeugen – nein, nicht an einen, sondern an eine ganze Korona, Freunde und Freundinnen aus Internatszeiten, die mit allerlei Requisiten und einer Diashow aufwarten. Alle recken die Köpfe. Es dürfte unterhaltsam werden.

Wie üblich beginnt der Erste mit einem kleinen Scherz unter guten Freunden: »Treu, fürsorglich, aufrichtig, ehrlich … so viel zu uns, schließlich sind wir heute hier, um über unseren guten alten Freund Rick zu sprechen.« Er zieht ein paar peinliche selbst aufgenommene Kassetten hervor, die Rick in der Schule früher an Mädchen verteilte, auf die er stand, und wirft dann eine Reihe von höchst peinlichen Fotos an die Wand, die für heiteres Entsetzen sorgen – schlimme Frisuren, Paisley-Hemden und ausgewaschene Jeans –, bevor er dann allerlei witzige Eskapaden vom Schüleraustausch in Frankreich während der sechsten Klasse ausführt. Er schließt mit einem Witz über Rugbybälle und schaut dann die Reihe entlang zum nächsten Redner.

»Damit weiter zu meinem Kumpel, der noch viel mehr über Ricks ungezogene Seite zu erzählen weiß, da sie früher unzertrennlich waren. Darf ich vorstellen, den einzigen Single-Mann in unserer Gruppe, über dessen Lust auf versauten, unverbindlichen Sex Sie derart bestürzt sein werden, dass Sie sich an Ihrem Kaffee verschlucken …«

Er reicht das Mikrofon durch die Reihe, während die Gäste den nächsten Späßen gespannt entgegensehen. Fran lehnt sich zurück – sie kennt solche Reden zur Genüge. Der nächste Trauzeuge tritt vor und nimmt seinen Platz auf dem Podium ein.

Rafael!

Fran ist starr vor Schreck, starrt auf die in einen feinen Anzug gewandete Erscheinung.

Alles verschwimmt. Die ganze Welt um sie herum dreht sich im Kreis. Dort oben steht er – ›*der einzige Single-Mann in der Gruppe*‹. Warum jetzt? Warum hier? Die Bemerkung über den ›*versauten, unverbindlichen Sex*‹ bleibt ihr geradezu im Hals stecken. Nicht, dass sie es kümmern würde, was er so treibt. Sie beobachtet Rafael, mit großen Augen, halb erschrocken, halb erstaunt, als er das Mikrofon hebt. Er öffnet den Mund, um zu sprechen, und just in diesem Moment, im Geklirr der Champagnerflöten, erspäht er sie – Fran. Ihre Blicke begegnen sich erneut, und seine ersten Worte sind ein einziges Gestammel, ausgebremst vom Schock.

»Äh … äh … Hi …«

Das Mikrofon fiepst. Die Gäste fangen an, unruhig zu zappeln und zu hüsteln.

»Also, erstmal Dankeschön«, sagt Rafael, unfähig, seine Augen von Fran zu lassen. »Danke, Mark, für deine … *reizende* Vorstellung meiner Person … als wäre ich ein liederlicher und schamloser Frauenheld … was recht unzutreffend ist … sehr unzutreffend sogar, und das von dir Mark, mit deiner perfekten Frau und deinen zwei Komma vier Kindern … aber, nun gut. Also …«

Der erste Trauzeuge wirft ihm wütende Blicke zu. »Das

war so nicht abgesprochen«, zischt er ihn an. »Mach den Witz über das Tauziehen.«

Rafael blinzelt kurz, verunsichert. Dann, unter dem anfeuernden Zuspruch der Trauzeugengruppe, schafft er es, wieder in die Spur zu kommen, während er immer wieder einen flüchtigen Blick auf Fran wirft, um ihre Reaktion zu sehen.

Er findet sie schließlich auf der Loggia mit Blick auf den See, ihr Kleid leicht flatternd im Wind – graugrüne, mehrlagige Chiffon-Seide, kunstvoll kombiniert mit weiter Haremshose und applizierter Schärpe in Altrosa. Alle anderen sind drinnen, bedienen sich an der Bar und genießen die Live-Musik, hier draußen aber ist es still und friedlich. Leichter Nebel zieht auf, umhüllt den See mit einem kühlen, mystischen Schleier. Sie lehnen an der steinernen Balustrade, geben vor, die Aussicht zu bewundern, während sie sich der gegenseitigen körperlichen Nähe bis in die Haarspitzen bewusst sind.

»So sieht man sich wieder.«

»Jawohl.«

»Wenn ich das sagen darf, Fran, Sie sehen hinreißend aus. Eine wunderschöne orientalisch inspirierte Silhouette, berühmt durch innovative Modeschöpfer wie Paul Poiret um die Wende des zwanzigsten Jahrhunderts. Belle Époque, richtig?«

Fran nickt und zieht eine Augenbraue hoch. »Sehr gut. Sie haben sich also eingelesen in die Modegeschichte?«

»Ein bisschen.«

»Trotz Ihrer vielen Zweifel am ganzen Wert der Sache …«

»Was soll ich sagen? Sie haben mich inspiriert. War eine schöne Feier, nicht wahr?«

»Beeindruckend. Und, ähm … eine schöne Rede.«

Rafael zuckt zusammen, schüttelt den Kopf. »Nee, war sichtlich peinlich. Das ganze Tamtam … naja … ein paar Gags halt.«

»Klar. Ich habe schon einige Reden von Trauzeugen gehört. Eindeutig-zweideutige Bemerkungen über Sex sind da nichts Neues.«

Sie versucht in seinem Gesicht zu lesen, sucht nach einem Funken Scham in seinen Augen.

»Ich bin schon eine ganze Weile Single«, entgegnet er, verzieht keine Miene. »Sex, ja. Unverbindlich, ja. Versaut, niemals. Wie gesagt, das übliche Trauzeugengeplänkel, da kriegt eben jeder ein bisschen sein Fett ab. Sie waren für das Brautkleid verantwortlich, nehme ich an?«

Fran nickt.

»Hab' ich mir gedacht! Es ist klasse, alle reden darüber.«

»Tatsächlich?«, sagt Fran und verengt den Blick. »Nun, schön zu hören, dass wenigstens *ein paar* Menschen diese ›spleenigen kleinen Fantasien der Brautmodengeschichte‹ zu schätzen wissen.«

»Schauen Sie«, sagt Rafael, »ich sehe es ein, wir hatten nicht den allerbesten Start, aber nun … wo wir beide schon mal hier sind … könnten wir es … vielleicht noch mal versuchen?«

Fran senkt den Blick, kämpft an gegen diesen befremdlichen inneren Drang, ihn anzustarren, ihm in die Augen zu sehen, sich mit ihm zu verbinden. Und plötzlich ist sie sich sehr wohl bewusst, welch verführerisches Statement sie mit der Entscheidung für das sinnlichste ihrer Kleider gesetzt hat. Noch dazu trägt sie ihre »Glücksschuhe«, in denen sie bequem stehen, aber nicht lange laufen kann. Aber natürlich kleidet sie sich in erster Linie, um sich selbst zu gefallen, keinem anderen. Keinem Mann. Und ihm schon gar nicht. Nicht Rafael.

»Was denn versuchen?«, bemerkt sie spitz.

»Wenigstens könnten wir ein bisschen plaudern …«

»Plaudern? Haben wir das nicht bei unserer letzten Begegnung versucht? Hat ja nicht so gut geklappt.«

Rafael seufzt. »Okay, ich gebe es zu, ich habe einen ziemlich schäbigen Eindruck hinterlassen, aber wenn Sie mir die Chance geben … Ihnen zu zeigen …«

»Zeigen … was?«

»Meine bessere Seite.«

Er starrt sie an, einen unbeirrten Blick in den tiefen, dunklen Augen. Entschlossen, ihm keinen Spielraum zu lassen, beugt Fran sich über die Balustrade, spürt die Brise in den Haaren. Ihre Gefühle drehen sich im Kreis. Wie er sie in Bann schlägt, sie bezaubert und doch auch wütend macht. Wie sagt Mick immer so schön, *Hass und Liebe liegen eng beieinander – die gleiche Hirnchemie*. Sie spürt, wie sich beides in ihrem Inneren vermischt, sich ineinander verdreht, sie ins Unbekannte lockt und zieht wie ein Magnet.

»Und was genau soll diese bessere Seite sein? Dass Sie ein hübsches Auto fahren? Dass Sie in Londons exklusivsten Champagnerbars verkehren?«

Rafael lacht – »exklusiv« würde er das *Seekers* nicht gerade nennen. Er schaut suchend herum, als würde er eine bessere Antwort finden wollen als die, die er im Kopf hat.

»Wie gesagt, Fran – ich bin kein Partylöwe. Ich arbeite die meiste Zeit.«

»Keine Zeit also für versauten, unverbindlichen Sex?«

»Oh, bitte! Das war doch nur Sprücheklopferei. Es ist wahr, ich bin Single, aber …«

»… Sie sind beziehungsscheu, notgedrungen, weil Ihre große Menschenliebe Sie ja die ganze Zeit auffrisst?«

Rafael seufzt, unterliegt ihren anhaltend spitzen Bemerkungen, ist sich aber irgendwie trotzdem sicher, dass Fran seine Aufmerksamkeit will.

Durch den Lichterwirbel des Saals sieht und hört er die Geigen und Trommeln der Ceilidh-Band, die gerade zu spielen beginnt. Das glückliche Paar, Kate und Rick, schwingen auf die Tanzfläche zu, verliebt lachend, nur Augen füreinander, den Rest der Welt vergessend. Und plötzlich, in voller Klarheit, verspürt Rafael den Drang, sich ebenfalls in dieses Gefühl der Verliebtheit zu versenken. Er wendet sich wieder Fran zu, streicht sein Hemd glatt und holt tief Luft.

»Da Plaudern ja nicht so ganz unsere Sache zu sein scheint«, sagt er mit einem Nicken in Richtung Tanzfläche, »wie wäre es mit …«

Fran blinzelt. »Ich kann nur Foxtrott.«

»Das kann ich nicht mal …«

Impulsiv nimmt er sie bei der Hand, die Finger ineinander verschlungen. Die Spontaneität seiner Berührung lässt ihr Herz schneller schlagen. Er, der erklärte Hochzeitenhasser und Liebesskeptiker, dieser kalte Fisch (gut, er scheint nicht ganz so kalt zu sein), bittet sie tatsächlich zum Tanz. Fran ist sich nicht sicher, wo das alles enden wird, schließt die Augen, spürt die Wärme seiner Haut, die Stärke seines

Griffs, die ihre kleine milchweiße Hand gänzlich umschließt.

Hand in Hand laufen sie mitten hinein auf die Tanzfläche, mischen sich unter die in wilder Ekstase zur Musik hottenden Paare. Geigen und Trommeln steigern sich dem Höhepunkt entgegen. Er schließt sie in die Arme, dreht sie nach außen und schwungvoll wieder heran, presst ihre zarten Rippen an seine Brust. Tanzen kann er also – gut genug jedenfalls, um ihr nicht auf die Zehen zu treten. Während sie wippen, hüpfen und kreisen, wirbelt alles durcheinander, flirrende Discolichter, bunte Partykleider und Schottenkaros – wie in einem Kaleidoskop. Sind sie im Takt mit der Musik? Wen kümmert's? Ist die Musik schnell, derweil sie langsam tanzen? Warum nicht? Sie nehmen es kaum wahr. Sie haben nur noch Augen für sich.

Plötzlich will er sie gar nicht mehr loslassen.

Doch der Gedanke, sich ihr zu öffnen, macht ihm Angst.

Während seine Hände an ihren Hüften entlangwandern, sie dabei nur sacht berühren, packt ihn seine tiefste Angst: dass er ihr wehtun wird. Dass sie den Schmerz, den er ihr zufügen wird, nicht verdient hat. Er kann nicht. Er darf nicht. Sein Herz muss verschlossen bleiben.

Doch dann …

Sie wirft den Kopf in den Nacken, lacht, als wäre die Welt in Glitzer getaucht. Sie wirkt so frei, so schwerelos. Er kann nicht umhin. Er küsst sie, bevor er sich wieder umentscheidet, nimmt ihr Gesicht in seine Hände, lässt ihr keine Wahl … und sie hat nichts dagegen.

Nichts dagegen? Ihr Herz steht in Flammen, sprüht

Funken, lodert und fährt Achterbahn durch die Lichter. So wurde sie nicht mehr geküsst seit … seit … nein, sie kann jetzt nicht zurückdenken, nicht nach Vergleichen suchen. Sie ist ganz hier. Ganz in diesem Moment. Seine Lippen sind weich. Er küsst sie so, als würde er sie begehren, nicht gierig, nicht besitzergreifend, nicht verzweifelt, aber doch in einer Weise, die von Liebe zeugt, die befeuert ist von Wahrhaftigkeit, von Mut, Einvernehmen und leidenschaftlicher Energie – ein Kuss, von einem Mann, der weiß, dass Liebe keine einfache Sache ist.

Als sie sich schließlich voneinander lösen, benommen und stumm, hat die Musik aufgehört zu spielen. Und im Saal ist es still. Die gewaltige Kraft des Augenblicks lässt ihre Herzen beben. Zum ersten Mal seit Jahren haben sie alle Mauern fallen, ihr Herz geöffnet, sich auf jemanden eingelassen, sich mit einem anderen Menschen verbunden.

Aber dann … ganz plötzlich sieht Rafael einen Schatten in Frans Augen, und ihr Glückstaumel scheint verflogen, von Angst verfinstert. Sie weicht mit offenem Mund zurück.

»Es … es tut mir leid«, sagt sie zitternd. »So leid. Ich hätte nicht … es tut mir leid … ich kann nicht … ich muss los!«

Sie dreht sich um und flüchtet in die Dunkelheit.

Kapitel 10

»Du hast ihn also geküsst?«, fragt Mick, während er den Saum an einem elfenbeinfarbenen Swing-Kleid aufplustert. »Das ist kein Verbrechen, Fran. Zwei erwachsene Menschen im Einvernehmen dürfen so etwas tun.«

Fran seufzt, wiegt ihren Kaffee vor der Brust. Sie hat das Gefühl, gleich einen Vortrag zu hören zu bekommen.

»Aber du hast es selbst gesagt«, wendet sie ein. »Er hat einen gewissen Arschloch-Faktor.«

»Okay, die ersten Eindrücke waren nicht gerade toll, dennoch muss er irgendetwas haben, was für ihn spricht, so wie er deine ganze Aufmerksamkeit auf sich zieht. Gib ihm eine Chance. Vielleicht ein Date, Fran ... du musst ihn ja nicht gleich heiraten. Romantik in Reserve.«

»Oh, ich weiß nicht, Mick. Ich ... ich bin einfach nicht sicher, ob ich dafür bereit bin.«

»Bereit? *Bereit?*« Er wirft die Hände in die Luft. »Fran, es ist über zehn Jahre her! Du hast es verdient, wieder jemanden zu finden. Jemanden, der dich glücklich macht, einen Mann für die Zukunft. Du versuchst mir in einem fort einzureden – und übrigens dir selbst auch –, dass es dir genug Romantik sei, Bräute einzukleiden und dich mit anderer Leute Hochzeiten zu beschäftigen, aber ich habe diesen Blick in deinen Augen gesehen. Ich weiß, dass du einsam bist. Gut, ich habe meine Vorbehalte, was diesen Typen betrifft, aber ganz ehrlich, Fran, ich habe noch nie erlebt, dass du um irgendwen so ein Theater machst! Wie du anderen selbst immer zu raten pflegst: Schätzchen, nur zu! Ergreif die Chance, und lass es drauf ankommen!«

Fran seufzt, stellt ihren Kaffee ab, schlingt sich die Arme um den Leib und drückt sich selbst. Sie möchte Rafael wiedersehen – so sehr –, aber sie hat Angst. Sie schaut auf das Kleid von Alessandra Colt, spürt seine mysteriöse Energie, die dort in der Ecke ihres Ladens pulsiert. Dann geht ihr Blick hinüber zum Jugendstil-Schrank mit den bronzenen Türgriffen, wo ein weiteres Kleid liegt.

»Ich weiß, dass du es aufgehoben hast«, sagt Mick ernst.

Fran blickt zu Boden. »Ich werde es nicht herausholen, niemals«, braust sie auf. »Ist okay für mich.«

»Wenn du das sagst«, meint Mick und betrachtet sie aufmerksam. »Komm, wir haben noch Arbeit vor uns. Lass uns diese Schleier reinigen.«

***

»Mimi, wo sind die Unterlagen zum Wasserbauprojekt?«

»Auf Ihrem Schreibtisch. Warum sehen Sie nicht richtig hin?«

»Entschuldigung. Wer ist hier der Chef?«

»Da Sie gerade in den Wolken schweben, Rafael, bin das im Moment wohl ich.«

»Danke, Mimi. Vermerkt. Wie geht's mit den Hochzeitsplanungen voran?«

»Als würde Sie das interessieren.«

Mimi stapft zurück zu ihrem Schreibtisch, und Rafael schaut hinaus über die Rasenflächen des Regent's Park. Es ist drei Tage her, dass er Francesca Delaney auf dieser verrückten schottischen Hochzeit geküsst hat, und sie haben sich seitdem nicht mehr gesprochen. Haben es nicht gewagt. Nicht einmal eine SMS. Fast könnte er denken, es wäre nie passiert, doch die traumhafte Lebendigkeit dieses Kusses schwirrt unentwegt durch seine Gedanken. Vielleicht lag es am Drink. Oder am Hochzeitsfieber. Oder beides. So oder so, während er den Kopf in den Wolken hatte, haben sich auf seinem Schreibtisch ganze Aktenberge getürmt – Neubewerbungen um Fördergelder, von Jugendgruppen, die Pauschalgelder für Wochenendkurse mit Unterkunft wünschen, von einer traditionellen Volkstanzgruppe, die eine Tour durch Problem- und Sonderschulen plant, von medizinischen Forschungszentren, die um Finanzierungshilfen bitten – jeder will etwas von ihm, von seiner Familie, von ihrem Geld.

Mimi bedeutet ihm mit einem Wink, einen Anruf entgegenzunehmen.

»Anscheinend dringend.«

»Sagt wer? Wenn es ein Verkaufsanruf ist, sind Sie gefeuert.«

Sie seufzt, wohlwissend, dass er gleich aufbrausen wird. »Es ist dieser eine Reporter. Er lässt sich nicht abwimmeln. Behauptet, er habe einige ›Erkenntnisse‹. Ich denke, Sie sollten mit ihm sprechen.«

»Ich soll und muss verdammt gar nichts!«

Zu spät. Es summt. Mimi hat durchgestellt. Die Verbindung ist schlecht. Ferngespräch.

»Ja?«, sagt Rafael, unfähig – und nicht willens –, seinen

Ärger zu verbergen. »Na, was haben Sie dieses Mal gegen mich?«

»Konkrete Anhaltspunkte für einen Skandal«, sagt die Stimme mit einem weichen walisischen Tonfall. »Ich habe ein bisschen gegraben, Mr Colt, wie es mein Job ist, und ich habe Grund zu der Annahme …«

»Quatsch.«

»Interessiert es Sie nicht, was ich weiß? Ich sage Ihnen gerne mehr dazu, wenn wir ein Interview vereinbaren. Oder Sie mir ein kurzes Statement zusagen.«

»Sie sind ein richtiges Stück …!«, sagt Rafael. »Woher nehmen Sie das Recht, meine Familie durch den Dreck zu ziehen und keine Ruhe zu geben, bis Sie unsere Stiftung und all ihre Verdienste endlich zerstört haben? Wissen Sie überhaupt, wie viele Kinder dank uns eine ordentliche Schulbildung erhalten? Oder wie viele Veteranen eine angemessene Entschädigung bekommen dank unserer Gelder?«

»Ich stelle fest, Sie dementieren nicht.«

»Ich weiß nichts von einem Skandal«, schnaubt er. »Sie haben uns schon oft genug in die Klatschspalten gebracht – Alkoholsucht meiner Schwester, Veruntreuung von Spendengeldern durch einen Onkel, und Sie haben es wunderbar geschafft, meinen angeblich soziopathischen Vater durch den medialen Dreck zu ziehen. Aber Sie werden damit keinen Erfolg mehr haben. Und das wissen Sie.«

»Überlegen Sie es sich in aller Ruhe, Mr Colt. Denken Sie darüber nach. Wenn Sie sich entschließen, reden zu wollen: jederzeit. Sie wissen ja, wo Sie mich finden.«

Aufgelegt. Rafael lehnt sich zurück und kämmt sich mit den Fingern durch die Haare, streicht sich langsam mit beiden Händen resigniert übers Gesicht. Noch mehr Schlagzeilen, noch mehr Negativpresse, noch mehr Eingriffe ins Privatleben. Ihm graut vor dem Kampf. Es schmerzte ihn gewaltig, damals, als sie Janey hinterherjagten – nein, nicht die Rechtsstreitigkeiten oder die Kosten für die Unterlassungsklagen, sondern die schiere Sensationsgier, die pure Lust, Janey in der Luft zu zerreißen. Was Menschen einander antun können! Sie nur von dieser einen Seite zu sehen – ein weiteres reiches Promi-Kind, verkorkst und abgestürzt. Und alles, weil sie glauben, es gäbe ein »öffentliches Interesse«. Das worin genau besteht? Darin, dass die Familie Geld hat, das sie an Bedürftige gibt? *Aber doch nicht darin*, denkt er, *einer jungen Frau mit einem Alkoholproblem ihre Würde zu nehmen.* Sie hat sich dieses Leben oder dieses Chaos, in das sie hineingeboren wurde, nicht ausgesucht. Ebenso wenig wie er selbst. Er will einfach nur in Ruhe seine Arbeit machen, das machen, was er immer wollte. Ein guter Mensch sein, herausgetreten aus den langen Schatten seines Vaters und des Großvaters.

Lasst mich doch alle in Frieden!

»Hier, das könnte Sie aufmuntern«, sagt Mimi und reicht ihm einen Ordner.

Nach zwei Jahren an Rafaels Seite weiß sie, dass er gründliche Recherchen schätzt, weshalb ihre Liste der potenziellen Urlaubsziele alle Ecken der Welt umfasst, jede Art von Urlaub, jede Art von Aktivität. Dass sie den Reiseberater gebeten hat, Vorschläge für Singles herauszusuchen, die Anschluss suchen (ob bewusst oder nicht), lässt sie wohlweislich unerwähnt. Rafael blättert die Broschüren durch.

»Eine Safari in Sambia vielleicht?«, schlägt Mimi vor.

»Zu staubig dort.«

»Trekking in Nepal?«

»Zu kalt.«

»Kajaking in Yucatan?«

Rafael mustert sie misstrauisch. »Klingt nach Gruppenaktivität.«

»Es ist eine Gruppenaktivität.«

»Kommt nicht infrage.«

»Refugium im Atlasgebirge?«

Ohne es zu sehen, spürt er, wie sie mit den Augen rollt.

»Malediven?«

»Wo es von Flitterwochenpärchen nur so wimmelt? Nein, danke.«

Mimi verflucht Rafael still und leise, während sein Blick erneut zum Fenster wandert und an einer jungen Frau hängenbliebt, die draußen vor dem Gebäude von einer Seite zur anderen läuft, als sei sie sich nicht ganz schlüssig, ob sie hineingehen soll oder nicht. Er blinzelt, schaut genauer hin und spürt sein Herz hüpfen. Diese feuerroten Locken – unverkennbar. Diese marmorweiße Haut, die nie einen Sonnenstrahl gesehen hat. Er eilt ans Fenster, drückt sich die Nase an der Scheibe platt und lächelt. »Francesca«, flüstert er und will sie am liebsten gedanklich ins Gebäude hineinzwingen.

Ganze fünfzehn Minuten vergehen, bis die Rezeption durchruft, um mitzuteilen, dass eine Besucherin da sei. Entweder seine Mitarbeiter sind beschäftigt oder faul, oder Fran war genauso unschlüssig, sich auf die Rezeption zuzubewegen wie auf den Eingang. Mimi greift nach dem Telefon, um abzuheben, doch Rafael greift ihr dazwischen und gibt sein Okay, die Besucherin vorzulassen.

»Wenn Sie mich hier nicht mehr brauchen, um meine Zeit zu verschwenden«, meint Mimi spitz, »widme ich mich wieder meinen eigentlichen Aufgaben. Wissen Sie, dass Sie in zwei Minuten ein Meeting mit dem Personalleiter haben? Keine Zeit also für außerplanmäßige Besucher.«

»Der Personalleiter kann warten«, sagt Rafael. »Ich bezahle ihn schließlich. Na los, planen Sie Ihre Flitterwochen oder sonst etwas.«

Eine Minute später steht Francesca Delaney in der Tür. Sie trägt ein Vierzigerjahre-Hemdblusenkleid mit Flügelärmeln und dazu passendem Gürtel, was ihrer zierlichen Figur perfekt schmeichelt. Er sitzt am Schreibtisch, hebt den Kopf, schaut sie an, wahrt seine souveräne Miene, die nicht im Geringsten überrascht oder verwundert darüber scheint, dass sie so plötzlich und unerwartet vor ihm steht.

»Schöne Schreibtische«, sagt sie nervös, um das Schweigen zu beenden.

Sie hasst Büros – ihre fantasielose Sterilität, die Primärfarben, die rauen Sitzbezüge. Rafael lehnt sich in seinem Stuhl zurück, lässt sie warten.

»Diesmal ist es an mir, mich zu entschuldigen«, sagt sie aufgeregt. »… ähm, weil ich einfach davongelaufen bin. Ähm … und ich habe mich gefragt, ob du vielleicht … Lust auf ein … Mittagessen hast … Falls du Zeit hast …«

Rafael schaut auf seine Armbanduhr, dann wieder auf sie, überlegt kurz, um sie noch ein bisschen zappeln zu lassen. Natürlich weiß er schon, wie seine Antwort ausfallen wird, behält sie aber noch ein bisschen für sich – sicher ist sicher. Er spielt an einem Stifteköcher herum, schnippt die Ecken eines kleinen Klebezettelblocks auf und schaut Fran schließlich an.

»Klingt nach einer prima Idee«, sagt er. »Ich bin dabei.«

Fran atmet hörbar aus. Folter vorbei.

Mit Mimis fragenden Blicken im Rücken steuern die beiden auf den Lift zu, parlieren entspannt, überlegen, wohin sie gehen wollen, und sind sich rasch einig, dass das sonnige Wetter nur einen Schluss zulässt: ein Picknick.

Die Sonne in den Augen, eine leichte Brise im Haar, schlendern sie am Regent's Canal entlang, bis sie in eine Nebenstraße mit einer kleinen Ladenzeile kommen – Bäckerei, Feinkostgeschäft und ein winziges Café mit Bistrotischen am kopfsteingepflasterten Straßenrand.

»Hier gibt's alles, was unser Picknickherz begehrt«, sagt Rafael.

Er begrüßt die Inhaberin des Feinkostladens wie eine alte Freundin und stellt eine kleine Auswahl mit Käse, Oliven, Kirschen, Nektarinen, Roggenbrot und Wein zusammen. Fran spürt ein aufgeregtes Kribbeln, das ihr durch alle Glieder geht. Mick hatte recht. Es ist die Sache wert. Sie spürt plötzlich wieder, wie schön es ist, jemanden um sich zu haben, den man ungemein anziehend findet. Da werden selbst einfachste Dinge wie ein Picknick-Einkauf zum prickelnden Abenteuer.

Den Picknickvorrat in der Hand, machen sie sich auf den Weg zu Rafaels silbernem Jaguar, der um die Ecke geparkt ist.

»Nun zur wichtigen Frage«, sagt er und hält ihr die Tür auf. »Wohin?«

»Ins Grüne«, sagt sie, da es scheint, als hätte Rafael nicht vor, später nochmal ins Büro zurückzukehren. Als würde aus dem vorgeschlagenen Lunch eine spätnachmittägliche, möglicherweise auch abendliche Mahlzeit werden, die sich eventuell noch länger ziehen kann.

»Genau das war auch meine Idee«, sagt Rafael.

Ungewohnt gut gelaunt lässt er den Motor an, wendet den Wagen in Richtung Epping Forest, wo die Luft frisch ist und der Himmel strahlend blau. All die Nächte, allein im Bett, mit Herzrasen, schwitzigen Händen und der Angst, sich in einer Welt verloren zu haben, die sinnlos ist, schwinden dahin. Sie ist hier.

»Wie genau bist du darauf gekommen, dass Vintage-Brautkleider dein Ding sind?«

Fran schlägt die Augen nieder, überlegt genau, wie sie es ihm erklären kann, ohne es erklären zu müssen.

»Ein Faible für Mode und Kleidung hatte ich immer schon. Ich habe klein angefangen, mit einem Verkaufsstand und selbst gemachten Fascinators. Und dann hat's mich wohl irgendwie gepackt.«

»Du hattest nur den einen Stand?«

»Oh ja. Hatte nicht vor zu expandieren. Das Geheimnis meines Erfolgs liegt in der persönlichen Sorgfalt und Beachtung, die ich jedem einzelnen Kleid schenke. Vielleicht verstehst du am besten, was ich tue, wenn ich es dir zeige.« Sie stockt und fasst sich dann ein Herz. »Würdest du … würde es dir etwas ausmachen, der ›Plus Eins‹ auf meiner Einladung zu sein und mich zu begleiten? Ich habe nämlich noch zwei weitere Hochzeiten vor mir, für die ich die Bräute eingekleidet habe …«

»Zwei?«

»In den Sommermonaten geht es hoch her. Im Juli bekomme ich immer mehr Hochzeitseinladungen als die meisten Menschen in ihrem ganzen Leben. Meine Bräute haben mich gerne dabei, entweder aus Höflichkeit oder aus Dankbarkeit. Ich fühle mich immer verpflichtet, und manchmal genieße ich es sogar, trotzdem …« Sie stockt erneut, holt tief Luft.

»Kling wie die Hölle für mich«, sagt Rafael.

Fran seufzt. »Ich liebe es, meine Kleider getragen und in Aktion zu sehen. Ich hasse es nur, immer alleine hinzugehen. Es ist meist die kirchliche Zeremonie, die mich emotional so mitnimmt … aber vielleicht mit einem ›Plus Eins‹ … mit dir an meiner Seite …«

Rafael windet sich. »Ich weiß nicht, Fran. Du hast es bestimmt mitbekommen: Ich habe es nicht so mit Hochzeiten. Wenn du meine ehrliche Meinung willst, ich halte Heirat und Ehe für bloße Heuchelei, für eine Scheinwelt hoffnungsloser Romantiker.«

»Echt hart.«

»Ach ja? Ich kenne so viele Leute, die sich vormachen, ihren Seelenverwandten fürs Leben gefunden zu haben, in Wirklichkeit aber sind sie nur mit jemandem zusammen, der sie von der Langeweile und der Einsamkeit ablenkt, die das menschliche Dasein ausmachen … Aber wer weiß, vielleicht habe ich alles nur falsch verstanden?«

»Dann komm mit und finde es heraus«, sagt Fran, ein neckisches Funkeln in den Augen.

Kurz bevor sie die Abfahrt nach *Dryad's Hall* passieren, verspürt sie ein Kribbeln.

»Zeigst du mir das Haus?«, fragt sie. »Ich würde es sehr gerne noch einmal sehen, vor allem den Garten.«

»Mach ich«, sagt Rafael. »Solange …«, er macht eine Pause, »… solange es nicht um Brautkleider geht.«

Fran lächelt. »Versprochen. Ich werde mein Bestes versuchen.«

In einem schwungvollen Bogen fährt Rafael durch das Tor und über die weidengesäumte Auffahrt hinauf zum Haus. Sie parken direkt davor, gehen samt Picknickkorb um das Haus herum, über die Terrasse und den Rasen, hinunter zum See und dem wunderschönen Ziergarten. Die Sonne legt ihren goldenen Schein über das Gras. Von den Baumwipfeln in der Ferne zwitschern die Vögel, während Libellen über den nahen Teich patrouillieren und Bienen um duftende Rosen- und Jasminsträucher summen. In friedlicher Eintracht sitzen sie beieinander, trinken, essen und reden. Nach dem zweiten Glas Wein machen sie einen Spaziergang durch die Gärten.

»Das hier war ihre Vision«, sagt Rafael, während sie über die schmalen gepflasterten Wege schlendern, die Bambusbüschel, die Sukkulenten, die Kirsch- und Ahornbäume bewundern. »Sie hat Jahre verbracht, das hier alles zu gestalten. Sie wollte etwas Schönes in ihrem Leben haben.«

Sie kommen an eine Holzbrücke, von der man den See überblickt, auf dem dickfleischige rosa Seerosen wie Inseln treiben. Fran beugt sich über das Geländer, stippt die Finger in das kühle Nass des Wassers.

»Herrlich.«

»Wann immer ich kann, komme ich hierher«, sagt er, »wann immer ich Trost brauche oder mich ihr nahe fühlen möchte. Eins der ersten Dinge, die ich zu dir gesagt habe …«

»Sie hat die Gartenarbeit geliebt.«

»Das weißt du noch?«

»Natürlich.«

»Als ich klein war, stellte ich mir immer vor, dass diese Brücke hier eine Zauberbrücke wäre, dass ich, wenn ich bis zur Mitte gehe und dem Wasser meine Sorgen zuflüstere, sie davonschwimmen würden.«

»Und? Hat es funktioniert?«

Rafael lacht betreten. »Nein, hat es nicht.«

»Und worüber hast du dir Sorgen gemacht?«

»Was meine Mutter sagen würde, wenn sie etwas sagen könnte.«

Er schaut hinunter auf den See, wirft ein Blatt ins Wasser, schaut ihm nach, wie es wogt und kreiselt.

»Sie hat nie gesprochen. Sie hatte … sie nannten es *selektiven Mutismus*. Sie war zwar fähig zu sprechen, hat aber beschlossen, es nicht zu tun.« Er schaut auf, gedankenvoll, und in seinen Augen zeigt sich eine tiefe Traurigkeit. »Ich habe den Klang ihrer Stimme nie gehört. Dennoch hatte sie ihre Wege zu kommunizieren. Wir verstanden einander gut. Aus Erzählungen weiß ich, dass sie vor ihrer Heirat ganz normal gesprochen hat. Ihr Schweigen begann, soweit ich weiß, kurz nach der Hochzeit. Eines Morgens ist sie einfach verstummt. Anfangs war mein Vater noch geduldig, ließ sie von den besten Ärzten in den besten Kliniken behandeln, doch als sich keine Besserung einstellte, war er mit seiner Geduld am Ende, und sie war für ihn eine einzige Blamage. So kam sie hierher, ins Grüne, nach *Dryad's Hall*, versteckt vor der Gesellschaft, während er seinem geschäftigen Leben in der Stadt nachging, und in Hammonds …«

»Hammonds?«

»Das Haupthaus unserer Familie in Norfolk, ein riesiger

palladianischer Klotz auf dem Land. Vor zehn Jahren, nach seinem Tod, wurde es verkauft.«

»Das tut mir leid.«

»Oh, wir standen uns nicht sonderlich nahe. In gewisser Weise war sein Tod eine Erleichterung, für meine Mutter ganz gewiss. Er war nicht immer … der Netteste zu ihr. In seinen letzten Lebensjahren sind wir öfter aneinandergeraten. Wir waren sehr unterschiedlicher Meinung darüber, wie es mit der Stiftung weitergehen soll. Sein Wunsch war es, sie aufzulösen und das verbleibende Vermögen der Familie Colt zu erhalten. Ich wollte sie weiter ausbauen. Sinn und Zweck von Geld besteht nicht im Geld an sich, sondern in den Chancen, die es schafft, nicht wahr? Die Einnahmen aus dem Verkauf von Hammonds machten es möglich, unser Schulbauprojekt anzuschieben. Ich bin mir sicher, dass sich mein Vater im Grab umdrehen würde, wenn er das alles wüsste, insbesondere, da man seinen geliebten Familiensitz zu einem Kur- und Konferenzhaus umgebaut hat.«

Rafael hebt ein weiteres Blatt vom Boden auf, wendet es im Licht hin und her und übergibt es dann dem Wasser, wo es tänzelt, sich dreht und das erste schließlich einholt.

»Du hast mir vorgeworfen, kalt zu sein«, sagt er. »Ich fürchte, ich bin durch meine Erziehung und mein Umfeld so geworden. Oberflächlich betrachtet, hatte die Familie Colt alles. Auf der Gefühlsebene jedoch, die letztlich am meisten zählt, waren *wir* die Bedürftigen.«

Fran neigt sich zu ihm. »Wenn du eine meiner Bräute wärst …«

»Ich werde nie eine Braut sein, Fran.«

»Hypothetisch gesprochen. Wenn du eine wärst …

dann würde ich ein Kleid für dich suchen, dass dich lehrt, dich deiner Vergangenheit zu stellen und loszulassen. Kleider von Kriegsbräuten wären dafür gut geeignet. Oder welche aus der Zeit der Weltwirtschaftskrise. Ein Kleid, das unabhängig von der Herkunft eines Menschen beweist, dass man lernen kann, sich aus der eigenen Asche zu erheben, um zu leben und zu lieben.«

Rafael lächelt. »Oh, Fran. Als sie dich gemacht haben, haben sie mit Zuckerstreuseln offenbar nicht gespart.«

Er reicht ihr eine Kirsche und fragt sich verwundert, wie es sein kann, dass er hier bei Sonnenschein im Garten steht und seine Seele einer Expertin für Vintage-Brautkleider offenbart.

»Was wirst du mit dem Haus machen?«

»Habe eigentlich überlegt, es zu verkaufen, aber …« Er seufzt. »Aber loslassen ist schwieriger, als ich dachte.«

»Unvollendete Aufgaben.«

»Ganz genau. Janey und ich haben als Kinder hier viel Zeit verbracht. Stundenlang spielten wir im Wald, bauten Höhlen, dachten uns Spiele aus und Fantasiewelten. Hier, bei unserer Mutter, konnten wir Kind sein. Überall sonst waren wir auf dem Präsentierteller.«

»Du weißt, ich habe sie gesehen.«

Rafael schweigt.

»Als ich an jenem Abend hier war und du gar nicht hören wolltest, warum, hatte ich das Gefühl, dass ich sie gesehen habe – nicht als Geist. Nein, es war eher eine Empfindung, ein Gefühlseindruck, den ich von ihr wahrnahm, der aus ihrem Brautkleid kam«, sagt Fran.

»Wir sagten, wir sprechen nicht über Brautkleider.«

»Bitte«, sagt Fran. »Hör mir kurz zu und lass mich aus-

reden. Du hast es selbst gesagt: Sie hat nach ihrem Hochzeitstag aufgehört zu sprechen. Die Sache ist die: Ich habe mir Filmmaterial von der Hochzeitsfeier angeschaut. Sie hatte einen Verband um die Hand. Und du kannst mir nicht erzählen, dass das ein Modeaccessoire war, nicht, nachdem ich sie gesehen habe – *gefühlt* habe –, wie sie einen Spiegel zerschlägt.«

Rafael schaut zu Boden, weicht Frans Blick aus, fühlt sich unwohl mit all ihren kritischen Fragen.

»Sie hat sehr gelitten, Raf. So, wie ich selbst es nie erlebt habe. Ich habe es gefühlt. Durch das Kleid. Durch sie. Sie wollte das alles nicht. Sie wollte diese Ehe nicht. Sie hatte Angst.«

Rafael blickt stur geradeaus auf das Wasser, auf sein eigenes Gesicht, ein verzerrtes Spiegelbild. Er hält die Balustrade fest umklammert, atmet tief ein, als würde ein tiefer Zug in die Lunge den Schmerz wieder einsaugen, zurück in sein Inneres.

»Ich stamme von einer langen Ahnenreihe schlimmer Männer ab, Fran«, sagt er und kann sie dabei nicht ansehen. »Ich habe immer im Hinterkopf, dass ihr unmenschlicher Narzissmus unauslöschlich sein könnte. Sei also gewarnt. Ich kann nicht versprechen, dass ich keinen Mist baue. Eheglück? Ich habe nur vorgelebt bekommen, wie man es verdirbt.«

Fran schließt die Augen. »Aber du stehst hier, auf der Brücke«, sagt sie leise und kaschiert ihre eigene Beklommenheit. »Das sind nur Sorgen. Wirf sie ins Wasser.«

»Wenn das so einfach wäre«, erwidert er und nimmt sie in den Arm. »Aber hey, ein viel zu ernstes Thema für einen so wunderschönen Tag …«

Sanft küsst er sie und streichelt dabei ihre Wange, und sogleich durchströmt ein erregtes Prickeln ihre Haut. Es fühlt sich alles so unwirklich an, ein Hochgefühl, wie in einer Blase, als würde sie durch einen schönen, wolkenlosen Himmel federn. Fühlt er, was sie fühlt? Sie fühlt, wie etwas erblüht, sich langsam entfaltet, fühlt die hingebungsvolle Bereitschaft, Hemmnisse und Zweifel beiseitezuschieben, verletzlich zu sein, echt und wahrhaftig zu sein, sich bis an den Rand zu wagen. Und plötzlich geht ihr auf, wie unerfahren sie in alledem doch ist. Sie kennt die Spielregeln, das ja. Sie hat genug Zeit mit Bräuten verbracht, genug Liebesromane gelesen … Aber wenn es um ihr eigenes Herz geht … ist sie eine Debütantin. *Wie ist das alles hier passiert? Zumal er Hochzeiten ja gar nicht leiden kann!*

»Komm«, sagt er. »Ich will dir den Obstgarten zeigen, die Glyzinien und das Feld, auf dem wir früher Ziegen gehalten haben.«

»Ihr hattet Ziegen?«

»Und ein Pferd. Und sieben Kaninchen. Und dann gab es noch Dachse, die immer nachts kamen … und Igel und Eichhörnchen … wilde Tiere, theoretisch. Ja, so ist das eben, wenn man mitten im Wald lebt.«

»Du machst mir gar nicht den Eindruck, als wärst du der große Tierliebhaber.«

»Ich bin eben voller Überraschungen.«

»Schön zu hören, ich mag nämlich Überraschungen. Schöne jedenfalls.«

Arm in Arm schlendern sie durch die sommerliche Brise, das süß duftende grüne Gras an ihren Füßen, die Schnaken im Sonnenlicht über ihnen – zeitvergessen, versunken zwischen Bangen und Euphorie umwogt sie die erwartungsvolle Freude aufeinander – wie ein endloser Seidenschleier.

Als der Nachmittag langsam vergeht und das sommerliche Sonnenlicht im Abend versinkt, fahren sie zurück nach London. Das Ende ihres Dates? Sie sprechen nicht darüber, und so bleibt das Ende des Abends offen, als sie draußen vor einer Bar Platz nehmen. Rafael geht hinein, um Getränke zu bestellen, während Fran versucht, sich ein wenig zu sammeln. Genau das ist es, was sie so sehr vermisst hat, denkt sie. Das ineinander verwobene Leben eines Großstadt-Pärchens: gemeinsame Zeit nach der Hektik eines langen Arbeitstages, sich gegenseitig und die Stadt zu genießen, könnte wohltuender nicht sein – erholsame Zweisamkeit pur. Sie stützt sich auf die Ellbogen und lächelt in sich hinein. Da spürt sie ihr Handy vibrieren. Eine SMS von Mick:

Zu gut, um es zu verpassen: Hausentrümpelung in 26 Bolton Gardens, SW5. Noch bis heute Abend. Der Tipp kam gerade von einem Kumpel. Beeil dich, Schätzchen, und komm her. M x

Sie richtet sich auf. Ihr Brautkleid-Fieber schnellt in die Höhe, just als Rafael ihr ein eiskaltes Bier hinstellt.

»Hab' gerade einen Tipp bekommen … In Kensington gibt es ein Haus, das entrümpelt wird.«

»Schön«, sagt Rafael und betrachtet die Bierkrone in seinem Glas.

Fran schaut auf die Uhr. »Noch ist Zeit. Wir sollten los.«

»Wirklich?«

»Es ist nicht weit. Diese herrlichen georgianischen Stadthäuser sind wahre Goldminen. Etage für Etage voll mit schönen alten Dingen.«

»Oder aber … wir könnten hier noch ein Weilchen sitzen und dann ein Taxi raus nach Osten nehmen? Ich kenne eine super Gin-Bar in Hackney. Und ich könnte ein Abendessen vertragen.«

Fran steht auf. »Ja, all das möchte ich gerne mit dir tun, aber zuerst müssen wir uns auf Kleiderjagd begeben. Gelegenheiten wie diese sind viel zu gut, um sie zu vergeuden.«

»Kann das nicht bis morgen warten?«

»Morgen ist es zu spät.«

»Du bist eine Hyänin.«

»Absolut.« Sie grinst. »Kommst du mit?«

Rafael schüttelt den Kopf, völlig aus dem Konzept. »Also gut, ganz wie du möchtest.«

Sie halten vor der angegebenen Adresse – ein typischer Platz in Kensington, umstanden von prächtigen Stadthäusern mit Backsteinfassaden, in der Mitte eine mit einem schmiedeeisernen Tor versehene Grünanlage. Die meisten der Anwesen sind gut erhalten. Das genannte Objekt allerdings wirkt etwas verwittert. Als Fran und Raf aus dem Jaguar steigen, werden sie von einem jungen, picobello gekleideten Mann begrüßt. Fran erkennt ihn wieder – er ist einer der angesagtesten Immobilienmakler der Region und häufiger vor den Verkaufsagenturen im Viertel zu finden, wo er auf Schnäppchen lauert. Sie erwidert seinen Gruß mit einem Nicken.

»Ihr gebt euch mit alten Lumpen ab?«, fragt er, während er kurz auf den funkelnden Jaguar schielt und das Schild mit der Aufschrift »Verkauft« am Stuck-Vordach herunterzieht.

»Mit Vintage-Mode, um genau zu sein«, kontert Fran. »Dürfen wir mal reingehen und uns umsehen?«

»Aber bitte doch«, sagt der Makler. »Bis Mitternacht muss alles draußen sein.«

»Was ist denn die Geschichte dazu?«

»Ein Nachlass. Das Haus ist seit den Fünfzigerjahren in Familienbesitz. Familie Ellerdey. Sehr schön. Sechzehn Enkelkinder. Anscheinend lebte die ältere Mrs Ellerdey hier, bis sie einhunderteins Jahre alt war. Eine amerikanische Erbin. Ihr Ehemann war Pilot, flog Bomber im Zweiten Weltkrieg. Im Haus finden sich überall Medaillen und Modellflugzeuge. Macht euch schon mal darauf gefasst. Sieht so aus, als ob die Inneneinrichtung noch die gleiche ist wie anno dazumal, als die Alten hier eingezogen sind. Eine echte Zeitschleife, aber Sie mögen so was ja.«

Fran schmunzelt.

»Dann nur zu, noch ist Zeit. Die neuen Eigentümer lassen ein eigenes Innenarchitektenteam aus Russland einfliegen. Reich geworden durch Öl. Habe gehört, sie planen eine Komplettsanierung, minimalistisch modern.«

Rafael und Fran wechseln einen Blick und gehen hinein.

»Wow«, sagt Fran, als sie den pistaziengrünen Damast und den ornamental gemusterten Teppich sieht. »Das ist wirklich wie aus der Zeit gefallen.«

Rafael geht zögerlich weiter, während Fran bereits auf die Treppe zuläuft.

»Komm«, sagt sie und winkt ihn ungeduldig herbei.

»Wohin willst du denn?«

»Rauf auf den Dachboden. Man fängt immer ganz oben an und arbeitet sich dann nach unten durch. Die besten Stücke lagern normalerweise ganz oben.«

Nach kurzem Zögern spurtet er mit einem Achselzucken hinter ihr her die Treppe hinauf, völlig durcheinandergebracht von seinem inneren Impuls, einer Frau hinterherzulaufen, die er kaum kennt, dann einzuwilligen, sie nicht auf eine, sondern gleich auf zwei Hochzeiten zu begleiten, und sich jetzt auch noch auf die Jagd nach Brautmode zu begeben und staubige Stiegen im Haus einer verstorbenen Fremden hinaufzusteigen. Wenn Mimi ihn jetzt so sehen könnte!

Unterm Dach finden sie ein Mansardenzimmer vor, das dem Mobiliar nach zu schließen als zweites Wohn- und Spielzimmer für die Kinder diente. Ein ausgetretener Orientteppich, braune Sessel, ein gefliester Kamin sowie zwei eingestaubte, aber ansonsten tadellose Tiffany-Lampen verleihen dem Raum die beschauliche Stimmung eines geruhsamen Nachmittags der Fünfzigerjahre. In der Ecke steht ein altes Schaukelpferd, daneben ein großer Weidenkorb – Zeugen kindlicher Spiellust aus alten Zeiten. Unwillkürlich steuert Fran auf den Korb zu.

»Oh, prima!«, jauchzt sie, während sie eine ganze Sammlung von Kleidern zum Kostümieren und Verkleiden hervorzieht, vermutlich von den sechzehn Enkelkindern – ein Paar verknautschte Plateaustiefel, einen Piratenhut, einen perlenbestickten Schal, einen alten Frack.

»Für den Herrn des Hauses«, sagt sie und hält Letzteren Rafael auffordernd hin.

Er schüttelt den Kopf. »Nein, das ist nichts für mich, Fran. Das hier ist dein Spielplatz.«

»Würde dir aber ausgezeichnet stehen.«

»Ich glaube nicht.«

Rafael geht durch den Raum, bleibt vor einer Vitrine mit Pokalen und Medaillen stehen und bestaunt ein winziges Modell eines *Sopwith Camel*, während Fran weiter im Weidenkorb gräbt. Plötzlich klatscht sie vor Freude in die Hände.

»Hier, juhu!«, ruft sie und zieht ein knalloranges Rüschenhemd heraus.

Rafael zuckt kurz zusammen. »Aha«, meint er nur. »In so etwas hat man mich an meinem sechsten Geburtstag gesteckt. Aber das hier sieht tatsächlich noch schlimmer aus.«

»Probier's an.«

»Ganz bestimmt nicht.«

»Kleine Nostalgiereise? Komm schon. Es reizt dich doch auch.«

Rafael seufzt, verzieht das Gesicht, nimmt Fran das Hemd aus der Hand und zupft an den kleinen Rüschen herum.

»Was fühlst du?«

»Nylon.«

»Nein, ich meine … wie fühlst du dich dabei?«

»Ich schäme mich in Grund und Boden – wie damals, als ich so ein orangerotes Hemd tragen musste.«

»Oh.« Fran seufzt. »Gib her.«

Sie schmiegt das Hemd an ihre Wange, lächelt versonnen in die rüschigen Falten hinein.

»Ich denke da eher an … Partys … Olivenspießchen … Discokugeln … Pampasgras …«

Rafael schnappt es ihr wieder aus der Hand. »Willst du mich ärgern?«

»Kann schon sein«, sagt sie mit einem schelmischen Kichern, »aber ich spüre, dass es ein fröhliches Kleidungsstück ist, das aus Jux und Spaß getragen wurde, von jemandem, der sich selbst nicht allzu ernst nahm.«

Fran wühlt immer tiefer im Korb, hievt ein paar alte Militärmäntel heraus und findet schließlich, wonach sie sucht: ein Kleid, allem Anschein nach ein Brautkleid. Feinster elfenbeinfarbener Satin, bodenlang, Schwalbenschwanz, schlanke, fließende Silhouette im Schrägschnitt – das alles deutet auf die späten Dreißigerjahre hin. Wie es hier landen konnte, in den Tiefen eines Spielzeugkorbs mit Sachen zum Verkleiden, wird sie wohl nie erfahren. Zum Glück aber hat es den Anschlag heil überstanden. Zwischen losen Fäden, Flecken und Falten – was Fran im Laden alles mühelos beheben kann – atmet es bräutlichen Glamour durch und durch. Fran schließt es in die Arme, und ein freudiger Schauer der Erregung durchrieselt sie. Die Länge des Kleids lässt vermuten, dass es für eine große Frau gemacht war, für Mrs Ellerdey senior vielleicht, die amerikanische Erbin? Mit den richtigen Accessoires, schönen Schuhen und entsprechender Frisur war es gewiss ein topmodisches Statement seiner Zeit, das einer Erbin aller Ehren wert war – edel, schick und von zeitloser Eleganz.

Der changierende Satin zwischen ihren Fingerspitzen fühlt sich wunderbar weich und griffig an, und sie malt sich in Gedanken ein Bild von Mrs Ellerdey, von ihrem Wesen, ihrer Persönlichkeit. Wie sie sich kleidete, wie sie wahrgenommen werden wollte, wie sie sich auf Partys amüsierte – eine geborene Lebefrau. Doch Fran nimmt in den Fasern des Gewebes auch einen Hauch von Verzweiflung wahr. Vielleicht wussten beide, Braut und Bräutigam, dass der Glanz ihrer Hochzeit ein letztes Hurra sein würde, bevor der Krieg bald Not und Entbehrung brachte. Fran seufzt, während ihr der Kopf schwindelt vor lauter Bildern mit verspiegelten Ballsälen und zauberhaften Lichterwirbeln.

»Ich liebe dieses Kleid, was meinst du?«, flüstert sie. »Ein lebendiges Geschichtsbuch. Ein Kleid aus den Dreißigern, in einer Mansarde aus den Fünfzigern, in einem Gebäude mit georgianischer Architektur.« Dabei tätschelt sie zärtlich auf das Mauerwerk neben sich. »Weiß der Himmel, was dir als Nächstes blühen wird, altes Mädchen – Beton und Stahl, nehme ich mal an.«

Sie dreht sich zu Rafael um, erwartet eigentlich, dass er dezent die Brauen wölbt, doch er beachtet sie gar nicht. Stattdessen steht er vor dem Spiegel, knöpft die oberen Hemdknöpfe auf und lässt die Ärmel über die Schultern rutschen, was seinen nackten Oberkörper zum Vorschein bringt. Stumm sieht sie zu. Beim Anblick seines wohlgeformten Körpers lodert aus ihrem tiefsten Inneren ein heißes Verlangen in ihr auf, so stark, dass sie seine weiche Haut küssen will. Ihr Herz rast. Er sieht so gut aus, denkt sie. Am liebsten würde sie jetzt zu ihm hingehen, ihre Arme um seine Taille schlingen, die Wärme seines Körpers an ihrer Brust spüren, mit ihm verschmelzen …

Im Spiegel sieht er, dass sie ihn beobachtet … Beide sind peinlich berührt.

»Na schön, ich gebe es zu … ich bin neugierig«, sprudelt Rafael hervor. »Ich werde es anprobieren.«

Er fischt das orangerote Rüschenhemd vom Boden,

schlüpft in die Ärmel, während sein so verführerisch cool wirkender Körper eine gewisse unbeholfene Komik entfaltet.

»Und?«

»Zu einhundert Prozent. Die Schwingungen der Siebziger durchfluten meine Seele.«

Er stellt eine Hüfte aus, streckt den Zeigefinger in die Luft – John Travolta wäre stolz gewesen.

»Du spürst es definitiv«, lacht sie und sieht ihre erste Vermutung bestätigt, wonach der ursprüngliche Träger dieses Hemds ein Mann war, der sich selbst nicht zu ernst nahm. »Aber bitte, zieh dein eigenes Hemd wieder an.«

Die Dekadenz der Siebzigerjahre endet auf der Dachterrasse von Rafaels Apartment am Themse-Ufer. Dort genießen sie den vollmundigen Merlot und lassen den Tag ausklingen. Der aprikosenfarbene Himmel und die funkelnden Lichter Londons – ein kleines Theater, Baukräne, Strommasten, Hochhäuser – bilden eine schillernde Kulisse.

»Bist du glücklich?«, fragt Rafael, die abendliche Sonne in den Augen.

»Machst du Witze?«, antwortet Fran. »Das heute war die schönste – und erst recht die längste – Verabredung zum Lunch, die ich je hatte.«

Rafael seufzt, zieht Fran an sich. In ihrem blumengemusterten Chiffonkleid will er sie wie einen seltenen Schmetterling, der um ihn herumflattert, aus der Luft fangen, in seine hohle Hand schließen und für immer festhalten, denn nur ein einziger Augenblick mit ihr hat die Kraft, ihm die drückende Last eines ganzen Lebens von der Seele zu nehmen. Noch keine Frau vor ihr, abgesehen von Mimi, und mitunter auch Janey, hat diese bestimmte Schwelle überschritten. Am Wochenende geht er meist ins Fitnessstudio, kocht, liest, surft auf Netflix oder schläft schon am frühen Abend ein – aber hier ist sie nun, ein unwirklich leuchtendes Wesen auf seiner Dachterrasse, mit ihrem ausgefallenen Vintage-Look, ihrer schwingenden Haarpracht und ihrer steten Neugier. Sie ist ein Eindringling, gleichwohl auch ein rettender Engel, das beste Mittel gegen alles, was in seiner Welt im Argen liegt.

Vergessen ist der Merlot. Er schiebt ihn beiseite, neigt sich zu ihr, küsst sie, spürt ihren Herzschlag gegen seine Rippen, spürt, wie sie sich in seine Arme schmiegt. Als er mit den Händen sacht über die Haut an ihrem Nacken streicht, stöhnt sie lustvoll auf, zieht sein Gesicht näher heran und lächelt mit geschlossenen Augen. Sie will ihn so sehr, aber auch er ist ein Eindringling. Kein Mann in den letzten zehn Jahren ist ihr so nahegekommen. Sie wagt es nicht, sich in diesem Feuer zu verlieren – zu nah, zu schnell. Mit pochendem Herzen weicht sie zurück, beruhigt ihren Atem.

Er versteht es. Sie braucht Zeit. Das Mondlicht führt sie ins Schlafzimmer, sie fallen auf das Betttuch, kuscheln sich dicht aneinander, schlafen eng umschlungen ein, tief und ruhig, die Körper fest aneinandergepresst.

Kapitel 11

Sieben Uhr. Der nächste Morgen. Zurück in der Realität. Die unermüdliche Mimi kommt herein, stellt Rafael das Frühstück hin – Protein-Smoothie, Weizengrassaft, Pastrami-Bagel – und macht sich dann an der glanzweißen Kochinsel zu schaffen, um den Kaffee zuzubereiten. Fran mutet es seltsam an, dass eine so alltägliche Handlung wie die Zubereitung des Frühstücks einer anderen Person obliegen soll: Mimi, einer Firmenangestellten. Den Schlaf noch in den Augen, grüßt sie Mimi kurz mit einem lächelnden Gähnen und ist gespannt, was sie wohl dazu sagen wird, wie sie zusammen mit Rafael aus dessen Schlafzimmer spaziert. Doch Mimi sagt nichts, zieht nur eine finstere Miene, um ihre Missbilligung für morgendlich zerzauste Betthaare und Übernachtungsgäste zum Ausdruck zu bringen. Sie reicht Rafael einen Becher, spult die Liste der anstehenden Besprechungen und Termine ab und schneidet ihm dann einen Bagel auf.

»Füttert sie dich gleich noch?«, flüstert Fran ihm zu.

Rafael kapiert den Witz nicht, zumindest lächelt er nicht.

»Ich muss spätestens um neun im Büro sein«, sagt er, »aber, Fran, bitte, bleib, solange du magst.«

»Aber nicht zu bequem«, sagt Mimi und beäugt sie kritisch.

Fran ist froh, als die beiden schließlich gehen, gekleidet im perfekten Business-Look, geschniegelt und gestriegelt. Endlich kann sie ausatmen und den Zauber dieser völlig verrückten Situation – von der himmlischen Optik in Hochglanz-Weiß rundherum gar nicht zu reden – sacken lassen.

Sein mit allem Luxus ausgestattetes Penthouse-Apartment – zweihundert Quadratmeter mit Blick auf die Themse – ist beeindruckend, hat aber auch die kalte Sterilität einer durchdesignten Junggesellenbude. Jede Wand, jede Decke, die Möbel und die Einbauten, alles ist in Weiß gehalten. Sogar die Fußböden sind weiß. Fran ist förmlich geblendet, als sie durch das Apartment geht. Ein unwirkliches Gefühl, so, als hätte sie eine außerkörperliche Erfahrung.

Sie isst Rafaels Bagel-Reste auf und duscht in dem einzigen Raum, der nicht weiß ist: das En-Suite-Bad. Die bronzemelierten Steinfliesen schaffen ein behagliches, kokonartiges Ambiente. Die Dusche bietet jede Menge Hightech – statt des guten alten Wasserhahns gibt es einen Computerbildschirm, den Fran erst einmal zehn Minuten studieren muss, bis sie herausfindet, wie die Dusche funktioniert. Das Wasser stürzt herab wie ein donnerndes Gewitter. So hat sie noch nie geduscht. Rafael. Rafael. Mr Rafael Colt. Im strömenden Nass geht ihr sein Name in einem fort im Kopf herum, und sie überlegt sogar, wie er mit ihrem eigenen zusammenklingen würde: Mrs Francesca Colt. Der Gedanke daran lässt sie bis ins Innerste erzittern … und vor lauter Glücksgefühl förmlich taumeln. Es fühlt sich wunderbar an … und so, so gefährlich.

Nachdem sie sich geduscht und angezogen hat, weiß sie in der weißen Stille nichts mit sich anzufangen. Sie fläzt sich aufs Sofa, probiert den riesigen Fernseher anzuschalten und stellt fest, dass er auf einen Nachrichtensender eingestellt ist. Wenn sie daheim einen Fernseher hätte, insbesondere einen von der Größe einer Kinoleinwand, würde sie sich die Realität nicht wie ein Bild an die Wand hängen. Zu nah, zu deprimierend. Fantasie ist da viel schöner. Aufgewühlt vom Anblick hitzig debattierender Politiker, schaltet sie wieder aus und streift weiter durch das Apartment, sieht Papierberge mit geschäftlichen Dokumenten, Werbeprospekte von Fitnessstudios, Bücher über Philosophie, Sport und Architektur, aber nichts Familiäres. Absolut nichts, was ihn mit seinen Eltern, Alessandra und Lyle, oder seinen Großeltern oder dem geliebten Zuhause seiner Kindertage, *Dryad's Hall,* in Verbindung bringen könnte. Keine Erinnerungsstücke, keine Fotos, keine persönlichen Gegenstände. Fast so, als wäre er vom Himmel gefallen.

Ruhelos geht sie weiter in die anderen Schlafzimmer, streicht mit den Fingern an den satinierten Wänden entlang, springt auf die makellos unberührten Gästebetten, schüttelt die Kissen auf, wirft sie hoch, um sie dann noch einmal aufzuschütteln. Der begehbare Kleiderschrank ruft förmlich nach ihr. Was für Kleidungsstücke er wohl birgt? Die meisten Schienen sind leer. Und die wenigen, die benutzt sind, zeigen ein tristes grau-schwarzes Einerlei aus Hemden und qualitativ hochwertigen Anzügen, alle frisch gereinigt und gebügelt – ein beeindruckender, aber auch freudloser Anblick.

Dann, auf einem Sideboard neben dem Bett, erspäht sie einen Zettel, darauf eine hingekritzelte Nummer mit dem Vermerk »Janey, neue Telefonnummer«. Fran nimmt ihn in die Hand, überlegt kurz, dreht und wendet ihn, greift dann nach ihrem Handy, tippt die Nummer ein und geht.

»Was ist mit dir?«, fragt Mick, als Fran den Laden betritt, einen doppelten Espresso in der Hand und leicht blass um die Nase, was ihren ausschweifenden freien Nachmittag verrät.

Sie ist froh, ihn zu sehen – ein Gesicht aus ihrem alten Leben, das ihr ein beruhigendes Daheim-Gefühl in ihrer vertrauten Welt gibt.

»Sag bloß, du … hast dir einen Colt zugelegt?«

»Haha, sehr witzig!«

»Also …?«

»Ach, Mick«, seufzt Fran, ein versonnenes Strahlen in den Augen. »Wir hatten einen unfassbar schönen Tag.«

»Jawollo!«, ruft Mick. »Endlich!«

Fran schmunzelt, plustert den Tüllrock des Ballerina-Kleides aus den Fünfzigern auf, glättet die Perlenschnüre und Blumengirlanden und zieht die über die Spiegel drapierten Spitzenbehänge zurecht. Sie kann ihr Glück nicht verbergen.

»Ehrlich gesagt, und entgegen meiner besseren Einsicht, es fühlt sich einfach wahnsinnig richtig an. Auf irgendeine sonderbare Weise passen wir perfekt zusammen. Ich weiß, man würde uns nie und nimmer in eine Reihe stellen, aber vielleicht ist genau das der Punkt. Liebe ist nicht vorhersehbar. Sie taucht dort auf, wo man sie am wenigsten vermutet. Ich frage mich, ob das Kleid …« Fran zuckt zusammen, als ihr Blick auf das Kleid von Alessandra Colt in der Ecke fällt, das seine Geheimnisse immer noch in den seidenen Falten birgt.

Ist sie eine Traumtänzerin? Ist sie so naiv zu glauben, dass Rafaels wahre Seele, hinter seinem kalten Zynismus, wirklich ideal zu ihr passt – einer von romantischer Liebe besessenen Brautkleider-Närrin? Niemand, sagt sie sich, niemand ist in den letzten zehn Jahren so nahe an die Grenze zu ihrem Herzen gekommen. Und jetzt ist er hier, Rafael. Und alles passiert so schnell, so intensiv, ohne dass sie sich überhaupt sicher wäre, wer genau er ist.

Inzwischen hat sie unterschiedliche Seiten an ihm kennengelernt: Charme, Intelligenz, Bescheidenheit, Loyalität, Großzügigkeit, Selbstvertrauen … aber auch Gefühlskälte … und Zorn. Wer ist er wirklich? Ihre innere Erregung trübt sich, als sie an Alessandra denkt, an die wenig schmeichelhaften Kommentare des Trauzeugen und an Rafaels eigene Bemerkung – *Ich stamme von einer langen Ahnenreihe schlimmer Männer ab.*

Unterdessen hat Mick der Schneiderpuppe Mrs Ellerdeys formschönes elfenbeinfarbenes Satinkleid aus den Dreißigerjahren mit freiem Rücken und Schrägschnitt übergezogen und die Wasserfallschleppe soeben wieder angebracht. Er beobachtet seine Freundin, ahnt, wie hinter ihrer Freude bereits dunkle Wolken ihre Schatten werfen.

»Drei weitere Kundinnen haben nach dem Colt-Kleid gefragt«, sagt er. »Eine von ihnen wollte es vom Fleck weg kaufen, bot mir fünf Riesen dafür. Ich musste ihr versprechen, dass du dich bei ihr meldest, sobald du das Kleid so weit fertig hast und eine passende Braut dafür suchst, aber mal ehrlich, wenn wir es nicht bald abstoßen …«

»Wir verkaufen es noch nicht«, sagt sie.

Mick schaut sie misstrauisch an. »Wie war das noch gleich: *Begehre niemals ein Kl…*«

»Ich weiß, ich weiß«, seufzt sie, »aber ich kann es nicht weitergeben, bis ich … bis ich mir sicher bin, dass ich ihm *vertrauen* kann.«

»*Vertrauen*? Das ist ein großes Wort, Fran.«

Fran zieht die Schultern nach oben.

»Ich freue mich für dich, Schätzchen«, sagt er ruhig, »aber lass es bitte langsam angehen. Es ist noch nicht so lange her, da sind wir über ihn hergezogen, was für ein unmanierliches, unfreundliches Arschloch dieser Rafael doch ist. Du weißt, dass ich dich immer beschützen will – wie die Schwester, die ich nie hatte. Ich möchte nur sichergehen, dass du weißt, was du tust. Das ist alles.«

Fran lächelt und versucht, das Unbehagen zu verbergen, das sein belehrender Ton ihr bereitet. Sie schätzt Micks Meinung mehr als die anderer. Andere Freunde sind gekommen und gegangen, haben geheiratet, sind weggezogen, haben Kinder bekommen, doch Mick war immer da, war immer an ihrer Seite. Er kennt sie seit damals, als sie anfing, auf dem Camden Market selbst gemachte Fascinators zu verkaufen, und er ist auch im *Whispering Dress* immer für sie da, seit dem ersten Tag. Er hilft ihr, herrlichen Vintage-Brautmoden-Schnickschnack aufzutun, an den unwahrscheinlichsten Orten, schafft es, jede noch so launische Kundin um den Finger zu wickeln, und macht jede ihrer noch so verrückten Recherchetouren mit, um dem Flüstern eines Kleides auf die Spur zu kommen – wenn sie alte Kirchen besucht und Kirchenbücher wälzt, wenn sie mit den Enkeln längst verstorbener Bräute und

Bräutigame Teestunde hält, wenn sie Berge von Gemeindearchivblättern sichtet, wenn sie Heiratsurkunden und verblasste Liebesbriefe studiert. Vor allen Dingen aber war er ihr in ihren dunkelsten Stunden stets ein treuer Freund …

Die schmerzende Leere ist plötzlich wieder da. All die Jahre, die sie als wandelnder Geist lebte, als ein Körper ohne Gefühle, verzweifelt glauben wollte, dass die Magie der wahren Liebe noch irgendwo dort draußen wäre, ihr aus dem Schatten zuflüstert. Sie schließt die Augen, kehrt für einen kurzen Moment auf den kalten Badezimmerboden zurück, wo sie schluchzend Nacht für Nacht lag und sich fragte, ab welchem Moment auf einmal alles schiefgelaufen war. Doch im Würgegriff dieses Liebesleids erwachen ihre Lebensgeister und geben Alarm: Bleib sicher, bleib vorsichtig!

Direkt vor ihr rückt das Kleid drohend in ihr Blickfeld, wie ein eheliches Schreckgespenst.

»Wer bist du?«, flüstert sie ihm zu, will es zu einer Antwort bringen. Ihre Gedanken wandern wieder zu Rafael.

»Alles von Hand genäht, jedes Detail perfekt. Ganz ehrlich, Mick, allein der Schleier muss wochenlange Arbeit gewesen sein, wenn nicht gar monatelange. Ich hoffe nur, dass Alessandra zu schätzen wusste, was für ein Glück sie doch hatte …«

Prüfend besieht sie sich die Stickerei, zieht lose Fäden aus einer Perlenschlaufe. Einer der Kolibris verlangt nach Aufmerksamkeit – sein Flügel hat sich an seiner Seite vom Seidenstoff gelöst, fast so, als würde er davonfliegen wollen.

»Komm«, sagt Mick. »Lass uns wenigstens ein Foto von diesem riesigen Ungetüm machen und online stellen, bevor du noch völlig davon besessen bist.«

»Ja, ist ja gut. Aber ich werde es nicht verkaufen … nicht, bis ich mir ganz sicher bin.«

Nachdem sie den Perlenbesatz repariert haben, halten sie das Kleid hoch, streifen es glatt und drapieren es um eine Schneiderpuppe. Es ist strahlend schön, und Fran strahlt ebenfalls, so stolz ist sie auf seine Verjüngungskur. Sie platziert es vor einem alten gusseisernen Kaminsims, den Mick vor der Verschrottung gerettet hat, und setzt es mit ein paar ausgesuchten Teilen, die sie ringsum arrangiert, wirkungsvoll in Szene – mit der samtbezogenen Chaiselongue, einer Violine, einem Dekanter aus geschliffenem Kristallglas, ein paar Muscheln und Spitzenstoffen. Schließlich verkauft sie einen Traum, ihre ganz eigene »spleenige kleine Fantasiewelt der Brautmodengeschichte«. Und in der Welt der Brautmode gibt es nichts, was schlimmer und desillusionierender wäre als triste Online-Fotos. Es gibt sie zuhauf: Fotos von nichtssagenden Roben, die schlaff an Drahtkleiderbügeln herunterhängen, manchmal sogar noch unter der typischen Plastikfolie aus der Reinigung, schlecht fotografiert in leeren Dielen oder miefig anmutenden Schlafzimmern von irgendwelchen Leuten. Ein *flüsterndes Kleid* hingegen braucht eine Bühne für sich, ein Bühnenbild für den großen Auftritt. Fran und Mick machen eine Reihe von Fotos, passen die Beleuchtung an, spielen mit verschiedenen Filtern, fügen noch ein paar Accessoires hinzu, machen ein Foto nach dem anderen, bis Fran schließlich glücklich und zufrieden ist, das wahre Wesen der Extravaganz von Alessandra Colts Kleid eingefangen zu haben.

Sie lädt die Fotos samt Kurzbeschreibung auf ihre Website hoch: *Bezauberndes Brautkleid aus Seide und Spitze, sehr selten, aus dem Hause Garrett-Alexia, 1950er Jahre. Einzigartig. Reich und aufwendig verziert mit viel Liebe zum Detail (Kolibri-/Lilien-Motive), vier Meter lange Schleppe, in nahezu perfektem Zustand.*

»So«, sagt sie mit mühsam unterdrücktem Stolz. »Fertig. Mal sehen, ob Anfragen kommen.«

Tief in ihrem Herzen aber hofft sie, dass keine kommen – was sie Mick natürlich nicht sagt.

***

»Danke, dass Sie gekommen sind«, sagt Fran leicht nervös, als sie auf den Tisch zugeht.

Sie sind in einem Café verabredet, in einem leicht heruntergekommenen georgianischen Stadthaus, gleich gegenüber von Hampstead Heath Park – Janeys Wahl. Janey sitzt an einem Fenster vor einem kalten Caffè Latte und starrt ins Leere. Sie dreht den Kopf, blickt Fran mit einem vagen Lächeln entgegen und schaut dann wieder aus dem Fenster, auf die Straße, in die Ferne. Der Bluterguss von ihrem Sturz ist noch sichtbar, ein blasses rot-gelbes Veilchen auf einer Seite ihres Gesichts, ansonsten aber scheint es ihr deutlich besser zu gehen. Ihre Wangen haben Farbe, und ihre Haare, nach wie vor ein dicker Wust aus Dreadlocks, sind mit Feldblumen verflochten und zu einem Knoten aufgesteckt. Fran weiß nicht recht, wie sie anfangen soll.

»Ich war vor ein paar Wochen dabei, als Ihr Bruder Sie in die Klinik gebracht hat, als Sie sich den Kopf aufgeschlagen haben. Ich wollte nur sehen, ob es Ihnen wieder gut geht und, falls Sie nichts dagegen haben, Ihnen ein paar Fragen zu Ihrer Mutter stellen.«

Janeys Blick bleibt leer, ihre Miene ausdruckslos. Fran

fragt sich, obwohl sie ihr die ganze Sache am Telefon kurz erklärt hat, ob Janey sich überhaupt an sie erinnert. Sie kommt sich plötzlich etwas albern vor, etwas beschämt angesichts der absurden Fährten, auf die sie ihr Brautkleider-Fimmel im Namen ihrer Feldforschungen immer wieder lockt. Sie könnte sich selbst in den Hintern beißen und schickt sich schon an zu gehen, als Janey doch noch aufschaut.

»Oh, klar!«, ruft sie, schaut Fran direkt ins Gesicht, mit plötzlich großen Augen. »Ich erinnere mich. Sie waren bei uns im Haus, richtig? Ich habe in der Einfahrt mit Ihnen geplaudert. Sie sind aus irgendeinem Grund gerade aus dem Müllcontainer geklettert … und dann kam Rafael daher. Und dann gab es einen Mordskrach. Es ist immer die gleiche alte Leier.«

»Ja, so ungefähr«, sagt Fran und nimmt an, dass Janey sich an ihren Treppensturz nicht mehr erinnert. *Wie seltsam,* denkt sie, *da verlierst du eben mal so ein paar Teile deines Lebens. Wie traurig.*

»Sie sehen gut aus«, sagt sie aufmunternd.

Janey seufzt. »Ach ja? Ich fühle mich scheiße. Haben Sie zufällig Tabak dabei?«

»Ich rauche nicht, tut mir leid.«

Janey reibt sich die Arme. »Ich hätte jetzt gerne meine Dosis Nikotin, brennend gerne, im wahrsten Sinne des Wortes.«

»Haben Sie Lust … ein bisschen spazieren zu gehen?«, fragt Fran. »Ist schönes Wetter draußen.«

»Klar. Ähm … wer genau sind Sie, nebenbei gefragt?«

Fran erstarrt kurz. Die Frage hat sie in ihrer Gewissensnot kalt erwischt.

»Ich bin eine Bekannte Ihres Bruders. Ich bin Francesca, aber Sie können mich ruhig Fran nennen.«

»Sie sind also nicht von der Presse? Ich habe nämlich strikte Anweisung, nicht mit Journalisten zu sprechen. Nicht nach dem letzten Mal. Raf bringt mich sonst um.«

»Ich bin definitiv nicht von der Presse. Ich verkaufe Vintage-Brautkleider. Das ist mein Job.«

Janey horcht auf. »Oh! Seid ihr, Sie und Raf…?«

»Nicht ganz.« Fran wird rot, tut Janeys Schlussfolgerung mit einer Handbewegung ab. »Wir haben uns ein paarmal getroffen, aber ehrlich gesagt, kenne ich ihn kaum. Eigentlich bin ich hier, weil er mir ein Brautkleid überlassen hat, das Ihrer Mutter gehörte. Ich habe vor, es zu einem angemessenen Preis an eine Braut zu verkaufen, die dieses Kleids würdig ist, aber ich muss noch ein bisschen mehr darüber wissen.«

Janey wartet ab. Ihr Blick wandert nach oben. »Das alte Ding? Wusste gar nicht, dass es das noch gibt.«

»Wir haben es bei der Entrümpelung gefunden, verstaut in einem Schrank … fast, als hätte jemand gewollt, dass es vergessen wird.«

»Würde mich nicht überraschen. Sie war schon von einer ganz besonderen Sorte, meine Mutter.«

»Ah ja?«

»Ich meine, schauen Sie mich doch an. Dreimal dürfen sie raten, warum ich derart verkorkst bin. Obwohl ich immer noch nicht ganz kapiere, was das alles mit Ihnen zu tun haben soll.«

»Kommen Sie, lassen Sie uns gehen. Ich erkläre es Ihnen.«

Janey schaut auf die Uhr an der Wand. »In zwanzig

Minuten habe ich einen Termin«, sagt sie verschmitzt. »Wenn Sie mir ein Päckchen Silk Cut kaufen, gehören diese zwanzig Minuten Ihnen.«

»Abgemacht.«

Während sie durch Hampstead Heath spazieren, zittert Janey am ganzen Körper, obwohl die Sonne warm vom Himmel scheint, ihre dünnen Gliedmaßen ausgezehrt von chemischen Substanzen.

»Ich habe mich gefragt … nun, ich weiß von Problemen in Ihrer Familie. Auch, dass Ihre Mutter, Alessandra, nicht gesprochen hat.«

»Oha! Eingeweiht in geheimste Familiengeheimnisse? Raf muss Sie wirklich mögen.«

»Wir kamen kurz darauf zu sprechen, das ist alles. Er sagte nicht viel dazu. Um ehrlich zu sein, hatte ich das Gefühl, dass er mit etwas hinterm Berg hält. Da ist viel Traurigkeit in ihm.« Sie schaut Janey an und sieht sie plötzlich wieder, diese Traurigkeit. »Und auch in Ihnen. Die Colt-Stiftung ist so hoch angesehen. Ihre Eltern hatten ein so positives Image in der Öffentlichkeit, und dennoch zeichnen Rafael und Sie hinter den Kulissen ein ganz anderes Bild.«

Janey schreckt zurück, sichtlich genervt von Frans Beobachtungen. »Dann sind wir also eine verkorkste, reiche Familie, die nach außen auf heile Welt macht? Sonst noch was?«

»Was meinen Sie mit ›auf heile Welt machen‹?«

»Der edle Name Colt darf eben nicht beschmutzt werden. Deshalb werden schwarze Schafe wie ich in der Öffentlichkeit einfach ausradiert«, ätzt Janey und blitzt Fran wütend an.

»Oh, es ist bestimmt nicht so. Rafael will einfach nur, dass Sie nüchtern bleiben. Er sorgt sich um Sie.«

»... sagt seine Freundin, die er erst zwei Wochen kennt.«

»Ich bin nicht ... wir sind nicht ...« Fran zögert, hat Angst, ihre wahren Gefühle zu erklären. Zu ihrer Erleichterung redet Janey munter weiter.

»Ich dachte, wir wollten über meine Mutter reden. Sie, ich nicht. Ich muss mir genug Psychogesabbel vom heiligen Sankt Rafael anhören.«

»Gut. Bleiben wir bei Ihrer Mutter, ist mir recht. Aber nur damit Sie es wissen: So ganz der Heilige scheint mir Ihr Bruder auch nicht zu sein.«

Janey lächelt, geehrt von diesem konspirativen Angebot – dafür fühlt sich nun Fran recht unwohl in ihrer Haut. Sie hatte nie Geschwister. Sie hatte sich immer welche gewünscht, sich gesehnt nach dieser besonderen familiären Nähe, die kein noch so guter Freund oder Liebhaber wettmachen kann. Aber das hier, das ist eine völlig verquere Art von Nähe.

»Nun sagen Sie schon«, sprudelt Janey hervor. »Sind sie ein Paar, Sie und Rafael? Er hat mir seine Freundinnen nie vorgestellt. Nicht, dass er jemals lange genug mit einer zusammen gewesen wäre, dass es dazu gekommen wäre.«

Fran blinzelt nervös, weiß nicht recht, was sie sagen soll – sie verspürt den Wunsch, mehr zu erfahren, und doch wiederum nicht.

»Hatte er viele längere Beziehungen?«, fragt sie sacht.

»Machen Sie Witze? Raf? Der ewige Junggeselle? Seine Vorstellung von romantischer Liebe geht über einen One-Night-Stand nicht hinaus, weshalb es umso erstaunlicher ist, dass Sie immer noch mit ihm rumhängen. Sie müssen ihm tatsächlich etwas bedeuten. Normalerweise lässt er niemanden durch seine dicken Schutzmauern zu sich vor, außer diese Hexe von Assistentin und seine Putzfrau.«

Fran runzelt die Stirn, freut sich aber insgeheim, dass Mimi nicht nur in ihren Augen eine blöde Kuh ist.

»Das klingt ja, als wäre er ein richtiges Arschloch.«

Janey zuckt mit den Achseln und zündet sich eine Zigarette an.

»Schauen Sie, Sie scheinen eine nette Frau zu sein«, sagt sie, den Mund voller Zigarettenqualm, »aber ich warne Sie: Rafael schert sich um niemanden außer um sich selbst. Er ist eine Insel, schwer zu erreichen. Mein Gefühl sagt mir, dass er es hasst, der Auserwählte zu sein.«

»Der Auserwählte?«

»Wie's halt so ist: Der eine ist der Erbe, der andere die Reserve. Und diese Reserve sehen Sie hier vor sich.« Sie gähnt, streckt sich. »Und zudem seh' ich auch noch aus wie meine Mum, was meine ohnehin missliche Lage nicht gerade besser gemacht hat. Damit habe ich meinen Vater bloß ständig an seine dämliche Frau erinnert und vergrault, aber was soll's. Alles Lob und alle Zuwendung waren immer nur für Raf. Ich musste zusehen, wo ich bleibe. Und das, meine verehrten Damen und Herren«, sagt sie mit einer ausladenden Handbewegung, »ist der Grund, warum er ein Arsch mit Ohren ist und ich eine versoffene Chaotin.«

Fran geht langsamer, schaut in die Sonne und über das weite Grün von Hampstead Heath.

»Also, apropos Brautkleid!«, sagt sie, um vom Thema Rafael abzulenken, das ihr unangenehm ist. »Ich habe Filmmaterial von ihrem Hochzeitstag gesehen.«

»Von wessen Hochzeitstag?«

»Von Ihrer Mutter …«

»Sind Sie sicher, dass Sie nicht meine *Großmutter* meinen? Das Kleid wurde ursprünglich für sie angefertigt, in den Fünfzigerjahren … 1953, oder 1954? Als Repräsentantin der Familie Colt müsste ich so was eigentlich wissen, obwohl … offiziell darf ich ja nicht mehr dazugehören, wegen all der … Sie wissen schon … Sauferei und Kokserei.«

Doch Fran ist gedanklich ganz woanders. Zwei Besitzerinnen? Großmutter und Mutter? Vielleicht ist das die Erklärung für den abgeänderten Taillenbund. Es würde auch die widersprüchlichen Jahreszahlen erklären. Das Modehaus Garrett-Alexia war 1978, als Alessandra und Lyle heirateten, bereits Geschichte, ebenso wie der Trend für romantisch verspielte Hochzeitskleider im Ballkleidstil mit langer Schleppe.

»Dann erzählen Sie mir doch was über Ihre Großmutter.«

»Janice?«

»War sie … Ihnen ähnlich?«

»Alkoholkrank, meinen Sie?«

»Nein, ich meine … aufgeschlossen, freundlich …«

»Kaum. Gehässig, bestenfalls. Wir alle hatten Angst vor ihr.«

»Aber in Sachen Brautkleider hatte sie einen guten Geschmack …«

»Sie liebte große Auftritte und Extravaganz. Und ja, wenn Sie es wissen wollen, auch einen guten Tropfen. Man munkelt, familienintern, dass sie der eigentliche Grund dafür war, dass mein Großvater die Wohlfahrtsstiftung gegründet hat – damit sie nicht sein gesamtes Vermögen für Glücksspiele und Partys verpulvert.«

Fran nickt bedächtig. Die einzelnen Puzzleteile eines Brautkleids zusammenzufügen, ist normalerweise der spannendste Teil ihrer Arbeit, aber diesmal … diesmal fühlt es sich beängstigend an.

»Das Filmmaterial war eindeutig von der Hochzeit Ihrer Mutter«, fährt sie fort, »aber ich denke, sie wollte dieses Brautkleid wegen seiner familiären Bedeutung tragen, von seinem Glamour ganz zu schweigen.«

»Es blieb ihr wohl eher gar nichts anderes übrig. Die alte Janice wollte ihren verflossenen Glanz in ihrer armen, genötigten Schwiegertochter bestimmt nur wieder lebendig sehen. Janice war ein Kontrollfreak. Wie alle.«

»Mir fiel auf, dass Ihre Mutter einen Verband um die Hand hatte. Vielleicht hat sie sich am Abend vor der Hochzeit eine Verletzung zugezogen.«

»Na und?«, meint Janey schulterzuckend.

»Hatten Ihre Eltern … hatten sie Eheprobleme?«

»Nun, wenn man zur Familie Colt gehört, dann sind die Dinge eben schwierig. Sind Sie sicher, dass Sie nicht von der Presse sind?«

»Ich schwöre es. Ich frage nur, weil das Kleid sehr viel Geld wert ist, Tausende möglicherweise.«

»So viel?«

»Ja. Und ich hoffe, ich kann es wiederherstellen und es mit einer neuen Braut neu beleben. Aber zu meiner Arbeitsweise gehört, dass ich es nicht weitergeben kann, bis ich seine wahre Herkunft kenne und damit auch die Energie, die es ererbt hat.«

»Ererbt?«, fragt Janey. »Sollte dieses Kleid irgendetwas

von meiner Familie ererbt haben, dann schließen Sie es besser weg.« Sie bleibt stehen. »Oh, sieh an … wir sind zwei Minuten über der Zeit. Also, danke für die Zigaretten. Ich gehe besser, sonst verpasse ich meinen Termin. Bis bald, vielleicht mal.« Sie marschiert davon. Nach ein paar Schritten dreht sie sich noch einmal um. »Wir alle haben unsere Vergangenheit, nicht wahr?«, ruft sie ihr mit einem weiteren undurchsichtigen Lächeln zu.

»Klar«, sagt Fran und ist sich nicht sicher, ob sie gerade verspottet oder beschwichtigt wird.

Kapitel 12

Das *Cedars* ist ein ländlicher Gebäudekomplex im klassischen georgianischen Stil – klare, harmonische Linien, Stuck-Gesimse und Backsteinfassaden, wohlproportionierte Fenster, zinnenbewehrte Dächer, eingebettet in einen vornehmen Landschaftspark. *Diese alten Aristokraten,* denkt Fran, *frisch zurück von ihren Grand Tours, seitenweise handgeschriebene romantische Poesie im Gepäck: Sie wussten, wie sich die natürlichen Vorzüge ihrer Umgebung gut ergänzen ließen.* Die Außenanlagen hatten eine Menge Verunstaltungen über sich ergehen lassen müssen – Parkplätze, Fitnesscenter und den Unsegen viel zu vieler pflegearmer Bodenbeläge wie dunkelrote Schiefersplitter, Rindenmulch und Feinkies –, doch die Rasenflächen und die baumbestandenen Fluchten mit ihren sanften Schwüngen atmen noch den Geist der Gartenkunst des 18. Jahrhunderts. Auf dem Hügel hinter dem Haus erspäht Fran die Imitation eines römischen Tempels, und seitlich daneben einen See mit einer Insel. Wie gerne würde sie in die Seidenpantoffeln der Vergangenheit schlüpfen, um Mädchen in Tageskleidern im klassischen Empire-Line-Stil und Männer in Stiefeln und Kniebundhosen auf dem Weg zu einem Regency-Ball zu sehen. Stattdessen wird sie begrüßt von einem Defilee glänzender Statuen in Menschengestalt.

Das Anwesen selbst wurde mit einem Glasanbau und mehrfarbigen s-Tiefstrahlern, die das alte Sandsteinmauerwerk in Magentarot, Türkisblau und Neongelb tauchen, in die Neuzeit versetzt. Im ehemaligen Ballsaal wurde eine Bar eingerichtet, im Keller eine Kegelbahn, ein Spieleraum und ein Kino, im Salon eine Basketballhalle, und die Gemächer im Obergeschoss wurden in verschieden große Spa-Suites der Extraklasse umfunktioniert.

Die Theatralik steigert sich zu einem kraftvollen Crescendo an den Eingangstüren, wo Kellner mit Fliegen vor einer Kulisse beleuchteter Springbrunnen stehen und rosa Champagner reichen. Die Braut, Rachel Joseph, geborene Pointer, und ihr Bräutigam Elijah, schreiten feierlich den Fahrweg entlang, hinauf zum Gebäude, beklatscht von ihren Gästen und flankiert von zwei kleinen, kräftigen Ponys mit glänzendem Zaumzeug und falschen Einhorn-Hörnern. Rachel und Elijah lächeln unentwegt, aber keiner der beiden wirkt sonderlich entspannt.

»Haben wir uns das *so* vorgestellt?«, sagt Rachel und stupst ihren frisch angetrauten Ehemann leicht in die Seite.

»Was schaust du mich an«, sagt er, »das hier war alles deine Idee.«

»Ich glaube«, flüstert sie, als eine Schar weißer Tauben über ihre Köpfe flattert, »ich habe mich von der eigenen Begeisterung vielleicht etwas zu sehr mitreißen lassen. Ich habe die Hochzeitsplaner zwar angewiesen, alles zu geben, aber … habe ich diese komischen kleinen Pferde wirklich bestellt?«

Elijah schüttelt den Kopf und lächelt. »Gut gemacht, ich liebe dich, Mrs Joseph.«

»Ich liebe dich auch, Elijah. Aber eins sag ich dir: Wenn wir in zehn Jahren unser Eheversprechen erneuern, dann mieten wir ein Nebenzimmer in einem Pub, trinken Cider und essen Pasteten.«

»Klingt nach einer guten Idee«, sagt Elijah und drückt seine Braut. »Du siehst übrigens großartig aus. Hätte zwar nie gedacht, dass deine Wahl auf ein Kleid dieser Art fallen würde, aber … es ist zauberhaft.«

»Es ist Vintage. Speziell für mich ausgewählt.«

Sie küssen sich, sind viel zu verliebt, um sich weiter über den überschwänglichen Pomp an ihrem großen Tag zu ärgern. Die über dreihundert Gäste, zumeist Erwachsene, brechen in Jubel aus, fiebern einer unvergesslichen Feier entgegen. Auch die Wettergötter freuen sich mit, haben Rachel ihren Wunsch nach Sonnenschein erfüllt.

»Ganz schön überladen, diese Location«, flüstert Rafael, während er und Fran ein lauschiges Plätzchen am Heckenlabyrinth finden, an ihren Getränken nippen und den Hochzeitszug beobachten.

»Oh, da kenne ich noch ganz andere«, sagt Fran. »Du glaubst gar nicht, wo ich schon überall war … In Scheunen, auf Hinterhöfen, an Stränden, in Hinterzimmern von Pubs, auf Waldlichtungen, auf schlammigen Äckern. Heutzutage ist alles möglich.«

»Wusste gar nicht, wie vielseitig man Knautschsamt und Zebrano-Furnier verwenden kann. Und wenn ich noch einen Kristalltropfen-Kronleuchter mehr erblicke, brauche ich eine Migränetablette«, spöttelt er, und Fran muss lächeln, obwohl sein Sarkasmus sie irritiert.

»Das Einzige, was nicht *Bling-Bling* schreit … ist das Kleid.«

»Danke«, sagt Fran, während sie Rachel hinterherschaut, die über den Fahrweg paradiert – das viktorianische Blusenkleid, so bezaubernd, so unprätentiös ehrlich in Style und Schnitt, flatternd im Wind. »Genau darum geht es. Ich habe für sie ein passendes Kleid gefunden, das einen Kontrapunkt zu ihrem … übersteigerten Hochzeitswahn setzt. Um ehrlich zu sein, hat sie sich dagegen gesträubt, als sie es zum ersten Mal sah, aber kaum hatte sie es an, war sie von seiner Energie umfangen. Es hat sie auf den Boden zurückgeholt und ihr vor Augen geführt, worauf es im Leben wirklich ankommt.«

»Als da wäre …?«

»Als ob du das nicht wüsstest.«

Rafael zuckt mit den Achseln. Irgendwo in der Ferne beginnt ein Streichquartett, sich auf Puccini einzuspielen. Die Musik klingt zu ihnen herüber, hüllt sie in ihre beglückende, jauchzende Freude.

»Es ist Liebe«, sagt Fran, als sei es offensichtlich. »Wahre Liebe. Das Kleid, das Rachel trägt, stammt ursprünglich von einem Mädchen, das aus Liebe geheiratet hat, aus purer Liebe.«

»Wie romantisch«, meint Rafael trocken.

»Nicht wahr?«, sagt Fran in der Hoffnung, ihn positiver stimmen zu können. »Es gibt viele Gründe, warum Paare sich entscheiden, den Bund fürs Leben zu schließen, aus meiner Erfahrung aber sind die Ehen, die halten und funktionieren, auf wahrer Liebe gebaut.«

»Ich dachte eigentlich, das sei selbstverständlich.«

»Du würdest dich wundern, wenn du wüsstest, was die

Leute so alles durcheinanderbringen. Manche Bräute laufen in die Ehe-Falle, weil sie meinen, den ›nächsten Schritt‹ gehen zu müssen, oder weil alle um sie herum plötzlich heiraten und sie nicht zurückstehen wollen. Manche heiraten auch, weil sie glauben, dass es für Erfolg steht, oder weil sie meinen, einem abservierten Ex etwas beweisen zu müssen. Andere erhoffen sich vom Bund der Ehe, dass sie in Zukunft gut versorgt sein werden. Oder dass sie sich den Partner dann zurechtbiegen können, wie es ihren Vorstellungen entspricht. Manche wollen ihren Partner einfach nicht enttäuschen oder hängenlassen. Und andere wiederum … werden in die Ehe hineingezwungen.«

»Jetzt, wo ich dich so höre …«

»Flüsternde Kleider müssen eine Menge Arbeit leisten.«

Die Sonne neigt sich langsam zum Horizont. Die Feier geht ihren Gang – Fotografen auf den Rasenflächen, ein Eiswagen, Karaffen mit Likören, ein Streichquartett, das Rockballaden spielt –, und Fran und Rafael schmiegen sich enger aneinander. Trotz des ganzen Spektakels können sie die Augen nicht voneinander lassen.

»Meine Mutter«, sagt Fran und glättet die Rocklagen ihres zartrosa Abschlussballkleids – eins ihrer Lieblingsstücke für Hochzeitseinladungen, das ursprünglich von einer Debütantin 1954 getragen wurde – »pflegt zu sagen, dass die Zeit einer endlosen seidenen Stoffbahn gleicht, die sich über das Universum breitet, jetzt und bis in alle Zeit. Die Vergangenheit hört nicht auf zu existieren, nur weil wir irgendwann einmal nicht mehr da sein werden. Ich glaube, dass meine Kleider ihre Vergangenheit in sich tragen, wie Archive des Lebens, und dass sie meine Energie an jeden weitergeben, der sie als Nächstes trägt.«

Rafael lächelt. »Süße Idee, aber du bist verrückt.«

»Nun – besser verrückt als dumm. Und ich mache meine Bräute glücklich.« Ihre Augen strahlen. »Meine Aufgabe besteht darin, echte und gesunde Liebe anzuschieben.«

»Und darin bist du ganz offensichtlich sehr gut. Ich meine, du hast es irgendwie geschafft, mich – wohlgemerkt: *mich* – zu überreden, dich nicht nur auf eine, sondern gleich auf *zwei* Hochzeiten zu begleiten. Und das will was heißen.«

Fran kichert.

»Solange die Energie stimmt, kann ich jeden dazu bringen, sich an der Liebe zu erfreuen.«

»Was war denn deine härteste Herausforderung?«

»Ich muss gestehen, dass ich leicht gereizt reagiere, wenn ich eine Braut vor mir habe, die auf Teufel komm raus heiraten will, die Hand des nächstbesten Freiers ergreift, weil ihre Familie, ihre Freunde, ihre tickende biologische Uhr oder ihr Gott es von ihr so erwartet. Es gibt nur sehr wenige Kleider, die eine Liebe entzünden können, die von vornherein nicht da ist … und doch gibt es auch in der modernen Welt jede Menge Schnellschüsse.«

Sie schaut Rafael eindringlich an, verliert sich in seinen gedankenvollen Augen, seiner charismatischen Aura und trinkt den letzten Schluck ihres Champagners, um dann all ihren Mut zusammenzunehmen.

»Was würdest du sagen, wenn ich dir erzählen würde, dass ich das alte Brautkleid deiner Mutter sehr mag?«

»Ich würde sagen: Gott sei Dank ist das verdammte Ding aus meinem Leben verschwunden.«

»Zusammen mit jeder anderen Spur deiner Familie«, rutscht es ihr im Flüsterton über die Lippen.

»Was meinst du damit?«

»Ich meine, es fühlt sich an, als wärest du, ich weiß nicht … blockiert …, als wäre da eine Wand zwischen dir und deiner Vergangenheit.«

»Ach ja?«

»Nur so eine Beobachtung.«

Rafael schüttelt den Kopf, doch bevor er etwas dazu sagen kann, werden sie vom Trubel auf dem Rasen abgelenkt. Männer in grauen und blauen Anzügen weichen zur Seite, als etliche Frauen herbeistürmen und in ihren High-Heels das Gras platttreten.

»Sie wirft den Brautstrauß«, stößt Fran aufgeregt hervor.

»Dann halt dich zurück«, frotzelt Rafael.

»Glaub mir, das tue ich immer. Nur weil ich Brautkleider verkaufe, heißt das nicht …«

Alle verstummen, als Rachel, in ihrem Baumwollkleid ein Bild für die Götter, ihre Position einnimmt und den kunstvoll gebundenen Strauß über ihren Kopf nach hinten schwenkt, wo die Runde der versammelten Junggesellinnen in engen, figurbetonten Kleidern, geblümt oder einfarbig, schnattert wie eine Schar Gänse und die Arme streckt. Fran drückt sich ein Stück tiefer zwischen die Hecken.

»Drei, zwei, eins …«

Rachel wirft mit kräftigem Schwung, doch der Strauß wird zur Seite abgelenkt, streicht über wedelnde Fingerspitzen hinweg, wird fast gefangen von einer großen Frau in einem kirschroten Kleid, bevor er ihr aus der Hand geschlagen wird, dann geradewegs über die Hecke fliegt – und Rafael direkt vor die Füße fällt.

Er und Fran schauen sich verdutzt an.

»Oh«, sagt Fran.

»Oh je«, sagt Rafael.

Er hebt den Strauß auf, starrt ihn an und reicht ihn Fran.

»Hier«, sagt er leise, »ich denke mal, der ist für dich. Aber …«

Fünf Frauen mit manikürten Krallennägeln kommen wie im Sturzflug gackernd durch die Hecken.

»Meiner!«

»Nein, meiner!«

Fran, erschrocken und amüsiert zugleich, wirft den Strauß zurück.

»Nichts wie weg hier«, sagt sie. »Die nächste Hochzeit wartet, schon vergessen?«

»Wie könnte ich.«

***

Am anderen Ende von London, im Randbezirk von Streatham, ist Melissa West am Werk, hat kräftig satte Farben für sich entdeckt und auf ein neues Level katapultiert.

Der Gemeindesaal ist erfüllt von einer wahren Explosion an Farben – orange, grün und blau, scharlachrote Bänder um jeden Stuhl, passend zu ihrem Kleid. Fran steht inmitten dieser kaleidoskopischen Kulisse und schmunzelt. Alle Achtung, da hat sie sich wirklich selbst übertroffen, was wohl keiner bestreiten dürfte, als sie wehenden Schrittes und übersprudelnd vor Stolz und Freude von Gast zu Gast geht, jedem einzelnen ihr wunderschönes Kleid präsentiert und von ihrer Idee zu diesem etwas verrückten tropischen Hochzeitsmotto erzählt, die sie in letzter Minute noch überkam. Cousinen und Schwestern sitzen indes unter drei künstlichen Palmen beisammen, machen ein finsteres Gesicht, tunlichst bemüht, Frans Blicken auszuweichen. Der große, gutaussehende Mann an ihrer Seite jedoch, der wohlhabend und kultiviert zu sein scheint und ihnen auch irgendwie bekannt vorkommt, erregt sehr wohl ihr lebhaftes Interesse – ein Promi? – nein, bestimmt nicht. Nicht an der Seite dieser komischen dummen Ziege.

Es gibt Spanferkel, ein Finger-Food-Buffet, eine Fotokabine, einen etwas zotigen Zauberer, einen Plastik-Efeubogen, einen weißen Schokobrunnen, Lichterketten und eine beleuchtete Disco-Tanzfläche. Melissa und Rob haben aufgefahren, was geht. Und mittendrin in der Hochzeitssause eine Horde tollender Kinder – ein schwindelerregender Kontrast zur Party von Rachel Joseph, geborene Pointer, wo bis auf ein paar handverlesene Brautjungfern niemand unter sechzehn geladen war. Hier hingegen ist gesetzesfreie Zone. Wo Fran und Raf auch hinsehen, überall rennen Kinder herum – am Buffet, wo sie verhedderten Girlanden nachjagen; auf der Veranda, wo sie mit Konfetti werfen; auf der Tanzfläche, wo Jungs in Dreiteilern unsicher herumstehen, während Mädchen in tuftigen Minikleidern neckend und provozierend um sie herumtanzen – das Spiel der Liebe in seiner kindlichen Unschuld.

Diesmal suchen Fran und Rafael am Schokoladenbrunnen ein zweisames Plätzchen und finden es hinter dem süßen Wasserfall aus Schokolade, wo ihre Sicht auf die feiernde Menge von einem riesigen aufblasbaren Flamingo verdeckt wird. Fran taucht eine Erdbeere in den Brunnen, dann ein Marshmallow, dann eine kleine Waffel. Rafael lehnt den angebotenen Fruchtspieß höflich ab und inspiziert stattdessen die Käseplatte.

»Edamer? Habe ich seit Schulzeiten nicht mehr gegessen.«

Fran weiß nicht recht, ob das höflich oder sarkastisch gemeint war. Sie piekt ihn mit ihren Cocktailschirm in die Seite.

»Sei ehrlich«, sagt sie. »Für dich ist das hier der Horror?«

»So würde ich das nicht sagen. Es ist nur …«

Eine Bedienung kommt vorbei, um die Becher mit »Spezial-Cocktail« nachzufüllen.

Rafael neigt seinen Becher, um Fran zuzuprosten. »Danke«, sagt er, »dass du mich in die außergewöhnliche Welt provinzieller Hochzeiten eingeführt hast.«

Nach dem Buffet beginnt der Tanz. Sie schauen den schwofenden Gästen zu, die sich im flackernden Farbenspiel hin und her wiegen. Melissa und ihr frisch angetrauter Ehemann tanzen im Mittelpunkt des Geschehens, schwenken die Arme, schwingen und singen. *Der Ehemann hat offenbar ein bisschen zu tief ins Glas geschaut*, wie Fran bemerkt. Er torkelt mehr, als dass er das Tanzbein schwingt, und sein halb aufgeknöpftes Hemd ist ziemlich verfleckt. *Eine Schande,* denkt sie, *wenn man seine wunderschöne und tadellos gekleidete Frau neben ihm sieht.*

Schließlich wirbelt Melissa herbei, die Marabufedern am Saum ihrer Stola sanft wehend wie zarter Babyflaum.

»Sie scheinen Ihren großen Tag sichtlich zu genießen«, sagt Fran lächelnd. »Ich freue mich so sehr für Sie, Melissa.«

»Das steckt alles in diesem Kleid«, flüstert Melissa angesäuselt. »Ich werde es nie mehr ausziehen. Ist das hier

Ihr Plus-Eins? Hallo, mein Herr. Ein ausgesprochen schönes Paar, wie ich finde. Läuten bald die Hochzeitsglocken?«

»Oh, nein«, stößt Fran hervor.

»Eines Tages vielleicht«, sagt Rafael zu ihrer Verwunderung – und seiner.

Fran blinzelt ihn verwundert an. Er zuckt nur mit den Achseln, die tanzenden Disco-Lichter vor den Augen.

»Aber hey, keine Eile«, sagt Melissa und rettet, aufgekratzt wie sie ist, den Moment. »Ich nehme mal an, Sie sind mit dem Hochzeitsfieber anderer Leute vollauf beschäftigt? Das schreckt bestimmt ab. Bei meinem Rob ist es das gleiche. Er verdient seinen Lebensunterhalt im Hausbau, aber meinen Sie, er baut am Wochenende ein paar Regale für mich auf? Keine Chance. Ich liebe ihn trotzdem.«

Melissa tänzelt davon, und Fran verschränkt die Arme vor der Brust.

»Das war also Braut Nummer zwei?«, sagt Rafael. »Und was hatte sie sich in Sachen flüsterndes Brautkleid so vorgestellt? Halt, warte … sie wollte es eher schlicht?«

»Nein, eigentlich genau das Gegenteil«, sagt Fran. »Aber jetzt, wo du es sagst, sehe ich, wie gut mir das gelungen ist. Melissa war ziemlich unsicher, als sie das erste Mal zu mir kam. Und jetzt, schau sie dir an!«

»Eine Discodiva im roten Federbrautkleid.«

»Genau«, meint Fran, und die Leidenschaft, die aus ihr herausbricht, füllt den Raum zwischen ihr und Rafael.

Sie lächelt und muss an eine Geschichte denken, die ihr Meryl Percys alte Freundinnen mal erzählt hatten: Mr Percy lief seiner Meryl jeden Abend entgegen, um sicherzugehen, dass sie heil nach Hause kommt, trotz der Tatsache, dass sie den ganzen Tag in einer Autofabrik mit gefährlichen Motorteilen hantiert hatte. Sie hofft, dass Rob das Gleiche für seine Melissa tun würde.

Und vielleicht ja auch eines Tages Rafael für sie.

***

Das Auto biegt in das dicht verflochtene Gewirr der Straßen von Walthamstow ein. Die Welt der Nicht-Hochzeitstage wird langsam wieder Realität, die proppenvollen Cafés und einladenden Boutiquen buhlen in den verstopften Straßen um Aufmerksamkeit. Rafael hält vor dem *Whispering Dress.* Fran freut sich zu sehen, dass Mick offenbar begonnen hat, das Schaufenster neu zu dekorieren – prachtvoll glamourös im Art-déco-Stil, eine Explosion aus Farben, Zacken und geometrischen Ornamenten, ein paar Cocktailshaker dazwischen. Die perfekte Bühne, um den Neuzugang aus der Hausentrümpelung in Kensington, das fabelhafte elfenbeinfarbene Dreißigerjahre-Satinkleid in sinnlicher Schwalbenschwanz-Optik, ganz groß in Szene zu setzen. Eine kleine Recherche ergab, dass es von einem angloamerikanischen Designer stammt, der gerne große Frauen in schöne Stoffe hüllte, doch trotz der romantischen Geschichte der Ellerdeys (er Pilot, sie reiche Erbin, die sich auf einem Transatlantikflug verliebten), weiß Fran, dass es extrem schwierig sein wird, die passende Braut dafür zu finden. Es sei denn, sie findet eine ungewöhnlich große Frau, die etwas Old-School-Glamour verdammt nötig hat.

»Da wären wir«, sagt Rafael und hält Fran die Tür auf, »zurück in deinem spirituellen Zuhause.« Er zögert, ist nicht so recht bereit zu gehen oder die schöne Fran-

Seifenblase platzen zu lassen. »Ich bring dich noch zur Tür.«

Doch als sie näher kommen, sehen sie, dass die Eingangstür nur angelehnt ist, obwohl der Laden zu dieser Stunde längst geschlossen sein sollte. Rafael tritt zur Seite, lässt Fran vorbei, doch dann bleiben beide jäh stehen. Am Türrahmen sind tiefe Kratzer zu sehen, als wäre das Schloss gewaltsam aufgebrochen worden. Fran verspürt ein mulmiges Gefühl in der Magengegend. Die Tür schwingt auf. Fassungslos lässt Fran den Blick über das Chaos wandern …

»Oh … oh, nein!«

Sie lässt ihre Schlüssel fallen und rennt hinein, sinkt in die Knie.

»Mein Laden!«, schreit sie.

Rafael folgt ihr hinein, blinzelt benommen, als er das Chaos sieht. Das *Whispering Dress*, Frans Vintage-Hochzeitswunderland: komplett auf den Kopf gestellt, ein durchgewühlter Saustall. Umgeworfene Möbel, zerschmettertes Porzellan, überall Nadeln, Knöpfe und Pailletten, kreuz und quer verstreut, ein einziger Wust, weiß auf weiß, die Brautkleider von den Schneiderpuppen gezogen, herumgeworfen wie wertlose Lumpen.

Eine Welle des Zorns kocht in ihm hoch. Als sie ihm ihren Laden zum ersten Mal zeigte, hatte er nur verächtliche Worte übrig, war abgeschreckt von so viel Hochzeitskladderadatsch, aber jetzt, jetzt, da er sich auf ihre Spleens und schrulligen Eigenheiten eingelassen hat und weiß, was sie bedeuten … ist das hier nicht nur ein Angriff auf das *Whispering Dress*, sondern auf Fran, auf ihre, auf seine Liebe: auf das, was sie ist und was sie tut. Wer traut sich so etwas? Er lässt sich zu ihr nieder, will sie trösten, und weiß zugleich, dass er wohl kaum Worte dafür finden kann.

Sie ist völlig von der Rolle, am Boden zerstört. Ihre schönen Kleider, ihre sagenhaften historischen Roben, all die Schleier, Brautkrönchen, Blumengirlanden, die Hochzeitsspitze ihrer Mutter. Ihre Recherchen, die Zeitungsausschnitte, Liebesbriefe, Fotos – und ihre Pinnwand der Toten Bräutigame, ein Fanal der Hoffnung, wenn die Manieren des modernen Mannes mal wieder zu wünschen übrig ließen – alles zerfetzt und kreuz und quer über den Boden verstreut. Verzweifelt starrt sie auf das heillose Durcheinander.

Aber etwas fehlt.

Als die Erkenntnis in ihr Bewusstsein sickert, reißt sie vor Schrecken die Augen auf. »Das Kleid!«, keucht sie und hält sich die Hand vor den Mund. »Oh Gott, das Kleid … Alessandras Kleid … es ist weg!«

Ein entsetzlicher Gedanke durchfährt sie heiß: Blitzartig überkommt sie das bestürzende Gefühl, dieses Schlamassel womöglich selbst herbeigeführt zu haben, indem sie ein so wertvolles Kleid auf ihrer Webseite vor aller Augen feilgeboten hat.

Rafael seufzt, reibt Fran die Schultern und betrachtet den leeren Nähtisch, auf dem das Kleid einmal gelegen hat. »Ich hätte nie gedacht, dass ich das einmal sagen würde«, sagt er, »aber ich will es zurück. Zumindest will ich, dass du es wiederhast.«

»Francesca?« Rishi vom Schnellimbiss erscheint in der Tür. »Oh, Francesca, bist du okay?«

Mit vor Schreck offenem Mund reicht er Fran eine Pappschachtel mit Chicken Wings.

»Hier, dein Lieblingsgericht. Dachte, du hättest vielleicht Hunger, aber … was um Himmels willen ist denn hier passiert?«

»Es hat einen Einbruch gegeben«, sagt Rafael und beäugt Rishi misstrauisch.

Fran schnieft, wischt sich die Tränen von den Wangen, nickt beiden zu und macht sie miteinander bekannt.

»Rafael, das ist Rishi. Rishi, das ist Rafael. Hast du irgendetwas gesehen?«

Rishi zuckt mit den Achseln. Er mag Fran, freut sich jeden Tag zu sehen, was sie trägt. Der elegant verspielte Stil ihrer Kleidung, das eigentümliche Schuhwerk, die ausgefallenen Taschen – ein wunderbarer Gegenentwurf zu den schlabbrigen Trainingshosen und Trikothemden, dem grau uniformierten Einheitslook der jungen Kerle, den er in seiner Frittenbude am anderen Ende der Straße tagtäglich ertragen muss.

»Leider nicht, Fran. Ich stand den ganzen Tag in der Küche. Wir waren unterbesetzt. Die Jungs hätten was gesagt, wenn sie irgendetwas gesehen hätten.« Er stockt kurz. »Aber warte, wenn ich es mir recht überlege … Doch, sie haben da was erwähnt. Sie haben von einer jungen Frau gesprochen, die sich heute Morgen hier herumgedrückt hat. Eine deiner Kundinnen, dachte ich, aber irgendwie redeten sie in einem fort über sie, machten sich über sie lustig, weil sie … weil sie so eine verrückte Frisur hatte …« – er macht eine kreiselnde Bewegung um den Kopf, um große Locken zu beschreiben – »… so was wie Dreadlocks mit Blumen drin.«

Alle Farbe weicht aus Rafaels Gesicht. Er schließt die Augen, wiegt sich auf den Fersen.

»Oh, Fran«, stößt er hervor, außer sich vor verzweifelter Wut. »Es tut mir so wahnsinnig leid. Aber ich weiß genau, wo wir das Kleid wiederfinden. Komm mit.«

Sie springen in Rafaels Jaguar und rasen mit Vollgas in Richtung Seven Sisters Road. Rafael fährt wie der Teufel, als hätte er die Straße für sich alleine gepachtet.

»Sie muss herausgefunden haben, dass ich es dir gegeben habe«, sagt er, beide Hände fest am Lenkrad. »Und dann spitzgekriegt haben, dass es ziemlich was wert ist, und deine Adresse herausgesucht haben. Ich sage ja, sie ist nicht ganz dicht.«

Fran starrt vor sich hin, denkt an das Gespräch mit Janey im Hampstead Heath Park zurück. Gewiss, sie hatte klar gesagt, dass das Kleid wertvoll ist, aber keinerlei Interesse seitens Janey bemerkt. Andererseits ist es wohl niemals klug, sich einfach so auf vordergründige Reaktionen zu verlassen, zumal von Mitgliedern der Familie Colt, die noch dazu abhängig sind.

»Vielleicht ... vielleicht hofft sie, es eines Tages selbst einmal tragen zu können«, sagt Fran betrübt. »Ich meine, es gehört ihr ja auch irgendwie. Immerhin haben es ihre Mutter und ihre Großmutter schon getragen.«

Rafael reagiert verächtlich. »Janey macht sich nichts aus diesem Kleid, Fran. Sie wird es verkaufen, so viel Geld nehmen, wie sie dafür kriegen kann, und es dann auf den Kopf hauen. Sie hat mich schon oft beklaut – Uhren, Bücher, Laptops. Einmal kam ich nach Hause, und die ganze Küche war durchwühlt. Sämtliche Kleingeräte fehlten. Alles habe ich für sie bezahlt, bis ich plötzlich einen leeren Geldbeutel in der Hand hatte. Als ich ihr einen

Riegel vorschob, fing sie mit Ladendiebstählen an. Dreimal stand sie schon vor Gericht.«

»Aber warum muss sie denn überhaupt stehlen? Sie hat doch sicherlich Geld?«

»Ich war beim Anwalt unserer Familie, Fran, und habe ihn veranlasst, ihren Erbteil einzufrieren. Es war der einzige Weg. Sie hatte angefangen, ihr Geld zu versaufen. Ich passe auf sie auf, gebe ihr, was sie braucht, und ich werde ihr Erbteil auch wieder freigeben, sobald sie bereit dafür ist. Doch meine Bedingung ist, dass sie sich wieder in den Griff bekommt … was dieser Tage immer unwahrscheinlicher scheint.«

»Wohin fahren wir?«

»Zu ihrer Wohnung. Sie wird da sein, Party machen mit ihrer Lieblingsclique aus Therapieabbrechern und sonstigen Pestzecken, nehme ich mal an.«

Im Kriechtempo biegen sie ein in das Geflecht aus Wohnstraßen im Stadtteil Hampstead, vorbei an stattlichen Häusern mit roten Backsteinfassaden. Kaum hat Rafael das Auto geparkt, drückt er Frans Hand.

»Du hast alles Recht, wütend auf sie zu sein«, sagt er. »Aber du musst wissen, ich liebe sie trotzdem sehr und glaube fest, dass sie trotz alledem ein gutes Herz hat.«

»Ich weiß«, sagt Fran.

Die schwere Holztür zu Janeys Wohnung ist nur angelehnt. Drinnen ist es dämmrig, doch durch den Korridor dringt Tanzmusik und Gelächter. Eine Party ist in vollem Gange. Rafael drängt sich durch die Menge im Wohnzimmer und geht auf einen spindeldürren Mann in Lederjacke zu.

»Wo ist Janey?«, herrscht er ihn an.

Der Mann grummelt irgendetwas und schaut weg.

»Du weißt, wer ich bin«, sagt Rafael barsch. »Wir hatten schon einmal die Ehre.«

Er versetzt ihm einen Schubs, einen Rempler fast. Für Fran ein beunruhigender Anblick. So jemanden wie Rafael hat sie zuvor noch nie gekannt, geschweige denn sich für so jemanden wie ihn interessiert, jemanden, der von jetzt auf gleich ins komplette Gegenteil umschwenken kann – vom lammfrommen Verfechter der guten Sitten zum bedrohlichen Hitzkopf. Sie steht daneben und schaut zu, skeptisch, aber auch leicht angetan.

»Sag schon, wo ist sie?«

»In der Küche, Mann. Beruhig dich mal.«

Rafael schiebt sich weiter nach vorne, hinter ihm Fran. Janey sitzt auf ihrer Küchentheke, lässt die Beine baumeln und eine Flasche Wodka durch die versammelte Runde ihrer »Freunde« kreisen. Sie trägt das Brautkleid ihrer Mutter, hat es über Jeans und Pullover gezogen und schnippt nebenbei immer wieder Zigarettenasche auf den Rock. Fran starrt mit blankem Entsetzen auf Janey und das Kleid. Nach allem, was dieses Kleid erlebt und durchgemacht hat, nach allem, wofür es steht, soll es jetzt hier enden, getragen aus Jux und Tollerei, auf einer abgeranzten Hausparty, vorgeführt und zur Schau gestellt wie ein billiger Fetzen aus der Faschingskostümkiste im Kinderspielzimmer …

Rafael dreht die Musik ab. Und Janey schaut auf. Als sie die Neuankömmlinge erblickt, schlägt ihre Miene in Zorn um.

»Wer hat *euch* denn eingeladen?«

»Du bist widerlich, Janey!«, schnauzt Rafael, reißt ihr

den Wodka aus der Hand. »Zieh das verdammte Kleid aus!« Dann wendet er sich an das Partyvolk. »Schert auch nach Hause, alle, los! Die Party ist vorbei.«

Verdatterte Gesichter, unsichere Blicke.

»Macht schon!«, ruft Rafael und scheucht alle zur Tür.

Janey springt von der Theke, reißt sich das Kleid vom Leib und pfeffert es auf den Boden. Fran schießt sofort darauf zu, rafft den Bausch aus Seide und Spitze zusammen und nimmt ihn hoch. Auf der Vorderseite sind Getränkeflecken zu sehen, und der Schleier ist stellenweise grau und sandig, da er durch Dreck geschleift wurde, aber zumindest hat sie es wieder, und es ist noch am Stück.

Unterdessen bugsiert Rafael Janey ins Badezimmer.

»Ab unter die kalte Dusche mit dir, los!«, herrscht er sie an. »Krieg mal einen klaren Kopf. Wir beide müssen uns unterhalten.«

Als er zurückkommt, ganz plötzlich, ganz spontan, so als könne er nicht anders, zieht er Fran an sich, umarmt sie fest. Das Kleid, das zwischen ihren warmen Körpern klemmt, bindet sie mit seiner geheimnisvollen Energie aneinander, mit den Atomen seiner Geschichte, die durch alle Fasern zischen und knistern.

»Es tut mir so wahnsinnig leid«, sagt er, geht einen Schritt zurück. »Das alles hier.«

»Schon gut«, sagt Fran verlegen und wird rot.

Wenig später taucht Janey wieder auf, tropfnass, die Lippen blau, in einen zerschlissenen Bademantel gepackt.

»Was willst du von mir?«, schnieft sie mit traurigen Augen.

Doch Rafael fällt nicht darauf herein. Er kennt diesen Hundeblick zur Genüge. Sie heischt nach Mitleid mit ihrem »Bitte tu mir nichts, ich bin doch so zerbrechlich«-Blick. Wenigstens ist sie jetzt wieder ruhiger, lässt mit sich reden, anstatt mit ihrem pseudotiefsinnigen Blabla weiterzubrabbeln. Er stellt ihr einen starken Kaffee hin und besteht darauf, dass sie ihn trinkt.

»Musste das sein, Frans Laden so zuzurichten?«, herrscht er sie an. »Sie hat dir nichts getan.«

»War ich nicht.«

»Spiel nicht die Unschuldige, Janey. Du hast es bereits zugegeben. Du wolltest das Brautkleid. Das verstehe ich, aber es ist noch lange kein Grund, Frans Lebensgrundlage zu demolieren. Sie hat ihr Geschäft über Jahre aufgebaut, all diese Kleider zusammengetragen. Sie bedeuten ihr alles.«

»Es ist mein Kleid!«, protestiert Janey. »*Mein* verdammtes Brautkleid! Du hast es mir weggenommen und dieser … komischen *Märchenfee* gegeben. Jetzt will ich es wiederhaben.«

»Nein«, sagt Rafael. »Ich habe es Francesca geschenkt. Schluss, aus. Außerdem ist es das Mindeste, was ich jetzt tun kann, nachdem du ihren Laden demoliert hast. Ganz ehrlich, Janey, was hast du dir dabei gedacht? Der Schaden, den du verursacht hast … ist kriminell. Dafür könntest du in den Knast wandern, weißt du das? Einbruch. Diebstahl. Vandalismus.«

»Na und?«

»*Na und?* Ist dir nicht klar, was das für dich bedeuten würde? Für uns alle? Für die Stiftung?«

»Oh, klar, schluchz-schluchz, die arme Stiftung.«

Rafael stöhnt auf, ballt die Fäuste fest zusammen. »Es ist zum Verzweifeln.«

»Es ist *mein* Kleid«, beharrt Janey trotzig und schmollend. »Und ich will es behalten.«

»Wozu? Damit du es versetzen und das Geld für billigen Fusel auf den Kopf hauen kannst? Wenn ich nur eine Sekunde den Eindruck gehabt hätte, dass dir wirklich etwas an diesem Kleid liegt, hätte ich es dir ohne Frage gegeben.« Er kneift die Augen zusammen, zwingt sie, ihn anzusehen. »Aber ich weiß, dass es dir vollkommen egal ist, Janey, denn ich kenne dich und weiß, dass dir genauso wenig daran liegt wie mir. Für uns ist es nichts weiter als ein Schreckgespenst, ein Spuk unserer Vergangenheit.«

Janey macht ein mürrisches Gesicht und schiebt die Unterlippe vor. Unterdessen bleibt Frans Blick an Rafael hängen, überrascht – und auch ein bisschen erfreut –, wie er sich so vor sie und das *Whispering Dress* stellt. Sie fassen einander bei der Hand.

»Wer genau ist sie überhaupt?«, fragt Janey, gereizt von der zärtlichen Berührung der beiden. »Sie ist keine von uns. Sie gehört nicht zur Familie.«

Rafael seufzt. »Als hättest du dir je was aus Familie gemacht. Ich werde für die Schäden aufkommen müssen, ganz klar. Ich will nicht, dass du auf den Kosten sitzenbleibst, Fran.«

»Und was ist mit *meinem* Geld?«, fragt Janey.

»Oh, werd endlich erwachsen, Janey. Ich habe dir schon tausendmal gesagt, dass du so viel Geld bekommst, wie du willst, sobald ich mir sicher sein kann, dass du es nicht nimmst, um dich literweise mit Drogen-Cocktails zuzudröhnen.«

»Lass mich in Ruhe.«

»Janey, das muss aufhören.« Rafael senkt die Lider, als

würden sie ihm schwer vor lauter Last. »Ich kann nicht mehr ... Ich kann das nicht mehr.«

»Dann lass es«, knurrt sie und baut sich vor ihm auf. »Lass mich in Ruhe. Kümmere dich um dein eigenes Leben. Die Welt liebt dich, Rafael. Die Öffentlichkeit liebt dich. Sogar *die da* liebt dich – diese brave Märchenfee von Schneiderin.«

Rafael zuckt. *Liebe* ist kein Wort, an das er gewöhnt wäre.

»Ich bin vielleicht die halbe Zeit betrunken, Raf, aber wenn ich nüchtern bin, sind meine Sinne scharf wie Reißzwecken. Ich kann alles sehen. Sie ist in dich verliebt und du in sie.«

An diesem Punkt sackt Janey in sich zusammen, vergräbt ihre durchnässten Dreadlocks in den Händen und schluchzt, heult Rotz und Wasser. *Aber*, denkt Rafael, *es sind andere Tränen als die, die sie sonst auf Knopfdruck herauspresst. Diesmal sind es ungekünstelte, ja, ehrliche Tränen. Könnte es sein, dass sie Fran als Bedrohung empfindet – die zierliche, liebe Fran? Dass sie Angst hat, Fran könnte künftig ihren angestammten Platz als seine Nummer eins einnehmen?*

»Oh, Janey.« Verzweifelt hämmert er sich mit den Fäusten an den Kopf. »Wenn du nur kapieren würdest, worauf es ankommt im Leben, worauf es wirklich ankommt, dann würdest du diesen ganzen blödsinnigen Mist sein lassen. Du verdienst es, glücklich zu sein. Ich verdiene es, glücklich zu sein. Ohne Eifersucht, ohne Verbitterung, ohne Schande.«

»Du kannst mich nicht verlassen, Raf. Du kannst mich nicht vergessen.«

»Ich verlasse dich nicht, Janey. Das würde ich niemals

tun. Aber wenn du es wirklich wissen willst … ja«, und seine Augen leuchten, »… ja, ich bin gerade dabei, mich in Fran zu verlieben.«

Fran klappt die Kinnlade herunter, eine Million winziger Schmetterlinge lassen ihr Herz flattern. Welche Worte! Wie lange hat sie so etwas nicht mehr gehört! Sie starrt ihn an. Ihr Herz will platzen vor Freude. Doch die wird jäh getrübt durch Janeys pure Biestigkeit.

»Oh ja, klar«, lacht sie hämisch, »die Nächste, nach all den anderen, in die du dich verliebt hast. Wie hießen sie noch gleich? Bella? Rosie? Megan? Victoria? Angelique? Oh, Angelique – weißt du noch? Die Profi-Skifahrerin? In die warst du so richtig verschossen, hast ihr auf irgendeinem Berg einen Antrag gemacht … hat nur nicht geklappt, was? Als sie herausgefunden hat, dass du haufenweise Bardamen abschleppst, hat sie dir den Ring ins Gesicht geschmissen.«

Rafael erhebt sich, sein ganzer Körper ist angespannt. »Da war ich grade mal zwanzig Jahre alt«, schnappt er. »Gut, damit bin ich auf die Nase gefallen. Ich habe einen Fehler gemacht … und?«

»Nur eine Frage, Raf. Warum darfst du einen Fehler machen, aber ich nicht? Warum bin ich immer die Böse?«

Rafael weiß keine Antwort. Janey strafft die Schultern, reißt die Augen auf, als käme ihr plötzlich die Erleuchtung.

»Warte mal, Raf, es ist alles gar nicht mein Fehler. Ich will gar nicht die ganze Zeit nur Scheiße bauen. Ich will mich bessern. Es sind *die, die* sind es. Es ist *ihr* Fehler. Sie haben uns so versaut.«

Sie muss nichts weiter erklären. Er weiß, wen sie meint.

»Warum konnten wir nicht in eine normale Familie hineingeboren werden? Mit netten, normalen Eltern, mit einer normalen Ehe, die einander liebten, die gut miteinander umgingen? Schau uns an. Was haben wir aus unserem Leben gemacht? Ich eine Totalversagerin, du ein bindungsunfähiger Workaholic. Sie haben uns den richtigen Weg zu leben oder zu lieben nie gezeigt. Es gab keine Wärme, keine Stabilität, keine Bindung. All die Scheiße, Raf, um die wir immer einen Bogen gemacht haben, egal wie tief wir sie verbuddelt haben, holt uns jetzt wieder ein. Und sie wird nicht einfach verschwinden, nur weil wir uns nicht mit ihr befassen wollen. Sie wird schön dableiben und warten. Wir sind am Arsch.«

Ihre Augen füllen sich mit Tränen. Die Schuldgefühle von Jahrzehnten, Schmerz und Qualen ihres Lebens treffen sie wie ein Blitz. Sie fällt ihm in die Arme, und sie drücken sich fest – zum ersten Mal seit ihrer Kindheit. Und beide spüren ein Gefühl, das stärker ist als Liebe, stärker als Hass – das Band des Blutes.

»Es tut mir leid«, wispert sie.

»Mir auch«, erwidert Rafael.

»Ich meine es ernst«, sagt Janey. »Diesmal meine ich es ernst.«

Diesmal wirklich, denkt er, während ein lang ersehnter Schleier der Erleichterung und Zärtlichkeit auf beide niedersinkt.

Fran indes macht sich auf leisen Sohlen davon. Sie hat genug gehört.

Kapitel 13

Das Sammeln, Hegen und Pflegen alter wertvoller Unikate, über Jahre hinweg, hat Fran viel Herzblut gekostet. Mit starrem Blick sieht sie sich um – das *Whispering Dress*, ihre Arbeit, ihr Leben, ihr Rettungsanker, ihr *Ein und Alles.*

Der Tüllstoff des Fünfzigerjahre-Ballerinakleids ist an drei Stellen zerrissen. Eine Robe, die einst eine Kathedrale zierte, dreihundert Gästen den Atem raubte, einen Pfarrer erröten ließ, dann fast siebzig Jahre in einem Koffer überlebte, von England nach Indien nach Jakarta und nach Frankreich reiste, voll überschäumender Lebensfreude, Hoffnung und Herzenswärme – zerstört in einem einzigen Moment. Ebenso wie das Schwalbenschwanz-Kleid aus den Dreißigern, das als prachtvolles Juwel in der Art-déco-Kulisse im Schaufenster glänzen sollte – und das mit seinem aufregenden Schnitt den Verkehr lahmlegte, als Mrs Ellerdey und ihr Bräutigam aus der Kirche kamen, damals, am Vorabend des Zweiten Weltkriegs – ein letzter Ausbund von Glamour, ehe die dunklen Zeiten anbrachen. So viele Energien, so viele Geschichten, nur mehr ein zerknüllter Haufen, auf dem Boden zertreten, mit einem Fußabdruck auf dem Rock. *Das arme Kleid!* Fran schließt es in ihre Arme, schmiegt die Seide an ihre Wange. Sie wird es reparieren, beschließt sie, und es noch ein bisschen mehr lieben, damit seine Geschichte weiterleben kann, damit es eines Tages eine neue Braut finden kann, die es verdient.

Sie sammelt alle Stoff- und Spitzenfetzen auf, stellt kleine Häufchen mit Perlen und Pailletten zusammen, hängt Blumengirlanden und Brautkrönchen wieder auf, häuft Garnrollen und Nadeln auf ihren Nähtisch, sammelt die verstreut herumliegenden Zeitungsausschnipsel, Briefe und Fotos ihrer Toten Bräutigame ein.

»Es tut mir so leid«, sagt Fran, während stille Tränen auf die vergilbten Gesichter tropfen – James Andrew Percy und all die anderen guten Männer, die von ihrer Pinnwand aus ein wachendes Auge über sie hatten: ihre Lichtgestalten, ihre Beschützer. Niemals lügen sie, niemals betrügen sie, niemals bereiten sie ihr Zweifel, Schmerz oder Wirren – der einzig sichere Weg zur inneren Glückseligkeit: Bewunderung aus der Ferne, nur mehr Papier und Tagträumerei, und echte Herzen sind nicht im Spiel. Fran fügt alles wieder zusammen, versucht, die Porträts ihrer Bräutigame, so gut sie kann, neu zu arrangieren.

In einem Anflug von Selbstmitleid geht sie zum Jugendstil-Schrank in der hinteren Ecke des Ladens. Welch Ironie, dass das einzige Kleid, das unversehrt blieb, dasjenige ist, von dem sie sich am leichtesten hätte trennen können, dasjenige, das ihr am meisten wehtut. Langsam und bedächtig öffnet sie die Tür. Da ist es, ihr eigenes Ex-Brautkleid. Es ist Jahre her, dass sie es angeschaut hat, heute Abend jedoch packt sie die Melancholie – ihre ganze Passion, ihre Freude am Hochzeitsfieber anderer Leute, die jeden ihrer Tage mit Sinn erfüllen, fließen plötzlich wie in einen schmalen Trichter hinein, wie in eine Küvette der Verzweiflung.

Beklommen, die Augen voller Tränen, nimmt sie das Kleid vom Bügel, trägt es hinüber zum Spiegel, biegt die Ösen auseinander und steigt in das enge Mieder. Das Kleid passt ihr immer noch, aber der Stoff ist steif und kratzig. Die Nähte sind billig vernäht, maschinell gefertigt, Massenproduktion, abgeschnurrt in irgendeiner anonymen Nähhalle – ein Kleid aus der Fabrik, wenig romantisch, ohne Herzblut in den einzelnen Stichen und Fäden. Sie erinnert sich an das Brautmodengeschäft in der Einkaufsstraße, wo sie es damals gekauft hatte, an das devote Lächeln der Verkäuferin, die ihr beteuerte, dass es, obwohl Synthetik, wie echte Seidenorganza fallen und schwingen würde; dass trägerlose Brautkleider die elegantesten von allen seien (wo sie in Wahrheit die gängigsten und langweiligsten sind), da sie sich aufgrund ihrer einfachen Schnitt- und Passform für jeden Figurtyp abändern ließen.

Damals hatte sie so gut wie keine Ahnung, war wie geblendet vom glitzernden Rausch, eine Braut zu werden. Sie hatte keine Ahnung, welch tiefen Schmerz es ihr bringen würde, wie sehr sie den Moment bereuen würde, überhaupt Ja gesagt zu haben. Sie streicht über den knitterigen Rock. Und plötzlich fühlt es sich an, als würde der Schmerz niemals vergehen, als bliebe er für immer da, eine flüsternde Stimme aus dem Schatten der Vergangenheit. Wutentbrannt schlägt sie mit der Faust gegen den Spiegel. Das Glas zerspringt, und ein dünnes blutrotes Rinnsal fließt über ihr Handgelenk. Entsetzt sackt sie zusammen, ein leidendes Häufchen Elend.

Einige Zeit und viele Tränen später hat sie sich wieder gefangen, erhebt sich, bandagiert ihre Hand und schickt sich an, das Kleid von Alessandra Colt zu reinigen und zu reparieren. Das nächtliche Nähen bei Mondschein, ganz mit sich allein, empfindet sie normalerweise als überaus beruhigend, jetzt aber schwebt sie in tausend Ängsten. Es steht ihr auf die Stirn geschrieben, sitzt in der Enge ihrer Brust, drückt ihr den Hals immer weiter zu. Sie will dieses Kleid, mehr als jedes andere, dem sie je begegnet ist, und doch fürchtet sie es. Sie schüttelt das Mieder aus, schwämmt die Bierflecken ab, bürstet den staubigen Dreck ab und bemerkt weitere Flecken auf dem Rock – sehr blasse Flecken, für das Laienauge nicht ersichtlich –, verursacht durch eine hastig aufgetragene Substanz. Ein Verbrechen an einem so wertvollen Kleid – aber wenn man es eilig hat, unter Stress steht und pünktlich auf einer Hochzeit sein will? Gut möglich, dass Alkohol eingerieben wurde oder auch verdünnter Salmiak – bewährte Hausmittelchen zur Entfernung von Flecken … Flecken wie Blut.

»Erzähl mir deine Geheimnisse«, flüstert sie, während sie die Seide durch ihre verletzten Finger fließen lässt, ihre Augen forschend, suchend. »Ich muss dich begreifen. Ich muss wissen, was dahintersteckt, dass Raf von der Liebe nichts wissen will, dass er so große Angst davor hat, sich darauf einzulassen. Andernfalls wird das nichts werden mit uns, was meinst du? Ich weiß, dass er in seiner tiefsten Seele ein großartiger Mensch ist, ein Mensch, dem ich von ganzem Herzen vertraue, aber wenn er nicht ehrlich mit mir ist, ehrlich mit sich selbst …«

Sie schaut in den Spiegel, dann auf das Kleid. Ein wonniger Schauer von heiterer Zuversicht kribbelt durch ihren Körper, der spritzige Elan der Kleiderflüsterin, sich der Herausforderung zu stellen. Ob es nun gut für sie ist oder schlecht, sie wird jede Spur verfolgen. Sie wirft einen Blick hinüber zu ihren Toten Bräutigamen, die jetzt nicht mehr dieselben sind, nachdem man sie zerrissen und zertrampelt hat.

»Vielleicht ist es an der Zeit«, flüstert sie, »... mich von euch zu verabschieden und weiterzuziehen, mein Glück bei einem modernen Mann zu suchen?«

Ihr Telefon klingelt. Eine unbekannte Nummer.

»Hallo?«

»Ist dort das *Whispering Dress*?«

»Ähm, ja.«

»Mit wem spreche ich?«

»Francesca Delaney. Ich bin die Inhaberin des *Whispering Dress*. Sind Sie ... auf der Suche nach einem Brautkleid?«

»Könnte ich mir überlegen, aber darum geht es nicht. Ich habe ein eher ... persönliches Anliegen. Ich bin Designer und Modesammler. Mein Partner und ich besitzen eine große Sammlung exquisiter und historischer Abendbekleidung. Unsere Leidenschaft. Und wir glauben, Ms Delaney, dass Sie ein Kleid haben, an dem wir außerordentlich interessiert sind, ein Kleid aus dem Hause Garrett-Alexia.«

Fran horcht auf. »Aber ich habe es erst kürzlich online gestellt.«

»Tatsächlich? Nun, dann hoffe ich, dass ich der erste Interessent bin. Einer meiner eifrigen Kundschafter hat mir die Anzeige weitergeleitet. Es ist ein wunderschönes Kleid, nicht wahr?«

»Es ist außerordentlich.«

»Ich sollte mich vielleicht vorstellen. Mein Name ist Fabian Alexia.«

Fran ringt nach Luft. »Fabian Alexia? Wie …«

»… wie das Haus Garrett-Alexia. Gilles Alexia war mein Vater.«

Fran lacht ungläubig. Alle möglichen Fragen schießen ihr durch den Kopf, es gibt so viel zu fragen, so viel zu sagen.

»Sie kennen sich etwas aus mit Modegeschichte, Ms Delaney?«

»Natürlich.«

»Prima. Dann sollten wir reden. Ich lebe in Paris. Nächste Woche muss ich nach Mailand, dann nach Los Angeles, aber vielleicht kann ich danach nach London fliegen. Ich würde mir das Kleid sehr gerne ansehen. Für meine Familie hat es eine große Geschichte. Nur aus Neugierde: Wie sind Sie zu diesem Kleid gekommen?«

»Ich … ich habe es von einer Haushaltsauflösung.«

»Haushaltsauflösung? Sie wollen mir erzählen, dass niemand dieses unglaubliche Stück allerhöchster Schneiderkunst haben wollte?«

»Ich habe es auf dem Familienanwesen der damaligen Braut gefunden, das wegen Verkaufs geräumt werden musste. Ich glaube, dass es tatsächlich zwei Bräute gab, Janice und Alessandra Colt. Beide haben es getragen, und beide leben nicht mehr. Und wie es scheint, hat die nächste Generation der Colts wenig Interesse an ererbten Brautkleidern aus altem Familienbestand.«

»Dann haben die keine Ahnung. Meine Güte, Ms Delaney, ich weiß von der möglichen Existenz des Kleides seit vielen Jahren, ging aber ganz naheliegend davon aus, dass es verloren gegangen ist oder gar vernichtet wurde. Und jetzt haben Sie es gefunden. Wir müssen uns unbedingt treffen. In ein paar Wochen vielleicht?«

»Ginge es früher?«, sagt Fran.

»Leider nicht, ich bin geschäftlich verhindert. Ich habe mein eigenes Modelabel in Paris. Wir haben ein Geschäft unweit der Champs-Élysées, im gleichen Gebäude, in dem mein Vater und ein Kollege vor vielen Jahrzehnten das Haus Garrett-Alexia gegründet haben. In unserer Lobby stehen immer noch die alten Nähmaschinen von damals. Ich mag einen Hauch Geschichte, wie Sie sicher verstehen.«

»Oh ja, sehr gut sogar.«

»Wenn Sie so freundlich wären und das Kleid für mich beiseitelegen? Ich werde zusehen, so bald wie möglich zu kommen.«

Fran macht große Augen. »Meine Absicht ist eigentlich, eine neue Braut für das Kleid zu finden, aber wenn Sie es für Ihre Sammlung möchten …«

»Ich sage nicht, dass ich es kaufen möchte, Ms Delaney.«

»Oh.«

»Mein Interesse ist ganz anderer Art«, erklärt Fabian Alexia. »Wie soll ich sagen … ich habe noch eine Rechnung offen …«

»Oh, verstehe …«

»Ich möchte wissen, was das Kleid mir erzählen kann.«

»Da sind wir schon zwei«, sagt Fran.

»Ich muss jetzt Schluss machen, aber ich hoffe, wir sprechen uns bald wieder. Bis zum nächsten Mal. Es war mir ein Vergnügen, Ms Delaney, und eine große Freude zu erfahren, dass Sie meine Vorliebe für schöne alte Dinge teilen. Ciao.«

***

Rafael gibt Janey zum Abschied einen Kuss, mahnt sie ausdrücklich, in der Spur zu bleiben, und verspricht, am Wochenende nach ihr zu sehen. Dann steigt er ins Auto, fährt eine Stunde lang ziellos herum und hält schließlich vor *Dryad's Hall*. Mit seinen leblosen Fenstern und dem überwucherten Grün, in dem es summt und raschelt, wirkt das Haus geradezu gespenstisch. Er schließt die Haustür auf, seufzt schwer. Bald wird das Anwesen verkauft und unwiederbringlich fort sein, niedergewalzt oder in eine luxuriöse, bewachte Wohnanlage verwandelt. Außer für ihn hat das Haus für niemand anderen einen großen Wert. Der eigentliche Vermögenswert ist das Grundstück.

Nun vermisst er sie. Er erinnert sich an den Anblick, wie sie allein in der Küche werkelte, Teig auf kaltem Marmor rollte und zu Zöpfen flocht, die Oberfläche mit Oliven, Pinienkernen und Rosmarinblättern bestreute – ein Lieblingsrezept, gute neapolitanische Küche. Die Familie sah es nicht gerne, wenn sie sich in der Küche zu schaffen machte, obgleich es das Einzige war, was ihr neben ihrem Garten und ihren Kindern Freude bereitete. Sie war eben Italienerin. Sein Vater hatte sie immer »die Italienerin« genannt – in einer so abfälligen Weise, als sei ihr mediterranes Erbe hier völlig fehl am Platze. Sie muss sich sehr isoliert gefühlt haben.

Plötzlich bereut er es, dass er nicht öfter für sie da war, um für sie zu sorgen, sie zu beschützen. Er schaudert, als er an die Lieblosigkeit seines Vaters denkt, daran, wie er seine Frau an den Rand gedrängt hat, wie er über sie gesprochen hat, wie er von ihr gesprochen hat, obwohl sie daneben stand, aber niemals *mit* ihr. Wie er sich anderweitig umgesehen hat, als hätte sie mit ihrem selbst gewählten Leben in Stille ihr Existenzrecht verwirkt. Wie sie es aushielt, nicht aufzubegehren, ihm keine zu scheuern, wird er nie verstehen, aber vielleicht war sie zu diesem Zeitpunkt schon viel zu zerstört, ihr eigener Wille gebrochen. Er wünschte, er wäre dagewesen, um sie zu trösten, aber er hat es sich nicht freiwillig ausgesucht, aufs Internat zu gehen oder jeden Sommer ins Ausland zu reisen, zwei Wochen auf »Arme-Länder-Tour« zu gehen und den Rest der Zeit auf einer Yacht in Monaco zu verbringen. Er wäre lieber hiergeblieben, bei Alessandra, hätte viel lieber das ruhige Dasein in der Natur genossen. Ihre wortlose Stille hat ihn nie gestört. Was anderen Menschen seltsam erschien, war in seiner Welt normal. *Worte,* denkt er, *sind nicht die einzige Möglichkeit zu sprechen.*

Er erinnert sich an das Hochzeitsfoto, das am Treppenaufgang hing – an den Verband um ihre Hand – was für ein hässliches Accessoire für einen Hochzeitstag. Er hat sie mal danach gefragt. Sie hat die Lippen zusammengekniffen, ihre vernarbte Hand im Ärmel versteckt und nicht weiter reagiert. Die Wahrheit hat er nie erfahren – nicht von ihr, nicht von sonst wem.

Doch es ist Frans Version der Geschichte, die so viele Jahre später den stärksten Nachhall in ihm findet. Irgendwie glaubt er ihrer Behauptung, seine Mutter habe vor Leid einen Spiegel zerschlagen, gequält von ihrem eigenen Anblick im Hochzeitskleid und alldem, wofür es stand – dem Druck, der Enge. Das schüchterne Mädchen aus Süditalien mit den dunklen Mandelaugen, malträtiert und hineingezwängt in eine ungewohnte Rolle durch die zerrüttete Familie Colt. Wenn sie gewusst hätte, damals, als sie den Heiratsantrag annahm, dass sie mitsamt ihrem Namen auch ihr Glück hergeben würde, hätte sie dann Ja gesagt?

Fran kann das alles nicht wissen. Sie sieht die Schönheit des Kleides, seine glitzernde, opulente Pracht, aber sie weiß nicht, was es repräsentiert. Was es *wirklich* repräsentiert. Und doch, als er sie an jenem Tag sah, als sie gerade dabei war, es anzuprobieren, ging ein Strahlen von ihr aus, das überwältigend war … das Hoffnung und Zuversicht versprühte.

»Ein Wochenende?«, fragt Fran gähnend, noch schläfrig und nicht ganz wach.

Es ist früh am Morgen, keine romantische Uhrzeit, um anzurufen – es sei denn natürlich, er lag die ganze Nacht wach, hat an sie gedacht, sich im Bett herumgewälzt und verzehrt sich so vor Sehnsucht, dass er eine zivile Uhrzeit kaum abwarten kann. Fran starrt hinaus in den Himmel über der Stadt, wo die morgendliche Sonne erste helle Strahlen durch dämmrige graue Streifen schiebt – wie auf einem Filmplakat für einen Science-Fiction-Film.

»Nur wenn du willst«, sagt Rafael. »Heute Abend vielleicht?«

»Ein echtes Wochenende, wie unter zwei Erwachsenen?«

»So können wir es nennen.«

Sie lächelt, das elektrisierende Kribbeln der kleinen Flirterei lässt ihr Herz höherschlagen, und sie ist wach. Ein Regentropfen landet auf dem Fenster, rinnt die Scheibe hinab.

Beide schauen hinauf in den Himmel, als plötzlich ein heftiger Regenguss über die Stadt fegt. Es ist ein starker, kurzer Regen, einer, der beruhigend wirkt, neu belebt und alles wieder in neuem Glanz erstrahlen lässt. In den Straßen von Walthamstow packen die Markthändler sich und ihre Waren unter Planen, und die frühen Berufspendler spannen ihre Schirme auf. Draußen an der Themse, vor Rafaels Penthouse, tanzen kräuselnde Wellen auf dem Fluss, und Spaziergänger, die ihre Hunde ausführen, suchen Schutz unter Bäumen. Doch weder Fran noch Rafael lassen sich vom strömenden Nass vor ihren Fenstern stören.

»Wo bist du?«, fragt Fran.

»Ich schaue hinunter auf den Fluss.«

»Dann wink doch mal!«

»Ich soll winken?«

»Ja, vielleicht kann ich dich dann sehen. Wenn ich mich auf Zehenspitzen stelle, kann ich von hier aus das London Eye sehen, gerade so.«

»Sei nicht albern.«

»Albern ist immer noch besser als vieles andere, was du mir schon zugeschrieben hast.«

»Was ich nicht unbedingt so gemeint habe …«

»Doch hast du, aber es sei dir verziehen … und wahrscheinlich hattest du auch ein bisschen recht.«

»Wie selbstreflexiv von dir«, sagt Rafael. »Francesca Delaney, willst du mir gerade sagen, dass dir plötzlich klar wurde, dass du dein halbes Leben lang in einem Fantasieland gelebt hast?«

»Nein.«

»Wie dem auch sei: Wäre es möglich, dass du deine

brautgeschäftlichen Pläne sausen lässt und mir gestattest, dich am Wochenende auszuführen?«

»Ich muss dringend ein paar Brautkleider ausbessern.«

Können die Kleider nicht warten? Sollten sie nicht warten können? Ist ein Date, ein offizielles Date mit dem ersten und einzigen realen Mann in zehn Jahren, an dem ihr wirklich etwas liegt, nicht wichtiger als die Brautkleider anderer Leute? Sie schwankt – das begeisterte Teufelchen auf der einen Schulter, das pflichtbewusste Engelchen auf der anderen.

»Ich würde dich wirklich gerne einladen, Fran. Es ist das Mindeste, was ich tun kann, nach allem, was Janey angerichtet hat.«

Sie runzelt die Stirn.

»Also, wo möchtest du mal gerne hin? Kannst es dir aussuchen. Ich kenne ein paar gute Hotels auf dem Land, aber du hast die Wahl.«

»Egal wohin?«

»Egal wohin.«

Eine Idee schleicht durch ihre Gedanken.

»Wie wär's mit Paris?«

Kapitel 14

Sie sieht wunderschön aus in ihrem smaragdgrünem Satinkleid mit ausgestelltem Rock und Ärmeln, die luftig in der leichten Brise flattern. Sie spazieren am Rive Gauche entlang, reden und lachen. Rafael kann nicht anders, er muss sie immerzu ansehen, als wolle er sich vergewissern, dass sie wirklich da ist. Macht sie sich immer so hübsch zurecht, die Haare gestylt, die Lippen geschminkt, oder tut sie es extra für ihn? Ein leiser, unergründlicher Teil in ihm hofft, dass sie es für ihn tut, obgleich er in Anbetracht ihrer Neigung zu einem dramatisch extravaganten Stil vermutet, dass es ihre natürliche Art ist.

Sie scheint beeindruckt von Paris, klar, wieso auch nicht. Die Stadt der Liebe mit ihrer reichen Geschichte bietet alles, was ihr Herz begehrt. Von Avenue bis Prachtboulevard – die alten, trockengelegten Sümpfe ächzen unter dem Gewicht gotischer Kathedralen, Renaissance-Kirchen, neoklassizistischer Theatergebäude, napoleonischer Monumente und herrschaftlicher Paläste der Belle Époque. Der wahre Charme der Stadt jedoch ist sehr viel feiner strukturiert als ihre geballte grandiose Architektur. In ihrem Kern ist Paris eine Stadt, in der es sich wunderbar flanieren, essen und schauen lässt, um in aller Ruhe zu verweilen und dem Gefühl von Glück und Freude zu frönen, allein um seiner selbst willen.

Genau das, denkt Rafael, ist die Auszeit, die er braucht, und Fran mit ihrer Eigenheit, stets nur den Moment zu leben, scheint die perfekte Begleiterin dafür. Erneut ihrem Zauber verfallen, hat er es gewagt, seine Schutzmauern zu verlassen, aus seinem geordneten, alltäglichen Leben auszubrechen – ein himmlisches Gefühl der Befreiung.

Fran kann nicht glauben, dass sie hier in Paris ist – mit einem echten, lebendigen Mann an ihrer Seite. Ihre Stimmung hebt sich, und sie will alle Zweifel verwerfen, als sie am besonnten Flussufer entlangschlendern, wo das Wasser der Seine glitzert und die Bateaux-Mouches auf und ab schippern. Als sie Paris zum Vorschlag brachte, hatte sie nicht mit einem so spontanen, erfreuten Ja seinerseits gerechnet. Vielmehr dachte sie, dass er erst noch mit Mimi Rücksprache halten müsse oder sich auf sein hektisches Arbeitspensum hinausreden würde, stattdessen aber gab er ihr schnelle dreißig Minuten, um sich fertig zu machen und ihren Pass zu suchen. Champagner am Bahnhof St Pancras, Eurostar in der ersten Klasse, und jetzt sind sie hier, auf der Suche nach einem Mittagessen.

»Ich kenne ein Lokal in Saint-Germain-des-Prés«, sagt er, darum bemüht, ihr jeden Wunsch zu erfüllen.

Sie nehmen die Metro, die stickig-heiß, laut und voller Straßenmusiker ist. Dann stehen sie auf einem typischen Pariser Platz, der alle Klischees erfüllt – überdachte Cafés mit schmiedeeiserner Bestuhlung und Marmor-Bistrotischen, dicht an dicht auf dem Kopfsteinpflaster platziert, eine bronzene Reiterstatue in der Mitte, ein überkuppelter Zeitungskiosk und Dutzende elegant gekleidete

Menschen, die irgendwo sitzen und den anderen zuschauen. Mehr Paris geht nicht. Im *Les Deux Magots* nehmen sie an einem der Tische draußen Platz, essen saftiges Knoblauchhühnchen mit knusprig frittierten Pommes, trinken dazu kaltes französisches Lager.

In ihrer Tasche hat sie die Adresse von Fabian Alexias Geschäft. Die war nicht schwer herauszufinden. Zuhause noch hatte sie auf ihrem Laptop seinen Namen eingegeben und gesehen, dass er ein kleines, eigenständiges Modelabel mit exklusiver Mode für reife Damen betreibt. Wenn sie den Mann, der genauso für das Kleid von Alessandra Colt brennt wie sie, nur kurz treffen könnte, dann, so weiß sie intuitiv, wird sie das Geheimnis dieses Kleids entschlüsseln und seine Geister freisetzen können. Doch in einer Stadt, in der Uhren hinter ungeplanten Kurztrips und süßem Savoir-vivre zurückstehen müssen, spielt die Zeit gegen sie, sodass der Gedanke daran umso lauter in ihrem Hinterkopf klackert, je unerbittlicher der Zeiger tickt.

»Wenn du noch ein Mal auf dein Handy schaust«, sagt Rafael, »gehe ich davon aus, dass ich dich langweile.«

»Nein, nein«, sagt Fran hastig. »Ich überlege nur, was wir noch alles unternehmen könnten. Es gibt so viel zu sehen.«

»Nun, wir könnten im *Maison Ladurée* Macarons kaufen gehen. Die haben unglaublich leckere, hausgemachte Pistazien-Baisers mit flüssigem Kern. Und danach stöbern wir durch die Galeries Lafayette. Oder erkunden den Marais. Ansonsten gibt es immer noch den Montmartre, falls du auf Touristengedränge stehst.«

»Klingt gut. Alles davon.«

Sie ist irgendwie hibbelig, denkt Rafael, *zerstreuter*, *fahriger als sonst. Ist sie nervös?* Es ist nicht seine Absicht, sich aufzublasen. Jeglichen Versuch, sie mit seinem Geld oder seinem guten Namen beeindrucken zu wollen, würde sie ohnehin sofort durchschauen. Aber er will ihr ganz Paris zu Füßen legen, sie glücklich machen.

»Wir könnten auch noch ein paar Schritte gehen«, schlägt er vor, »durch den Jardin du Luxembourg vielleicht, oder am Fluss entlang? Oder wie wäre es mit ein bisschen Kunst? Welche Galerie soll es sein? Aber sag jetzt bloß nicht, du willst den Eiffelturm sehen.«

Fran rutscht unruhig auf ihrem Stuhl herum. Sie weiß, was sie am liebsten tun will, scheut sich aber, damit herauszurücken, aus Angst, er könnte es ihr übelnehmen, und dann wäre der noch junge Zauber zwischen ihnen mit einem Schlag dahin.

»Wir haben den ganzen Tag, die ganze Nacht. Sag mir einfach, was du gerne machen willst.«

Ein Kleid enträtseln, denkt Fran im Stillen, und bringt vor lauter innerer Anspannung fast keinen Ton heraus. Ein Bus fährt vorbei, in Richtung Champs-Élysées. Sie nimmt dies als ein Zeichen.

»Ich würde gerne die berühmteste Straße der Welt sehen«, sagt sie und ärgert sich sogleich maßlos über sich selbst, ihn im Brustton der Überzeugung so anlügen zu können.

Sie stehen auf der Place de la Concorde. Die schiere Pracht der breiten Avenue, die eine gerade Schneise bis hinauf zum Arc de Triomphe schneidet, lässt Fran vor Staunen den Atem anhalten. Rafael erklärt, dass die Geschichte der Place de la Concorde nicht nur ruhmreich ist.

»Früher hieß das hier *Place de la Révolution.* Auf diesem Platz wurden Marie Antoinette und Ludwig XVI. im Zuge der Französischen Revolution enthauptet. Keine gute Zeit, um in den Geldadel hineingeboren zu werden.«

»Das gleiche Schicksal hätte dir damals auch blühen können.«

»Der Gedanke, dass ich auf Seiten der Revolutionäre gewesen wäre, gefällt mir besser«, sagt er mit einem Augenzwinkern. »Ich möchte geachtet werden für das, was ich tue und wie ich mich verhalte, nicht für das, was mir gegeben wurde.«

Fran lächelt in sich hinein. »Du stehst meinen Toten Bräutigamen in nichts nach«, sagt sie.

»Hä?«

»Egal, vergiss es«, giggelt sie, neigt sich zu ihm und küsst ihn auf die Wange.

Hand in Hand schlendern sie den breiten, baumgesäumten Gehweg entlang, vorbei an Designerboutiquen und Flagship-Stores. Als sie an der Ecke zum Boulevard Cavalier sind, biegt Fran ab, zieht Rafael hinter sich her. Hier, abseits der Hauptgeschäftsstraßen, geht es gemütlicher und ruhiger zu. Zu beiden Seiten ragen imposante Gebäude empor. Aus den hohen Fenstern mit geschlossenen Klappläden und schmiedeeisernen Balustraden tönt Gesang über die ganze Straße. Nach wenigen Metern kommen sie an einen Laden – »Fedi Alexia«. Die Schaufensterpuppen tragen senfgelbe Blusenkleider in Knitteroptik über grauen Palazzo-Hosen aus Filzstoff und starren den Passanten ausdruckslos entgegen.

»Willst du shoppen gehen?«, fragt Rafael verdutzt.

»Ich möchte nur kurz in diesen Laden«, sagt Fran und

lächelt angespannt. »Inhaber ist der Sohn von Gilles Alexia, vom Hause Garrett-Alexia – das sind die Designer, die das Brautkleid deiner Mutter, also ursprünglich deiner Großmutter, angefertigt haben.«

Rafael stockt mitten im Schritt, lässt Frans Hand los. Ein kühler Schauer fährt ihm durch die Glieder, macht alle Freude zunichte. *Warum? Warum macht sie alles kaputt?*

»Kennt dein Brautkleiderfimmel denn gar keine Grenzen?«, faucht er. »Ich dachte, ich hätte mich deutlich genug ausgedrückt. Ich möchte mit diesem Kleid nichts mehr zu tun haben. Ich dachte, das hättest du kapiert, aber das hier … das hier … das hast du alles von langer Hand geplant, stimmt's? Du wusstest von vornherein, dass du genau hierherkommen willst. Und hast mich benutzt und mitgeschleift. Wie konntest du nur?«

Er stapft davon und lässt sie stehen.

Fran ist am Boden zerstört und zutiefst beschämt. Dass er so reagiert, das wollte sie nicht.

»Es tut mir leid«, ruft sie ihm flehentlich hinterher und starrt auf den leeren Fleck, wo er eben noch stand. »Ich wollte doch nur …«

Rafael bleibt stehen, keucht, versucht sich zu fassen, die zu Fäusten geballten Hände in die Seiten gestemmt. Er hasst es, wenn ihn der Zorn übermannt, aber innerlich fühlt er sich bedrängt, einem überfallartigen Angriff ausgesetzt – wie damals den qualvollen nächtlichen Schreien seiner Mutter, den einzigen hörbaren Gefühlsäußerungen, die sie jemals von sich gab und die ihm durch Mark und Bein gingen. Er öffnet den Mund, will sich erklären. Aber es kommen keine Worte heraus, so sehr ist er getroffen von den emotionalen Peitschenhieben seiner psychischen

Traumata, die zu begraben ihn unendliche Mühe gekostet hat.

»Bitte sehr«, sagt er durch die zusammengebissenen Zähne, schleudert die Worte über die Schulter nach hinten und schickt sich an, wieder loszugehen. »Nimm das Kleid, freu dich dran, verkauf es, verbrenn es, mach Vorhänge daraus. Mach, was du willst, Fran – aber schleif mich nicht in irgendeinen blöden Laden mitten in Paris, auf eine scheiß-hinterhältige Weise, und erwarte von mir, dass ich dieses absurde Theater von wegen Brautkleiderreden-mit-dir auch noch mitspiele.«

»Verzeih, Raf, es tut mir wirklich leid. Ich wollte keinen wunden Punkt treffen. Ich dachte nur, es wäre eine Gelegenheit …«

»Wunder Punkt? Mensch, Fran, du hast keine Ahnung.«

Mit festen Schritten und aufrechtem Gang – ihre Absätze klappern hart auf dem Kopfsteinpflaster – stapft sie entschlossen auf ihn zu.

»Ich habe mich mit Janey getroffen«, gesteht sie.

»Was?«

»So hat sie überhaupt erst erfahren, dass *ich* das Kleid habe. Wir haben uns in Hampstead getroffen.«

»Hör auf, sie da hineinzuziehen. Du hast gesehen, wie labil sie ist …«

»Ich weiß. Ich wollte sie nicht unnötig aufregen. Ich wollte nur ein paar Hintergrundinfos, die du mir nicht geben wolltest. Ich hätte ja selbst nie gedacht, dass diese Geschichte mich so tief berührt … oder dich.«

Ihre Augen füllen sich mit Tränen. Sie will es nicht vermasseln. Er ist perfekt für sie, trotz allem.

»Janey meinte, dass euer Familienleben kein glückliches

war«, sagt sie leise. »Für ihre Alkoholprobleme macht sie euer Elternhaus verantwortlich.«

Rafael schaudert.

»Es nützt aber nichts, immer nur davor davonzulaufen«, fährt sie fort. »Ich verstehe es ja. Wir alle haben unser Päckchen aus der Vergangenheit zu tragen. Auch ich, weiß Gott. Auf die eine oder andere Art sind wir alle verkorkst, oder wurden verkorkst. So ist das Leben. Aber es tut nicht gut, immer nur davonzulaufen!«

Rafael seufzt. Sein erster Zorn ist verraucht, hat sich mit Frans duldsamen Worten halbwegs gelegt. Sie spricht klug und besonnen für jemanden, die so verrückt ist wie sie. Sie spricht wie eine Person, die tausende von Hochzeiten bereichert hat. *Nein, er will ja gar nicht davonlaufen.* Nur weiß er einfach nicht, wie das gehen soll.

»Ich weiß, du hast deine Gründe, das Kleid zu hassen«, fährt Fran fort, »aber für mich sehe ich hier in Paris die Gelegenheit.« Sie hält inne, senkt den Blick. »Mick und ich haben das Kleid online inseriert. Und kurz darauf habe ich einen Anruf von Fabian Alexia erhalten. Ich bin fast zusammengebrochen, als mir klar wurde, wen ich da an der Strippe habe. In den Fünfzigern war Garrett-Alexia exklusiver Hoflieferant der Königshäuser. Fabian brannte darauf, mir mehr über das Kleid zu erzählen, sagte was von wegen, er hätte noch eine alte Rechnung offen. Er würde in Paris leben, sagte er, und als du die Idee mit dem Kurztrip hattest, egal wohin, habe ich … die Gelegenheit einfach beim Schopf gepackt.«

»Scheint deine Art zu sein.«

»Japp.«

»Aber manchmal, Fran, lohnt es sich, sich zu bremsen,

sich etwas besonnener zu verhalten, erst zu denken und dann zu handeln.«

»Ich weiß.«

Sie schaut auf ihre Armbanduhr und wirft Rafael dann ein kleines, versöhnliches Lächeln zu. Und während sie noch vor dem Laden stehen, wandern ihre Blicke staunend nach oben, die Fassade hinauf, am prachtvollen Mauerwerk und den barocken Reliefs oberhalb der Rundbogenfenster entlang – architektonische Eleganz vom Feinsten.

»Unglaublich, wenn man bedenkt, dass genau hier der Ort ist, wo das Kleid einst gefertigt wurde, vor mehr als sechzig Jahren«, sagt Fran. »Nun, wo wir schon mal hier sind, meinst du nicht, wir könnten einen kurzen Blick reinwerfen?«

»Du bist unverbesserlich.«

»Was so viel heißt wie ›ehrgeizig‹«, sagt sie.

Die Messingglocke über der Tür bimmelt, als sie den Laden betreten. Durch die hohen Fenster flutet helles Licht herein und breitet sich auf dem Marmorboden nach allen Seiten hin aus. In der Luft liegt der Duft von Jasmin, verströmt von Rattanstäbchen, die neben einer edlen Karaffe mit Eiswasser aus fein geschliffenem Kristall auf der Empfangstheke stehen. Die Empfangsdame, gekleidet in Casual Chic – schlichte schwarze Bluse und Bleistifthose –, nickt ihnen freundlich zu.

»Bonjour.«

»Bonjour … hm … wir möchten gerne … nous voulez … wenn es möglich wäre … parlez avec Monsieur Fabian Alexia?«

Fran stammelt dahin, bis Rafael in fließendem Französisch übernimmt. Die Empfangsdame antwortet in schnellen, trällernden Klängen, während Fran danebensteht, nichts versteht, aber doch zuversichtlich ist, dass die Sache sich in die richtige Richtung entwickelt. Die Empfangsdame nimmt einen ledergebundenen Terminkalender zur Hand und sieht die Einträge durch. Fran stemmt die Hände auf die Theke, beugt sich nach vorn.

»C'est très important«, wirft sie mit Nachdruck ein. »Es geht um ein Brautkleid. Sagen Sie ihm, wir hätten bereits miteinander telefoniert.«

Die Empfangsdame reagiert skeptisch. Rafael lockt sie mit seinem Charme aus der Reserve, redet weiter in einwandfreiem Französisch auf sie ein, wovon Fran kein Wort versteht. Mit Bedauern denkt sie an all die vielen Unterrichtsstunden, die sie in der Schule verpasst hat, da ihre Mutter der Meinung gewesen war, sie würde in Gesellschaft tourender Theaterensembles mehr lernen als in einem öden, wenig inspirierenden Klassenzimmer.

Was auch immer Rafael zu dieser Frau gesagt hat, es hat funktioniert. Sie greift zum Telefon, wählt eine Nummer und bittet die beiden, kurz zu warten.

Während Rafael sich weiter mit ihr unterhält, schaut Fran sich im Laden um. Sie entdeckt die alten Nähmaschinen aus den Glanzzeiten von Garrett-Alexia, die im hinteren Teil des Ladens unter Glaskästen stehen. Langsam geht sie darauf zu, nimmt ihre Geschichte mit allen Fasern in sich auf. Als Werkzeuge der hohen Schneiderkunst sind sie überaus stilvoll, ihre formschönen schwarzen Gehäuse mit vergoldeten floralen Intarsien machen offenbar, dass Schönheit überall sein kann und sein sollte.

»Na, was hast du schon alles genäht?«, flüstert sie, lässt

ihre Fantasie sprießen und erfreut sich am Flair vergangener Zeiten.

Sie dreht sich um, lässt ihren Blick durch den Raum wandern, entfernt in Gedanken sämtliche glatt-glänzenden Chromschienen, die Designerbeleuchtung, die Hightechklimaanlage, die elektrischen Rollos. Sie vertäfelt die weißen Wände, dekoriert sie mit gerahmten Modeprints aus Zeitschriften wie *Vogue* und *Harper's Bazaar*, legt einen hochflorigen Teppich auf den Marmorboden und ein paar Stoffrollen aus den besten Pariser Ateliers auf einen topmodernen Arbeitstisch, auf dem sie eine Deko-Schale mit Federn vor sich sieht. Winzige Fädchen und Fasern schwirren in der Luft, feinste Federn der schönsten Vogelmännchen, ausersehen für Capes, Borten, Fächer und Federboas. *Federn sollte es immer und überall geben*, denkt sie, *für den Spaß, für die Liebe – man denke nur daran, wie sie Melissa West verzaubert haben.*

In der rückwärtigen Hälfte des Ladens sieht sie ein paar laut ratternde Nähmaschinen, die von zwei Frauen mit Dreißigerjahre-Fingerwellen-Frisuren bedient werden, hält sich mit diesem ratternden und klappernden Fantasiebild aber nicht lange auf. Denn eigentlich gibt es nur eine Sache, die sie interessiert: die unmittelbar bevorstehende Vereinigung von Braut und Kleid. Wenn die atemberaubend schöne Braut zum Altar schreitet und der aufgeregte Bräutigam ihr mit bewundernden Blicken entgegensieht, dann ist das zwar ein ganz großer Moment. Doch der Augenblick, der eine Augenblick, an dem sich das Hochzeitsfieber wahrhaft entzündet, muss in der ersten Begegnung der Braut mit ihrem Kleid liegen: Die feinen Fäden der Hoffnung auf ungetrübtes Eheglück sind mit diesem

Kleid, diesem Symbol der ewigen Liebe, auf immer verwoben, auf Gedeih und Verderb. Die Glocke über der Tür bimmelt erneut. Fran verharrt und hält den Atem an.

»Hier kommt sie!«, sagt Gilles Alexia, der in Frans visionärer Fantasie Errol Flynn sehr ähnlich sieht. »Unsere Braut du jour … Janice, kommen Sie her, meine Liebe, legen Sie mal Ihren Mantel ab.«

Janice ist bildschön, helle Haut, rote Lippen. Sie trägt ein karminrotes Etuikleid, eine farblich abgestimmte Jacke, dazu Pillbox-Hut, Perlenschmuck und ein Paar elegante, armlange Handschuhe. Sie sieht aus wie eine Göttin, groß und wohlgestaltet, mit einer besonders schmalen Wespentaille. Ihre ganze Art ist gebieterisch, doch ein Strahlen geht über ihr Gesicht, als sie die Federn auf dem Arbeitstisch erspäht. Sie ist voller Vorfreude. Dann ist er da, der große Moment! Das Kleid wartet auf sie, direkt vor ihr, versteckt unter einem Baumwolltuch. Fran geht näher heran, reizt ihre Vision zu einem noch schärferen Bild. Sie will alles sehen – die Fältchen um Janices Augen, die Röte in ihren Wangen, das Zucken um ihren Mund – jede noch so feine Nuance wird ihr mehr über die emotionalen Höhenflüge verraten, die dieses Familien-Brautkleid der Colts in sich trägt.

»Bereit?«, sagt Gilles, die Finger am Baumwolltuch.

»Ja, natürlich.«

Er zieht das Tuch weg. Das Kleid begegnet seiner Besitzerin. Der seidene Rock ist so ausladend, dass er sich wie ein weißer Berg erhebt, doch wird diese pompöse Dramatik durch einen verführerischen Herzausschnitt und zarte, transparente Spitzenüberlagerungen perfekt aufgefangen. Die Perlen und Stiftperlen schimmern im Sonnenlicht, verleihen dem Mieder eine geradezu jenseitige Brillanz. Ein Lächeln erblüht auf Janices Gesicht. Sie tritt näher, schließt die Augen, berührt die Seide, befühlt die Schleppe, nimmt alles in sich auf. Das Kleid, die Heirat, die Ehe – alles liegt vor ihr. Fran hält den Atem an, drückt ihre Augen zu, öffnet sie wieder. Mehr, sie braucht mehr.

Sie dreht sich nach Rafael um, der immer noch dabei ist, sich mit Fabians Empfangsdame in seinem Französisch zu üben, und taucht dann wieder ein in ihren Tagtraum, in die Zeit der Fünfzigerjahre. Völlig in sich versunken belebt sie in Gedanken die Szene der ersten Anprobe: Janice, unterstützt von einem halben Dutzend junger französischer Nähmädchen, steht in der Mitte, vor einem bodentiefen Spiegel. Das Kleid passt perfekt, aber gerade dafür ist Garrett-Alexia ja berühmt, für Haute-Couture-Entwürfe in Sanduhr-Silhouette vom Feinsten. Die Nähmädchen schwatzen munter miteinander, sind stolz auf ihr vollbrachtes Werk, das wochenlange Abstecken, Fädeln, Nähen und Anpassen. So viel Optimismus, so viel Freude. Ein Kleid der Hoffnung und des Versprechens. *Wie nur*, denkt Fran, *konnte dann alles so schiefgehen? Wie nur konnte seine Energie so umschlagen, so qualvoll werden?*

Janice dreht sich zu Gilles Alexia um, dem Designer ihrer Wahl, und ihre Augen lachen.

»Es ist atemberaubend, Gio. Sie sind ein Genie. Es gibt auf der ganzen Welt kein Kleid, das ich lieber tragen würde. Sie haben alle meine Wünsche mehr als erfüllt. Ich werde Sammys Königin sein. Und wenn alle kritischen Augen auf mich gerichtet sind, wenn ich zum Traualtar schreite, wenn sie mich von oben bis unten mustern, dann wird niemand auch nur den leisesten Zweifel daran haben.

In diesem Kleid werde ich jede einzelne Sekunde aller Aufmerksamkeit wert sein.«

»Samuel Colt ist ein Glückspilz«, sagt Gilles, nimmt ihre Hand und drückt sie sanft.

Janice schaut hinunter zur Schleppe. »Sind das Kolibris?«, fragt sie.

»Jawohl.«

»Warum Kolibris?«

Gilles zögert, schnauft hörbar aus. »Ein Symbol der Unendlichkeit«, sagt er. »Soweit ich weiß, stehen Kolibris für die Hoffnung … auf eine glückliche Ehe.«

Janices Gesicht verfinstert sich. »Und Sie glauben nach wie vor, dass meine Ehe genau diese Hoffnung braucht, Gio? Was ist Ihnen denn nun schon wieder zu Ohren gekommen?«

Gilles beugt sich vor, flüstert ihr etwas ins Ohr. Eine Zornesfalte trübt ihren Blick.

Die Vision bricht ab.

Nein!

Verzweifelt darüber, nicht zu wissen, was er sagte, stiert Fran vor sich ins Leere, versucht, ihren Tagtraum zurückzuholen – zu spät. Nur glanzweiße Wände und die summende Klimaanlage. Sie schaut zu Rafael, doch er ist immer noch mit sich und seinem französischen Smalltalk beschäftigt. Hat Janice Colt ihrem zukünftigen Ehemann so wenige Tage vor der Hochzeit wirklich misstraut? Wenn ja, aus welchem Grund? Schlechtes Benehmen? Untreue? In Frans Kopf beginnt es heftig zu pochen. Sie versucht, den Kopfschmerz wegzureiben, versucht, sich zu erinnern, was Janey über ihre Großmutter gesagt hat: dass Janice eine gesellschaftliche Aufsteigerin war, einen übersteigerten

Drang nach Aufmerksamkeit und Extravaganz hatte. Sie hatte ein Bild gezeichnet, wonach Janice das Problem war – der Grund, warum Samuel Colt seine Stiftung überhaupt erst gegründet hatte, *»damit sie nicht sein gesamtes Vermögen für Glücksspiele und Partys verpulvert«*. Doch jetzt stellt sich Fran die Frage, ob hinter der Geschichte um Janice nicht noch mehr steckt.

1954 war die Gesellschaft mitnichten bereit, außereheliche Romanzen zu akzeptieren. Die sexuellen Freiheiten der Sechziger- und Siebzigerjahre lagen noch in weiter Ferne. Außereheliche Beziehungen waren ein Skandal, man verheimlichte sie besser, hielt sie aus der Öffentlichkeit heraus. Gegeben hat es sie trotzdem. Oh, Janice …

»Fran? Hörst du zu?«

»Äh, ja.« Fran blinzelt.

»Du hast Glück«, sagt Rafael. »Fabian Alexia kann es möglich machen, uns gleich zu treffen.«

»Oh!«

Wenige Augenblicke später stürmt Fabian Alexia durch die Tür. Das silbergraue Haar ist glatt nach hinten gegelt, sein sonnengebräunter Teint hebt die scharf geschnittenen Wangenknochen hervor. Seine Augen blicken hellwach, mustern Fran und Rafael halb erfreut, halb distanziert.

»Sie sind den ganzen weiten Weg gekommen, um mich zu sehen?«

»So in etwa«, sagt Fran.

»Wir kamen gerade zufällig vorbei«, sagt Rafael rettend.

»Ich war so neugierig zu erfahren, was Sie über das Kleid alles wissen«, meint Fran, immer noch leicht benommen von ihrer Vision, »da konnte ich nicht länger warten.«

»Haben Sie es dabei?«, fragt Fabian und wirkt auf einmal leicht angespannt.

»Nein. Es ist nicht gerade reisefreundlich. Es ist voluminös.«

»Gott sei Dank«, sagt Fabian. »Ich muss sagen, dass ich noch nicht ganz bereit bin, es vor mir zu sehen. Sei's drum …« Mit einer Handbewegung bedeutet er den beiden, ihm zu folgen. »Sie sind jetzt hier. Und das ist ein Anfang. Wenn Sie mir in mein Büro nach oben folgen wollen?«

Eine schmiedeeiserne Wendeltreppe führt hinauf in einen schmalen Korridor, der sich dahinter in einen weitläufigen, hohen Saal öffnet, mit einem atemberaubenden Blick auf die Stadt.

»So was nennt man also Büro«, flüstert Fran zu sich selbst.

Die Wände sind mit Kunstwerken aller Art geschmückt, von gewaltigen Ölgemälden mit pastoralen Szenen und Aktmalereien aus dem achtzehnten Jahrhundert bis hin zu Porträts und modernistischen grauen Rechteckformen. Ein kurzer Blick verrät Fran, dass sie sich hier in Gesellschaft von mehr als nur einem Picasso, einem Munch, einem Klimt und einer Sammlung von Turner-Aquarellen befindet. Es gibt Skulpturen von nackten griechischen Knaben und Pferden aus Bronzeguss. Und inmitten dieser Kunst stehen exquisit gekleidete Ankleidepuppen. Sie stehen alleine oder gruppiert, fast so, als wären sie Kundinnen in einer Galerie, zufällig hier, um die Meisterwerke zu beschauen, nicht ahnend, dass in Wirklichkeit sie selbst die Meisterwerke sind. Die Ankleidepuppen mit den edelsten Gewändern haben die Ehre, auf Sockeln oder unter Glaskästen zu stehen. Fabian lächelt, freut sich am ehrfurchtsvollen Staunen seiner Gäste. Fran ist unsicher. Sie ziept Rafael am Ärmel, steigt ihm mit dem Absatz leicht auf den Zeh.

»Ich muss dir was sagen«, flüstert sie.

»Nicht jetzt«, flüstert er zurück und lächelt, um sich nichts anmerken zu lassen. »Hat dir denn keiner beigebracht, dass es unhöflich ist zu flüstern?«

»Aber ich habe etwas entdeckt, etwas Verstörendes.«

»Was? Wo?«

»Ich ... ich hatte gerade eine Vision von deiner Großmutter.«

Rafael seufzt, beißt sich auf die Zähne. »Nicht jetzt, Fran, bitte«, knurrt er. »Du hast mich hierhergeschleift. Also zeigen wir jetzt auch ein höfliches Interesse und gehen dann wieder.«

Fabian tritt auf sie zu.

»Willkommen in meinen heiligen Hallen«, sagt er und schiebt sie in die Mitte des Raumes. »Falls Sie Kunstliebhaber sind, kann ich Ihnen gerne jede Menge zeigen. Und falls Sie sich für Mode interessieren, habe ich exklusive Stücke aus den Kollektionen der weltbesten Designer aus Vergangenheit und Gegenwart – klassische, seltene und historische. Kennen Sie Lanvin?« Er deutet auf ein umwerfendes Abendkleid aus schwarzem Satin. »Es wurde von einer weltberühmten Operndiva getragen.«

Fran ist total fasziniert.

»Ich sammle seit vielen Jahren, habe aber aus naheliegenden Gründen ein besonderes Interesse für Modelle aus dem Hause Garrett-Alexia.«

Er führt Fran vor eine Sammlung Ballroben aus den

Fünfzigern, eine kunstvoller und eleganter als die andere, drei davon in schillerndem Satin mit Schleiern, Raffungen und großen, wallenden Schleifen, eine in Schwarz mit einem Tüllrock im Meerjungfrauenstil, sowie zwei weitere in Eisblau. Beide mit mehrstufigem Spitzenbesatz und den gleichen Blütenmotiven wie auf dem Colt-Brautkleid.

»Ich … ich habe noch nie so viele Kleider dieses Labels auf einem Fleck gesehen«, sagt Fran verzückt. »Sie können nicht so viele gemacht haben … bevor … oh, die Schnittformen sind zum Niederknien schön.«

Fabian lächelt. »Sie haben Geschmack.«

»Mein ganzes Leben dreht sich um Vintage-Kleider. Das hier ist … der Himmel.«

»Bitte«, sagt Fabian. »Nehmen Sie sich Zeit. Genießen Sie meine Roben.«

Er gießt Wasser in die Kristallkelchgläser und reicht Rafael eines. Rafael fällt auf, dass das Kelchglas mit Blattgold monogrammiert ist: F. A.

Er lächelt Fran zu, aber sie bemerkt es gar nicht. Sie ist ganz damit beschäftigt, im Raum umherzugehen, Farben und Stoffe in sich aufzunehmen. Sie kann es kaum glauben, dass Fabian das Alessandra-Colt-Brautkleid gar nicht kaufen möchte. Am Geld liegt es sicherlich nicht, davon hat er genug, und ein so seltenes und wertvolles Stück, das vielleicht wertvollste der Welt, würde seine bereits jetzt beachtliche Garret-Alexia-Sammlung doch ungemein bereichern?

Im Laufe der Jahre hat Fran gelernt, sich in die Denkstrukturen von Vintage-Modefanatikern auf Sammeljagd hineinzuversetzen: Ihre Gier ist weitaus größer als das, was oberflächlich sichtbar ist. Ihr Drang, zu sammeln und zu besitzen, reicht bis in ihren tiefsten Kern. Sie erheben Hoheitsansprüche, zeigen rivalisierende, ja gar zwanghafte Züge. Es geht um Prestige, darum, Eindruck zu machen. In ihrem eigenen Herzen jedoch sieht sie die Dinge ganz klar: Kleider sind Kleider. Sie brauchen keine abgöttische Schwärmerei. Sie müssen nur gut behandelt und getragen werden. Daraus beziehen sie ihre Energie.

»Sie sagten, Sie wollen das Brautkleid gar nicht kaufen«, sagt Fran. »Aber es wäre doch solch ein Segen ...«

»Sie, mein Herr ...« Fabian übergeht Frans Bemerkung. Seine Aufmerksamkeit gilt allein Rafael, dessen Hose er gerade von oben bis unten beschaut. »Ich habe das Gefühl, Sie haben ein Auge für beste Herrenschneiderei. Sind Sie auch Modeexperte?«

Rafael lacht. »Wohl kaum.«

»Na ja, zumindest wissen Sie, welcher Hosenschnitt für Sie der beste ist.« Fabian streicht wie eine pirschende Katze um ihn herum. »Und wie ist Ihr werter Name?«

»Rafael«, sagt er und überlegt kurz, ob er seinen Nachnamen hinzufügen soll oder ob der Name Colt dem Ego dieses Mannes womöglich einen Dämpfer versetzt.

»Ein schöner französischer Name, aber Sie sind nicht ...?«

»Meine Familie hat sich immer gerne in der altenglischen Linie gesehen, aber ich glaube, es sind auch ein paar exotische Ausreißer darunter. Meine Mutter war Italienerin ... also bin ich wohl eine gelungene Mischung.«

»Ihr Familienname?«

Rafael zögert, bewahrt die Ruhe. Er weiß, dass hinter Fabians Neugierde mehr steckt als nur Schöntuerei.

»Colt.«

Fabian ist platt, braucht ein bisschen, um sich zu sammeln. Die kunstreich verzierte Uhr über dem Kaminsims schlägt drei. Draußen, auf den Champs-Élysées, wird der Verkehr immer lauter.

»Dann sind Sie also …«, sagt er schließlich, »… dann sind wir hier fürwahr in rühmlicher Gesellschaft. Ich denke, das Wasser lassen wir stehen. Darauf müssen wir anstoßen!«

Er drückt auf einen Buzzer und weist eine junge Angestellte an, eine Flasche Champagner und drei Gläser zu bringen, und führt die beiden dann hinaus auf einen wunderschön stilvollen Balkon mit Blick über die Dächer von Paris.

»Also«, sagt er betont feierlich und mit zugleich freudig angespannter Miene, als Fran und Rafael ihre Gläser nehmen. Sie wissen beide, auf jeweils einc eigene Weise, dass es zwischen den Colts und den Alexias eine unerzählte Historie gibt, ein verschwiegenes Vermächtnis, das sich jetzt möglicherweise enträtseln wird. »Wir beide haben uns viel zu erzählen«, wendet er sich an Rafael. »Was genau wissen Sie über das Kleid und seine Herkunft?«

»Dass Ihr Vater es für meine Großmutter Janice entworfen hat.«

»So ist es. Wussten Sie auch, dass die beiden enge Freunde waren?«

Fran zuckt zusammen, weiß aber auch, dass sie hier gerade nicht mitreden kann. *Nimm dich zurück, mäßige dich.* Sie muss sich sehr beherrschen, um nicht mit ihren eigenen Fragen dazwischenzuplatzen. Rafael schwitzt ein bisschen, wie sie bemerkt, jetzt, wo sein sonst so kühles Wesen regelrecht bombardiert wird.

»Es steht keineswegs in meiner Absicht, Sie zu beleidigen,

Monsieur Colt, aber soweit ich es weiß, war sie eine sehr boshafte Frau.«

Rafael zuckt mit den Achseln. »Schon gut. Das war sie in der Tat, ja.«

»Ich bin nur traurig darüber, dass mein Vater, Gilles, die besten Jahre seines Lebens mit einer wie ihr vergeudet hat. Wäre sie ein liebreizendes, warmherziges Wesen gewesen, so wie unsere Francesca hier, hätte ich es ja verstanden.«

Fran wird rot.

»Aber es war nicht so. Sie hat ihn in ihren ausschweifenden, intriganten Lebenswandel mit hineingezogen, was ihn teuer zu stehen kam. Er war gerade mal zweiundzwanzig, als er das Kleid für Ihre Großmutter entwarf, wussten Sie das?«

Fran und Rafael schütteln den Kopf.

»Er war ein Ausnahmetalent, ein Mode-Wunderkind. Sein Geschäftspartner, Monsieur Garrett, hatte größte Ehrfurcht vor seinem Naturtalent. Zusammen hätten sie es mit Größen wie Lanvin und Lacroix oder Dior durchaus aufnehmen können. Stattdessen brach alles zusammen … noch bevor es richtig begonnen hatte.«

Rafael wappnet sich innerlich, wartet auf den großen Knall. Fran strafft den Rücken. Das lange unter dem Deckel gehaltene Geheimnis wird gleich hervorbrechen – sie spürt es. Sie beugt sich vor, lauscht konzentriert, achtet auf jedes Wort, das über Fabians Lippen kommt.

»Falschheit ist eine zutiefst zerstörerische Kraft«, sagt er und schenkt Champagner nach. »Mit einer Wahrheit zu leben, die niemand sonst kennt, oder auch gar nicht kennen will, ist ganz fürchterlich, zerrüttet die Seele, nagt Tag und Nacht an dir, zerfrisst dich. Ich habe die leise Ahnung,

Monsieur Colt, dass Sie die gleiche Geschichte kennen wie ich, aber schauen wir doch mal. Wer hat denn die Karriere meines Vaters zerstört?«

»Es war sein Partner, Benjamin Garrett«, wirft Fran ein, die sich nicht länger zurückhalten kann. »Der berühmt-berüchtigte Niedergang eines Modehauses der Fünfzigerjahre, das vorzeitige Ende des größten Designer-Duos der damaligen Zeit, wurde herbeigeführt durch die erbitterte Rivalität der beiden … angeblich.«

»Schön, das ist Ihre Version, Francesca. Mich aber interessiert vor allem die Version Ihres Freundes.«

Rafael macht eine finstere Miene. Er hasst das Gefühl, in die Ecke getrieben zu werden. Er atmet tief durch, langsam und bedächtig, strafft die Schultern, schaut Fabian direkt in die Augen, sagt aber keinen Ton.

»Na, großartig. Francesca, Sie kennen die offizielle Geschichte, aber nicht die Wahrheit. Man hat der ganzen Welt also tatsächlich erzählt, die Hände meines Vaters seien bei einem Angriff von zwei Schlägern verstümmelt worden, die sein Partner, Monsieur Benjamin Garrett, angeheuert hatte – angeblich aufgrund einer belanglosen Streiterei über den Entwurf eines Brautkleids. Damals ein handfester Skandal! Die Schlagzeilen schafften es bis nach New York, wo die Roben meines Vaters vielbeachtet waren. Heute ist die ganze Sache nurmehr ein Stück Geschichte und nur für uns beide noch von Interesse, trotzdem … einen Preis, der sich an einer Wahrheit bemessen ließe, gibt es nicht, und so ist es allein an uns, um, sagen wir mal, die alten Rechnungen endgültig zu begleichen.«

Rafael bleibt gefasst. Er weiß, was jetzt kommt.

»In der Modewelt«, fährt Fabian fort, »erhalten wir tiefe Einblicke in die intimsten Geheimnisse unserer Kunden. Wir hören Gerüchte schon, bevor sie an die Öffentlichkeit gezerrt werden. Während er als Designer für Ihre Familie arbeitete, hörte Gilles so allerlei über Ihren Großvater Samuel Colt und seine zahllosen Affären mit anderen Frauen munkeln. Und alles, was ihm zu Ohren kam, erzählte er Janice. Man könnte sagen, sie war seine Muse – nach ihrer Auffassung ganz bestimmt. Ich glaube, dass Gilles alles daransetzte, sie vor einer unglücklichen Ehe zu bewahren, zumal im Wissen um all die Affären und Skandale, und dass er auch versuchte, sie vor der Verlobung zu warnen, da er von Samuels schmutzigen Umtrieben in Nachtclubs wusste. Doch es half alles nichts. Ich vermute, dass Janice ganz genau wusste, wen sie sich da als zukünftigen Ehemann einhandelte, doch sie gierte viel zu sehr nach Geld und Status, als dass sie sich daran stören wollte. Sie spielte das ganze Theater mit, genoss derweil Gilles' Aufmerksamkeit, und die Rolle der von Kummer und Leid zerquälten Ehefrau war meist nur Show.

Und für Ihren Großvater, für einen Mann von einem so hohen Stand, war es sicherlich nicht leicht zu erfahren, dass seine frischvermählte Braut von seinen Seitensprüngen wusste und, schlimmer noch, auch noch ganz ungeniert darüber sprach – ausgerechnet mit ihrem Gewandschneider. Ich glaube, dass ihm sein Ansehen als guter und aufrechter Engländer äußerst wichtig war, wichtiger als jedem anderen Mann. Ihr Großvater war es, Rafael, der für die körperlichen Verletzungen meines Großvaters Gilles verantwortlich war. Als er erfuhr, dass die beiden Vertraulichkeiten austauschten, sah er darin eine Gefahr für sein öffentliches Ansehen und heuerte Auftragsschläger an, die Gilles alle Finger brachen. Als Warnung. Um das Gerede zum Schweigen zu bringen, um seine Macht zu beweisen und sich seine schwatzhafte Braut gefügig zu machen. Und es hat funktioniert. Gilles hat den Kontakt zu Janice abgebrochen. Und seine Arbeit als Designer aufgegeben. Keine Kleider mehr. Kein Garrett-Alexia mehr. Also«, sagt er und holt tief Luft, »bei diesem Brautkleid, von dem wir alle so fasziniert sind, geht es nicht bloß um Hochzeiten. Es hat eine weit größere Macht. Es hat ein Modehaus zu Fall gebracht.«

Fran sitzt reglos da, dreht ihre Champagnerflöte mit dem perlenden Rosé-Champagner unsicher in der Hand. Sie schaut zu Rafael, um seine Reaktion zu sehen, aber er wirkt ungerührt. Er sagt nichts, bestreitet auch nichts.

»So hat es mir meine Großmutter erzählt«, sagt Fabian. »Warten Sie …«

Er geht in sein Büro und kommt mit zwei Briefen zurück, die er Fran reicht.

»Ich habe sie seit ihrem Tod aufbewahrt«, erklärt er. »Sie wollte, dass ich weiß, was mit ihrem so großartigen und talentierten Ehemann wirklich passiert ist. Und ich glaube, sie hat gehofft, dass ich die Dinge klarstellen könnte. Sie war eine ziemlich verbitterte Frau, aber das kam bestimmt nicht von ungefähr. Sie hatte erleben müssen, wie ihr alle Aussichten auf eine glänzende Zukunft mit einem Schlag genommen wurden. Nach dem Firmen-Aus von Garrett-Alexia führten sie ein Leben in Armut.«

Fran nimmt die Briefe entgegen, deren verblasstes Papier den Duft des Alters atmet. Sie faltet sie auf und liest:

18. März 1954
Mein lieber Gio,
bitte sag mir, dass das Kleid fertig ist! Ich bin ganz aus dem Häuschen beim Gedanken daran, obgleich ich, wie gesagt, befürchte, dass Sammy mir erneut fremdgegangen ist. Er geht zu den unmöglichsten Zeiten aus dem Haus, und weißt Du, was? Ich habe in seiner Schublade ein Paar Damenhandschuhe gefunden (meine sind es nicht!). Ziemlich verletzend war das, aber auch nicht wirklich überraschend. Dennoch möchte ich so gerne verheiratet sein und zur Gesellschaft dazugehören, und so habe ich mich entgegen Deinem wohlmeinenden Rat dazu entschlossen, den ganzen Unsinn weiterhin zu ertragen. Ich kann nur hoffen, dass ein Kleid von solch atemberaubender Schönheit, wie Du es für mich entworfen hast, ausreichen wird, ihm den Kopf zu verdrehen, oder, allermindestens, die Gesellschaftsmiezen vom Objekt ihrer Begierde abzulenken. Lieber Gio, bin ich denn so ein naives Dummchen? Ich hoffe nicht. Wie auch immer, ich danke Dir für Deine treue Freundschaft und dafür, dass Du der weltbeste Couturier bist. Ganz London wird vor Neid erblassen, dank Deines Genies. Bis im Mai.
Für immer und ewig, Deine
J

22. Dezember 1955
Mein lieber Gio,
bitte lass mich wissen, dass es Dir gut geht. Ich schreibe und schreibe, und Du antwortest nie. Ich vermisse unsere Plaudereien. Ich habe keine echten Freunde in der Welt, nun, da Du meine Briefe ignorierst. Sammy ist ein schreckliches Schwein, weißt Du? Ich hatte gehofft, dass er sich ändert,

wenn wir erst einmal verheiratet sind, aber gut, die Lektion habe ich gelernt. Er hat überhaupt kein Interesse an mir, gar keines, und trotzdem muss ich regelmäßig in der Öffentlichkeit die treue und hingebungsvolle Ehefrau geben, wann immer es ihm gerade passt. Ich hasse es, zumal ich selbst nie Spaß haben darf. Lieber Gio, rette mich, so wie früher. Es ist alles so grausam und ungerecht. Ich wünschte, Du würdest den Mut finden, wieder Kleider zu entwerfen. Ich hörte, dass Deine Hände gut verheilen. Eines Tages werde ich eine Aussteuer für meine Schwiegertochter brauchen. Genau, ich habe jetzt einen kleinen Sohn – das einzig Schöne in meinem Leben. Er kam letzte Woche auf die Welt, und ich habe ihm den Namen Lyle gegeben. Er ist ein Colt, durch und durch, der arme Tropf. Ich vermisse Dich schrecklich und entschuldige mich wie immer aus vollstem Herzen für alle Unannehmlichkeiten, die Du erleiden musstest.

Für immer und ewig, Deine

J

Fran reicht die Briefe an Rafael weiter. Ihre Seele fröstelt. Kein Wunder, dass das Kleid so widersprüchliche Botschaften aussendet. Mit Zuversicht entworfen, mit Hingabe gefertigt, nur um letztlich Betrug und Falschheit unter dem schönen Schein von falscher Liebe zu verbergen.

»Es braucht ein besonderes Maß an Narzissmus, nicht wahr?«, sagt Fabian. »Ich habe das Gefühl, für Janice war mein Vater eine Art Lakai, nur dazu da, ihr zu Gefallen zu sein, damit sie jemanden hatte, bei dem sie sich ausheulen konnte, der sie in hübsche Stoffe kleidete und sie auf das Gesellschaftsleben vorbereitete. Von ›Unannehmlichkeiten‹ spricht sie auch in vielen anderen Briefen, als wäre es für sie bloß eine belanglose Kleinigkeit.« Er seufzt, schüttelt den Kopf. »Wäre Gilles doch nur bei seinen Kleidern geblieben, bei seinem Handwerk, wofür er geboren war, anstatt ihren Eitelkeiten in die Hände zu spielen … Ich vermute, Ihr Großvater hat den Behörden reichlich Schmiergelder gezahlt, um sicherzustellen, dass die Wahrheit seiner Grausamkeiten totgeschwiegen wurden. Die Journaille gab natürlich Benjamin Garrett die Schuld, der ebenfalls in Armut verstarb. Wer sind *wir* schon, die Garretts? Die Alexias? Wir sind ja bloß Modemacher. Ihr Colts aber, ja, *ihr* seid die großen Philanthropen. Zumindest dem Namen nach.«

»Wollen Sie etwas von mir?«, fragt Rafael eisig. »Geht es Ihnen darum?«

»Nein«, sagt Fabian und hebt sein Champagnerglas.

»Wollen Sie damit an die Presse?«

»Mit der Presse habe ich nichts am Hut, mein Freund, es sei denn, es geht um die Fashion Week. Ich möchte nur, dass Sie es verstehen. Ich mache Sie nicht dafür verantwortlich. Das alles ist über sechzig Jahre her, lange vor Ihrer Geburt. Aber wie gesagt: Falschheit ist eine zerstörerische Kraft. Ich möchte diesen schwelenden Groll über alte Lügen und Fehden der Vergangenheit nicht mehr in meinem Leben haben. Ich habe das Wachstum Ihrer Stiftung mit Interesse verfolgt, und es scheint, dass wenigstens Sie im Namen Ihrer Familie großartige Dinge vollbringen – dass Sie ein wahrer Wohltäter sind, trotz oder vielleicht *gerade* aufgrund Ihrer Abstammung. Was mich anbelangt: Ich habe mir mein eigenes Reich aufgebaut. Wenn ich es einfach nur ererbt hätte, wäre ich vielleicht nicht so zufrieden damit. Doch zu erfahren, dass das Hochzeitskleid noch immer existiert … reißt die alte Wunde wieder auf. Ich frage mich, ob es heilsam sein könnte, es tatsächlich vor mir zu sehen, aber ich weiß es nicht. Heute jedenfalls möchte ich Ihnen die Hand reichen, wenn ich darf, und die alten Geister im Staub der Vergangenheit ruhen lassen.«

Er streckt Rafael die Hand entgegen. Fran schaut schweigend zu, gespannt, wie Rafael reagieren wird. Sekunden vergehen … *Bitte*, drängt sie ihn in Gedanken. *Nutz diese Chance, schleif diese scharfen emotionalen Kanten aus alten Tagen glatt, stell dich der schmerzvollen Wahrheit, und lass sie los*. Er bleibt stocksteif, seine Miene hart und unbewegt, Unter- und Oberkiefer fest aneinandergepresst – doch dann bemerkt sie eine einzelne, stille Träne, die ihm langsam über die Wange rollt. Er ergreift Fabians Hand. Und aus dem Händeschütteln wird eine innige Umarmung – der Damm ist gebrochen.

Kapitel 15

Sie entfliehen in den Jardin des Tuileries, wo die breiten Kiespromenaden im Abendlicht baden und die weiten Rasenflächen saftig grün erstrahlen. Jede Wegbiegung scheint bekrönt mit einem Springbrunnen oder einer Statue, und vor den Cafés, im Schatten der uralten Ulmen, stehen hier und da ein paar Leute beisammen, ein *Citron Pressé* oder ein Gläschen Pernod in der Hand. Rafael legt den Arm um Frans Taille, zieht sie an sich, und sie flanieren in Richtung Bassin Octogonal am Ende des Gartens.

»Ich fühle mich hundert Pfund leichter«, sagt er und schaut an sich hinunter, als wolle er sich ausdrücklich versichern. »Fabian Alexia hat eine unglaubliche Würde gezeigt, meinst du nicht auch?«

Plötzlich löst er sich von ihr, eilt auf das achteckige Becken zu, wirft sich der Länge nach ins Wasser und lacht, als wäre er wieder ein Kind. Fran schaut zu, unschlüssig, was sie davon halten soll. Diese Seite von ihm kannte sie noch gar nicht, doch er ist glücklich, und das macht sie wiederum glücklich. Er läuft zu ihr zurück, ein breites, leicht überdrehtes Grinsen im Gesicht.

»Schau … wie dies gleich alles verändert, Fran. Ich muss mich nun nicht mehr *schuldig* fühlen. Kann nun einen

Schlussstrich ziehen unter diesen ganzen widerwärtigen Mist, den meine verstorbenen Angehörigen gebaut haben. Ich habe Frieden geschlossen mit der einen Person, mit der ich das unbedingt musste. Der Rest der Welt kann mir gestohlen bleiben.«

Fran lächelt. »Ich freue mich so für dich«, sagt sie.

»Diese ganze Geschichte, nur eine von vielen, hat unsere Familie über Jahre hinweg begleitet, streng geheim natürlich, unter dem Mantel des Schweigens und nur hinter vorgehaltener Hand. Ich habe meinen Großvater nie gemocht. In seiner Nähe fühlte ich mich immer eingeschüchtert.«

Schritt für Schritt, mit Fran an seiner Seite, beginnt sich die Taubheit, die er tief in seinem Herzen ein Leben lang mit sich herumgetragen hatte, zu lösen. Seine Mauer bröckelt, und je mehr sie das tut, desto stärker drängen seine eingeschlossenen Emotionen hinaus.

»All deine Träumereien, Fran, von Toten Bräutigamen und der guten alten Zeit, wo die Menschen noch ach so vornehm galant, respektvoll und charmant waren … Vielleicht verstehst du ja jetzt, dass nicht alles so rosig war. Oberflächlich besehen, waren Lyle und Samuel zwei der illustresten Toten Bräutigame, die man sich nur vorstellen kann. Ihr großes philanthropisches Engagement machte sie zu hochverehrten Persönlichkeiten, die unantastbar waren. Und weißt du was? Hinter verschlossenen Türen pflegten sie ihre Eitelkeit und nutzten ihre Macht, um alles und jeden zu beherrschen und sogar die Heiligkeit ihrer Ehegelübde mit Füßen zu treten.«

Er senkt den Kopf, versucht, seine rasenden Gedanken zur Ruhe zu bringen.

»Hast du eine Ahnung, wie es ist, deine eigene Mutter in völliger Isolation dahinsiechen zu sehen? Kein Wunder, dass ihr die Sprache abhandengekommen ist. Sie war zerquält. Er hat sie wie eine dumme, nichtsnutzige, unwerte Verrückte behandelt. Alle taten das. Mein Vater, mein Großvater, sogar Janice, wenn sie gerade mal nicht sturzbesoffen war, das Personal anschrie oder Stühle in den See schleuderte. Und was dein Brautkleid anbelangt – das Hochzeitskleid von beiden –, für mich ist es nur ein widerwärtiges Stück Stoff. Was glaubst du, warum ich nichts damit zu tun haben wollte? Es hatte nie einen positiven symbolischen Wert für mich. Es stand für Haftantritt und Freiheitsstrafe.«

Noch nie hat er jemandem so viel von sich erzählt. Er fühlt sich wund, entblößt, verletzlich. Das Gefühl schockiert ihn. Fran umschließt seine Hand, lässt ihn reden.

»Weißt du, ich konnte nie verstehen«, sagt er, »warum mein Vater, ein Mann, der der Gesellschaft so viel gab, seiner eigenen Frau überhaupt nichts geben konnte. Sie war für ihn eine Ausgestoßene. Ab und zu nahm er mich beiseite und trug mir auf, ein Auge auf sie zu haben, aber das war alles an Fürsorge, was er je gezeigt hat. Für ihn waren andere Dinge immer wichtiger, genau wie bei Samuel …«

»Liegt in den Genen«, sagt Fran leise.

»Mein Vater war viel auf Reisen und hatte in jedem Hafen eine Braut, wie man so schön sagt.«

»Weshalb glaubst du, warum blieb er mit ihr verheiratet?«

»Schuldgefühle, denke ich. Und um nach außen den schönen Schein zu wahren.«

Fran senkt den Blick. Arme Alessandra. *Ob sie das alles erahnt hatte*, fragt sie sich, *an jenem Abend, da sie das Kleid anprobierte? Hatte sie es befürchtet, hatte sie das alles kommen sehen – den Schmerz, den Kummer, den Verrat, das Ende ihres Lebens, ihrer Freiheit, niedergedrückt zu einem Nichts? Hat sie deshalb den Spiegel zerschlagen?*

»Ich frage mich, warum sie das mit der Hochzeit überhaupt durchgezogen hat. Sie hätte abspringen können, ihn vor dem Traualtar einfach stehenlassen können. Gewiss, das wäre eine ziemliche Klatsche für ihn gewesen, aber unter diesen Umständen … Ich hätte sie verstanden.«

Sie spürt, wie sich seine Hand zusammenkrampft.

»Er hat ihr ja keine andere Wahl gelassen«, sagt er mit grimmiger Miene. »Sie war schwanger.«

»Oh …«

Fran muss an die abgeänderten Nähte am Brautkleid denken, den weiter gemachten Taillenbund.

»Meine Großeltern wollten einen Skandal um ein uneheliches Kind in der Familie um jeden Preis vermeiden«, erklärt Rafael. »Bei alledem waren sie dennoch äußerst darauf bedacht, ihre eigenen Fehltritte unter den Teppich zu kehren.«

»Viele Bräute treten ungewollt schwanger vor den Traualtar«, sagt Fran beschwichtigend. »Das passiert.«

»Nein, Fran. Es war kein Unfall.« In seinen Augen schimmern Tränen. »Sie haben sich bei einem vergnüglichen Wochenende auf dem Lande kennengelernt. Ihr Vater war ein italienischer Reederei-Magnat. Sie war erst neunzehn. Ihr Englisch war nicht sehr gut. Schüchtern und naiv wie sie war, gerade mit der Schule fertig, hat mein Vater sie mit seinem Charme bezirzt, so wie er das bei jeder gemacht hat. Er hat sie um den Finger gewickelt … und ist dann über sie hergefallen.«

Fran stößt ein entsetztes Keuchen hervor.

»Ich, Rafael Colt, bin das Ergebnis einer Vergewaltigung. Da hast du's. Tolle Schlagzeile, was?«

Seine Blicke gehen zum Himmel, während er die Tränen wegblinzelt, dann wieder zurück zu Fran.

»So, jetzt weißt du es.«

»Oh, Raf«, sagt sie. »Das tut mir so leid. Kein Wunder, dass du auf Ehe und Heirat nichts gegeben hast und dich gescheut hast, jemanden an dich heranzulassen.«

»Habe?«, erwidert er fragend.

»Nichts ist in Stein gemeißelt. Menschen können sich ändern.«

»Mag sein«, sagt er mit einem Seufzen.

Er zieht Fran zu sich, und sie sinkt in seine Arme. Halb umarmen sie sich, halb lehnen sie aneinander, ruhig und still, entmutigt und ermutigt zugleich, und so verharren sie, während die Sonne langsam untergeht. Ohne es voneinander zu wissen, wagen beide, sich eine gemeinsame Zukunft auszumalen – eine Zukunft, die, plötzlich und auf unheimliche Weise, klar und selbstverständlich erscheint, jetzt, wo sie diese Wahrheit teilen, diese ans Licht gescheuchte Wahrheit, roh und unverfälscht. Als sie schließlich wieder zu sich kommen, ist es, als hätte sich ihre Welt jeweils verändert.

»Was ich zu Janey gesagt habe, habe ich genau so gemeint«, flüstert Rafael. »Dass ich dabei bin, mich in dich zu verlieben. Es ist tatsächlich so. Seit ich dich zum ersten Mal gesehen habe …«

»Gesehen?«

»Egal. Nicht reden, einfach küssen.«

Fran gibt ihm nach, spürt Schmetterlinge im Bauch, spürt seine Arme, die sie umschlingen. Er hat sich seinen Dämonen gestellt und ist nun frei für die Liebe. Sie fühlt es. Sehnt sich schmerzlich danach. Traut sie sich auch, es auszusprechen? Sie schließt die Augen, fasst sich ein Herz.

»Ich … ich glaube, ich verliebe mich auch gerade in dich.«

Die Worte sprudeln aus ihr heraus, sie fühlt sich beflügelt, lebendig … aber auch nackt, offen und verletzlich.

Im Schatten einer nahen Weide legen sie sich nieder, eng umschlungen, die Wangen aneinandergeschmiegt, verborgen unter den tief hängenden Ästen des Baumes. Die Luft ist warm und süß, erfüllt vom Gesang der Grillen und Singdrosseln. *Die Natur*, denkt Fran, *ist das Einzige, was mehr zählt als die Liebe.* Nur sie beide, und die Erde unter ihnen. Es ist perfekt. Sein Blick ruht auf ihr, er neigt sich zu ihr, küsst sie innig. Ihr Atem verlässt ihren Körper, kreiselt hinauf bis in die Wipfel. Sie fühlt sich leicht und schwebend, verfangen im seligen Glück dieses Kusses, nach dem sie sich ihr Leben lang gesehnt hat, dem Kuss ihres Traumprinzen. Er löst die Nadeln in ihren hübsch zurechtgesteckten Haaren, befreit die glänzend wallende flammend-rote Pracht. Sie liebt seinen herbwürzigen Geruch nach Moschus, die Form seiner Schultern, wie sie sich an und um sie schmiegen. Ihr Herz klopft wie wild, als er mit den Händen durch die Falten ihres Kleides streicht, eine Lücke zu ihrer Haut darunter findet.

Der smaragdgrüne Satinstoff kräuselt sich, legt sich wieder und sammelt sich zwischen ihren Beinen. Ein heißer Strahl der Lust durchschießt ihren Körper, bis tief in ihre

Seele, und entzündet ein Verlangen, das sie fast schon vergessen hatte. Sie will es vorantreiben, es aber auch ewig festhalten. Jede Berührung, jeder Kuss schürt die Glut der Leidenschaft. Sie befinden sich nur wenige Meter neben einer der belebtesten Straßen von Paris, aber niemand bekommt es mit, so unsichtbar sind sie in ihrer eigenen verborgenen Welt, wo schwingende Weidenzweige ihren schmückenden Schleier um sie legen.

Weltvergessen ziehen sie sich aus, erfüllt vom Drang, den anderen in seinem ganzen Sein zu spüren. Es ist für beide so lange her, *so lange*, dass sie eine so ehrliche, eine so sinnliche Verbundenheit gefühlt haben. Sie lieben sich, während eine sanfte Brise durch die biegsamen Zweige streicht, bis sie einander in die Arme sinken, in stiller Ehrfurcht vor dem eigenartigen Glück, das sie auf den Wegen ihrer so grundverschiedenen Leben doch irgendwie zusammenführte, bis hierher, bis zu diesem Moment. Als sollte es genau so sein.

Die Nacht verbringen sie im *Hôtel de Crillon*, einem alten Palast aus dem 18. Jahrhundert, wo Marie Antoinette einst Klavierunterricht nahm, und die heute eine Hommage an die Ästhetik der luxuriösen Reisekultur ist. In einem prunkvollen Zimmer mit einem riesigen Badezimmer aus Carrara-Marmor reden sie wenig, schlafen wenig und küssen sich viel. Ihre flüchtigen Träume sind erfüllt mit der Intimität des Tages, während ihr erschöpfter Geist dabei ist, die tiefen innerlichen Veränderungen zu verarbeiten. Überwältigt davon, dass die Ranken und Triebe der romantischen Liebe so tief dringen können, so verlockend blühen können, wälzt sich Rafael hin und her. Und Fran, die nicht mehr daran glaubte, dass sie je wieder so fühlen kann, sich einem anderen Menschen so hingeben kann, murmelt versonnen in sich hinein. Zwei verlorene Seelen auf ihrem Weg zurück in die uranfänglichste aller Emotionen.

Am Morgen lockt sie das Sonnenlicht hinter den Jalousien in den Tag. Als Rafael ins Badezimmer geht, kann Fran nicht an sich halten und nutzt die Gelegenheit, um auf dem Himmelbett auf und ab zu springen, sich im plüschigen Weich von Federn und Seide zu aalen. Nie zuvor hat sie ein Interieur von so glanzvoller Pracht gesehen, und nie zuvor war sie in einem Hotel, das mehr Personal als Gäste hatte. Betört von so viel verschwenderischem Luxus, bemerkt sie gar nicht, dass Rafael sie vom Badezimmer aus beobachtet.

Der Anblick ihrer ausgelassenen Verspieltheit lässt ihn an all die vielen anderen Frauen denken, die er in seinem Leben gekannt hat – an die schrecklichen Liebschaften seiner Jugend; an die Frau, der er einen Heiratsantrag machte und die er dann betrog; an die Frau, die ihn verraten hat; an die Frau, die ihn nicht in Ruhe ließ; dazu die zahllosen Betthäschen aus dem *Seekers*, deren Gesichter zu einem verschwimmen, mit ihrem angesäuselten, lockeren One-Night-Stand-Getue und ihrer klumpigen Mascara. Von den Frauen, an denen er ernsthaft interessiert war, hatte sein Vater gerade mal zwei »gebilligt«. Sein Vater hielt mit seinen ehelichen Erwartungen an Rafael nie hinterm Berg, gab ihm stets klar zu verstehen, dass seine »Zukünftige« auch »standesgemäß« und vorzugsweise »blaublütig« zu sein hatte. Doch all diese Frauen, sie waren so oberflächlich, so unnatürlich, so beschäftigt mit sich und ihrem

Wunsch, sich in Szene zu setzen, am richtigen Ort mit der richtigen Person gesehen zu werden. Ganz anders Fran. Sie hat Klasse.

Er drückt die Tür auf, und Fran, die giggelnd errötet, taucht unter die Decke ab, tut so, als hätte sie die ganze Zeit dort gelegen.

»Wir könnten noch eine weitere Nacht bleiben«, schlägt er vor. »Ich habe am Montag ein paar Besprechungen, aber ich kann Mimi anrufen, damit sie die verschiebt …«

»Nein, tu das nicht«, erwidert Fran und schließt die Augen.

»Tu nicht was?«

»Sprich nicht über die Realität. Erinnere mich nicht daran.«

Alles, was sie möchte, ist, diesem schwelgerischen Leben weiter zu frönen. Sie seufzt, hört das Ticken in ihrem Kopf, das ihr ins Gedächtnis ruft, dass sie Bräute hat und Kleider, die ihrer Aufmerksamkeit bedürfen.

»Ich muss zurück«, sagt sie. »Ich muss Brautkleider unter Bräute bringen und der Liebe auf die Sprünge helfen.«

»Ganz sicher?«, fragt Rafael und lässt sich aufs Bett plumpsen. »Dass deine Kleider so viel Macht haben?«

»Hast du doch selbst gesehen, auf den Hochzeiten von Melissa, Rachel, Kate … sie waren … eine wunderbare Bereicherung.«

Rafael schüttelt den Kopf.

»*Du* warst es, Fran. Du warst die Bereicherung, mit deinen vielen guten Ratschlägen. Du magst ein bisschen durchgeknallt sein, bist aber trotzdem klug. Du gibst ihnen gute und richtige Worte mit auf den Weg, sprichst ihnen Mut zu, wenn es sein muss, und all dies tut irgendwo in ihrem tiefsten Innern seine Wirkung.«

»Oh nein«, sagt Fran. »Ich bin nur nett und freundlich. Es sind die Kleider, die ihre Wirkung entfalten.«

»Und du denkst, dass diese ›Wirkung‹ zeitlebens bestehen bleiben kann?«

»Offensichtlich.«

»Das will ich wissen, Francesca Delaney, und fordere dich heraus«, sagt er mit einem verschmitzten Lächeln. »Besuch deine drei Bräute in einem halben Jahr noch mal … und schau nach, wie es um ihre Ehen steht. Wenn sie dann immer noch glücklich sind«, sagt er mit einem Funkeln in den Augen, »heirate ich dich.«

Mit offenem Mund starrt sie ihn an. »Das Versprechen auf immerwährende eheliche Liebe aus deinem Mund? Ich wäre schön blöd, es nicht anzunehmen. Aber was machen wir, wenn meine Bräute nicht mehr glücklich sind?«

»Dann haben wir alle Pech.«

Kapitel 16

Aus Tagen werden Wochen … Abgesehen von den Stunden, die sie mit ihrer Arbeit verbringen, sind Fran und Rafael kaum getrennt. Sie denken nicht darüber nach. Sie folgen einfach ihrem innersten Trieb, ständig zusammen sein zu wollen. Abendessen in Rafaels Lieblingsrestaurants, abendliches Schwimmen in einem der Badeteiche von Hampstead, Filme in alten, schmuddeligen Kinos, viel Sex, viele Spaziergänge.

Mimi kann Rafaels amourösen Anwandlungen wenig Positives abgewinnen, obgleich ihr eigener Hochzeitstag bevorsteht. Sie erlebt Rafael unkonzentriert, zerfahren und nervtötend gut gelaunt. Fran indes ist plötzlich nicht mehr die total engagierte Brautkleiderverkäuferin, sondern eine liebestrunkene Träumerin. Mick kratzt sich frustriert am Kopf, sieht sich nicht in der Lage, sie groß zum Arbeiten zu bewegen. Klar kann er auch mal ein Kleid verkaufen, falls nötig, aber ihr Talent und ihr Geschick, das hat er nicht. Er hat alle Mühe, ein kunstseidenes Maxikleid aus den Siebzigern an die Frau zu bringen, eine unfreundliche Lehrerin aus Cardiff. Er gibt sein Bestes mit einem bestickten weißen Organza-Modell von 1959, aber die Braut, die ihm dafür vorschwebt, eine geschiedene Frau aus Bristol, die einen zweiten Anlauf ins Eheglück startet, lässt einen Termin nach dem anderen platzen. Und er hat auch kein Glück, eine große, ernste Braut für das elfenbeinfarbene Schwalbenschwanz-Kleid von 1938 zu finden. Sogar das Kleid von Alessandra Colt liegt schlummernd und abwartend in der Ecke des Ladens, da Fran allen Anfragen dafür keinerlei Beachtung schenkt.

Eines Abends – sie liegen eng umschlungen, genießen den Blick auf die funkelnden Lichter der Stadt – setzt Rafael sich plötzlich auf.

»Ich habe nachgedacht«, sagt er. »Es ist Zeit.«

»Zeit für was?«

»Zeit, unsere Beziehung offiziell zu machen.«

Fran hebt eine Braue. »So wie bei …?«

»Demnächst steht eine Veranstaltung an, ein feierliches Dinner in London. Ein großes, spießiges Event, das jedes Jahr stattfindet. Es interessiert mich nicht sonderlich, aber es ist eines der hochkarätigsten gesellschaftlichen Ereignisse in der Hauptstadt und für die Stiftung von hoher Bedeutung. Ich werde eine Rede halten. Jahrelang war ich ohne Begleitung dort, was Spekulationen über meine heterosexuelle Beziehungsfähigkeit nicht gerade verstummen ließ. In der einen Minute nominieren sie mich für den Bachelor des Jahres, in der nächsten bringen sie mich mit einer Reihe von Schwulenclubs in Verbindung, und dann wieder lese ich, dass ich in einer Nacht mit drei Prostituierten geschlafen habe. Was übrigens nicht stimmt, ebenso wenig wie ich schwul bin oder der Bachelor des Jahres sein will – aber so funktioniert Klatschpresse eben.«

»Selbst wenn eins dieser Dinge zutreffen würde, es wäre mir egal.«

»Ach, du bist süß, aber mir wäre lieber, es wäre dir nicht egal.«

»Wirklich?«

»Ja, wirklich.«

»Und was heißt das jetzt?«

»Es heißt, dass wir unsere Beziehung offiziell machen sollten. Wir sind ein Paar.«

Fran lächelt. »Der unanständige Weiberheld aus einer korrupten Familie und die romantisch verblendete Brautkleidernärrin, die schmutzige Dinge unter einer alten Weide treiben?«

Rafael lacht – und wird sogleich wieder ernst. »Du musst verstehen, Fran: ›Offiziell‹, das hat eine Bedeutung in meiner Welt. Ich musste mir das gründlich überlegen. Versteh mich nicht falsch, aber du bist ein bisschen … eigenwillig. Du bist nicht die Art Frau, die sie an meinem Arm erwarten. Ich meine, wenn meine Großeltern oder mein Vater noch leben würden, hätten sie dich schon vor Wochen ausbezahlt, dich in irgendeine entlegene Ecke der Welt verfrachtet, mir irgendeine gut vernetzte Debütantinnentrulla vor die Nase gesetzt und mich gedrängt, ihr einen Ring anzustecken.«

»Du meinst, ich komme nicht aus den richtigen Kreisen?«

»Ich meine, meine Großeltern und mein Vater waren in diesen Dingen sehr altmodisch. Aber sie sind schon lange tot, Fran. Es könnte mir also völlig egal sein. Ihre Ehen gründeten auf Status, Geld und der Wahrung des schönen Scheins, aber sie waren … von vornherein unheilvoll. Liebe kam darin nicht vor. Die Frage ist eher, willst du denn überhaupt meine offizielle Freundin sein?«

»Ich werde darüber nachdenken«, sagt Fran neckisch und kokett, während sie innerlich fast platzt vor Freude.

»Eins noch«, sagt Rafael. »Bitte benimm dich anständig. Oder versuch es zumindest.«

»Jawoll, Sir.«

»Die Presse wird da sein. Wenn irgendein Unsinn ...«

»Untadeliges Benehmen. Großes Pfadfinderinnenehrenwort.«

»Und du brauchst ein Kleid.«

»Nur das Beste!«, sagt Fran und springt auf. »Was denn für ein Kleid?«

»Ein fantastisches, aber nicht zu aufreizend. Keine lauten Muster. Keine riesigen Sicherheitsnadeln. Wir wollen ja nicht, dass die werten adeligen Herrschaften, Lord und Lady Eyebright, an ihrer Hummersuppe ersticken.«

»Vertrau mir«, sagt Fran, »wenn es eine Sache gibt, die ich richtig gut kann, dann ist es die, die richtige Kleidung für den entsprechenden Anlass zu finden.«

In der Regent Street wimmelt es von Paparazzi. Männer in Anzügen und Frauen in Ballroben flanieren über den roten Teppich in Richtung Eingang zum *Hotel Café Royal.* Die ruhmgierigen Festgäste halten an, posieren oder geben einen Kommentar ab, während die VIPs nur freundlich nicken oder würdevoll winken. Alle fächeln sich Luft zu, da es recht schwül ist und nach Gewitter aussieht.

Rafaels Wagen fährt vor. Fran starrt aus dem Fenster auf die prachtvolle Backsteinfassade des Hotels. Sie verkneift sich ein Kichern – keine Albernheiten, tadelloses Benehmen. Sie ist entschlossen, ihn stolz zu machen, das Beste aus ihrem ersten »offiziellen« Moment zu machen. Sie hat ein langes Kleid aus den Vierzigerjahren gewählt, dazu ein paillettiertes Bolero-Jäckchen – elegant, raffiniert, mit einem Hauch Sexappeal.

»Geht das durch so?«, fragt sie ihn.

»Es ist perfekt«, sagt Rafael. »Hier, ich habe ein Geschenk für dich.«

Er gibt ihr eine Schachtel. Sie schaut sie an.

»Los, mach auf.«

Ein antikes Diamantarmband. Fran verschlägt es den Atem. Sie hat noch nie Diamanten geschenkt bekommen. Und er hat eine exquisite Wahl getroffen: ein eleganter, zierlich-filigraner edwardischer Armreif, der sich mehr durch sein Alter als durch seinen materiellen Wert auszeichnet.

»Ich glaube«, sagt er, während er ihn über ihre Hand streift, »er ist über hundert Jahre alt. Wer weiß, vielleicht hat er mal einer Suffragette gehört?«

Fran lächelt, küsst ihn zum Dank.

»Wollen wir?«

Er reicht ihr den Arm. Sie schiebt ihr frisch bereiftes Handgelenk durch seine Ellbogenbeuge, und sie steigen aus dem Auto. Die Stadt brummt. Der abendliche Verkehr rauscht neben ihnen vorbei, während sie in Richtung roter Teppich schreiten. Die Neonlichter am Londoner Piccadilly leuchten hell gegen die aufziehenden dunklen Gewitterwolken.

»Bleib einfach neben mir«, sagt Rafael. »Sie werden gleich meinen Namen rufen. Und das Blitzlichtgewitter geht los, aber kein Grund zur Panik. Wirkt zunächst einschüchternd, aber du wirst dich schnell daran gewöhnen.«

Er drückt ihren Arm.

»Bereit?«

»Bereit«, sagt Fran, atmet tief aus.

Sie treten nach vorn. Die Kameras knipsen und blitzen. Das Lichtgewitter ist derart grell, dass Fran für einen kurzen Moment geblendet ist. Sie hakt sich fest bei Rafael ein, zieht ihn nah an sich, koppelt an seine Selbstsicherheit an wie seinerzeit Alessandra bei der Hochzeitsgesellschaft.

»Mr Colt!«

»Hier rüber, Mr Colt!«

»Glückwunsch, Mr Colt. Ein großer Abend heute für Sie! Können Sie uns ein paar Worte zu den künftigen Plänen der Stiftung sagen?«

»Mr Colt! Würden Sie so freundlich sein, zusammen mit Ihrer Partnerin kurz zu posieren? Wir hätten gerne ein paar Bilder.«

»Ist das Ihre neue Freundin? Bitte lächeln!«

Als sie durch den Eingang treten, dreht Fran sich um und lächelt, glücklich, dass die Kameras ihre Freude einfangen. Rafael hingegen ist ungeduldig. Er fasst sie am Arm, etwas fester als nötig, und führt sie hinein. Er will den allsehenden Augen dieser Kameras schnellstmöglich entkommen. Sie betreten die Lobby – historische Opulenz gepaart mit modernem Dekor, warm beleuchtete Marmoroberflächen und Spiegel, dominiert von einem Kristall-Kronleuchter. Ein Saaldiener begrüßt sie mit Champagner. Fran blickt sich staunend um, fasziniert vom Gedanken an die vielen berühmten Gäste des Hotels wie Virginia Woolf, Oscar Wilde oder David Bowie, die leise von den schmiedeeisernen Balustraden unter den vergoldeten Decken flüstern.

Vor ihnen taucht Mimi auf. Sie ist ganz in Schwarz

gekleidet – enganliegendes Kleid im Column-Stil, ohne Schmuck, schlechte Passform. *Bei ihrer Größe und Figur,* denkt Fran, *könnte sie ruhig mutiger sein. Sollte sie sogar.*

»Guten Abend, Mimi«, sagt Rafael. »Sie kennen Fran ja bereits, aber bevor der Abend seinen Lauf nimmt, möchte ich Sie gerne wissen lassen, dass wir beschlossen haben, unsere Beziehung offiziell zu machen. Sollte die Presse also Fragen stellen …« – er schaut Fran an und lächelt – »… jawohl, wir sind zusammen.«

»Wie Sie wünschen, Mr Colt«, sagt Mimi und wirft Fran ein unfreiwilliges Nicken zu. »Hier ist Ihre Rede. Ich habe die wichtigsten Punkte markiert.«

Sie reicht ihm ein Tablet.

»Ich glaube«, sagt er zu Fran, »ich brauche eine Minute, um das hier kurz durchzugehen. Entschuldigst du mich? Vielleicht könntet ihr zwei inzwischen was trinken oder so?«

Mimi zieht eine finstere Miene.

»Kümmern Sie sich bitte um Fran, Mimi? Sie können ihr schon mal den Festsaal zeigen. Dort hatten meine Eltern ihren Hochzeitsempfang, habe ich dir das erzählt, Fran?«

Er entfernt sich, lässt Mimi und Fran zurück, die sich angespannt anschweigen, da keine von ihnen große Lust hat, sich mit der anderen zu unterhalten. Ringsum trudeln weitere Gäste ein, finden zusammen und plaudern. Fran studiert die Gemälde an der Decke. Mimi schaut auf die Wanduhr. Und schließlich, gleichzeitig, machen sie ihren Standpunkt klar.

»Wir müssen keine Freundinnen werden«, sagt Fran, just in dem Moment, als Mimi fragt, ob sie den Weg zum Ballsaal auch alleine findet.

»Aber sicher doch«, sagt Fran und streicht über ihr Kleid.

Wie hält er es mit der bloß aus?, denkt sie, während sie verärgert den Korridor hinunterwandelt. Doch gleich darauf, beim Anblick des Festsaals, ist ihr Zorn verflogen – alter, majestätischer Glanz aus der Zeit Louis XIV. Kannelierte korinthische Säulen, vergoldete Spiegelrahmen. Wo sie auch hinsieht, funkelnder Lichterglanz.

»Wahnsinn«, flüstert sie, während ihr Blick hinauf zur kunstvoll gestalteten Decke wandert und ihre Gedanken beim Brautkleid von Alessandra Colt sind – dem einzigen Kleid, das mit einer Pracht wie dieser mithalten kann. »Hier also ist es passiert. Hier haben Lyle und Alessandra getanzt, getrunken … und gefeiert.«

Sie sinniert über dieses letzte Wort, dreht sich, um in den Spiegel zu schauen, und spürt, wie es sie beschleicht, dieses Gefühl von Leid und Qual, das sie schon einmal gespürt hat, in *Dryad's Hall*, und sie spürt den Schmerz, Alessandras inneren Schmerz. Sie stellt sich die beiden vor, ein frisch vermähltes Paar, auf dem Weg zu ihrem ersten Tanz – Lyle mit seinen dunklen Rehaugen, den leicht schräg abfallenden Schultern, tadellos gekleidet im Frack und Fliege, geleitet er Alessandra am eingehakten Finger galant aufs Parkett, alldieweil seine nach Bewunderung heischenden Augen durch den Saal streifen und er sich ergötzt an seiner Macht über all die Frauen, die er haben kann, wie er will. Er fasst Alessandra um das Handgelenk, zieht sie an sich, zwingt ihre zierlichen, nervösen Hände um seine Taille. Sie beginnen sich zu wiegen, und er fordert einen Kuss … einen Kuss, wofür? Bestimmt nicht für die wahre Liebe, dessen ist Fran sich gewiss. Seine inszenierte Manieriertheit – der eingehakte Finger, das gebieterische Grinsen, das selbstgefällige Flackern in seinen Augen – sind nicht die Sprache der Liebe und der Zuneigung. Es sind Gesten seines Machtspiels.

Fran verharrt.

Macht sie sich nur selbst etwas vor, wenn sie glaubt, dass Rafael mit der alten Tradition brechen wird? Vielleicht sind erste Anzeichen schon da: Er sagt ihr, was sie anziehen soll, wie sie sich zu benehmen hat, wann sie ihre Beziehung »offiziell machen«. *Wenn wir erst einmal verheiratet sind, werde ich ihn ändern.* Wie oft hat sie diese Worte im *Whispering Dress* schon gehört und mit Mick kopfschüttelnde Blicke gewechselt. Bräute, die der Illusion verfallen, dass ihr Ehemann in spe verlässlicher, engagierter, rücksichtsvoller und kommunikativer sein würde, wenn erst einmal der Ring am Finger steckt. Als ob ein kreisförmiges Stück Metall alles wäre, was es braucht.

Vielleicht verbirgt Rafael ja nur seine dunkle Seite, verdrängt seine schwere Kindheit. Und vielleicht überkommt es ihn ja manchmal.

Vor ihrem Auge sieht sie den Tanz schneller werden. Alessandra kann nicht mithalten; das Gewicht des Brautkleids ist zu schwer, die Schleppe zu lang, doch Lyle nötigt sie. Sie drehen und wirbeln herum, bis sie nicht viel mehr sind als ein makabrer, verschwommener Fleck aus elfenbeinfarbener Seide und herzlosem Lachen. Plötzlich fühlt es sich an, als würde die Luft im Saal dünner, Fran beengen, sie ersticken. Sie fühlt sich schwindelig, taumelt nach hinten – dann zieht eine Hand an ihrem Arm.

»Fran … Fran, los, sie rufen uns hinein.«

»Ja«, sagt sie geistesabwesend. »Ja, natürlich.«

Sie fühlt sich schutzlos, wehrlos, spürt, wie sich hunderte heimliche Ängste in ihrem Bauch verknoten.

»Warte«, sagt sie, »ich brauche kurz frische Luft.«

Noch ehe Rafael dagegenhalten kann, hastet sie durch die Menge und hinaus auf die Stufen vor dem Haupteingang, wo die Lichter um Piccadilly, viel Verkehr und Papparazzi kreisen.

»Fran!« Rafael geht ihr nach. »Wir müssen rein.«

Er sieht, wie die Kameras auf ihn schwenken.

Er ruft sie noch einmal, aber sie ist völlig durcheinander, mit ihren Gedanken ganz woanders.

»Die Vergangenheit ist überall«, flüstert sie und starrt in die Scheinwerfer der entgegenkommenden Autos. Das Kleid … es will mir irgendetwas sagen.«

»Fran!«, faucht Rafael sie an. »Wir haben jetzt keine Zeit für so was. Reiß dich zusammen und komm jetzt.«

Frustriert schnaubt er auf. So hart wollte er sie eigentlich nicht angehen, aber sie treibt ihn zur Weißglut. *Nicht jetzt.*

Fran hört seine Bitten nicht. Ihre Aufmerksamkeit wandert ganz woandershin, zum Bus der Linie 88, der gerade vorfährt und direkt vor ihnen hält. Einen Augenblick lang glaubt sie es nicht, traut ihren Augen nicht …

Seit Jahren hat sie dieses Gesicht nicht mehr gesehen, aber er ist es, eindeutig. Diese stechend grünen Augen, diesen Wuschelkopf, wird sie nie vergessen. Zudem prangt sein Name in riesengroßen Lettern über die ganze Seite des Busses: Miles Ferguson. Das Adrenalin schießt ihr durch die Adern, als der Schmerz sie brutal erfasst und alles wieder hochspült – die Zurückweisung, die Trauer, die Demütigung.

Rafael ergreift ihre Hand, schüttelt sie sacht, versucht Fran zurück ins Gebäude zu führen. Sie schiebt ihn von sich, starrt wortlos auf das, was sie nicht anders auffassen kann als ein *Zeichen*.

Irgendwo im Hintergrund hatte sie immer gewusst, dass Miles' Stern einmal aufgehen würde. Die Klatschgeschichten, Film- und Fernsehkritiken hat sie bewusst nie verfolgt, aber wenn jemand einen so erfolgreichen Blockbuster dreht, dass sein Gesicht an einem Doppeldeckerbus auf der anderen Seite der Welt prangt … dann kann man nicht wegsehen. Sein Gesicht, seine große grauenhafte Fratze, so groß, dass es schier unerträglich ist, prunkt direkt vor ihr, verkündet seinen Sieg. Als der Schock sie erfasst, brechen die Wolken am Himmel auf, und erste dicken Regentropfen fallen.

»Komm jetzt endlich.« Rafael fleht sie an. »Die warten alle auf mich.«

Fran blinzelt, schlägt sich die Hand vor den Mund, wehrt Rafael wieder ab.

»Was zum Teufel ist los mit dir?«

Fran schließt die Augen. Was soll sie sagen? Wo soll sie anfangen? Könnte er es auch nur annähernd verstehen? Damals, ihre Seele kaputt, ihr Herz zerrissen, von Schmerz zerquält. Miles Ferguson: Der Grund, warum sie ihr Herz nie wieder an irgendeinen anderen Menschen schenken kann. Gedanken fluten ungebeten heran, spülen Angst und Panik in ihren Kopf. Zitternd, die Augen voll Tränen, reißt sie sich von Rafael los, rafft ihren Rock zusammen, rauscht davon, und hinter ihr bricht eine Kakophonie von Gelärme und Blitzlichtgeklacker los.

***

Sie waren neunzehn. Gespielt wurde »Wie es euch gefällt« von William Shakespeare. Er hatte eine Nebenrolle mit ein paar Zeilen Text, die er mit Begeisterung vortrug. Fran konnte erkennen, dass er zu Großem bestimmt war. Miles Ferguson. Als sie seinen Namen im Programmheft sah, las sie ihn immer wieder. Alle im Ensemble liebten ihn. Seine Augenbrauen schienen zu tanzen, wenn er sprach. Und seine Haare bestanden aus einem einzigen Wuschel dunkelblonder Locken, die bei jeder geistvollen, sprühenden und übersteigerten Spielszene hüpften und federten. Er war exaltiert und charismatisch und jung genug, damit durchzukommen. Hinter den Kulissen war er Gegenstand von Klatsch und Tratsch, hauptsächlich unter den Tänzerinnen, die alle um seine Aufmerksamkeit buhlten – aber es war Fran, auf die er ein Auge geworfen hatte, die kleine Fran mit ihren Kostümen. Sie bekam gar nicht mit, dass auch er jedes Mal lächelte, wenn er sie in der hinteren Reihe sitzen sah, immerzu nähend oder stickend, ihrer Mutter, dem guten Geist der Kostümschneiderei, wie aus dem Gesicht geschnitten.

Als Fran klar wurde, dass er sich in sie verknallt hatte, konnte sie es kaum glauben. Als er dann die Zweitbesetzung für die Hauptrolle bekam, musste sie sich zusammennehmen, um nicht in einem fort zu lächeln, während sie dabei war, ihm das Kostüm um seine stolzgeschwellte Brust anzulegen.

Sie blieben an jenem Abend noch lange im Theater, hingen mit den Beleuchtern ab, die sich nach der Vorstellung immer in bierseliger Runde zusammenfanden. Eines Abends wies er einen der Tontechniker an, ihn auf das Saalmikrofon aufzuschalten, und bat Fran, für alle hörbar, über Lautsprecher um ein Date. Sie wurde rot, sagte Ja, aber nur, wenn er versprach, sie nie wieder in Verlegenheit zu bringen.

Er nahm sie mit auf eine langweilige Ausstellung im British Museum, die sie beide vorgeblich spannend fanden. Im *Café in the Crypt* unter dem Trafalgar Square saßen sie danach selig bei winzigen Weingläsern und Salat zusammen, eine in der Tat feine Abwechslung zu *Pizza Hut* und Instantnudeln. Sie küssten sich auf den Stufen der National Gallery, ganz London zu ihren Füßen.

Innerhalb eines Monats zogen sie zusammen, teilten sich ein Zimmer in der Wohnung seines Bruders in Camden, wo bei jedem Zug, der draußen vorbeifuhr, die Fensterscheiben klapperten. Sein Bruder war ebenfalls Schauspieler, hauptsächlich für Werbeclips, für Zahnpasta oder als Off-Stimme. Jede Woche hatte er eine andere Freundin – muss an seinem mintfrischen Atem liegen, wie alle scherzten. Sie malten sich aus, was wäre, wenn Miles erst seinen großen Durchbruch hätte, der ganz bestimmt kommen würde, da war er sich ganz sicher.

Sie glaubte an ihn. Er war schließlich Miles!

Mit ihren jungen zwanzig Jahren schlug sie alle warnenden Worte ihrer Mutter in den Wind. Was wusste ihre Mutter schon, die Beziehungsexpertin schlechthin? *Sei vorsichtig, Schauspieler sind kompliziert*, war so gut wie alles, was sie an weisen Ratschlägen zu bieten hatte. »Sie erzählen dir, was du hören willst«, sagte sie, »bis du irgendwann kapierst, dass alles nur gespielt ist, nur ein weiteres Schauspielstück. Ganz ehrlich, Fran, such dir einen Zahnarzt, mit dem bist du besser dran.«

Fran war mit den flüchtigen, verworrenen Liebschaften

ihrer Mutter aufgewachsen – mit jedem Stück hatte sie einen anderen Schauspieler als Freund. Und die arrogantesten unter ihnen schienen es ihr besonders angetan zu haben. Einige waren netter als andere, und der eine oder andere bunte Vogel hinterließ einen nachhaltigen Eindruck, doch Fran konnte sehen, dass ihre Mutter durch ihre rosarot-romantische Brille immer ziemlich verblendet war. Insofern stand es ihr wirklich nicht zu, sich spitze Bemerkungen über Miles zu erlauben, dessen Schäkereien zu seinem Schauspielercharakter dazugehörten und von daher verzeihbar waren. Schauspieler, ja, aber anders. Miles war anders.

Drei Jahre lang waren sie unzertrennlich – so glaubte Fran – und genossen den nächtlichen Theaterdonner, feierten die Nacht oder das ganze Wochenende durch, Höhen und Tiefen zwischen Aufführungen und Premierenfeiern. Sie standen mittags auf, verbummelten die Nachmittage in der Stadt, faulenzten im Hyde Park oder hingen in den Cafés der Museen und Galerien ab. Abends, wenn Miles am Theater spielte, blieb Fran auch mal daheim, saß still und allein am Esstisch mit Flickwäsche und Näharbeiten, glücklich in ihrer eigenen Blase, wartend, bis ihr Freund, der Schauspieler, wieder nach Hause kam.

Miles kümmerte sich nicht groß um sein Äußeres. Sie nannte ihn ihr großes Kind. Er steckte all seine Energie in seine Schauspielkarriere, da blieb gesunder Lebensstil schon mal auf der Strecke: Er trank zu viel, schlief zu wenig und aß wochenlang nichts anderes außer Ofen-Pommes. Fran hielt ihn zusammen. Sie kochte ihm Gemüse, wenn auch aus dem Tiefkühlpack, aber so hatte er wenigstens ein paar Vitamine. Sie redete ihm gut zu, wann immer er mit sich haderte. Sie passte seine Kostüme an und sorgte dafür, dass er auf der Bühne stets eine tadellose Figur machte. Sie hörte ihn ab, wenn er Text für Aufführungen oder Vorsprechtermine lernen musste, und sie ermunterte ihn, sein Bestes zu geben.

Sie liebte es, an seiner Seite zu sein, ihn aufzubauen und zu unterstützen. Bereitwillig ordnete sie ihr Leben dem seinen unter und überließ ihm die Führung. Sie liebte ihn so sehr, so intensiv. Sie brauchte nichts weiter, wollte nichts weiter.

Als dann ein Talent-Scout aus den USA seinen Agenten kontaktierte, um ihm die Rolle des »Engländers« in einem Pilotfilm zum Auftakt einer neuen Seifenoper anzutragen, war Fran hellauf begeistert – aber auch ein bisschen nervös, da sich nun möglicherweise alles ändern würde. Wie konnte sich eine so große Chance so beängstigend und zugleich so aufregend anfühlen?

Doch all ihre Ängste waren schnell zerstreut, als er eines Abends, oben auf dem Primrose Hill, aus heiterem Himmel einen Ring hervorzog und ihr einen Antrag machte. Er gab ihr sein Versprechen, dass sie, so sagte er, immer an erster Stelle stehen würde, egal, wie es mit seiner Karriere laufen würde, dass er sich ein Leben ohne sie nicht vorstellen könnte. Sie war überglücklich, so sicher, so absolut sicher. Shakespeare in Love.

Und während sich das Dunkel der Nacht über die Stadt legte, wusste sie, dass sie sich ihr eigenes Brautkleid schneidern würde. Am nächsten Tag, noch leicht benommen von den zweieinhalb Flaschen Billigsekt, die sie geköpft hatten, machte sie sich ans Werk, recherchierte, plante, zeichnete erste Entwürfe. Es durfte kein Allerweltskleid sein. Herauskommen musste ein Kleid, das ihre große

Liebe in diesem innigen Moment vor dem Traualtar anschaulich machte. Sie stöberte durch die Kostümabteilung im Theater, einen riesigen Fundus mit allerlei Tand und Kram, Petticoats, Schößchen-Kleidern und Schleiern. Sie verbrachte mehr Zeit damit, über das Kleid nachzudenken, als über alles andere. Kuchen, Blumen, Eheversprechen – das alles war schnell entschieden. Das Kleid aber, das war eine gewaltige Herausforderung.

Doch dann kam Miles, völlig aufgelöst, sagte, dass er tatsächlich für die Rolle im Pilotfilm engagiert worden sei und deshalb den ganzen Sommer lang in den USA sein würde – und mit einem Schlag war der Zauber verflogen, die Hochzeitspläne dahin.

»Wir können doch später immer noch heiraten«, meinte er mit gequälter Miene, als er Frans Enttäuschung sah, und er versuchte alles, um sie aufzubauen. »Jetzt bleiben uns nur wenige Wochen, um alles im Hauruckverfahren organisiert zu bekommen.«

Vielleicht hätte sie damals einen Rückzieher machen sollen. Vielleicht hätte sie auf ihr Bauchgefühl hören und sich fragen sollen, ob es wirklich sein musste, eine Hochzeit in ein Zeitfenster pressen zu wollen, das einfach nicht groß genug war. Doch der Traum vom Eheglück war bereits in Gang gesetzt. Ihr Herz stand in Flammen, und von ganz tief unten stieg die Angst in ihr auf, dass sie ihn ohne das Band der Ehe an den Erfolg verlieren könnte. Und so blieb keine Zeit für Frans kunstvoll durchdachte Vision von einem selbst kreierten und geschneiderten Kleid. Der große Tag kam mit Riesenschritten näher, und so blieb ihr nur ein Schnellschuss im örtlichen Brautmodenladen.

Ted Bowls sollte sie zum Altar führen. Ihre Mutter hatte

stets behauptet, Frans Vater sei ein bekannter Operntenor, der mit einem Kind nicht behelligt werden wollte. Ob das stimmte oder nicht, jedenfalls war Ted Bowls, der Techniker vom *Wyndham's Theatre*, stets eine Art Ersatzvater für Fran gewesen. Er war für dieses Amt genau der Richtige. Die Sonne lachte an jenem Tag von einem wolkenlosen Himmel, es war warm, aber nicht zu heiß. Ihre Mutter half ihr beim Ankleiden. Jenen letzten Moment, allein vor dem Spiegel, mit dem Kleid, das sie wie eine silberne Blume umhüllte und zur Braut machte, wird sie nie vergessen. Die Fahrt zur Kirche war aufregend. Die Hochzeitsmesse sollte in einer kleinen normannischen Kapelle in Miles' Heimatort an der Grenze zu Oxfordshire stattfinden. Fran und er gaben nichts auf das religiöse Drumherum, doch seine Eltern hatten auf einer Hochzeit im traditionellen Stil bestanden. Fran gefiel der Gedanke an diese heile Welt mit einer Familie, die auf Traditionen hält, besser als ihre eigene wunderbare, allerdings labil geprägte Wirklichkeit in Tourneetheatern mit einsamen, selbst gekochten Abendessen, seit sie acht war. Es würde eine idyllische Dorfhochzeit werden, der Pfad zur Kirchentür mit Gänseblümchen bestreut.

Doch als Fran und Ted das Tor zum Kirchengarten erreichten, das mit purpurroten und blauen Blumengirlanden geschmückt war, wie sie es sich gewünscht hatte, kam Miles' Vater aus der Kirche gestürmt, die blanke Panik im Gesicht.

»Tut mir leid, Francesca«, keuchte er außer sich. »Ich weiß nicht, was in ihn gefahren ist. Es ist … entsetzlich. Wir haben mit Engelszungen auf ihn eingeredet … aber ich fürchte, er bleibt stur …«

»Was?«

»Er ist weg. Es tut mir so leid, meine Liebe. Er hat die Hochzeit abgesagt.«

»Wie bitte? Er kann doch nicht …«

In diesem Moment brach eine Welt zusammen, alles, wofür sie gelebt hatte, seit sie neunzehn war – ihre erste und einzige Liebe, verflossen für immer.

Danach hatte er noch viel zu sagen. Sie erhielt Briefe, Anrufe, Nachrichten, wie leid es ihm täte, was für ein Arsch er sei, dass er ihr nichts hätte vormachen sollen, dass er kalte Füße bekommen hätte, als er vor dem Altar gestanden hatte, dass es bestimmt nicht an ihr läge – *Ach, nicht?* –, sondern an ihm. Er müsse in seinem Leben einen anderen Weg gehen, sagte er. Er habe zwei Tage vor der Hochzeit einen Anruf von einem Agenten in den USA erhalten, der vom bevorstehenden Pilotfilm und von seinem »English Gentleman«-Charisma begeistert war und anbot, ihn unter Vertrag zu nehmen. Und plötzlich habe er sich völlig zerrissen gefühlt, so zerrissen, dass er sich für den Tag nach der Hochzeit einen Flug nach LA gebucht hatte.

Und als sie ihn auf den Kopf zu fragte, was das alles solle, gab er zu, dass er sie nicht mehr liebte. Oder zumindest nicht genug, um sie in seine größeren Lebenspläne einbeziehen zu wollen.

Sie beschloss, ihn zu hassen, ihn zu verdrängen. Nicht so sehr dafür, dass er seine Karriere über die Liebe gestellt hatte, als vielmehr dafür, dass er sie der absoluten Demütigung preisgegeben hatte. Nichts, so hatte sie erfahren müssen, ist grausamer als das Aus der Liebe in aller Öffentlichkeit. Vor der versammelten Familie, deinen Freunden, deinen Freundfeinden – es zerschießt dich innerlich, vor aller Augen.

Sie versteckte sich einen Monat lang, schlief kaum noch und grübelte tagaus, tagein, was sie jetzt mit ihrem Leben anfangen sollte – nun, da ihr von jetzt auf gleich der Boden unter den Füßen weggerissen worden war. Es war ihre Mutter, die sie dazu ermutigte, Fascinators zu kreieren, wo sie doch so wunderschöne für ihre Brautjungfern entworfen hatte, die nun nicht zum Einsatz gekommen waren. Nicht zuletzt, damit sie etwas hatte, um die Zeit auszufüllen – zumal ihr beim Gedanken, ihre Arbeit im Theater wiederaufzunehmen, regelrecht schlecht wurde.

Ganz langsam, in kleinen Schritten, machte sie sich ans Werk, fasste wieder Mut. Mit ihren Fascinators ging sie schließlich auf den Camden Market, wo sie Mick kennenlernte, der – zwanzig Jahre älter als sie, schwul und wohlwollend onkelhaft – ihr eine unkomplizierte Freundschaft und stets ein geneigtes Ohr bot. Er stellte sie den Vintage-Kleiderverkäufern in den Stables vor und dort, zwischen den Marktbuden mit Wildlederjacken, gemusterten Hemden, Federboas und Retro-Cocktailkleidern, fand sie zu ihrer alten Lebensfreude zurück. Eine zufällige Begegnung mit einer Kiste missliebiger Brautkleider (der Budenbesitzer hatte sie ihr geschenkt, da sie ihm zu »neu« waren, um sie schnell wieder loszuschlagen) führte zu einer Obsession, die sie fortan begleiten würde.

In den schlimmsten Stunden ihrer Verzweiflung, als die Wunde der geplatzten Hochzeit immer noch heftig blutete, drehte und wendete sie ihre Geschichte, um irgendeinen Sinn darin zu finden. Wieso hatte sie so überstürzt gehandelt und in fliegender Hast ein seelenloses Kleid aus

Massenproduktion gekauft, anstatt die Hochzeit einfach aufzuschieben, sich Zeit zu nehmen, um in aller Ruhe und Sorgfalt ihr Traumkleid zu kreieren? Hätte sie die Heirat so retten können? War der Moment dieser Entscheidung ein Fluch des Verderbens? Gute Hochzeiten, so folgerte sie, brauchen gute Energie. Und welche Energie könnte schöner sein als die eigene positiv erlebte Erfahrung?

Das *Whispering Dress* war geboren. Die Brautkleider aus alten Zeiten würden den Bräuten von heute den richtigen Weg weisen, und sie würde diesen Feldzug anführen. Bei allem, was Miles Ferguson ihr genommen hatte, ihren Glauben an die wahre Liebe würde er ihr nicht auch noch nehmen! Im Gegenteil, ihr Eifer dafür wurde umso größer. Sie hatte ihre Erfüllung gefunden, verbunden mit der Magie, anderen zu helfen, sich selbst zu finden, durch das richtige Kleid, um ihnen auf diese Weise die Tür zum ehelichen Glück zu öffnen.

Sich selbst aber nahm sie davon aus.

Ihr eigenes Herz hatte sich verschlossen.

***

Und jetzt, als sie auf der Tower Bridge über die Themse geht, spürt sie den Schmerz von damals noch immer zucken. Die ganze Nacht lang ist sie barfuß im Regen durch die Stadt gelaufen. Nun, im morgendlichen Dämmerlicht, in ihrem schicken Abendkleid und ihrem Bolero, nass bis auf die Knochen, sieht sie aus wie eine Spukgestalt. Jeder Schritt über die Brücke führt sie zurück zu jenen Schritten, die sie nie zu Ende ging – vor den Traualtar. Rafael ruft sie in einem fort an, aber sie geht nicht dran. Sie weiß, sie schuldet ihm eine Erklärung, aber sie hat Angst, schaudert beim Gedanken, die Vergangenheit hervorzuholen.

Die Kirchspitzen im südlichen London zerspleißen das frühe Sonnenlicht. Sie sitzt auf einer Bank und sieht zwei Tauben zu, die sich über ein halbes weggeworfenes Burger-Brötchen hermachen. Die Kirchenglocken läuten, preisen den Sonntagmorgen. Keine Frage, auf der Hochzeit von Lyle und Alessandra haben die Glocken bestimmt auch geläutet – ihrem ehelichen Glück hat es nicht geholfen. Vielleicht wäre Alessandras Leben glücklicher verlaufen, hätte sie auf ihre innere Angst gehört, das ererbte Brautkleid der Familie nicht getragen und diese extravagante, prahlerisch protzige Hochzeit nicht mitgemacht. Fran schaudert, wenn sie nur daran denkt, welchem Druck Alessandra ausgesetzt war: unehelich und gewaltsam geschwängert, dann zu unterwürfigem Gehorsam gezwungen, angewiesen, den Mund zu halten und ihre Rolle zu spielen. Zu jung, zu ängstlich und zu fügsam, um davonzulaufen. Kein Wunder, dass ihr der Anblick in diesem Hochzeitskleid verzweifelte Qualen bereitet hat – eine seelisch ausgeblutete Braut, eine leere Hülle ihrer selbst, ummantelt von elfenbeinfarbener Opulenz.

Fran weiß nur zu gut, wie es sich anfühlt, nurmehr eine leere Hülle von Braut zu sein.

Sie denkt an Rafael, den ersten, den *einzigen* Menschen, der ihre Schutzmauern seit Miles zu durchbrechen vermocht hatte. Er mag sie, dessen ist sie sich gewiss, aber es fühlt sich zu gefährlich an. Kann die Kluft zwischen ihnen, zwischen heute und dem, was war, überwunden werden, zumal sie unterschiedlicher nicht sein könnten? Kann es

Liebe sein, sichere und wahre Liebe? Sie schließt die Augen, fühlt den Schmerz.

Er ist da. Sein Anblick tut ihr in der Seele weh. Sie lehnt im Türrahmen und wartet, dass er sie hereinbittet.

»Oh, Fran. Gott sei Dank.«

Als er ihre von Tränen gestreiften Wangen und die schmutzigen, wundgelaufenen Füße sieht, fasst er ihre Hand, führt sie hinein und hinaus auf die Terrasse, wo sie auf der Rattanliege in sich zusammensinkt, sich in der morgendlichen Sonne wärmt. Er bringt ihr Kaffee und Toast, doch ihr Körper verspürt kein Verlangen nach Nahrung. So liegen sie einfach still nebeneinander, schauen den Booten auf dem Fluss zu. Die Straßen sind ruhig, bis auf ein paar wenige frühe Vögel beim Joggen und Kindermädchen der Londoner Superreichen, die ihre Schützlinge vor sich herschieben.

»Ich habe es gründlich vermasselt, was?«, sagt sie schließlich. »Die Gelegenheit, unsere Beziehung offiziell zu machen, meine ich.«

»Ganz recht«, sagt Rafael ernst. »So sieht's aus.«

Das ist nicht die Antwort, die sie hören will, aber sie sieht ein, dass es die Antwort ist, die sie verdient. Sie senkt den Kopf.

»Es war nur ein Dinner, Fran – ein paar Reden, ein paar Drinks, ein bisschen Smalltalk. Gut, ich sehe ein, ich wollte einen halben Staatsakt daraus machen, aber ganz ehrlich, Fran, so eine Riesensache war es nun auch wieder nicht. Und mir graut schon, wenn ich nur daran denke, was die Presse aus deiner panikartigen Flucht machen wird. Die denken weiß Gott was ich dir angetan habe, ist dir das klar? Die werden darüber herfallen wie die Geier und mal wieder irgendeine Geschichte erfinden, in der ich der feine dekadente Schnösel bin. Aber du weißt, dass ich dich gewarnt habe. Und trotzdem hast du mich vorgeführt und zum Affen gemacht!«

»Es tut mir leid.«

»Ich habe die ganze Nacht kein Auge zugetan«, fährt er fort. »Ich habe die ganze Stadt nach dir abgesucht, dich ständig angerufen. Hättest du dir nicht denken können, dass ich mir Sorgen mache? Eben waren wir noch wahnsinnig glücklich, und im nächsten Moment reißt du dich los und stürmst davon in den Regen? Ich dachte, du hättest vielleicht irgendetwas Schlimmes gesehen, einen Autounfall, einen Raubüberfall, aber … einfach so, ohne Sinn und Verstand? Du bist einfach davongelaufen. Und ich hatte eine Meute Reporter und Fotografen an der Hacke, die dumme Fragen stellten, und wusste nicht, was ich sagen soll. Und? Wie lautet jetzt deine Erklärung?«

Fran schnieft, schlägt sich die Hände vor den Kopf. Sie sieht ihn wieder vor sich – Miles. Sein gealtertes Gesicht, von Eitelkeit hässlich zernagt, sein Name in fetter Schrift auf dem Bus, als müsse alle Welt ihm die Ehre erweisen … Reicht es nicht, dass er sie vor dem Traualtar eiskalt hat stehen lassen? Musste es wirklich sein, dass sie seinen Erfolg als Filmstar noch zehn Jahre später unter die Nase gerieben bekommt? Sie fragt sich, ob er überhaupt noch an sie denkt, ob er es bereut, sie so kaltschnäuzig abserviert zu haben? Sie bezweifelt es. Doch Bitterkeit ist gefährlich. Sie zerfrisst die Seele. Sie muss das alles vergessen, einfach vergessen, es ausblenden, es abschließen.

»Ich habe Angst bekommen«, sagt sie knapp, sträubt

sich, ihm Rechenschaft abzulegen, zieht ihre Mauern wieder hoch.

»Angst? Wovor?«

»Vor meiner Vergangenheit.«

»Und vor was genau?«

»Ach, halb so wild. Ich will nicht darüber reden.«

»Das reicht nicht«, sagt Rafael stirnrunzelnd. »Jeder hat eine Vergangenheit. Wir lernen, damit zu leben und sie loszulassen. Das habe ich von dir gelernt. Ratschläge austeilen, ja, das kannst du gut, aber halt dich auch gefälligst selbst daran.«

Wenn sie doch nur sagen würde, was Sache ist, was sie wirklich bewegt.

»Die ganze Nacht war ein einziges Fiasko«, schiebt er nach, frustriert von ihrem Schweigen. »Du hättest doch auf meine Anrufe reagieren können, mir sagen können, dass du okay bist, Fran. Fast hätte ich meine eigene Rede verpasst, weil ich nach dir gesucht habe …«

»Weil sich die Welt auch immer nur um dich dreht, richtig?«

»Oh, Herrgott nochmal, Fran«, sagt Raf, jetzt stinksauer. »Sei nicht so bockig. Es gibt Millionen Menschen in diesem Land, die auf die Unterstützung der Stiftung angewiesen sind. Und ich muss mich schließlich darum kümmern. Ich kann nicht einfach davonlaufen. Für dich ist das einfach, mit deinem Flüsternden-Brautkleider-Laden-Quatsch. Ich aber trage Verantwortung. Die Stiftung steht an oberster Stelle. Immer.«

»Flüsternde-Brautkleider-Laden-Quatsch? Das denkst du also wirklich darüber, ja? Dann akzeptierst du mich sowieso nicht so, wie ich bin.«

Ohne ein weiteres Wort steht sie auf und packt ihre Sachen zusammen. Sie hätte ihn niemals in ihr Leben lassen sollen, ihm niemals das einzige kleine Stückchen Herz, das sie noch hatte, schenken dürfen.

»Was machst du? Was soll das?«

»Ich gehe«, sagt sie. »Ich gehöre hier nicht her. Ich muss gehen.«

Ein Teil in ihr hofft, dass er ihr die Tasche aus den Händen reißen und sie bitten würde zu bleiben, noch einmal zu reden, es noch einmal zu versuchen … aber er tut es nicht.

»Ja«, sagt er kalt. »Ja, das wird das Beste sein.«

Kapitel 17

»Ehrlich gesagt«, meint Mick, »war ich von Anfang an skeptisch. So eine stürmische Romanze, Fran, ausgerechnet, nach so vielen … naja, ausgehungerten Jahren. Das Kennenlernen, das erste Date, der erste Kuss, der erste Wochenendtrip, im ersten Rausch jede Minute zusammen verbringen zu wollen – und das alles innerhalb weniger Wochen. Hat eigentlich nur noch das Brautkleid gefehlt.«

»Und das fehlte ja auch nicht wirklich, richtig?«, sagt Fran spitzzüngig. »Das Brautkleid war es, das uns zusammengebracht hat.«

Unterdessen liegt das Alessandra-Colt-Kleid in der Ecke, blockiert den Nähtisch und ist Mick im Weg, als er auf der Chaiselongue etwas dösen will. Er kann es nicht mehr mit ansehen, wie Fran es tatenlos anstarrt, so tiefsinnig, als wäre sie in Trauer darum.

»Verkauf es«, sagt er. »Gib es weg. Trag es. Tanz darin. Ist mir alles egal, Fran, aber hör bitte auf, dich damit herumzugrämen.«

Sie fängt wieder an zu heulen, und Mick serviert ihr einen doppelten Whisky. Damit habe er sich über seine zweite Trennung hinweggetröstet, beteuert er. Fran starrt ins Glas und erblasst. *Es hat keinen Zweck, den Weg in die*

Flucht zu suchen, wenn es diesen Weg gar nicht gibt, denkt sie. Verdrossen schiebt sie ihm den Whisky wieder hin. Er wird nicht helfen.

Mick seufzt und massiert ihr die Schultern.

Ich werde das Kleid verkaufen, gelobt sie im Stillen, *an die nächste Braut, die es haben will.* Und zwar ohne jeden Gedanken an seine Bedeutung, an sein Vermächtnis und die damit eventuell verbundenen Risiken. Es loszuwerden, und damit all die Dramen, die damit verwoben sind, wird das Allerbeste sein und der Sache ein Ende setzen. Sie wird sich wieder in ihre eigene Welt zurückziehen, wo sie allein und sicher ist, sich tiefer und tiefer vergraben in ihrer von Täuschungen der Liebe umnebelten Schutzburg, die sie für sich selbst so kunstvoll erschaffen hat. Mehr braucht sie nicht.

Später verlinkt Fran Bilder vom Alessandra-Colt-Brautkleid auf ihrer Website mit allen möglichen Foren – Brautmoden, Ankauf- und Tauschbörsen, Kleiderkreisel für Vintage-Mode. Sie ist dabei nicht wählerisch. Sie will es nur verkaufen.

Eine Stunde später kommt der erste Anruf.

»Oh, hi, ist dort das *Whispering Dress*? Ich interessiere mich für ein Hochzeitskleid, das Sie zum Verkauf anbieten, das Designerkleid aus den Fünfzigern. Ist es noch zu haben?«

Fran drückt den Rücken durch. »Ja, ist es.«

»Dann hätte ich es gerne«, sagt die Stimme. »Ich bin auf verzweifelter Suche. Wir hatten unser erstes Date letzten Monat, unsere Verlobung letzte Woche …« – ein fröhliches Tirilieren folgt – »ein romantischer Wirbelsturm, ja.

Wir wollen schleunigst Nägel mit Köpfen machen, nicht ewig damit warten, und so bin ich auf geheimer Mission. Ich brauche ein Kleid, das alle umhaut, eins, wie es sonst keine hat.« Die Frau spricht schnell, mit heiserer Stimme, holt zwischen den einzelnen Wörtern kaum Luft. »Sie müssen wissen, es wird ein hochkarätiges Ereignis werden. Ich bin übrigens Karina. Karina Thomas.«

»Mh …«

»Ich bin in den Medien tätig. Habe etliche Reality-Formate gemacht, viele Leute kennen mich auch von Instagram. Als ich eben Ihr Kleid gesehen habe, wusste ich sofort … genau das ist es. Ich habe es Jez gezeigt, und er sagte nur … meine Süße, das ist deins! Also, was sagen Sie?«

»Mh …«

»Kann ich vorbeikommen und es anprobieren?«

Fran zögert.

»Bitte, bitte!«

»Ja. Klar. Wie wäre es heute Abend? Gegen sechs? Mein Geschäft ist in Walthamstow. Gleich an der U-Bahn.«

»Super.«

Am Nachmittag schickt Fran sich an, das Kleid vorzubereiten. Es ist ziemlich lädiert nach allem, was es mitgemacht hat, aber sie wird es sorgsam reinigen, und dann wird es fast wieder so schön strahlen wie an jenem Tag, da Alessandra aus der Kirche in Marylebone trat, mit nervösem Lächeln und verborgenem Schmerz. Die Art und Weise, wie es den Raum einnimmt, mit einer geradezu menschlichen Energie, mit einer Ausstrahlung, die alle anderen Kleidungsstücke in Frans Laden in den Schatten stellt, hat sie fast erdrückt. Sie hofft, dass Karina es nehmen wird, nicht nur des Geldes wegen, sondern auch ihrer eigenen seelischen Gesundheit wegen. Und auch wenn es sich befremdlich anfühlt und sie traurig stimmt, wenn sie daran denkt, dass sie es heute möglicherweise zum letzten Mal sieht. Sanft fährt sie über die Spitze, streicht über einen der Kolibris, schließt die Augen …

Aber sie hat keine Zeit, sich in Selbstmitleid zu suhlen. Karina ist bereits auf dem Weg.

Um zwanzig nach fünf bemerkt Fran draußen ein Auto, einen großen Hummer, der auffällt hier im Viertel, und suchend an ihrem Laden vorbeifährt. Eine große, langhaarige Frau mit üppigen Kurven steigt aus, beugt sich durchs Fahrerfenster, sagt irgendetwas und stöckelt geradewegs auf die Ladentür zu: Lippen aufgepolstert. Wangen aufgepolstert. Strahlend weiße Zähne. Stupsnase. Glatt gebügelte Stirn. Falsche Wimpern. Bräune aus der Tube – Karina ist definitiv nicht die Art Braut, die Fran sich für Alessandras Brautkleid vorgestellt hatte.

Fran hält ihr die Tür auf, begrüßt sie mit dem freundlichsten Lächeln, das sie aufbieten kann.

Von Nahem sieht Karina beeindruckend aus. Die stark aufgespritzten Züge verleihen ihrem Gesicht eine erschreckende Schönheit. Ihr ganzer Körper ist unnatürlich schön, da wurde eindeutig mit dem Skalpell nachgeholfen.

»Ich bin Karina«, sagt sie, das glitzerumhüllte Smartphone am Ohr. »Haben Sie das Kleid noch?«

Sie wedelt mit dem Foto, das Fran zuvor gepostet hatte. Als Fran nickt, fällt sie ihr überschwänglich um den Hals. Sie riecht nach Vanillezuckerguss. Ihre Haut ist warm und duftend weich. Karina folgt Fran in den Laden, quasselt in einer Tour, entschuldigt sich für die Eile, für ihren gedrängten Terminplan und die ständigen Paparazzi, die verzweifelt versuchen, das Exklusivrecht auf ihre Verlobungsbilder zu bekommen. Fran hat das Gefühl, dass sie ihr all das nicht erzählt, um sich wirklich zu entschuldigen, sondern um sie auch ja wissen zu lassen, dass sie eine echte Promi ist.

»Wir sind ja erst seit ein paar Wochen ein Paar, und die Presse stürzt sich darauf. Wir haben uns am Set von *Celebrity Love Snap* kennengelernt. Kennen Sie die Serie?«

Fran zuckt mit den Schultern. »Tut mir leid. Ich habe keinen Fernseher.«

»Keinen Fernseher? Was machen Sie den ganzen Tag? Egal, mein Freund jedenfalls ist Jez, Jez Butler.«

Fran zuckt erneut mit den Schultern.

»Kennen Sie nicht? Na, so was. Jez ist Influencer, macht Fitnessvideos, hat jede Menge Follower … zwar nicht so viele wie ich, haha! Aber er ist mein Traummann. So was von scharf. Ganz ehrlich, er hat ein bretthartes Sixpack und so einen Bizeps.« Sie zeichnet einen übergroßen Kreis um ihren Arm. »Wir passen perfekt zusammen.«

Meinst du, ja?, denkt Fran. *Du mit deinen aufgespritzten Lippen, und er mit seinem brettharten Sixpack. Eine wirklich solide Grundlage für eine glückliche Ehe. »Wir passen perfekt zusammen«* – wie oft hat sie diesen Satz schon gehört, und meist aus dem Mund derjenigen, die meinen, sich selbst und auch sonst alle Welt davon überzeugen zu müssen, dass ihre Liebe ein plüschrosa Kissen in Herzform ist, wo sie in Wahrheit ein alter Lappen ist …

Sie stockt, schaudert, als wäre sie durch einen Geist hindurchgegangen, geschockt von ihren eigenen Gedanken.

Was war mit ihr passiert? Wie konnte sie so zynisch werden? Wann hat dieser Sturzflug ihrer sonst so rosig frischen und optimistischen Ansichten über Heirat und Liebe begonnen? Sie tritt zur Seite, eröffnet Karina die ganze Pracht des *Whispering Dress*, doch die klebt schon wieder an ihrem Smartphone. Sie hält einen Finger hoch, quasselt ins Telefon, während sie gleichzeitig auch Blickkontakt mit Fran hält.

»Ich hab' *ihn* dran. Jez«, sagt sie. »Er ist draußen mit meinem Fahrer. Sie konnten einen Parkplatz finden. Und er will unbedingt reinkommen. Geht das?«

»Eigentlich gestatte ich Bräutigamen keinen Zutritt. Keinen Blick auf das Brautkleid vor dem Hochzeitstag …«

Karina lacht. »Oh, kommen Sie. Sie werden ihn lieben. Er ist ein toller Kerl. Lustige Geschichte … neulich machten wir so ein Fotoshooting auf einer wirklich coolen Dachterrasse – *ja, warte kurz, Jez, Sekunde* –, also, wir waren in dieser Dachterrassen-Bar in Brentwood, es gab dort einen Pool, und die Barmänner waren oben ohne, bis auf eine Fliege um den Hals, und einer von ihnen fiel …«

»Nein, es geht nicht, er kann nicht reinkommen.« Fran fällt ihr ins Wort, sie presst die Fingerspitzen aneinander – ein symbolischer Entsetzensschrei. »So will es der Brauch.«

»Wie?«

»Damit die Ehe glücklich wird, ist Bräutigamen der Zutritt nicht erlaubt.«

»Ah, wie auch immer«, sagt Karina und wendet ihren glitzrigen Mund wieder Richtung Smartphone. »Nein, Jez, ist ausschließlich Mädelssache. Warte draußen auf mich. Liebe dich. Kuss. Kuss.«

Dann pflügt sie mit ihrem großen Körper durch den

Laden und wirft die Arme hoch, als sie das Alessandra-Colt-Kleid erblickt, das sich selbst inszeniert, ein Spektakel für sich ist.

»IST DAS ZAUBERHAFT!«, ruft sie laut.

Fran zuckt zusammen, als Karina ungebeten beginnt, durch die gefalteten Stapel mit Seide, Chiffon und Spitze zu wühlen und in den liebevoll restaurierten Schalen mit jahrhundertealten Perlen herumzufingern, als wären es Bonbons. Vor dem Kleid bleibt sie stehen, wirft ihre Haare zurück, macht einen Schmollmund und schießt ein Selfie.

»Glauben Sie, es passt um meine Implantate herum? Habe sie letztes Jahr auf Körbchen G vergrößern lassen.« Sie schiebt ihre Brüste zusammen. »Und dann habe ich noch das hier«, fügt sie hinzu, schiebt den Ärmel ihres gelben Overalls über die Schulter hinunter und entblößt ein Tattoo, das komplett über Schulter und Rücken läuft, eine Menagerie aus Rosen, Totenköpfen und Nymphen in Ketten. »Cool, nicht wahr? Bin gerade dabei, mir einen neuen Style zuzulegen. Mein Manager meint, *bling-bling* ist out, Hipster ist angesagt. Also dieses Kleid hier ist perfekt. Ist schon alt, oder?«

»Ja.«

»Und ein richtig opulentes Prinzessinnenkleid. Toll, mal einen Tag Prinzessin sein, das will ich.«

Natürlich will sie das. Jede will das. Das größte Klischee von allen.

»Eine Vintage-Prinzessin. Klingt Hammer. Ich denke da an jemanden wie Jessica Rabbit – die ist eine Hammer-Vintage-Braut, meinen Sie nicht?«

»In gewisser Hinsicht.«

»Sehen Sie«, sagt Karina, tritt näher an Fran heran und

schaut sie eindringlich an. »Ich bin ehrlich mit Ihnen. Ich habe die Exklusivrechte für meine Hochzeit an ein Promi-Magazin vergeben. Das richtige Kleid könnte mir – und Ihnen – eine Menge Geld einbringen, wenn Sie verstehen, was ich meine? Es wird jede Menge Fotos, Interviews und Presseberichte geben.«

Fran nickt – sie ist sich nicht sicher, ob sie sich freuen soll. Jahrzehnte war sie auf Mundpropaganda angewiesen, und mit einem Mal bietet sich die goldene Gelegenheit, so richtig bekannt zu werden. Doch irgendwie fröstelt ihre Seele bei dem Gedanken. Sie würde sich selbst verlieren. Ihr ganzes Schaffen hat sie in den Dienst der Liebe gestellt. Und genau das spüren ihre Bräute, die wundersame Verwandlung in dem Moment, da sie ihr ganz persönliches, nach Maß zugeschnittenes Vintage-Brautkleid à la Francesca Delaney anlegen. Und so ein Kleid braucht seine Zeit. Es muss behutsam behandelt werden. Es kann nicht »scheinbar« für jemanden gemacht sein. Es kann niemandem aufgezwungen werden. Doch jetzt, jetzt steht sie da und schwätzt einer Plastikschönheit von Braut ein vermaledeites Kleid auf, einer Braut, der es eindeutig mehr um Follower und Presse geht als darum, ein Fundament für eine glückliche, erfüllte Ehe zu schaffen.

Plötzlich fliegt die Ladentür auf. Und ehe Fran reagieren kann, drängt ein großer, dunkelhaariger Mann in ihr Allerheiligstes, dessen arrogant stolzierender Gang so unsäglich ist wie seine unter dem Po hängende Baggy-Hose und sein Designer-T-Shirt. Karina quietscht ein vergnügtes »Heeii, Babe« hervor und beginnt wie wild herumzufotografieren.

»Wie würdest du diese Art Interieur nennen?«, sagt sie

und schwenkt ihr Smartphone rings durch den Laden. »Boho-Chic? Hippie-Ibiza-Flair? Ich liebe es. Ich könnte ein Restaurant in diesem Stil eröffnen. Ich wollte schon immer ein eigenes Restaurant haben.«

Fran mustert den Eindringling, Karinas Verlobten Jez. Er sieht genauso aus, wie sie ihn sich vorgestellt hat – nicht, dass sie viel Zeit gehabt hätte, sich ein konkretes gedankliches Bild von ihm zu machen – kantiges Kinn, starker muskelbepackter Körper, extravagante Kleidung. Ein Poser.

»Du bist so dermaßen ungeduldig, Babe«, sagt Karina. »Ich habe dir doch gesagt, warte draußen im Auto auf mich.« Sie wedelt mit dem Daumen in Frans Richtung. »Ich kann nichts dafür. Hier, diese Brautkleiderlady ist so drollig und möchte keine Jungs in ihrem Laden haben.«

Jez dreht sich zu Fran, ein freches Blitzen in den grünen Augen.

»Was denken Sie denn, dass ich irgendein dahergelaufener Spinner bin oder so was?«

»Nein, keineswegs …«

Nein, sie will sich nicht erklären müssen. Und sie hat auch keine Erklärung. Keine vernünftig klingende jedenfalls. Sie weiß nur … sie möchte das hier nicht. Gar nicht.

»Hören Sie«, sagt Jez und hebt die Hände, als wolle er unterstreichen, dass er harmlos ist. »Ich werde nichts machen. Nichts anfassen. Nicht einmal was sagen. Ich setze mich einfach still in die Ecke, hier auf diesen originellen Stuhl.« Er tätschelt die Chaiselongue. »Es ist nämlich so, dass ich das Kleid sofort absegnen muss. Schließlich muss ich die große Zeche bezahlen und wissen, dass es Hammer aussieht. Was bei Karina nicht schwierig sein dürfte. Ich meine, schauen Sie sie an!« Er wirft seiner Zukünftigen schwärmerische Blicke zu, die an ihrem Körper auf und ab wandern. »Sie ist die Königin in jedem Nachtclub, von Essex bis Sussex. Die sozialen Medien lieben uns. Sie haben sich gegenseitig überboten, um die Exklusivrechte für unsere Hochzeit zu bekommen. Ich mag Ihre Höhle übrigens, diesen ganzen altmodischen Krempel.« Dann zieht er Fran beiseite. »Okay«, fährt er flüsternd fort. »Was immer Sie über mich gehört haben, es ist wahrscheinlich wahr. Ich bin ein kleines Arschloch, wenn es um feste Beziehungen geht. Aber ich kann auch *treu* sein, wenn es die Richtige ist. Ich vertrage es nur nicht, wenn man klammert. Ich meine, was ist los mit euch Frauen? Kaum seid ihr als *die Richtige* auserkoren, ist der ganze Spaß vorbei, und ihr flippt total aus, wenn ihr mitten in der Nacht allein zu Hause auf dem Sofa hockt und eine SMS nicht gleich beantwortet wird.«

In dem Moment piept sein Smartphone, um ihm zu verkünden, dass er die Zahl von einer Million Follower erreicht hat, und die Freude darüber macht alles andere plötzlich unwichtig.

»Jawoll!«, ruft er und stößt mit der Faust in die Luft. »Na bitte!«

Fran fühlt sich in ihrer Ehre verletzt, schaut zu, wie er sich auf die Chaiselongue schmeißt, sich zurücklehnt und die Beine in typisch männlich arroganter Manier weit auseinanderspreizt. Sich gemütlich aalend zieht er ein Basecap aus der Tasche, bedeckt sein Gesicht und gibt vor zu dösen. Sie hasst diesen Anblick, wie ihm die Baggy-Hosen nach unten rutschen und um die Knie hängen. Hier hereinzumarschieren und sich aufzuführen, wie es schlimmer nicht geht, ist eine Sache, aber sich dann mit Klamotten, wie sie schlimmer nicht gehen, hier herumzuflegeln, ist eine ganz andere. Irgendwie weiß sie, dass diese Verlobung kein gutes Ende nehmen wird, ganz unabhängig von der verstörenden Energie, die das Alessandra-Colt-Kleid umgibt.

Fünfzehntausend Pfund. Sie weiß, es ist noch viel mehr wert, aber Hauptsache, sie ist die beiden los. Schnell erledigt. Bares Geld. Aber ein freudloser Verkauf. Während das Kleid von dannen zieht, steht sie in der Tür und seufzt, denkt an das allererste Brautkleid, das sie an die Frau gebracht hat, ein wunderschönes Cocktailkleid aus den Zwanzigern, knielang, tiefe Taille, silberne Glitzerperlen, die Hälfte davon kaputt oder fehlend. Doch die fehlenden Reparaturen taten seiner Magie keinerlei Abbruch. Es war ein Inbild der Freude, handgearbeiteter Balsam für eine Braut, die ihr Eheversprechen derart ernst nahm, dass sie darüber vergessen hatte, dass es auch um ihre eigene Freude ging. *Die hingebungsvolle Ehefrau,* denkt Fran – *Wie es ihr heute wohl ergeht? Glückliche Ehe? Großes Haus? Drei Kinder? Hoffentlich findet sie in ihrem Leben ab und zu auch Platz und Raum für das, was ihr selbst Freude bereitet, trotz aller Hingabe an Mann und Familie.*

Dann muss sie an das reizende Brautkleid von 1964 denken, welches ihr sogleich ein Lächeln ins Gesicht zaubert – ein traditionelles Modell, klassisch-feminin, Raglanärmel, bodenlange A-Linie, kleine Schleifchen um den Halsausschnitt. Die ursprüngliche Braut hatte es ihr persönlich vorbeigebracht. Sie hatte ihr Partyleben aufgegeben, um sich um ihren kranken Mann zu kümmern, dessen plötzliche und schwere Krebsdiagnose knapp einen Monat vor der Hochzeit mit einem Schlag alles verändert hatte. Das Leben, hatte sie gesagt und ihr das Kleid überreicht, verläuft nicht immer in geraden Bahnen. Sie hatte Frans Mission intuitiv verstanden und viel darüber zu sagen, was die Ehe sie gelehrt hatte – dass es nicht darum geht, nur ein Paar zu sein, sondern darum, trotz Ehe und Beziehung ein Individuum zu bleiben, dass es um Geduld und Toleranz geht und um die tiefe Seelenruhe, die aus selbstloser Liebe erwachsen kann. Sie hoffte, dass sich eine andere Braut in diesem Kleid, das so voller Wärme und Hoffnung war, ebenso stark fühlen würde wie sie an ihrem großen Tag. Und wenige Monate später hatte Fran die perfekte Braut dafür gefunden: eine verwöhnte, pampige Madame, die nur herummaulte, bis der Tag der Anprobe kam.

Unvergessen ist ihr auch das Brautkleid von 1941, das schlichte Kleid aus Kriegszeiten, ursprünglich ein feines Sonntagskleid, das sie für die neue Trägerin in aller Eile abänderte – goldgelbe Grundfarbe für eine Braut, bei der sich alles nur um ihren reichen Gatten in spe drehte. Und dann war da noch das blumenbedruckte Maxikleid aus den Siebzigern, die eierschalenfarbene Ballrobe von 1984 mit der endlos langen Schleppe, und … *so viele Kleider, so viele Bräute … wie es ihnen heute wohl geht?*

»Na, ich würde zu gerne wissen, was du gerade denkst«, sagt eine Stimme hinter her.

»Mick …«

»Kopf hoch!«, sagt Mick. »Ich sehe es dir an, Fran, dieses Kleid lässt dir keine Ruhe.«

»Dieses Kleid …«, sagt Fran und weiß nicht, ob sie

lachen oder weinen soll, »ist nicht länger mein Problem. Ich habe es vor einer halben Stunde verkauft.«

»Oh«, sagt Mick leicht enttäuscht. »Dann hat sich die Sache ja jetzt.«

Drei Tage später – Mick ist gerade dabei, die Schnippel eines neu umsäumten Schleiers zusammenzufegen – wirft Fran einen kurzen Blick auf die Seiten des *Evening Standard*, der halb aufgeschlagen auf ihrem Ladentisch liegt. Sie legt ihre Näharbeit aus der Hand.

»Das bin ja ich«, sagt sie mit vor Staunen großen Augen.

Mick schaut ihr über die Schulter. »*Pionierin der Vintage-Brautkleidermode*«, lautet die Schlagzeile.

Sie überfliegt den halbseitigen Artikel. Ihr Herz pocht vor Aufregung, was sie wohl über sich lesen wird. Doch der Text rühmt sie in alle Himmel.

»Sie bezeichnen uns als Label. Das *Whispering Dress*, ein Label … obwohl ich mir nicht schlüssig bin, wie ich das finden soll. Ich habe meine Arbeit nie so gesehen, aber oh, Mick … Karina hatte recht. Sie sagte, dass es für so was viele Interessenten geben würde.«

»Genieß es«, sagt Mick lässig. »Die meisten Unternehmen brauchen Jahre, um diese Art von öffentlicher Aufmerksamkeit zu bekommen. Und du hast es auf einen Schlag geschafft.«

»Oder mit einem einzigen Kleid«, meint Fran und schlägt die Augen nieder.

Sie drückt sich den Artikel fest vor die Brust, holt tief Luft und liest ihn noch einmal.

»Das ist so schmeichelhaft«, sagt sie und birst vor Stolz. »Hör mal, was da steht: *Die bevorstehende Hochzeit des*

TV- und Medienstars Karina T, eine der heißesten Hochzeiten des Jahres, heizt schon jetzt die Spekulationen über ihr Brautkleid an. Nach unseren Quellen steht Karina in enger Verbindung mit dem Londoner Label Whispering Dress *und arbeitet dort mit den Experten für Vintage-Brautmode zusammen.«*

Mick grinst.

»Nun, vielleicht ist heute der erste Tag unseres neuen Lebens. Das *Whispering Dress* greift nach den Sternen.«

»Jetzt redest du genauso überdreht optimistisch daher wie ich früher.«

»Früher?«

»Es war eine lange Woche«, meint sie.

»Ich weiß, wie sehr dir dieses Monsterkleid am Herzen lag, Fran, aber die Schleppe war lachhaft – zu viel des Guten, zu viel Show.«

Fran ist plötzlich wie vom Donner gerührt. Ihre Freude über den Artikel kollidiert mit dem jäh aufflammenden Bild von Alessandra, frisch vermählt, neben ihrem Ehemann auf den Stufen vor der St Marylebone Church. Dieses gequälte Lächeln, diese traurigen, unsicheren Augen, die Spitze am Ärmel, der über ihre bandagierte Hand gezogen ist. *Das Kleid war ihre Freiheitsstrafe.*

In diesem Moment summt ihr Telefon.

»Geh ran«, sagt Mick. »Vielleicht eine neue Braut, die über die Zeitung auf dich aufmerksam geworden ist und nun die neueste Welle der Vintage-Coolness mitreiten will. Nichts wie ran ans große Geld.«

»Gleich«, sagt Fran, während sie innerlich brodelt.

»Was ist?«

»Warum habe ich das Gefühl, meine Seele verkauft zu haben?«

»Fran«, sagt er, »es ist bloß ein Kleid.«

Sie nickt beifällig, aber sie weiß, dass es nicht *bloß ein Kleid* ist. Es ist mehr, so viel mehr.

»Also …« Karinas Sätze rattern so schnell durch die Leitung, dass Fran kaum mitkommt. »Ich habe mit meinem Manager gesprochen. Es liegen uns Angebote in sechsstelliger Höhe von fünf der auflagenstärksten Magazine vor. Wir haben uns für eine Exklusiv-Story mit *Good Life* entschieden, da sie die Besten der Besten sind. Die arbeiten bereits mit Jez zusammen und haben eine weltweite Online-Plattform. Ganz ehrlich, es wird richtig einschlagen. Sie sind überzeugt, dass das Vintage-Kleid der letzte Schrei ist, und wissen Sie was … sie wollen eine Story mit Ihnen!«

»Mit mir!?«

»Ganz recht. Habe ich ja gesagt, nicht wahr? Ich bringe Sie ganz groß raus. Willkommen in meiner Welt. Ihre flüsternde-Vintage-Kleiderschneiderei-oder-was-auch-immer wird jede Menge Aufmerksamkeit bekommen. Sie dürfen sich ruhig als das angesagteste Brautmodengeschäft der Stadt betrachten. Es wird die Erfolgsgeschichte! Vom Aschenputtel zur Millionärin, meine Liebe, Sie werden sehen.«

Fran starrt auf das Schwalbenschwanz-Kleid aus den Dreißigern. Es schimmert im Sonnenlicht. *Zwick mich mal einer*, denkt sie im Stillen, als eine unglaubliche Leichtigkeit ihren Körper durchströmt, sie geradezu schwerelos macht, als hielte sie kein Anker mehr am Boden, als würde sie schweben, weit hinauf, bis in den Himmel. Ist das alles wahr? Gilt das alles wirklich ihr? Micks weise Stimme dringt an ihr Ohr: »Du verdienst es, Schätzchen. Du verdienst es.«

»Das Jagdfieber steigt, und die Fans wollen alles wissen«, sagt Karina. »Aber kein Wort zu niemandem über das Kleid, welcher Stoff, welche Farbe, nichts. Alle Infos ausschließlich an *Good Life*, denn die haben die Exklusivrechte. Aber immer nur kleine Häppchen, nur so viel, dass sie das Gefühl haben, was für ihr Geld zu kriegen. Schließlich bezahlt ihr Scheck uns die halbe Hochzeit.«

»Gut«, sagt Fran, überrumpelt von diesen Spielregeln. »Nur kleine Häppchen.«

»Keine Sorge. Die Mädels von *Good Life* sind super. Echte Profis. Sie brachten die Geschichte damals raus, als es die Sextape-Schlagzeilen mit meinem Ex gab – sie waren genial. Hat mir fast siebzig Riesen gebracht.«

Besteht darin der Wert der modernen Liebe? Was ist mit Händchenhalten, mit Küssen im Dunkeln? Wo sind sie, die Kavaliere, die den Damen Autotüren aufhalten oder ihren Sitzplatz anbieten? Auf einmal hat Fran Mitleid mit der armen Alessandra, der armen Janice: Wenn sie gewusst hätten, dass ihr so hochkarätiges Brautkleid einmal derart degradiert würde!

Artikel folgt auf Artikel. Unter der Überschrift »Karina Ts großes Brautkleid-Rätsel« gibt es eine Doppelseite mit verschiedenen Kleidersilhouetten aus verschiedenen Epochen, daneben Hinweise und Tipps, wie man Vintage-Mode heute trägt, sowie ein halbes Dutzend Artikel über berühmte Brautkleider und ihre Geschichten, wie etwa die von Grace Kelly, Wallis Simpson, Prinzessin Diana, Elizabeth Taylor. Die ganze Nation ist plötzlich verrückt nach Brautmode mit Herkunftsgeschichte. Fran wird überschwemmt mit Nachrichten von Bloggern, Vloggern und

Karina-T-Fans, die alle einen heißen Tipp zu Karinas Brautkleid erheischen wollen. Ihre Tage sind ausgelastet, doch wie mit Karina abgesprochen, gibt sie bis auf kryptische kleine Hinweise keinerlei Details heraus.

Zwei Tage nach Karinas Anruf steht Fran in den hochglanzpolierten Räumlichkeiten der Zeitschriftenredaktion von *Good Life*. Alle, die hier arbeiten, sind blutjung und modisch stilvoll gekleidet. *Keine Details, nur Häppchen*, sagt sie sich selbst noch einmal vor, als die beiden Frauen, die das Interview mit ihr führen, sie mit Handschlag begrüßen.

»Ich bin Ayesha, und das hier ist Kath. Wir arbeiten seit ungefähr sechs Jahren als Lifestyle-Reporterinnen für *Good Life*. Der beste Job der Welt, nicht wahr, Kath?«

»Absolut. Schön, Sie kennenzulernen, Francesca. Wir freuen uns sehr auf dieses Interview. Wir lieben Karina T. Sie wird eine tolle Braut abgeben. Wir planen einen sechsseitigen Ausfalter, nehmen jeden einzelnen Aspekt der Hochzeit unter die Lupe, von der Torte über die Blumen bis zur Gästeliste – und dann natürlich das Kleid, klar. Ein opulentes, antikes Sahnestück, so was lieben alle. Übrigens, lassen Sie sich von unserem Aufnahmegerät nicht stören, tun Sie einfach so, als wäre es nicht da. Also, Francesca, sind Sie schon lange in der Brautmode-Industrie tätig?«

Fran zuckt zusammen. Sie hasst das Wort ›Industrie‹, gleichwohl liebt sie diese fokussierte Aufmerksamkeit auf ihre Arbeit, die ihr ganzer Stolz ist.

»Schon mein gesamtes Erwachsenenleben lang«, sagt sie und versucht, nicht gleich überzusprudeln. »Ich war nie auf einer Modeschule. Ich bin im Theater aufgewachsen.

Meine Mutter hat Kostüme für Opern und Theaterstücke angefertigt. Sie hat mir alles beigebracht, was ich über das Schneiderhandwerk weiß.«

»Oh, wie süß. Und wie sind Sie dann auf Brautkleider gekommen?«

»Ähm …«

»Sind Sie eine Schwärmerin? Eine Romantikerin?«

»In einem Wort: Ja.«

»Erzählen Sie uns ein bisschen mehr über das Kleid. Wir nehmen an, es ist antik. Vintage ist heutzutage richtig populär. Als Karina T uns von Ihnen erzählte – ist sie nicht großartig? –, wussten wir gleich, dass wir ein Feature machen müssen.«

Fran lächelt nervös. »Ich mag alte Kleider, das ist alles. Kleider, die etwas zu erzählen haben.«

»Schön … und was ist das Besondere an Karinas Kleid? Wie wir hören, soll es wunderschön sein, also …?«

Fran drückt die Hände fest auf ihren Schoß, neigt sich vor und überlegt, wo sie anfangen soll. Genau das hat sie sich immer gewünscht, die Kraft und Magie antiker Brautmode vermitteln zu können – und nun hat sie ein gebanntes Publikum.

»Was mich an diesem Kleid sofort begeistert hat«, hebt sie an und hat plötzlich den Moment vor Augen, als sie das Kleid zum ersten Mal erblickte, wie sie gar nicht anders konnte, als es anzuprobieren … wie Rafael sie dabei beobachtet hatte, wie ihre Blicke sich quer durch die staubverhangene Stille im Raum trafen und alles begonnen hatte …

Sie zögert, versucht, ihre Gedanken zu ordnen.

»Was mir als Allererstes auffiel, war, dass es aus einem

Modehaus der Fünfzigerjahre namens Garrett-Alexia stammt.« *Lass die Emotionen beiseite, bleib bei den Fakten*, denkt sie. »Heute kennt kaum mehr jemand dieses Label, aber jeder, der Dior von Balenciaga unterscheiden kann, wird sich vielleicht an diese Geschichte von damals erinnern …«

»Oh, erzählen Sie. Wir lieben eine Geschichte, nicht wahr, Kath?«

»Na klar.«

»Auf dem Höhepunkt des Erfolgs der Marke soll Gilles Alexia von seinem Partner Benjamin Garrett infolge interner Querelen überfallen worden sein. Alles, was das Duo aufgebaut hatte, brach zusammen. Das war das Ende der Marke, und das Modehaus war Geschichte. Seit ein paar Jahren sind Garrett-Alexia-Roben heiß begehrte Sammlerstücke, aber die Brautkleider der Marke, ich meine, *dieses* Brautkleid, um das es geht, das einzige seiner Art, blieb verschollen … bis ich es bei einer Hausentrümpelung gefunden habe.«

»Eine Hausentrümpelung?«

»Es war keine gewöhnliche Entrümpelung in irgendeinem alten Haus. Es handelte sich um das Anwesen und den Nachlass von einer … bekannten altenglischen Familie.«

»Wie spannend. Von welcher Familie denn?«

»Ähm …«

»Erzählen Sie! Das ist so faszinierend!«

»Ich … ich denke nicht, dass es mir zusteht …«

»Oh, kommen Sie«, sagt Ayesha mit einem aufmunternden Lächeln. »Streng vertraulich, bleibt unter uns.«

»Jedes Detail ist hilfreich«, fügt Kath hinzu. »Wir möchten Ihre Arbeit natürlich so ausführlich wie möglich besprechen, damit wir auch einen echten Eindruck von der Herkunft des Kleides bekommen …«

Die beiden schauen sie abwartend an. Fran rutscht unruhig hin und her, weiß nicht recht, wie viel dieser Geschichte sie preisgeben soll oder nicht. Klar will sie diese Chance nutzen, aber die bohrenden Blicke der beiden machen sie nervös.

»Von der Familie Colt, glaube ich«, sagt sie ruhig und hofft, dass der Name ihnen nicht viel sagen würde.

»Von den Colts? Die mit der Wohltätigkeitsstiftung? Die Philanthropen? Die mit der Tochter, die sich ständig in irgendwelchen Nachtclubs volllaufen lässt, und dem großkotzigen Sohn?«

»Sie sagen, das Kleid war ursprünglich im Besitz einer Braut aus der Familie Colt?«

Ayesha und Kath wechseln flüchtige Blicke. Fran kneift die Lippen zusammen. *Bleib bei dem Kleid, komm zurück auf das Kleid!*

»Es ist so«, sagt sie und befächelt ihre glühenden Wangen, »ich möchte meinen Bräuten … nicht nur Kleider anbieten, sondern auch immer die Weisheiten, die diese Kleider ihnen zu erzählen haben.«

»Und welche Weisheiten geben Sie Karina T mit auf den Weg?«

»Ich möchte gerne, dass sie ehrlicher mit sich selbst ist.«

»Ehrlich? Was die Heirat mit Jez anbelangt? Oh, die beiden sind füreinander geschaffen, meinen Sie nicht?«

»Nein … ja … ich meine nur … Ehrlichkeit ist immer gut, nicht wahr? Gut für die Seele. Wenn man der eigenen Wahrheit ins Gesicht schauen kann, lernen kann, sich so zu akzeptieren, wie man ist, dann, so denke ich, hat man eine gesunde Basis, um einen anderen Menschen in sein Leben zu lassen.«

»Sie sind ja nicht nur Expertin für Vintage-Brautmode, sondern so was wie eine Eheberaterin gleich dazu«, sagt Ayesha. »Toll. Aber wie genau geht das, wie kann dieses fabelhafte Brautkleid Karina T lehren, ehrlich zu sein? Was kann ein Brautkleid aus dem *Whispering Dress*, das ein Vera-Wang-Kleid nicht kann? Das wird unsere Leser brennend interessieren.«

Fran wird plötzlich ganz heiß.

»In jedem Nadelstich, jeder Faser eines alten Kleidungsstückes steckt eine Geschichte. Und Brautkleider erzählen ganz besondere Geschichten, wie ich finde, da sie uns so viel bedeuten. Wenn eine Braut in so ein Kleid steigt, nimmt sie seine Weisheiten ein Stück weit in sich auf. Das habe ich schon viele Male erlebt … sie verwandelt sich.«

»Aha!«

»Ich recherchiere alle meine Kleider sehr gründlich, möchte alles über ihre Herkunft erfahren. Und das macht den Unterschied am Ende aus.«

»Und welche Recherchen mussten Sie für Karinas Kleid anstellen?«

Fran stockt. »Ich … ich bin nach Paris gereist.«

»Wie romantisch!«

»In Paris wurde das Kleid entworfen und gefertigt«, sagt Fran bedächtig.

»Im Modehaus Garrett-Alexia, von dem Sie gerade erzählt haben? Was haben Sie dort herausgefunden? Ich dachte, Sie sagten, das Haus gäbe es gar nicht mehr.«

»Ja, das stimmt, aber ich konnte mich mit dem Sohn

von Gilles Alexia treffen. Er betreibt sein eigenes Label. Er war … hocherfreut zu erfahren, dass das Brautkleid noch existiert.«

»Und wird er eine Einladung zum großen Tag bekommen, was meinen Sie?« Ayesha lächelt.

»Oh, nein. Das würde Monsieur Alexia nicht wollen … seine Beziehung zu diesem Kleid ist … kompliziert.«

Kath nickt. »Ich kann sehr gut verstehen, warum Sie so für Ihre Arbeit brennen, Francesca. Diese Brautkleidgeschichte wird immer spannender.«

»Glauben Sie, dass die Colts eine Einladung bekommen?«, fragt Ayesha.

»Das bezweifle ich«, sagt Fran knapp.

»Oh, hört sich nach bösem Blut an?«

»Nein, es gibt kein böses Blut. Es ist nur … Raf und ich …«

»Raf? Rafael Colt?«

Fran erstarrt. Die Emotion hat sie übermannt. Sie hat zu viel geredet.

»Äh …«, stammelt sie nervös, »… oh, schon so spät? Ich muss los. Tut mir schrecklich leid. Vielen Dank für Ihre Zeit.«

»Nur noch ein kurzes Foto vielleicht?«

»Ein Foto … ach so, ja. Wo soll ich mich hinstellen?«

Kapitel 18

Die Arbeit geht weiter. Rafael vergräbt sich in seine festen Abläufe und täglichen Rituale. Mimi ist die einzige Konstante in seinem Leben. Sie sagt nicht viel zu seiner seltsamen Romanze mit einer Vintage-Brautkleider-Verkäuferin (die in ihren Augen so unangemessen war, dass es fast schon lächerlich ist) oder dazu, dass sie zum Glück wieder vorbei ist, aber sie tut, was sie kann, um ihn beschäftigt, fokussiert und abgelenkt zu halten. Gespräche mit Geldgebern, eine Führung durch eine Förderschule, ein Interview mit dem Lifestyle-Magazin *GQ* (das zur Abwechslung mal positiv über die Stiftung berichtet), dazu Vorstandssitzungen, Abschiedsfeiern, Meetings mit dem Gremium für Neuanfragen. Das ist sein Reich, denkt er, hier blüht er auf, hier tut er sein Bestes. Trotzdem, er vermisst sie – ihre freche Art, ihre grünen Augen, ihre rote Lockenmähne. Mit jeder Faser seines Körpers bedauert er, nicht den Mut gehabt zu haben, sich bei ihr zu melden, noch einmal mit ihr zu sprechen, aber es geht ihm ganz langsam ein bisschen besser. Er hat Angst, dass der Schmerz ihn wieder einholt, den sie ihm mit ihrem urplötzlichen und für ihn so schmählichen Abgang zugefügt hat. Sie passen nicht zueinander, und damit hat sich die Sache.

Dennoch …

Es tut weh, *so sehr.*

Sie geht ihm einfach nicht aus dem Kopf, jeden Tag, jede Nacht. Und dann, eines Morgens – über dem weiten Grün von Regent's Park brauen sich gerade dicke Wolken zusammen – stürmt Mimi in sein Büro, völlig aufgelöst.

»Ich dachte, Sie haben den Kontakt zu dieser Frau abgebrochen«, blafft sie und wirft ihm eine Zeitschrift auf den Tisch.

Er wirft einen kurzen Blick darauf und sieht ein Foto von Fran neben einem grauenvoll aussehenden Reality-TV-Sternchen. Karina T? In der Überschrift in fetten Lettern über zwei Hochglanzseiten heißt es: »Das Geheimnis um Karina Ts Brautkleid ist gelüftet!«

Er liest den Artikel, während Mimi ihn beobachtet.

Während Karina Ts großer Tag mit erwartbar hoher Promi-Dichte immer näher kommt, sitzt hier bei uns in der Zentrale von GoodLife Francesca Delaney, Expertin für Vintage-Mode. Sie erzählt uns exklusiv und aus erster Hand von den düsteren Geheimnissen hinter Karinas auserwähltem Brautkleid. Laut Francesca, die es liebt, die Geschichten hinter ihren Vintage-Brautkleidern aufzudecken, stammt dieses einzigartige Kleid, das bis zur Hochzeit vor der Öffentlichkeit streng geheim bleibt, aus dem Besitz der berühmten Familie Colt. Zudem deutet einiges darauf, dass das Kleid etwas mit dem Tod des ursprünglichen Designers im Jahr 1954 zu tun haben könnte. Das Brautkleid, ursprünglich für Mrs Janice Colt angefertigt, wurde an die nachfolgende Generation weitergereicht und zuletzt von der verstorbenen Alessandra Colt getragen, die nach Jahren psychischer Instabilität einem langen Siechtum ausgeliefert war. Wie Francesca uns verrät, die private Einblicke in das Leben der Familie Colt gewinnen konnte, liegt bis heute vieles im Argen. Besonders tragisch: Die jüngste Tochter, Jane Carolyn Colt, musste sich erneut einer Entziehungskur in einer Suchtklinik unterziehen, und Rafael Colt, einst zum heißesten Bachelor des Landes gekürt, hat mit Sexsucht zu kämpfen. Hoffen wir, dass das Kleid Karina und Jez mehr Glück bescheren wird!

Rafael erbebt und schließt die Augen. Sexsucht? Wieder mal was Neues. Typisch. Kein Wort über die Stiftung und ihr Engagement für Menschen, die abseits der Gesellschaft stehen. Er beißt die Zähne aufeinander und spürt vor Anspannung ein Rumoren im Bauch. Wie konnte sie ihm das antun – und Janey, die endlich auf dem Weg der Besserung ist? Das Telefon klingelt. Er schaut aus dem Fenster und sieht eine geschäftige Meute von Kameraleuten vor dem Gebäude.

Aus bitterer Erfahrung weiß er, dass sie den ganzen Tag dort lauern werden, sofern nicht irgendwo etwas noch Spannenderes passiert. Er muss Janey anrufen und ein paar zusätzliche Sicherheitsleute abstellen, die darauf achten, dass sie in ihrem labilen Zustand nicht unbeaufsichtigt aus dem Haus geht.

Fran hat ja keine Ahnung. Jeder leise Funken von Melancholie, von qualvoller Sehnsucht – schlagartig verpufft, in diesem einen Moment. Er ist fertig mit ihr.

Die Aufregung der letzten Wochen hat Micks himmlische Geduld erschöpft. Und für ihn zumindest ist eine Sache klar: Fran kann diesen Mann einfach nicht vergessen. Auch wenn sie dieses unheilvolle Kleid jetzt los ist, und auch wenn es ihr am Ende Ruhm und Erfolg beschert hat, sie fühlt sich verloren, trotz allem. Sie braucht einen Abschluss, ein letztes Wort oder, am allerbesten, eine zweite Chance.

»Ruf ihn an«, sagt er. »Sei doch nicht so stolz. Wenn er dich wirklich mag, will er dich zurück, bevor du ›Brautkleid‹ sagen kannst. Und wenn nicht, dann weißt du wenigstens, dass er den ganzen Ärger nicht wert war.«

Ärger? Ich bin hier das Ärgernis. Er hat nichts falsch gemacht. Sie verflucht sich selbst für ihre eigene Schwäche, ihre Unfähigkeit, den Schmerz, den sie so lange verborgen hielt, offenzulegen.

»Vielleicht versteht er dich ja«, sagt Mick, »wenn du ihm alles erklärst. Ich weiß, was du durchgemacht hast, Fran. Er nicht, er hat keine Ahnung. Manchmal müssen wir uns offenbaren, unser Innerstes nach außen tragen. Bei meinem Theo habe ich genau darin versagt. Weißt du, was er gesagt hat, als er mich verlassen hat? Er sagte: ›Mick, ich hätte dich mehr geliebt, wenn du mich ab und zu auch mal angeschrien hättest.‹ Dabei dachte ich, ich tue mein Bestes, wenn ich Mister Nice bin, stets gutmütig, Streitereien aus dem Weg gehe, Missstimmungen einfach wegläche. Er aber wollte sich streiten … nein, noch nicht einmal das, Fran, er wollte einfach, dass ich mich *mitteile* – dass ich ihm den Menschen zeige, der ich in meinem tiefsten Inneren bin, und der, glaub mir, ist nicht immer nur der Mister Nice. Zeig Rafael, wer du wirklich bist, Fran. Wenn er dich liebt, wahrhaft liebt, wird er dir verzeihen. Und wer weiß, vielleicht vermisst er dich genauso sehr wie du ihn? Aber einer von euch beiden muss den ersten Schritt tun und zum Telefon greifen.«

Fran kramt nach ihrem Handy, dreht und wendet es hin und her. Sie fühlt sich wie ein verliebter Backfisch, ihr Herz klopft wie wild. Sie will alles wieder ins Lot bringen, alles wiedergutmachen, dort weitermachen, wo sie aufgehört haben, in Glücksgefühlen baden … doch ihre Angst ist zu groß, und eine Zurückweisung wäre ein hoher Preis.

Ihr Handy summt. Sie blinzelt, und es fällt ihr beinahe aus der Hand.

»Oh, mein Gott! Er ist es. Rafael ist es! Mick … es ist Rafael! Er ruft mich gerade an.«

»Telepathie«, bemerkt Mick mit einem Grinsen. »Muss ein Zeichen sein.«

Fran ist völlig aus dem Häuschen. Mick hat recht, wie immer.

»Raf?«, sagt sie und zittert beim Gedanken an seine Stimme.

Stille. Dann ein leises Seufzen.

»Raf? Bist du dran?«

»Ja.«

Irgendetwas stimmt nicht, denkt sie. Seine Stimme klingt flach, so kalt und gefühllos wie an jenem Tag, als sie ihn zum ersten Mal traf.

»Es … es tut mir alles so leid.« Verzweifelt versucht sie, einen Draht zu ihm zu finden.

»Mir tut es auch leid, Fran«, sagt er. »Dass ich auch nur eine Sekunde meiner Zeit mit dir verschwendet habe. Dass ich mir eingebildet habe, dass du die Frau sein könntest, der ich mich öffnen könnte, die ich lieben könnte, der ich vertrauen könnte.«

»Waa…s?«

»Mich beim Dinner im Café Royal stehen zu lassen, war mies von dir, Fran, aber was du mir jetzt angetan hast … ist an Unverfrorenheit nicht zu überbieten.«

Fran blinzelt, versteht die Welt nicht mehr. Was hat sie denn getan?

»Ich verstehe nicht, was du …«

»Wieviel haben sie dir bezahlt?«

»Hä?«

»Egal, ich hoffe, es hat sich gelohnt. Mensch, Fran. Ich war verrückt nach dir … wild begeistert. Nie habe ich jemanden so nah an mich herangelassen wie dich. Ich habe dir meine Welt gezeigt, und jetzt … hast du nichts anderes zu tun, als mich zu verraten.«

»Was? Sag, was habe ich denn getan?«

»Du hast uns verkauft, Janey und mich. Du hast *GoodLife* ein schäbiges Interview gegeben und alles ausgeplaudert, was sie hören wollten. Nun stürzt sich alle Welt auf diese Geschichte, und mein Telefon steht nicht mehr still. Gib meinetwegen Interviews, so viel du willst, Fran, um deine Geschäfte anzukurbeln, aber lass mich und dieses Kleid aus dem Spiel. Du wusstest, dass ich niemals mit diesem Kleid in Verbindung gebracht werden will. Hast du überhaupt eine Ahnung, was du angerichtet hast? Hör dir das hier an: *Das schmutzige Geld einer verderbten Familie: Das Vintage-Brautkleid, das den Schlüssel zur Korruption birgt.* Oder wie wär's damit: *Rafael Colt, Erbe des Familienvermögens, und ein uraltes Verbrechen.* Und dann hier: *Jane Carolyn Colt: Die Schande der Familie. Alkohol und Drogen.* Sie schlägt sich gerade wacker, Fran. So gut wie heute ging es ihr seit Jahren nicht mehr. SIE BRAUCHT KEINEN SCHEISS-MEDIENRUMMEL!«

Fran steht da und kriegt den Mund nicht zu. Sie findet überhaupt keine Worte. Sein Zorn, hart und echt, bricht aus seinem Innersten hervor, und sie kann es ihm nicht verübeln. Sie weiß, was das alles für ihn bedeutet.

»Komm mir bloß nie mehr unter die Augen«, faucht er mit einer endgültigen Bestimmtheit, endgültig wie der Tod. Dann legt er auf, und sie steht da, still und stumm.

Sie schließt die Augen, spürt, dass Mick sie beobachtet. Auf seine Weisheiten aber hat sie gerade keine Lust. Am liebsten will sie die Zeit zurückdrehen, all ihre Patzer und Fehler ungeschehen machen, alle ihre übereifrigen Interviews zurücknehmen, den Verkauf des Brautkleids an Karina T rückgängig machen und jede Spur ihres selbst verschuldeten Fiaskos beseitigen. Sie denkt an diese beiden sensationsgeifernden Redakteurinnen in ihren Lederjacken, ihr breites Lächeln, ihre endlose Fragerei. Sie waren so nett, so interessiert, wähnten sie im Gefühl, ein Star zu sein, ein strahlender Stern, den alle Welt sehen möchte. Und sie war darauf hereingefallen.

Wie blöd sie doch war. Sie wird wütend, dass sie so naiv da hineinstolpern konnte – und am allerschlimmsten ist, dass sie sich damit selbst geschadet hat.

»Ich muss es zurückhaben.«

»Was?«

»Das Alessandra-Colt-Kleid.«

»Von einer Braut, deren Hochzeit … heute Nachmittag ist? Fran! Das kannst du nicht machen. Gerade du, du weißt, welch verheerende Folgen das haben kann!«

»Für wen? Für Karinas Geldbeutel? Für ihr Instagram-Profil? Sie liebt Jez Butler nicht. Und er liebt sie nicht. Es ist eine reine PR-Veranstaltung, und da mache ich nicht mit. Ich hätte von Anfang an nicht mitmachen sollen, Mick. Das alles hat nichts mit einer Hochzeit zu tun, wie sie sein soll. Dieses Kleid … bei allem Mist, den es mir eingebrockt hat, aber es verdient etwas Besseres. Ich werde ihr das Geld zurückgeben. Ich werde ihr zehn Kleider geben, in allen Modellen, die ihr gefallen. Ich brauche nur dieses eine Kleid zurück. Wenn ich noch einen Funken Hoffnung habe, Rafael beweisen zu können, dass ich ihn nicht absichtlich verkauft und verraten habe, dass ich keine kleingeistige Idiotin bin, die ihre Zunge nicht hüten kann, dann muss ich verhindern, dass dieses Kleid ausgeschlachtet wird.«

Mick zuckt mit den Achseln – er weiß, dass Widerworte zwecklos sind. Wenn Fran sich etwas zum Ziel setzt, dann gibt sie keine Ruhe, bis sie erreicht hat, was sie will. Außerdem stöbert sie bereits fieberhaft durch ihre Kleider nach infrage kommenden Ersatzstücken. Was würde Karina T gefallen? Was passt zu ihr? Wie sollte sie eine ohnehin herzlose Verlobung jetzt noch retten? Das Schwalbenschwanz-Kleid aus den Dreißigern ist viel zu schön, das Abschlussballkleid mit dem Tüllrock aus den Fünfzigern viel zu lieblich.

Dann plötzlich hat sie die rettende Idee: Die perfekte Alternative hängt im Jugendstilschrank.

Das *Bentley Rooms* schillert in Gold: Bänder, Schleifen, Schärpen, Blumen, Ballons, Glitzerpailletten und Papierpuschel. Mit gesenktem Kopf, das Kleid über den Armen, eilt Fran die steinernen Stufen hinauf, Mick neben ihr. Am Türsteher rauschen sie derart entschlossen vorbei, dass der sie nicht weiter beachtet, da er gerade alle Hände voll zu tun hat, die Masse der jubelnden und kreischenden Fans in Schach zu halten.

In der Lobby, wo alte glanzvolle Pracht auf eine goldene Explosion aus Tand und Flitter trifft, wimmelt es nur so von Leuten. In einer Ecke entdeckt Fran ein paar leger gekleidete Paparazzi, die Kameras lässig über den Schultern. Sie bebt vor Wut.

»Einfach untermischen«, flüstert sie, als sie auf die Treppe zugehen.

Veranstaltungen wie diese kennt sie zur Genüge und weiß, dass die Leute so kurz vor Beginn der Feier viel zu beschäftigt sind, um das Raus und Rein der Gäste immer genau im Blick zu haben. Doch kaum sind sie oben im ersten Stock angelangt, versperrt ihnen ein Schrank von einem Sicherheitsmann mit Händen wie Bratpfannen den Weg. »Braut oder Bräutigam?«, fragt er mit dröhnender Stimme.

»Braut.«

»Können Sie sich ausweisen?«

Sie kramen in ihren Taschen. Mick zieht eine Taschenuhr und einen Bartkamm hervor. Fran eine *Whispering-Dress*-Visitenkarte und einen Fingerhut.

»Wo sind Ihre Umhängebänder?«

Fran hebt die Schultern. *Umhängebänder? Für eine Hochzeit?* Was für ein trauriger Gedanke.

»Wenn Sie sich nicht ausweisen können, kommen Sie nicht rauf. Strikte Anweisung.«

»Bitte«, fleht Fran ihn an und hält das Kleid hoch. »Ich bin die berühmte Londoner Vintage-Brautmodenexpertin. Wir müssen das hier dringend zu Karina bringen. Sie wartet darauf.«

Der Sicherheitsmann kennt keine Gnade. »Und ich habe meinen Job zu machen. Ihr Presseleute versucht doch alles, was?«

»Wir sind nicht von der Presse. Wir sind …«

Der Sicherheitsmann verschränkt die Arme vor der Brust. »Kommen Sie wieder, wenn Sie Ihre Umhängebänder haben.«

Fran und Mick marschieren aus dem Gebäude. Nur noch eine knappe Stunde bis zum großen Ereignis. Der Parkplatz füllt sich. Die Gäste treffen nach und nach ein. Plötzlich dringt ein gellendes Kreischen aus einem Erkerzimmer im Obergeschoss, ein Glätteisen fliegt durchs Fenster und platscht in den barocken Brunnen.

»Na wenigstens wissen wir jetzt, in welchem Zimmer sie ist«, sagt Mick.

»Vielleicht können wir raufklettern«, sagt Fran und zeigt auf ein verstecktes, glyzinienberanktes Spalier. »Als Leiter nicht schlecht.«

»Machst du Witze? Das schaffe ich nie.«

»Hast du eine bessere Idee?«

Und ehe er sich's versieht, steigt Fran auf eine der Gittersprossen, testet sie auf Stabilität und beginnt hinaufzuklettern.

»Warum habe ich das Gefühl, dass du so etwas nicht zum ersten Mal machst?«, sagt Mick und wirft sich das Ersatzbrautkleid um die Schultern.

»Du etwa nicht?«

»Ach, Fran«, seufzt er. »Was tue ich nicht alles für dich.«

Sie stemmen und ziehen sich hinauf, sind schließlich oben und finden sich in einem endlosen Korridor wieder – gelbe Damasttapeten, goldene Oberlichter, Mahagonitüren und bordeauxrote Teppiche. Hochzeitsgäste wuseln zwischen den Zimmern hin und her, schieben und drängen Fran und Mick gegen die Wand.

»Ganz schön was los hier, aber uns rennt die Zeit davon.«

»Richtig«, sagt Fran, nimmt das Kleid und steuert geradewegs auf die Suite zu.

»Wir können da nicht einfach reinplatzen ...«

Durch die Mahagonitür dringt erneut verzweifeltes Geheul. Karinas Stimme ist deutlich zu hören: »Es funktioniert nicht! Das geht so nicht! Du musst es hinkriegen, Himmel nochmal.«

»Ich glaube nicht«, sagt Fran, »dass sich hier und jetzt irgendwer dafür interessiert, was wir können oder nicht, oder wer wir sind.«

Sie hämmert an die Tür. Eine völlig entnervte Brautjungfer öffnet.

»Wir möchten zu Karina.«

Wieder ertönt verzweifeltes Geheul.

»Ich warne euch, sie hat eine Stinklaune.«

»Da kommen wir ja gerade recht«, sagt Mick bestimmt und drängt sich an ihr vorbei ins Zimmer.

Drinnen sitzt Karina in ihrem Brautkleid am Fußende des Bettes, mit tränen- und mascaraverschmierten Wangen, das Gesicht wutverzerrt.

»Sie?«, schnieft sie.

»Hi«, sagt Fran. »Ich wollte nur sehen, wie Sie zurechtkommen, weil ...«

»Es ist schrecklich«, heult Karina. »Schauen Sie nur!«

Sie steht auf. Zu Frans Entsetzen wurde das Kleid regelrecht massakriert. Der halbe Rock und die vier Meter lange Schleppe wurden abgeschnitten in einem verpfuschten

Versuch, den Saum hochzunehmen und die Rocklänge zu kürzen. Alle möglichen Emotionen rauschen heiß durch Frans Körper, keine davon angenehm.

»O Gott, nein! Was haben Sie denn da gemacht?«

»Ich konnte darin nicht richtig gehen«, wimmert Karina. »Ich habe meinen PR-Manager Max zu Hilfe gerufen. Kein Problem, sagte er, er würde es sauber kürzen, aber er hat es total vermasselt!«

»Was Sie nicht sagen.« Mick ist fassungslos.

»Jetzt sehe ich aus wie eine Vogelscheuche. Die Presse wird mich zerreißen. Die werden mich zum Gespött machen. Dieses Kleid hier sollte all meine Vorzüge perfekt zur Geltung bringen … und jetzt ist alles im Eimer!«

Ihre Freundinnen stehen um sie herum, tätscheln ihr die Schulter und tupfen ihr die Tränen ab. Fran ist leicht flau im Magen. Sie wirft einen kurzen Seitenblick auf Mick und beginnt, die Schutzhülle um das Ersatzkleid aufzureißen.

»Sie haben Glück«, ruft sie. »Hier kommt die Lösung. Ich habe hier …«

Sie präsentiert ihr eigenes altes Brautkleid. Karina starrt es an.

»Also«, sagt Fran ruhig und zuversichtlich. »Entspannen Sie sich. Die Katastrophe kriegen wir in den Griff. In diesem entzückenden Modell hier …«, sie drückt Karina das Ersatzkleid in die Hand »… werden Sie umwerfend aussehen. Ihr Tag ist gerettet. Die Schnittform ist ideal, und eventuelle Änderungen kann ich sofort vornehmen, damit es sitzt wie angegossen. Die Kameras werden es lieben – spektakulärer Prinzessinnen-Look.«

»Wo haben Sie das denn her?«

»Oh, ich habe es schon eine ganze Weile und nie die richtige Braut dafür gefunden. Aber Sie … Sie haben genau die richtige Attitüde, um darin alle zu bezaubern.«

Karina seufzt.

»Okay«, sagt sie, und ihre Miene hellt sich etwas auf. »Ich kann es ja mal anprobieren. In Silber sehe ich immer heiß aus.«

Ein tiefes Aufatmen geht durch das Zimmer, als Karina das Alessandra-Colt-Kleid abstreift, oder was davon noch übrig ist, und ungeniert ihre riesigen Silikonbrüste entblößt. Ihre Entourage sammelt sich um sie und hilft ihr in das neue Kleid. Es ist zwei Nummern zu klein, doch sie quetschen und stopfen sie hinein, zwingen auf Teufel komm raus alle Knöpfe zu. Normalerweise würde Fran beim Anblick einer derartigen textilen Vergewaltigung mit aller Macht dazwischengehen, doch es fühlt sich seltsam befriedigend an, ihr Angst-Kleid auf diese Weise bestraft zu sehen.

»Wahnsinn!«, ruft Karina, ringt vor Freude nach Luft – während die enge Corsage fleischige Wülste unter ihren Achseln hervorpresst. »Ich denke nicht, dass es umgeändert werden muss.«

»Sieht heiß aus«, sagt ihr Visagist. »Hat viel mehr Sexappeal als das andere.«

»Absolut. Danke, meine Süßen«, sagt Karina, als hätte sie nie eine Träne vergossen.

Krise vorbei. Ihre Entourage schickt sich an, Wimpern aufzukleben und jede Menge falsche Haarteile neu zu arrangieren. Fran und Mick raffen das Colt-Brautkleid samt Schleier zusammen und machen sich diskret und zügig davon.

Kapitel 19

Die Presseangriffe lassen langsam nach. Die Anwälte haben inzwischen Unterlassungsverfügungen erwirkt. Verunglimpfende Äußerungen in Bezug auf Jane Carolyn Colt sind damit unterbunden und der Frieden wiederhergestellt. Was Rafael bleibt, ist ein Meer der Einsamkeit. Dabei ist die Einsamkeit selbst gar nicht mal so schlimm. Er ist daran gewöhnt. Er weiß die Leere zu füllen, mit Arbeit, Musik und Büchern. Es ist vielmehr das Gefühl, nicht zu wissen, wann oder ob sie jemals enden wird. Vor allem seit … seit er eine leise Ahnung davon bekommen hat, wie es auch anders sein könnte.

Auch Mimi tut sich schwer mit ihm. Rundherum werden falsche Entscheidungen getroffen und Geschäfte in den Sand gesetzt, aber es scheint ihn nicht zu kümmern, er scheint es nicht einmal zu bemerken. Er ist völlig durch den Wind, vernachlässigt seine Rolle als Leiter der Stiftung von vorne bis hinten, und sie ist es leid, die Fäden für ihn zusammenzuhalten. Sie hätte gerne ein paar Tage frei, um ihre bevorstehende Hochzeit zu organisieren, zumal sie bis jetzt noch keine Zeit gefunden hat, sich nach einem Brautkleid umzusehen. Doch jedes Mal, wenn sie davon anfängt, reagiert Rafael gereizt.

»Macht Anton Sie wirklich glücklich?«, fragt er sie stichelnd.

»Das tut er«, entgegnet Mimi. »Mich mit ihm zu unterhalten ist manchmal etwas mühsam, aber das macht mir nichts aus, er arbeitet ja auch viel.«

»Lieben Sie ihn?«, fragt er.

»Wir verstehen uns gut. Das reicht«, sagt Mimi mit einem Schulterzucken.

»Ach ja?«

»Ich brauche eine Aufenthaltserlaubnis, und ich möchte ein Kind. Mein Kind werde ich von Herzen lieben, klar, aber den ganzen Zinnober drumherum, Blumen, Torte, fliegende Tauben, das brauche ich alles nicht. Ich möchte einfach nur ein stabiles, geborgenes Zuhause und gute Gene für meinen Nachwuchs.«

»Ist notiert. *Wenn du einen guten Rat in Liebesdingen brauchst, bloß nie Mimi fragen, sie wird dich mit ihrer eiskalten Sense niedermähen.*«

»Gut, dann bin ich eben eiskalt, wenn Sie meinen, aber ich nenne die Dinge nur beim Namen. Liebe wird überbewertet und ist nur dazu da, die Menschen von ihrem drögen Alltag abzulenken. Liebe ist eine Glasur, machen wir uns nichts vor, ein süßer Zuckerguss für oberflächlich denkende Menschen.«

Er? Ein oberflächlich denkender Mensch? Ganz sicher nicht, sinniert er vor sich hin. Er hat sie gespürt – die funkensprühende, knisternde, brennende Liebe, die ihn tief mitten ins Herz traf.

»Als ich sie zum ersten Mal sah«, sagt er und starrt ins Leere, »wie sie da vor mir stand, in diesem verdammten Brautkleid … und unsere Blicke sich trafen … da wusste ich vom Fleck weg, dass ich mich in sie verlieben würde.«

Er gräbt den Kopf in die Hände, schluchzt. Mimi verzieht das Gesicht, streicht ihm leicht über die Ellbogenspitze und hofft, seinen gefühlsseligen Erguss mit dieser kurzen Berührung stoppen zu können.

Als Rafael am Abend in seiner leeren Wohnung unruhig auf und ab läuft, findet er auf dem Boden ein kleines Stück Spitzenstoff von Fran. Ohne sie fühlt sich seine große weiße Wohnschachtel plötzlich kalt und steril an. Er schenkt sich ein Glas Wein ein, legt die Spitze vor sich hin und ist allein, allein mit sich und seinem Wein. Er denkt an Paris, daran, wie sie sich in der Stadt der Liebe und der Lichter ganz ineinander verloren haben, am liebsten gar nicht mehr zurück in ihr normales Leben wollten.

***

Die Anrufe hören auf. Niemand scheint mehr an Kleidern aus dem *Whispering Dress* interessiert, jetzt, wo das mit Spannung erwartete Brautkleid von Karina T, das angebliche Familienerbstück, verschwunden ist. Karina spricht sogar öffentlich und sehr emotional darüber, wie enttäuscht sie am Ende von ihrer vermeintlichen »Brautkleiderexpertin« war, und dass das Kleid, das sie am Ende trug, ihrem Traumkleid nicht einmal ansatzweise nahe kam. Damit trat sie im Netz einen Sturm von Wut- und Schimpftiraden los, in denen mitleidige Bräute ebenfalls gegen ihre Schneiderinnen wetterten: Säume zu kurz.Horrende Preise für Änderungsarbeiten. Träger und Bänder, die sich lösen … Flecken, Risse, ausgezogene Fäden, hakende Verschlüsse … Der *Evening Standard* widmet diesem Thema einen ganzen Artikel: »BRAUTKLEIDER-KATASTROPHEN DER REICHEN UND SCHÖNEN«.

Wenige Tage später werden die Schlagzeilen vom Kleidertausch-Fiasko übertönt vom Klatsch und Tratsch aus Karinas Flitterwochen. Im Internet wimmelt es nur so von Fotos, auf denen Karina im weißen Bikini an der Seite eines namenlosen Millionärs posiert. Doch es gibt auch Clips, die Karina und Jez in ihrem Hotel auf den Malediven zeigen, wo im Streit die Mojito-Gläser fliegen: »HANDFESTER KRACH – DIE FETZEN FLIEGEN – FLITTERWOCHEN ABGEBROCHEN«. Es gibt sogar Gerüchte, wonach die Ehe bereits annulliert worden sein soll, die beiden aber für eine gemeinsame neue Reality-TV-Show in Verhandlung stehen – KARINA UND JEZ: GLÜCKLICH BIS AN IHR LEBENSENDE?

Das Brautkleid von Alessandra Colt ist aufs Übelste zugerichtet, das Spitzengewebe und die zarte Stickerei primanerhaft verschnitten. *Stoffe sind wie Haut*, denkt Fran. *Ein Schnitt, und es gibt bleibende Narben.* Sie repariert die Schäden, so gut sie kann, wie ein Chirurg die Wunden an seiner Patientin, während ihr immer wieder die Tränen laufen und in die Nähte tropfen – Tränen für den Tod der Ehen, die auf wahrer Liebe gründen; Tränen für all die Bräute, denen sie im Laufe der Jahre zu ihrem Glück verholfen hat, ja, das hat sie ganz bestimmt; Tränen für Alessandra, die in eine Ehe gedrängt wurde, die sie nicht wollte; Tränen für Janice, die sich vormachte, dass eine pompöse Hochzeit in Weiß das Mittel gegen die regelmäßigen Seitensprünge ihres Verlobten wäre; Tränen für die Einsamkeit; Tränen für sich selbst.

Doch auch wenn sonst nichts bleibt: Sie hat immer noch das *Whispering Dress*, ihre Vintage-Brautkleider, ihre spleenige kleine Fantasiewelt, in der Bräute durch silberhelle Fäden alter Weisheit beschützt und besänftigt werden. Diese Magie ist echt. Oder nicht? Auch wenn sie keinen Rafael mehr hat, sie hat immer noch das hier, das Geschenk der Liebe, das sie so vielen anderen schon weitergegeben hat. Und das wird ihr immer bleiben.

Sie erinnert sich an das Ultimatum, das er ihr gesetzt hatte: *Das will ich wissen, Francesca Delaney, und fordere dich heraus. Besuch deine drei Bräute in einem halben Jahr noch mal … und schau nach, wie es um ihre Ehen steht. Wenn sie immer noch glücklich sind, heirate ich dich.*

Und wenn nicht?

Es gibt kein »nicht«. Neue Tränen kullern, diesmal glücklichere, genährt von der Hoffnung, dass ihre Kleider funktioniert und ihre Wirkung entfaltet haben. Ja, sie wird ihre Bräute noch einmal besuchen und sich selbst davon überzeugen, sich versichern, dass sie noch immer etwas hat, das sie schenken kann, woran sie glauben kann.

Sie rappelt sich auf, macht sich auf den Weg zum Camden Market, schlängelt sich zwischen den belebten Ständen und Stoffbuden durch, wo sie einst die Königin war. Ihre Haare sind zerzaust, ihre Wangen fleckig von all den Tränen. Sie hat eine halbe Flasche billigen Weißwein intus, dreimal so viel, wie sie normalerweise trinkt, und ist an einem Punkt, an dem sie ihren Körper als fremd und die Welt als unwirklich empfindet und sich wahre Sturzbäche unkontrollierter Emotionen über sie ergießen.

Auf der anderen Seite des Marktes nähert sich Mrs Rachel Joseph ihrem Haus mit der rosa Haustür. Sie trägt ihre Bürokleidung – schwarze Hose, cremefarbene Bluse, dunkelblauer Trenchcoat. Unter dem Arm einen Ordner mit Papieren, in der einen Hand eine Sporttasche, in der anderen einen Kaffee im Becher. Sie kramt nach ihren Hausschlüsseln und sieht Fran gar nicht kommen.

»Rachel?«, ruft Fran, müht sich, ihre Stimme einigermaßen gedämpft zu halten, um ihren kleinen Rausch zu verbergen.

Rachel dreht sich um, schreckt kurz zusammen, fängt sich aber gleich wieder. »Oh, ja, ich erinnere mich«, sagt sie bedächtig. »Francesca, richtig? Von Ihnen habe ich mein Brautkleid.«

Fran lächelt, hält etwas Abstand, bleibt ein Stück vor den steinernen Stufen stehen, die hinauf zum Haus führen. Das Haus ist wunderschön, so wie sie es vermutet hatte.

»Wie geht es Ihnen, Rachel? Wie läuft es … in der Ehe?«

Rachel zögert, bemerkt Frans Erscheinungsbild, die tränenverfleckten Wangen, die ungekämmten Haare.

»Gut, danke … läuft gut.«

»Schönes Haus haben Sie.«

»M-hm. Kann ich Ihnen irgendwie weiterhelfen?«

Frans Gesicht verzieht sich. Sie tut alles, um eine gute Miene zu machen.

»Ich … ich habe mich nur gefragt, ob Sie glücklich sind? Sie schienen an Ihrem Hochzeitstag so glücklich. Ich habe das Brautkleid damals für Sie ausgewählt, weil ich dachte, etwas Erdung könnte nicht schaden. Sie waren derart auf eine große extravagante Hochzeit fixiert, dass die Ehe an sich, das gemeinsame Leben, das gegenseitige Versprechen und alles, was dazugehört … Ihnen irgendwie nicht wichtig schien. Ich dachte, das Kleid würde Ihnen helfen, sich auf den Wert der einfachen und bescheidenen Dinge im Leben zu besinnen, darauf, dass Liebe nichts weiter braucht als zwei Menschen, die füreinander brennen. Und Sie haben genau das gespürt, nicht wahr? An jenem Tag. Sie beide schienen wirklich glücklich zusammen. Nur eine Frage … Hat das Glück gehalten?«

Rachel fummelt nach ihren Hausschlüsseln, sieht Bilder vom traumhaften Glück mit ihrem Ehemann vor sich, wie sie zusammen in der Sonne spazieren, zwischen Schwänen und Ponys, wie sie albern und lachen.

»Elijah und ich sind ein überglückliches Paar«, sagt sie mit einem Lächeln im Gesicht. »Wir gehen bald zusammen auf Rucksackreise. Die All-inclusive-Hochzeitsreise nach Dubai haben wir sausen lassen, und unsere Jobs haben wir gekündigt … um ein gemeinsames Abenteuer zu erleben. Das haben wir schon kurz nach der Hochzeit geplant. Es ist wirklich das Verrückteste, was ich je gemacht habe. Wir haben sogar ein Zelt gekauft. Aber es fühlt sich … genau richtig an.«

Fran schnieft, wischt sich die Tränen aus den Augen.

»Oh, Rachel, ich freue mich so für Sie beide. Das ist die schönste Nachricht seit Langem!«

Auf der anderen Seite der Stadt, in Streatham, ist Melissa West im Nagelstudio ihrer Schwester gerade dabei, die Hand einer Kundin zu befeuchten. Sie erkennt Fran sofort, ist von ihrem derangierten Äußeren aber sichtlich irritiert – Fran, die immer so gepflegt daherkam, so elegant, so stilvoll.

»Hey«, ruft Melissa strahlend. »Schaut mal alle her! Das

hier ist Fran, die geniale Fran, die das tollste Brautkleid für mich gefunden hat.«

Die Miene der Schwester verfinstert sich. Je weniger über dieses scharlachrote Monstrum gesprochen wird, desto besser.

»Wie geht es Ihnen, Melissa?«, fragt Fran.

»Ganz gut. Ja, ganz gut. Und Ihnen?« Sie stockt, ein Anflug von Besorgnis im Gesicht. »Alles in Ordnung, Fran?«

Fran nickt geistesabwesend, geblendet von den deckenhohen, bonbonfarben lackierten Regalen, den Glitzergels und Glanzlacken.

»Wie läuft das Eheleben?«

Die Schwester tritt vor, baut sich schützend vor Melissa auf.

Melissa zuckt mit den Achseln. »Hat nicht geklappt, Fran. Er hat mich drei Wochen nach der Hochzeit sitzenlassen.«

»*Du* hat ihn verlassen«, wirft die Schwester ein.

»Nein, Jackie. Er hat mich verlassen. Jetzt tu nicht so, als wäre es andersherum gewesen.«

Fran staunt. Nicht Melissa. Bei Melissa war sie voller Zuversicht gewesen. Das Brautkleid von Meryl Percy war eines ihrer Glanzstücke mit einer phänomenalen Ausstrahlung gewesen.

»Wie sich herausgestellt hat, hat er munter durch die Gegend gevögelt«, sagt Melissa. »Ich hätte es gleich wissen müssen.«

»Das tut mir leid«, sagt Fran geschockt, kann ihre Tränen nicht mehr zurückhalten, die ihren Blick verschleiern und die Lichter verschwimmen lassen. »Ich habe danebengegriffen mit dem Kleid. Ich dachte, es könnte Ihnen zu Ihrem Glück verhelfen, aber …«

»Nein«, sagt Melissa. »Das muss Ihnen gar nicht leidtun.« Sie steht auf, geht auf Fran zu und legt den Arm um sie. »Was Besseres hätte mir gar nicht passieren können. Schauen Sie doch – Sie und Ihr Kleid, das Kleid, das Sie für mich ausgewählt haben, hat mir mein Selbstwertgefühl zurückgegeben. Erinnern Sie sich? Als ich es damals anprobiert habe, waren Sie es, die mir die Augen geöffnet und gezeigt hat, dass ich wunderschön bin, so wie ich bin, sollen sich alle anderen doch zum Teufel scheren … und alle Ehemänner gleich mit. Sie haben sich nichts vorzuwerfen, Fran. Ganz ehrlich, Sie haben mich gerettet.«

»Wirklich?«

»Absolut. Ich sagte es doch, nicht wahr? Kannst du ruhig bestätigen, Jackie …« Sie stupst ihre Schwester in die Seite.

»Ja, stimmt«, sagt Jackie und ringt sich ein Lächeln ab.

»Ach, vergessen Sie meine miesepetrige Schwester«, sagt Melissa und hakt sich bei Fran ein. »Sie wird jede Sekunde launischer. Liegt wohl an den Dämpfen aus den Lacken. Aber jetzt hören Sie mir mal gut zu, Fran: Mein Eheglück hat vielleicht nicht gehalten, aber ich habe mich gefunden. Das Leben ist großartig. Ich arbeite für Jackie, und ich bin ausgezogen, habe meine eigene Wohnung. Und eines Tages werde ich einen neuen Mann kennenlernen, da bin ich mir ganz sicher, nur werde ich dann ein bisschen wählerischer sein. Ich weiß jetzt schließlich, was ich wert bin.«

Die beiden Frauen umarmen sich. Fran lehnt Melissas Angebot für eine gratis Mani-/Pediküre ab, verabschiedet sich und bezweifelt, dass sich ihre Wege jemals wieder kreuzen werden. Doch sie weiß, tief in ihrem Inneren, dass die Kleider ihre Wirkung getan und ihren Zweck erfüllt haben.

Später klingelt Frans Telefon. Eine ausländische Nummer.

»Francesca, Ciao.«

»Fabian?«

»Wie geht es Ihnen, Francesca? Ich bin so aufgeregt, mit Ihnen zu sprechen. Ich habe nachgedacht. Haben Sie das Kleid für mich aufbewahrt?«

»Äh …«

»Das Kleid. Ich kriege es seit unserem Treffen nicht mehr aus dem Kopf. Und ich sehe nur einen Weg, mich aus dieser seelischen Plage zu befreien … ich will es gerne bei mir haben. Ich habe mich entschieden. Ich würde das Kleid gerne doch kaufen.«

Fran sinkt in den Sessel unter sich und beäugt die weißen Baumwollfäden, die aus der Nähschatulle hängen.

»Oh, Fabian, es wurde leider sehr stark beschädigt. Ich habe es repariert, so gut es ging, aber ich fürchte, es hat beträchtlich an Wert verloren. Sie würden es vielleicht gar nicht mehr wollen.«

»Aber es ist noch in einem Stück, oder?«

»So halbwegs.«

»Sein Herz schlägt noch?«

Fran lächelt. »Sein Herz wird immer schlagen.«

»Sie verstehen mich, Francesca. Sie verstehen Kleidung auf die gleiche Weise wie ich. Und so werden Sie auch verstehen, wenn ich sage, dass ich es trotzdem haben möchte, denn es geht mir nicht darum, wie es aussieht oder welchen Wert es hat, es geht mir allein darum, was es bedeutet. Ich denke, nur so kann ich mit der Last seiner Vergangenheit abschließen. Wenn ich es in meinen Händen halte, werde ich sehen, wie ich mich damit fühle, und entscheiden, was ich damit machen will. Wer weiß, vielleicht packe ich es in eine Vitrine und präsentiere es meinen Freunden. Oder vielleicht … vielleicht mache ich es auch kaputt.«

Fran zuckt zusammen.

»Wenn Sie eine sichere Verpackung garantieren können, schicke ich umgehend meinen besten Kurier und überweise die Summe von fünfzigtausend Pfund auf Ihr Bankkonto.«

Fran bleibt der Mund offen stehen.

»Ich denke, das ist sein Marktwert«, sagt Fabian, »es sei denn, Sie sind anderer Meinung.«

»Nein, das … das klingt absolut angemessen«, sagt Fran mit schlotternden Beinen vor lauter Schock.

»Gut, dann sagen Sie mir einfach kurz Bescheid, sobald es zur Abholung bereit ist. Wenn Sie noch etwas Zeit brauchen, um darüber nachzudenken, gerne …«

»Ja. Ja, bitte.«

Als das Gespräch beendet ist, lehnt Fran sich zurück, denkt an die Summe, die Fabian ihr geboten hat. Was könnte sie mit so einem Geldsegen nicht alles anfangen! Sie könnte rund um die Welt reisen, überall nach Vintage-Brautkleidern suchen. Sie könnte sich ein Kanalboot kaufen – das wollte sie immer schon. Sie könnte es rot anstreichen, im Hippie-Boho-Chic einrichten, mit Blumentöpfen, Liegestühlen, einem kleinen Bett, und sie würde sich ein Fahrrad für Einkäufe und Besorgungen zulegen. Sie könnte ihr Kanalboot auf den Namen *Ales-*

sandra taufen. Sie könnte Londons ersten Brautkleiderladen auf einem Kahn eröffnen. Toll. Hip. Doch kaum fangen die Wunschbilder vor ihren Augen an zu tanzen, zerfasern sie wieder und lösen sich auf. Unter dem Idyll bricht sich ihr Gewissen Bahn. Gewiss, das Kleid hat seine Kompliziertheiten, seine Verworrenheiten, aber zumindest versteht sie es, sie versteht sein geheimnisvolles Flüstern. Geld? Was macht Geld für einen Unterschied, wenn allein Liebe es ist, was sie wirklich will …

Sie starrt auf das Kleid, zeichnet seine Reise noch einmal nach: Sie erinnert sich, wie sie es aus dem Kleiderschrank zog, es aus dem Container rettete, vor Zigarettenbrandlöchern bewahrte, als Janey es aus purem Jux zur Schau getragen hatte, es aus den Händen einer irren Braut rettete, die mit einer Küchenschere darauf losgegangen war. Nach alledem gehört sie zu diesem Kleid, und das Kleid gehört zu ihr. Und verletzt und geschunden sind sie beide gleichermaßen.

Sie schlüpft aus ihrem Retro-Midi-Kleid und steigt hinein in die verwundete Seide, fühlt die Form der Korsage, die Spitze der Ärmel und das fließende Weich der Schleppe. Trotz seiner Verletzungen und seiner turbulenten Geschichte, trotz der traurigen Lieder, die es ihr leise singt, hat sie irgendwie das Gefühl, dass es noch einen anderen Zweck erfüllen soll.

Plötzlich klappert die Ladentür. Fran schaut auf und ist völlig perplex, als sie Mimi hereinkommen sieht, gekleidet wie immer in Trauerschwarz. Sie ist geradezu geblendet von Frans weißer Glitzerpracht, mustert sie von oben bis unten und zieht eine finstere Miene.

»Kann … kann ich weiterhelfen?«, fragt Fran.

»Das will ich hoffen.«

»Sie wollen ein Brautkleid … von *mir?*«

»Nein«, seufzt Mimi und schnauft bedächtig aus. »Ich möchte, dass Sie mir einen Gefallen tun.«

»Und der wäre?«

»Ich möchte, dass Sie und Rafael wieder zusammenfinden.«

Fran blinzelt ungläubig. »Aber …«

»Als Rafaels persönliche Assistentin, die ich seit über zwei Jahren bin, ist es meine Pflicht, für einen reibungslosen Ablauf seiner Geschäfte zu sorgen. Und auf diesen Job verstehe ich mich ganz hervorragend, Francesca. Weniger gut allerdings bin ich in … Herzensangelegenheiten. Im Moment scheint Rafael emotional zu leiden. Er erzählte mir irgendeine bizarre Geschichte von wegen, er hätte Sie mal in einem Brautkleid gesehen …« – sie mustert Fran erneut von oben bis unten – »und vom Fleck weg gewusst, dass er sich unsterblich in Sie verlieben würde … oder so ähnlich. So oder so, so nervig er war, als er mit Ihnen zusammen war, ohne Sie aber ist es noch viel schlimmer mit ihm. Sie beide müssen also wieder zusammenkommen, andernfalls werfe ich ihm irgendwann seinen Mist um die Ohren.«

Fran hört ihr zu, ist völlig perplex. Mimi als Beziehungsretterin? Von allen Leuten hätte sie das bei ihr am allerwenigsten erwartet.

»Glauben Sie wirklich, er liebt mich noch immer?«

»Ich glaube es nicht, ich weiß es. Doch leider ist Rafael viel zu stolz und vielleicht auch zu ängstlich, um es sich einzugestehen. In all den Jahren, die ich mit ihm zusammenarbeite, hatte er nie eine ernsthafte Beziehung. Sie sind die Erste … die Einzige, die … egal, wollen Sie es sich überlegen?«

Fran senkt den Blick. »Wenn er mich will«, sagt sie leise, »dann muss er selbst kommen.«

»Dann werde ich ihm das ausrichten«, sagt Mimi.

»Hey«, ruft Fran ihr nach, als sie schon fast aus der Tür ist. »Sie heiraten doch bald, richtig?«

»Ja, in einer Woche.«

»Und haben Sie schon ein Kleid?«

Mimi runzelt die Stirn. »Am Freitagnachmittag habe ich mir dafür freigenommen.«

»Da sind Sie aber spät dran. Was für ein Stil schwebt Ihnen denn vor?«

»Stil? Wieso sollte ich mir Gedanken um den Stil machen? Es wird ein Kleid sein, wie ich es auch sonst trage, wie mein Verlobter mich kennt, damit er auch weiß, dass ich es bin, die er heiratet, und nicht irgendeine aufgebrezelte heiratswütige Braut in Weiß.«

»Sie sind nicht gerade klein, eher groß. Wie groß genau? Um die eins achtzig?«

Fran grinst, als Mimi zögerlich nickt. »Ich glaube«, sagt sie, während sich das Bild vor ihrem geistigen Auge zu formen beginnt, »… ich habe das richtige Kleid für Sie.«

Sie führt Mimi ans Fenster, vor dem das Schwalbenschwanz-Kleid aus den Dreißigern in seiner ganzen Pracht erstrahlt.

»Nein«, sagt Mimi glattweg. »Auf keinen Fall.«

»Vertrauen Sie mir. Wenn Sie dieses wunderbare Kleid erst einmal anhaben, wird das Leben nie wieder so sein wie zuvor. Mimi, Sie werden damit *la joie de vivre* entdecken, die pure Lebensfreude.«

Kapitel 20

Sie haben beide Fehler gemacht. Fran weiß es. Beide haben sie es zugelassen, sich von ihren alten Beziehungsängsten dominieren zu lassen, sich davon auseinandertreiben zu lassen. Und beide haben sie es versäumt, sich in den anderen einzufühlen, sich nur einen Moment lang in ihn hineinzuversetzen – aber vielleicht macht gerade das die Liebe aus. Verwirrend. Widersprüchlich. Die alles überwältigenden Wunder der Liebe, sie sind stets begleitet von nagenden Ungewissheiten. An jenem Abend, im Brautkleid von Alessandra Colt mit seiner nun neuen, fast unheimlich wogenden Leichtigkeit, geht Fran ihren inneren Gefühlen folgend aus dem Laden. Und ehe sie zweimal nachdenken kann, hebt sie die Hand und hält ein Taxi an. Sie steigt ein.

»Wohin?«

»Epping Forest«, sagt sie. »*Dryad's Hall.* Es ist schwer zu finden, aber ich dirigiere Sie dann.«

Das Haus steht verlassen und still, und in den glänzenden Blättern der Rhododendren ringsum spielt ein leichter Wind. Die Haustür ist unverschlossen. Fran drückt sie sacht auf, stiehlt sich hinein, wandelt durch die geisterhaften Räume, die in ihrer Leere trist und doch weich anmuten.

Sie schaut sich nach Erinnerungen an Alessandra um, fühlt aber nichts. Es wirkt fast so, als wäre der Geist des Hauses, ohne all die alten Möbel und persönlichen Gegenstände, nun endgültig tot. Ein Schmetterling setzt sich auf die staubige Fensterbank, verweilt kurz, flattert wieder davon. Frans Sinne beginnen zu kribbeln: Dort am Fenster, sie kann sie plötzlich sehen … Alessandra – älter geworden, eine reife Frau, die ihren stillen Blick über ihren wunderschönen Garten schweifen lässt.

Fran streckt die Hand nach ihr aus.

»Alessandra«, flüstert sie und sucht verzweifelt, an diesem Bild festzuhalten, und weiß doch, dass es nicht bleiben kann.

Und schon verblasst die Vision. Doch dann wendet ihr Alessandra das Gesicht zu, sieht sie – Fran im Brautkleid, in *ihrem* Brautkleid –, die weich fließende weiße Seide, die üppigen Spitzenlagen, die hauchfein aufgestickten Kolibris, Symbole der Unendlichkeit. Sie lächelt gütig, wendet den Blick wieder hinaus in ihren Garten und ist dann vollends verschwunden.

Minutenlang steht Fran da und starrt auf das leere Fenster. Es herrscht eine friedliche Stille, sie kann sie spüren. Alessandra hat ihren Frieden gefunden. Neugierig wandelt sie durch den verwaisten Flur zur Bibliothek und hinaus auf die hintere Terrasse. Die Tür ist angelehnt. Sie geht hinaus, spaziert durch die Ziergärten zur Brücke, zu Rafaels Zauberbrücke, auf der sie an jenem Abend standen, wo er sich als Kind immer wünschte, seine Sorgen loszuwerden. Vielleicht ist es ihm geglückt, auf die eine oder andere Weise.

Im weichen Abendlicht geht sie bis zur Mitte der

Brücke, beugt sich über die Balustrade, das Brautkleid blähend im sanften Wind, wie ein feierliches Versprechen vor Alessandra. Sie wirft ein Blatt ins Wasser, wendet sich zum Gehen … und dann, durch den abendlich goldenen Dunst, sieht sie ihn. Er kommt auf die Brücke zu, seine große, wohlgeformte Gestalt so wirklich wie die Sonne. Schweigend lehnen sie nebeneinander am Geländer, schauen im orangefarbenen Schein des Abendlichts den Fröschen auf den Seerosen zu.

»Sie werden nicht zu Prinzen«, sagt Fran leise.

»Brautkleider würden ihnen auch nicht stehen«, sagt Rafael.

Sie wenden sich einander zu.

»Alles ein wenig verwirrend«, sagt er.

»Das mit uns, oder das mit dem Kleid?«

»Fangen wir mit uns an.«

»Verzeih mir, dass ich dich so enttäuscht habe«, sagt sie mit vor Tränen glitzernden Augen. »Ich wollte dich oder deine Schwester nie verletzen. Und es tut mir auch leid, dass ich dir mein Verhalten nicht erklären konnte. Die Wahrheit ist: Ich habe an jenem Abend vor dem *Café Royal* meinen Ex gesehen, oder besser gesagt, ein Foto von ihm, auf einer Busreklame. Er ist Schauspieler. Filmschauspieler.« Sie seufzt. »Er hat mir vor vielen Jahren das Herz gebrochen, mich am Traualtar stehen lassen. Er hat mich zerstört. In dem Moment, da ich sein Foto sah, hat mich die blanke Panik gepackt. Und irgendwie habe ich das als Warnruf verstanden, als riefe mir die Welt zu: *Nein, Fran, reiß deine Mauern bloß nicht ein, verlieb dich bloß nie wieder.* Ich will damit sagen, ich habe mir in den letzten zehn Jahren selbst was vorgemacht, mir eingeredet, über den Schmerz hinweg zu sein, wo ich ihn in Wahrheit nur verdrängt habe.«

»Oh, Fran«, sagt Rafael berührt.

»Doch nun …« – Fran begegnet seinem Blick und lächelt – »… nun, da ich diesem Schmerz noch einmal begegnet bin, kann ich ihn endgültig loslassen. Ich habe erkannt, dass ich es weiter versuchen will. Weil ich … weil ich …« Sie zittert, und ihr Herz klopft. »Weil ich glücklich sein will, wie du sehen kannst.« Sie schaut an sich und ihrer weißen Spitzenpracht hinunter. »Ich habe das Kleid von Karina T zurückgeholt. Ich hatte das Gefühl, es ist das Einzige, was ich jetzt noch tun kann. Sie hat es massakriert. Ich hätte es wissen müssen, sie war von vornherein die falsche Braut dafür.«

»Und wer ist die richtige Braut dafür?«

Fran lächelt. »Ich bin mir eigentlich gar nicht so sicher, ob es überhaupt eine Braut braucht. Ich frage mich langsam, ob es nicht vielleicht …« – sie fährt mit der Hand über die geschundene Seide, deren Schönheit trotz so vieler Narben hell erstrahlt – »… einen anderen Sinn zu erfüllen hat.«

»Vielleicht hat es das«, meint Rafael, und er scheint ihr zu glauben.

Er ergreift ihre Hand, legt sie in seine – die erste körperliche Berührung nach langen Wochen.

Und es fängt an zu knistern …

Epilog

Der Heiratsantrag kommt an einem stürmischen Nachmittag im Oktober, inmitten der herbstlichen Farben von Epping Forest. Nachdem Fran sich versichert hatte, dass Rachel und Melissa mit ihren Brautkleidern aus dem *Whispering Dress* ihr Glück gefunden haben, jede auf ihre Weise, löst Rafael sein Versprechen ein, folgt dem Ruf seines Herzens – und geht vor ihr auf die Knie. Und zwei Monate später wird Miss Francesca Delaney in den prunkvollen Räumen des *Savoy*, in einem der geschichtsträchtigen Grandhotels Londons, zu Mrs Francesca Colt.

Mit ihrem Hochzeitskleid, das sie komplett selbst gefertigt hat, so wie sie es immer wollte, begeistert sie alle. In einem strahlend weißen Neckholder-Kleid im Meerjungfrau-Stil, bloßen Schultern und tiefem Rückenausschnitt ist sie atemberaubend schön. Den Stoff hat sie aus Paris geordert und sechs Tage lang ohne Pause daran gearbeitet. Rafael kann nicht anders, als sie in einem fort anzustrahlen, seine schillernde Braut, die in sein Leben gebraust ist, mit der er gestritten, geschlafen und gelacht hat, mit der er dem Alltag entflohen ist und der er seine tiefsten Geheimnisse offenbart hat. Er liebt sie so sehr, so innig, so endgültig.

Mick führt sie ihm zu und hält eine berührende Rede.

»Wisst ihr, was meine Mutter immer sagte? Sie sagte: Die Liebe findet ihre Wege. Klingt klischeehaft, ich weiß, aber sie war eine Frau, die im reifen Alter von zweiundsiebzig Jahren, Witwe seit über einem Jahrzehnt, wieder mit ihrer Jugendliebe zusammenkam. Rafael, Fran, denkt immer daran: Die Liebe findet ihre Wege. Hört einfach auf, ihr Steine in den Weg zu legen.«

Mick freut sich, seinen Gehrock samt Zylinder – Originale ihrer Zeit – zur Schau stellen zu können. Und noch mehr freut er sich, in Janey, nüchtern, mit ordentlich geglätteten Haaren und einem zum Schreien komischen Humor, eine neue Freundin gefunden zu haben. Zumal jetzt, wo die frischverheiratete Francesca künftig wohl weniger Zeit für ihn haben wird. Zur Hochzeit sind viele von Frans alten Bräuten geladen, darunter Ella, Rachel, Melissa und Kate Fugle, die mit Zwillingen schwanger ist und super aussieht. Und Mimi, ebenfalls frischvermählt, glänzt in einem gewagten orangefarbenen Slip-Dress mit einem riesengroßen Fascinator und ist zu Frans großer Freude auch recht offen und charmant. Am allerglücklichsten aber ist Frans Mutter, die sich freut, dass ihre wunderbare Tochter ihre Beziehungsdämonen endlich austreiben und ihr eheliches Glück finden konnte, das sie so verdient.

Das Brautkleid von Alessandra Colt hat seinen Weg in eine der Vitrinen von Fabian Alexia gefunden, bis auf einen kleinen, losen Kolibri, den Fran gerettet und in den Saum ihres eigenen Brautkleids eingenäht hat – als geheimes Symbol all dessen, was dieses betagte Kleid für sie bedeutet. Das Geld, das Fabian ihr dafür gab, ist in Rafaels

Stiftung geflossen. Für Fran schien es der richtige Weg, all die Misslichkeiten, von damals und von heute, wieder in Ordnung zu bringen und den Kreis zu schließen. Bei all dem Leiden, das dieses Kleid über so viele Jahre verursacht hat, kann es so fortan Gutes bewirken. Gleichwohl wird Fran niemals vergessen, dass sein wahres Flüstern nur ihnen beiden gilt, Rafael und ihr – das Flüstern der Liebe: Denn ein gebrochenes Herz kann heilen und neu lieben, wenn man nur offen dafür ist.

Danksagung

Mein Dank gilt meiner Agentin Sarah Such, Molly Crawford, dem Team von *Transworld* ebenso wie Jo Jones, der mich daran erinnert hat, wie sehr ich das *V & A Museum* liebe. Ein großes Dankeschön geht an Eirian Walsh-Atkins für ihre wertvolle Hilfe rund um das Thema Nähen und Handarbeit, sowie für viele inspirierende Fotos von Brautkleidern. Und ich danke meiner Familie, insbesondere Julian, Tove, Harper und Emil.